I(-i-i)이론의 구조

-최인훈 예술론 연구

저자 김기우

제이앤씨
Publishing Company

I(-i-*i*)이론의 구조

— 최인훈 예술론 연구

　　최인훈 선생님의 강의를 들은 지, 20여 년이 흘렀다. 「문학과 이데올로기」, 「소설가 구보씨의 일일」을 교재로 DNA, 개체발생, 환상주체의 열린안정……, 등의 말을 열쇠 삼아 예술과 소설에 감긴 사슬을 풀던, 그 시절이 어른거린다. 흘러가버린 시간 때문에 돌아갈 수 없어 어룽거릴 뿐인 당시의 면면들이 어쩐지 슬퍼 보인다. 어떤 기억이든 그 기억에는 슬픔이 껴묻혀 있고, 기억하는 것으로 그 슬픔을 이겨낼 수 있다는 선생님의 말씀이 생각난다.

　　이 책은 대학원에서의 연구 생활 10년 동안, 선생님의 말씀을 잊지 않으려, 지난 20년 세월의 애닯음을 견디기 위해 애써왔던 흔적이다. '예술은 생명의 기억 유희이다.' 라는 선생님의 말씀을 기억해내기 위해 나는 스무해 이전의 교실을 힘껏 회상했다. 선생님께서 우리를 이해시키려 수많은 비유를 들기도 하셨고, 칠판 가득히 그림을 그리시거나, 강의실 거튼 속에 숨었다가 나타나시는 연기까지 해보이셨어도, 그때는 어리숙해서 몰랐던 말씀 말씀이었다. 선생님의 책을 몇 차례 읽고, 강의 노트를 세심하게 살피고, 칠판에 그려졌다 지워진 우주선의 꽁무니를 간신히 회상해내니 이제야 얼마간 알 것 같다. 예술은 40억년 전, 단세포 시절부터 갖고 있던 생명 발생의 기억을 끄집어내 환상에 도달하는 양식이라는 것을 말이다.

『I(-i-i)이론의 구조, -최인훈 예술론 연구』라는 이 책의 제목이 함의하듯, 이는 선생님의 소설을 연구한 수많은 논자들의 입장과 다르다는 것을 적극 알리고 싶다. 선생님의 소설을 선생님의 이론으로 해석한 최초의 시도여서 나에게는 너무 소중한 결과물이다. 선생님의 이론을 교실에서 직접 들은 연구자로서, 이론의 특수성을 보편성으로 끌어올리기 위한, 혹은 특수성 주변으로 보편성을 드리우기 위한 모험적이면서 특별한 경우이기에, 더욱 조심스럽고, 예리한 논리가 필요했다. 그 요구에 값하는 결실이 되었기를 희망한다.

책은 크게 두 가지 내용으로 나눌 수 있다. 한 부분은 최인훈 선생님의 예술론과 문학론, 그리고 창작방법론에 대한 체계적인 파악이고, 나머지 부분은 그러한 이론들이 선생님의 소설에 어떻게 적용되어 가는가를 면밀히 분석하는 과정으로 채워져 있다.

선생님의 예술론은 크게 네 갈래로 나뉘어진다. 첫째는 생물의 발생학과 문화인류학적 측면에서의 예술의 생성과정의 정리이고, 둘째는 언어예술의 목적과 역할론이다. 셋째는 예술을 현실과 환상의 관계에서 파악한 인식론적 정의이고, 넷째는 예술의 창작과 감상의 과정을 심리학적 측면에서 살펴본 창작기법론이다. 이 책의 제1부에서는 이와 같은 예술론과 창작방법론을 체계적으로 이해하기 하기 위해 노력했고, 제2부에서는 이론을 도구 삼아 선생님의 소설 대부분을 분석해나갔다. 선생님의 예술론에 소용되는 개념들은 인문학에서 다루는 것들이 아니어서 매우 낯설어 보일지 모른다. 그러나 오히려 과학적이고, 객관적이어서 문학연구의 이론으로 더 예각화시킬 수 있는 방법론이 된다는 것을 작품분석의 과정에서 규명하려 노력했다.

오랜 세월, 우리 문학연구자들의 방법적 잣대에는 서구의 이론이 그 중심에 있었다. 서구의 시각으로 우리의 서사 작품을 분석해온 셈인데, 인류 공통의 문제를 제기하는 작품에는 서구의 이론이 크게 어긋나지는 않지만, 우리만의 국지적이고, 전통적인 문제를 제기하는 작품에는 서구의 이론이 준거틀로 활용되기에 얼마간 무리가 없지 않았다.

이 연구의 결과가, 여태껏 없었던 우리의 자생적인 예술론·문학론의 탄생에 기여하게 되기를 간절히 바라는 마음이다. 우리의 예술 작품이 세계에 알려지기 시작하는 이 즈음, 세계의 어떤 예술작품의 해석에도 적용 가능한 우리의 이론이 생성되는 계기가 된다면 더할 나위 없는 큰 보람일 것이다.

이 책을 내기까지 도움을 주신 분들이 많다. 스무 살시절부터 지금까지 늘 곁에서 지켜보아 주시는 큰 스승이신 최인훈 선생님, 선생님의 바다 같은 은혜에 보답하는 길은 평생 공부뿐이 아닐까 한다.

애틋하게 여겨주시는 한용환 선생님, 연구자로서의 길을 열어주신 정덕준 선생님과 김은자 선생님께도 감사드린다. 그리고 어려운 여건에도 출판을 허락해주신 윤석원 사장님께도 깊은 감사의 마음을 전한다.

2009년 1월
김기우

▌목 차▐━━━━━━━━━━━━━━━━━━━━━━━━━━━━━

서 론

　최인훈은 '전후 최고의 작가'라는 평가를 받는 소설가이다. 널리 알려진대로 그는 1979년, 12권의 전집을 완간한 후, 긴 침묵을 지키다가 1994년에 전작장편소설 『화두』를 발표하면서 소설창작에 다시 열의를 보였다. 최근에는 단편소설 「바다의 편지」(2003)를 발표하여 화제를 일으키기도 했다. 또한 최인훈은 「옛날옛적에 훠어이 훠이」, 「둥둥 낙랑둥」 등의 희곡을 발표하여 희곡 작가로서의 역량을 높이 평가받기도 했다. 그는 개별 작품에 대해 작품론을 쓰기도 하고, 작가론을 발표하면서 비평작업도 병행해 왔다. 그 결과, 『문학과 이데올로기』와 『유토피아의 꿈』이라는 두 권의 평론집과 한 권의 에세이집, 『길에 관한 명상』을 펴냈고, 아직까지도 예술론에 관해 많은 발언을 남기고 있는 상황이다.

　예술창작과 함께 예술과 문학 현상의 이론적인 파악을 꾸준히 병행해 온 것인데, 최인훈 특유의 예술에 대한 여러 정의, 예술과 사회와의 관계, 예술가의 사회 참여 방식, 창작의 원리, 작가와 독자와의 연관성, 작품의 내·외적 소통 방식 등 그 내용도 다채롭다. 그러한 최인훈의 예술과 문학에 관련된 이론적 성찰의 글은 단독 논문으로, 에세이로, 또는 비평문의 형태로, 때로는 강의 현장에서, 혹은 소설 속의 인물이나 화자의 발화의 형태로 곳곳에 산재돼 있다. 본 연구는 그것을 한 데 모아 정리하여 체계를 잡고 설명하는 데 1차적인 목적을 두고 있다.

'나는 허구의 이야기로 엮는 창작 <장르>에 못지않게, 그 창작이란 것은 대체 무엇인가 하는 이론적 파악을 주기적으로 하지 않으면 늘 견딜 수 없이 불안[1]'하다는 글을 쓰고 있고, '자신이 어떤 비평적인 언어를 가지고 내 말이 맞는가 안 맞는가를 가끔 확인하는 것이 소설 못지않게 정신적 위안이 되고 있다.'[2]고 대담에서 말하고 있듯, 최인훈은 예술 창작 작업에 관련한 근본적인 물음과 응답을 논리화하려 부심해 왔다.

창작의 원리에 대한 고민을 하면서 창작을 실행하는 경우인데, 이론가가 아닌 창작가가 예술과 문학에 대해, 그 의미와 역할에 대해 논구형식의 작업을 따로 한다는 것은, 작가라는 존재의 의미와 창작 행위의 본질에 대한, 근원적인 탐구라 볼 수 있다. 특히, 이론적 성찰의 결과물이 하나의 창작물로 간주되고 소통되는 이 시대에, 창작가의 문학비평과 문예미학에 관련된 논구는 미학자나 비평가, 문학사가의 그런 작업과는 다른 각도에서 고찰되어야 할 특수성을 지닌다.

어떤 예술가든 작품의 구상 단계에서부터 수정 단계까지, 그 작품을 감상하는 관람자와 독자를 향해 자신의 생각과 느낌을 체계적으로 전달해야 한다는 부담을 갖는다. 그리고 완성된 작품은 유기적인 통합체로 완전하게 작동하여 감상자에게 감응을 주기를 희망한다. 그 작동의 내적 원리에 작가가 고안해 놓거나 빌려온 논리가 개입한다. 그러니까 하나의 완성된 작품이란, 작가가 감상자를 향해 자신의 느낌과 생각을 적극 전달하기 위한 설득 커뮤니케이션 매체라 할 수 있을 것이다. 그래서 간혹 이론가가 아닌 창작가가 자신의 창작 과정을 노출하여 창작입문서로 묶거나, 창작의 경험과 나름의 작품 독해

---

1) 최인훈, 「원시인이 되기 위한 문명한 의식」, 『길에 관한 명상』, 솔과학, 2005, 27면.
2) 위의 책, 「변동하는 시대의 예술가의 탐구」, 93면.

를 체계화하여 창작이론서로 내놓기도 한다. 이는 예술과 문학을 보편적으로 파악하고 이해하는 차원이 아닌, 실제 창작과 관련된 이론적인 뒷받침이어서 실용적인 가치를 지닌다. 그러나 작가 개인만의 세계 인식의 방법론이라는 한계도 함께 있다.

그런데, 최인훈의 예술론과 문학론, 그리고 창작방법론은 그러한 한계를 극복하고 있다는 데 의의가 있다. 언뜻 그의 예술론과 문학론은 예술 및 문학의 입문의 형태, 예술창조의 개괄적인 설명, 미학 원론의 반복처럼 보인다. 근대 이후 급변하는 세계처럼 이론 또한 많이 출몰하고 있어 하나의 원리로 말하기 어렵게 되었기에 오히려 최인훈의 예술론은 소중하다 할 수 있다. 우리가 이미 알고 있지만 세분화되고 전문화되는 현실의 변화 때문에 오히려 잊어 버리고 마는 기본적인 원리를 최인훈은 일깨워 주고 있는 것이다.

김주연이 그의 문학론의 대표적인 결실이라 할 수 있는 『문학과 이데올로기』의 해설에서, '역사와 현실에 대한 최인훈의 풍성한 지식은 그에게 있어 과연 신념이란 지식의 아들'이라고 한 말[3]처럼 최인훈은 방대한 지식을 바탕으로 예술과 문학의 현상을 원리화한다. 그는 체계적인 원리의 설명을 위해 생물학의 개념을 빌리거나, 물리학의 수식을 원용하기도 하고, 화학식 기호를 도입하기도 한다. 그에게는 예술과 문학의 분석을 위해서라면 인문학과 자연과학의 경계는 중요치 않아 보이는 듯싶다. 예술과 문학 현상의 원리를 일반화하고, 현실에 통용될 수 있는 보편적 이론을 위해서 과학적 지식과 인문적 교양을 함께 도입하고 있다. 그래서 그의 예술론과 문학론에는 이론가들의 연역적 논증과 함께 자신의 창작경험에 근거한 귀납적 논증 방식이 함께 동원되고 있다.

---

3) 김주연, 「말멀미에 이기기 위하여」, 『문학과 이데올로기』, 문학과지성사, 1986, 441면.

최인훈의 예술론에서 핵심적으로 사용하는 기호는 'DNA'라는 생명정보전달구조의 이름이다. 최인훈은 이를 원용하여 인간의 문명정보전달구조를 'DNA″'로 비유한다. 그리고 인간의 환상정보전달구조를 'DNA∞'라고 명명한다. 그는 이를 활용, 인간의 세 가지 자기동일성을 분류해서 인간과 예술에 대해 정의한다.

'DNA'는 인간의 자기동일성의 생물적 부분이고, 'DNA″'는 문명적 부분, 'DNA∞'는 환상적 부분이다. 생물적 자기동일성은 진화가 완성되었다는 의미에서 '닫힌 안정'으로 명명하고 있고, 문명적 자기동일성은 문명이 계속 발전해나간다는 의미로 '열린 불안정'이라 명명한다. 그리고 인간은 아무리 문명을 발달시켜도 유한에 대한 불안은 해소치 못하기에 이를 해결하기 위해 종교와 예술을 마련하면서 '열린 안정'의 의식을 갖게 된다고 보고, 최인훈은 이것을 'DNA∞'라 부르고 있다. 종교는 현실로 안정을 준다고 주장되는 의미에서 (+)로, 예술은 환상이라고 약속한 상태에서 안정으로 기능하여 (−)로 표시한다.

최인훈 예술론에서 또 하나의 핵심 부분은 생물학에서 원용한 '개체발생은 계통발생을 되풀이한다.'는 명제를 발전시킨 이론이다. 진화가 완성된 생명체들의 개체발생이 'DNA'에 의해 압축되어 일어나듯이, 문명의 유전 또한 기호나 코드, 언어로 요약되어 이뤄진다. 이 문명적 자기동일성의 정보전달구조인 'DNA″'도 인류의 돌도끼 체험부터 지금의 컴퓨터 체험까지 현재 상용하는 기호에 압축되어 있다. 하나의 기호가 사용될 때는 인류 문명의 계통이 한꺼번에 통용된다는 의미이다.

문명 취득과 동시에 커져 가는 인간의 욕망과 자연으로부터 받는 소외, 그리고 증폭되는 유한에 대한 불안은 'DNA∞'로 극복할 수 있다. 환상정보전달구조인 'DNA∞'도 운용될 때는 현대인의 불안정한 의식을 해소해주는데, 이는 원시 인류 당시의 불안정을 포함한 인간의 원초적인 희망을 포함한 것이다.

생물학의 개념을 받아들여 인간의 세 가지 자기동일성을 분류하고 예술의 개념에 활용한 최인훈은 이를 다시 예술의 창작과 수용의 과정으로 도표화하여, 자연과 예술의 관계를 압축적으로 표현한다. 「인간의 Metabolism의 3형식」이라는 에세이가 바로 그것이다.

'DNA'에 속하는 생물주체는 자연 객체의 여러 요소를 감각적으로 받아들여 'DNA''에게 전달한다. 'DNA''는 자연으로부터 받은 여러 요소를 문명의 도구로 전환시킨다. 그리고 'DNA∞'는 자연 객체에게서 받은 감각과 문명의 기호를 극대화된 감각으로 작품화하여 환상객체에게 전한다. 인간의 예술활동은 자연에게서 받은 온갖 감각의 체험을 문명의 도구로 쓰거나 예술의 기호로 써서 그 감각을 감상자에게 돌려주는 순환 구조로 이루어진다고 하겠다.

문학은 감각예술과 달리 표현 도구가 일상 생활의 소통의 기호인 '언어'여서 예술로써 많은 난제가 있는데, 언어라는 현실의 공동체적인 이성의 기호를 공동체적인 감성의 코드로 전환해서 예술의 기호로 활용해야 한다. 전환의 방법은 현실을 부정하거나 공공의 상징물로 구현해 내는 것이다. 한 마디 발화에도 수많은 의미가 담긴 계통발생이 일어나도록 해야 할 것이다.

최인훈은 이와 같은 예술론과 문학론을 바탕으로 예술의 창작과 수용의 과정을 도표, 수학식 기호, 의식의 흐름 모식도로 도형화해놓는다. 대표적인 것이 '창작 의식의 흐름'을 모식화해놓고, 그에 주를 붙여 놓은 도형이다.

최인훈은 이 도형에서, 인간의 자아가 세계와 분리를 경험하게 되는 문명 이후, 인간의 의식을 '현실의식'과 '상상의식'으로 양분한 다음, 이 둘의 관계의 섬세한 경로를 통해 예술품의 창작과 수용의 과정을 파악하여 그림으로 제시한다. '감각-지각-표상-개념'을 아우르는 의식은 표층에서, 그 심층에는 여러 갈래의 상상의식이 나뉘어 흐르고 있다. 도표는, 창작 의식과 수용 의식의 단계를 정합적으로 압축해

서 제시하고 있다. 필자는 이러한 최인훈의 예술론과 문학론, 창작자
의 의식의 흐름을 인식하여 설명하는 데 본 연구의 전반을 할애하려
한다.

최인훈의 작품에 대한 본격적인 연구는 1960년 그가 『광장』을 발표
하면서 시작되었다. 『광장』은 최인훈에게 '전후 최대의 문제작가'라
는 평가를 받게 하는 작품으로, 수많은 비평과 문학연구가 지금도 이
뤄지고 있다.

그 후에도 최인훈의 작품은 발표할 때마다 주목을 받아왔다. 그만
큼 그의 작품에는 예리한 문명론적 문제 의식과 문학적 가치가 함께
존재한다고 말할 수 있을 것이다. 김현은 "그와 같이 꾸준히 논란의
대상이 되어온 작가는 그리 흔하지 않다"[4] 라고 말하면서 그의 대부
분의 작품에서 보여지는 반사실주의적 성향과 난해성, 특수한 정치관
과 예술관을 특히 높게 평가하고 있다.

최인훈의 소설 세계에 대한 논의는, 1960~1970년대에는 평론적 성
격의 접근이 주를 이루다가, 1980년대 이후로는 학위 논문을 통한 본
격적인 연구의 형태로 진행되기 시작한다. 평론의 경우, 대부분 『광장』
에 집중되고 있고, 학위 논문의 경우도 특정 주제나 방법론에 부합하
는 몇몇 작품만을 선택하여 다루고 있어, 최인훈 소설세계에 대한 전
체적 조망에는 미치지 못한 실정이었다.

특히 다수의 논문들은 과거에 이루어진 비평적 해석을 대부분 그대
로 수용하면서 최인훈 소설의 형식적 특성을 당시에 회자되는 이론과
방법론으로 분석하려는 노력을 보이고 있다. 그렇지만, 그러한 논의
는 작품과 작가 의식 사이의 긴밀한 연관 속에서 해명하지는 못하고
있어 보인다.

1990년대 후반부터 최근까지의 논문에서는 연구 대상의 범위가 최

---

4) 김병익 · 김현 편 『우리시대의 작가 총서, 최인훈』, 도서출판 은애, 1979.

인훈 소설 전체로 확대되고 있는 양상이다. 특히 작품의 내용과 형식
의 연관 관계, 혹은 최인훈 소설 세계의 변모를 고찰하는 연구가 활발
하게 진행되고 있다. 비로소 총체적 맥락에서 최인훈의 소설세계를
살필 수 있는 여건이 마련되었다고 볼 수 있다.

　최인훈 소설에 대한 최초의 평론은 백철의 논평으로, 백철은『광장』
을 두고 남과 북의 현실을 동시에 비판한 균형 감각을 긍정적으로
평가하고 있다.5) 학위 논문의 경우도 초기에는 주제론이나 작가의식
에 대한 연구들이6) 주를 이루다가 환상기법, 서술 양상 등, 형식·구
조주의적 이론을 바탕으로 작품을 분석한 연구가 많아졌다.7) 특히
1990년대에는 포스트 모더니즘의 영향으로 최인훈 소설의 패러디 문
제를 다룬 연구나8), 정신분석학9) 그리고 해체이론의 관점에 의거한

5) 백　철, 「하나의 돌이 던져지다」, 『서울신문』, 1960.
6) 김충기, 「최인훈 문학에 나타난 소외의 문제의식」, 경희대 석사논문, 1977.
　　김윤창, 「한국 현대소설의 소외의식 연구」, 한양대 석사논문, 1984.
　　배경윤, 「최인훈 소설의 소외의식 연구」, 효성여대 석사논문, 1989.
　　배미선, 「최인훈의『광장』연구」, 연세대 석사논문, 1994.
　　김경윤, 「최인훈 소설 연구」, 경북대 석사논문, 1985.
　　고인환, 「최인훈 초기 소설 연구」, 경희대 석사논문, 1996.
7) 황순재, 「최인훈 소설의 환상 기법 연구」, 부산대 석사논문, 1989.
　　정혜영, 「최인훈 소설의 환상성 연구」, 숭실대 석사논문, 1992.
　　김미영, 「최인훈 소설의 환상성 연구」, 한양대 박사논문, 1998.
　　조보라미, 「최인훈 소설의 환상성 연구」, 서울대 석사논문, 1999.
　　송명진, 「최인훈 소설의 사실 효과와 환상 효과 연구」, 서강대 석사논문, 2001.
　　양　인, 「최인훈 소설의 서사 형식과 사회적 담론 연구」, 서강대 석사논문, 1996.
　　이인숙, 「최인훈 소설의 담론 특성 연구」, 고려대 박사논문, 1998.
　　서은선, 「최인훈 소설의 서사 구조 연구」, 부산대 박사논문, 2003.
　　방희조, 「최인훈 소설의 서사 형식 연구」, 연세대 석사논문, 2001.
8) 정은주, 「최인훈의 <구운몽>, <서유기>연구」, 고려대 석사논문, 1990.
　　박　진, 「최인훈의『소설가 구보씨의 일일』연구」, 고려대 석사논문, 1994.
　　오승은, 「최인훈 소설의 상호텍스트성 연구」, 서강대 석사논문, 1998.
　　차봉준, 「최인훈 패러디 소설 연구」, 숭실대 석사논문, 2001.
　　조희권, 「현대 소설에 나타난 <춘향전> 패러디 연구」, 한양대 석사논문, 2000.

연구가10) 시도되고 있는데, 작품에 대한 이론의 도식적 적용과 난해함이 문제가 되고 있다.

이렇게 기존 연구들이 다양한 이론적 준거를 바탕으로 전개된다. 하지만 김기주의 논문11)과 김인호의 단행본12), 그리고 서은선, 김미영의 연구서를 제외한 대부분의 논문들은 연구 대상 텍스트가 한정되어 있으며, 연구 방법 또한 몇몇 개념어 혹은 두어 가지의 이론적 준거에 그치는 한계가 있다. 또한, 「최인훈의 소설에 나타난 예술론 연구」 등의 논문13)이 있는데 이는 최인훈의 작품을 다룬 논문과의 차별성에 주목할 수 있겠지만, 최인훈 예술론의 본질에는 접근하지 못하고 있다고 판단된다.

그리고 1960년이라는 시기를 중심으로 최인훈의 작품을 분석한 논문도 있는데, 그 시기를 '근대성'14)과 '비극성'15)이 첨예하게 드러난 때라고 보고 최인훈의 작품 활동 시기와 겸해서 해석하기도 한다. 그 외에도 '이데올로기 담론 양상'을 연구한 논문16) 등과 최인훈 소설의 담론 특성 및 작가 의식을 집중 연구한 논문들17)도 있다.

정봉권, 「최인훈의 패러디 소설 연구」, 부산대 석사논문, 1997.

9) 허영주, 「최인훈 소설의 정신분석학적 연구」, 계명대 박사논문, 1995.

10) 김인호, 「최인훈 <화두>에 대한 해체론적 읽기」, 동국대 석사논문, 1995.
「최인훈 소설에 나타난 주체성 연구」, 동국대 박사논문, 1999.

11) 김기주, 「최인훈 소설 연구」, 동국대 박사논문, 1999.

12) 김인호, 『해체와 저항의 서사』, 문학과지성사, 2004.

13) 황 경, 「최인훈 소설에 나타난 예술론 연구」, 고려대 박사논문, 2003.

14) 김민수, 「1960년의 미적 근대성 연구」, 중앙대 박사논문, 1999.
김영찬, 「1960년대 한국 모더니즘 소설 연구」, 성균관대 박사논문, 2001.
임경순. 「1960년대 지식인 소설 연구」, 성균관대 박사논문, 2000.

15) 김주언, 「한국 비극소설 연구‒1960년대 최인훈·서정인·김승옥을 중심으로」, 단국대 박사논문, 2000.

16) 김상욱, 「소설 담론의 이데올로기 분석 방법 연구」, 서울대 박사논문, 1995.

17) 김경윤, 「최인훈 소설 연구 : 작가 의식과 내면화 의식을 중심으로」, 경북대 석사논문, 1984.

최인훈 소설에 대한 평가의 내용을 개괄적으로 살펴보면, 당대의 현실 반영에 있어 객관적인 시각을 확보하고 있다는 것이다.[18] 한 시대를 대표할 만한 고유한 특징을 그의 소설 텍스트들이 드러내고 있으며, 특히 4.19 이후의 새로운 시대정신과 밀접하게 관련되어 있다는 점에 있어서는 많은 논자들이 동의하는 입장을 보이고 있다.

여러 비평가들이 『광장』 이후의 최인훈의 텍스트들을 두고 다양하면서도 구체적인 분석을 하고 있는데,[19] 특히 김우창[20], 김치수[21], 김인환[22], 세 비평가의 발언이 소중하게 들린다. 이들은 최인훈 소설에서의 정밀한 문체와 독창적 기술 방법에 특히 주목하고 있다. 이들의 비평은, 사회 문화적 요인이 아닌 텍스트 내적 요인을 가지고 최인훈 문학을 옹호하는 준거를 마련했다는 점에서 앞서의 추상적인 논평들보다 한 단계 진전된 평가 의식을 보여준다고 할 수 있겠다. 이외에도 여러 비평가들이 최인훈의 문학세계 및 특정 텍스트에 대해 '현실에 대한 풍자적 비판[23]', '고차원적인 리얼리즘과 상징주의[24]', '한국인의 의식으로서는 극히 희귀한, 한국문학에서는 거의 유일한 구원의 문

오현일, 「소설 속의 에세이적인 것에 관한 연구」, 고려대 박사논문, 1979.

18) 김경욱, 「최인훈 소설의 이데올로기 비판 담론 연구」, 서울대 대학원, 1998.

19) 김 현, 「헤겔주의자의 고백」, 『이헌구 선생 송수기념 논총』, 1970.
　　＿＿＿, 「최인훈, 혹은 소외의 문학」, 『한국문학사』, 민음사, 1989.
　　김병익, 「사랑, 혹은 현대의 구원」, 『최인훈 전집 Ⅵ』, 문학과지성사 1978.
　　김치수, 「지식인의 망명」, 『한국 현대 문학의 이론』, 민음사, 1972.
　　김주연, 「분단시대의 지식인의 사랑」, 『변동사회의 작가』, 문학과지성사, 1972.
　　이태동, 「문학의 인식 작용과 야누스의 얼굴」, 『한국현대문학전집 60』, 삼성출판사, 1992.

20) 김우창, 「남북조시대의 예술가의 초상」, 『최인훈 전집Ⅳ』, 문학과지성사. 1991.

21) 김치수, 「지식인의 망명」, 『한국 현대문학의 이론』민음사, 1972.

22) 김인환, 「문학과 문학사상」, 『소설가 구보씨의 일일 분석』, 열화당, 1978.

23) 오생근, 「삶을 위한 비평」, 『우리시대의 작가 총서-최인훈』, 도서출판 은애, 1979.

24) 이태동, 「문학의 인식 작용과 야누스의 얼굴」, 『한국현대문학전집 60』, 삼성출판사, 1992.

학25)' 등등으로 평가하고 있다. 이 같은 비평가들의 언명은 최인훈의 문학 세계에 대한 요약된 발언으로, 의미 있게 들린다.

　필자는 이상과 같은 연구에서 아직 다루어지지 않은 최인훈의 예술론과 문학론을 집중적으로 고찰해 보고자 한다. 그리고 최인훈의 예술론과 문학론이 최인훈 자신의 창작에 어떤 방식으로 적용되어 가는가를 이 논문의 2차적인 목표로 삼으려 한다.

　근대 이후의 서사물의 구조를 이원론으로 파악하는 방법으로, 형식주의에서 내세운 것은 파블라와, 수제26)라는 개념에 의한 구분과 그의 이론적 탐구이다. 이는 소쉬르의 언표 행위의 두 측면, 즉 기의와 기표의 차원을 수용하여 서사물을 이야기와 담론의 두 층위로 보려는 방식이다. 어떤 서사물이든 이야기가 있고 이것은 이야기하기로 구조화되는데, 이를 내용과 형식으로 분류할 수 있겠다. 이야기의 층위는 사건의 효과적인 배열이 그 내용을 이루게 될 것이고, 담론의 층위에서는 사건을 누가 어떤 서술, 혹은 어떤 어조로 어떻게 전하는가가 형식을 받치게 된다고 할 수 있다. 이 둘의 완벽한 조화가 훌륭한 서사물로 구축되어 독자에게 감응을 일으킨다는 것이 잘 알려져 있는 구조주의 서사이론이다. 우리가 명작이라고 이름 붙일 수 있는 작품은 그 두 가지 모두 만족되게 감응하도록 구조화하여 작품을 읽는 독자에게 환상의 기쁨을 전하는 서사물이라 할 수 있을 것이다.

　필자는, 서사물 구축에 있어 가장 핵심 요소라 판단되는 개념인, '플롯'과 '화자'의 문제를 주된 논거로 삼아 최인훈의 소설을 분석해

---

25) 김병익, 「사랑, 혹은 현대의 구원」, 『최인훈 전집Ⅵ』, 문학과지성사 1978.

26) 파블라(Fabula)라는 말은 러시아 형식주의자들, 특히 B.토마쳅스키에 의해 의미를 부여받기 시작한다. 형식주의자들에 따르면 파블라는 이야기의 기초적 자질, 상호의 관련으로 얽히는 사건의 총화를 가리킨다. 그러나 이때의 파블라는 그들의 또 하나의 특수한 용어인 구조화된 이야기, 즉 수제(Sujet)와 구별되는 개념이다. 한용환, 『소설의 이론』, 문학아카데미, 1996. 참조.

나가려 한다. 플롯의 차원에서는 시간과 공간, 그리고, 사건의 진행
관계를, 화자의 측면에서는 시점과 발화의 방식과의 관계에서 작품을
살피고자 한다.

　최인훈의 여러 작품 중에서 비교적 구상적인 작품에 향해 있다고
평가되는『광장』과『소설가 구보씨의 일일』을 본론의 한 절에 묶어
분석해 본다. 최인훈의 '의식의 흐름'27) 분류에 따라 '현실에 귀속되는
상상의식'에 속하는 작품 분류이다. 그리고 '상상으로 남는 상상의식'
에 속하는 작품으로『서유기』를 분석해 볼 것이다. 다음으로, 의식을
극대화시킨 작품인『총독의 소리』와『태풍』을 놓으려 한다.28) 본론의
마지막 절에서는 '현실의식'과 '상상의식'의 합일체로서의 작품이라
판단되는『화두』와「바다의 편지」를 다루고자 한다.

　작품 분석에서 요구되는 논거는 최인훈의 예술론과 문학론, 그 외
최인훈의 예술에 대한 성찰이 원용되면서 논증의 방법론으로 활용될
것이다. 그리고 필요할 경우 서사학의 개념과 정의도 빌려오려 한다.
특히 최인훈의 텍스트가 불교의 사상과 관련성이 깊어 대승불교29)의
여러 개념도 필요에 따라 혼용하겠으나 문학 논문이라는 한계성을
감안하여 적정한 한도에서 활용할 것이다.

---

27) 본고의 제2부에서 집중적으로 다룰 것이다. 최인훈이 작품의 창조와 감상의 '의
　식의 흐름'을 모식화해놓은 것을 말한다.

28) 모든 예술작품이 상상의식에 의해, 더 정확히 말하면 상상의식 속에서의 현실의
　식에 의해 구축되는 것이어서 '현실의식'이란 표현은 모순되기는 하지만, 논의의
　용이로움을 위해 비유로 쓴다.

29) 서사물 구축의 주요소와 최인훈의 창작 의식의 두 측면을 대승불교에서 깨침의
　경지에 이르는 과정과 비교해 보아도 크게 달라 보이지 않는다. 즉 대승불교에
　서의 생멸(生滅)의 과정이 내용의 측면으로, 무명(無明)이 진여(眞如)의 영향을
　받아가는 과정이 그것인데, 형식의 측면은 생멸의 과정을 차츰 제거하여 정리하
　는 과정, 즉 텍스트화 하는 과정으로 비유코자 한다. 불교의 해설서와 선(禪)과
　관련한 여러 참고 문헌 등에서 공통적으로 사용되는 개념을 빌어오겠지만, 특히
　대승불교의 총론에 해당되는『대승기신론, 소, 별기』에 나오는 개념과 해설을
　주로 원용할 것이다. 원효의『대승기신론, 소, 별기』(삼성출판사, 1997)에서 많이
　참고하였다.

제1부
최인훈 예술론의 양상과 성격

제1장 | 최인훈의 예술론과 문학론

1. 잃어버린 낙원의 회복으로서의 예술

최인훈의 예술론은 크게 두 가지 줄기로 나누어진다.[1] 하나는 예술의 문화인류학적 형성과정과 보편적인 원리를 다룬 것이고, 다른 하나는 예술의 여러 갈래 중 언어예술에 국한하여 펼치고 있는 인식론적 논의이다. 그 둘을 다른 기준으로 다시 분류하면 역사와 현실, 현실과 환상의 대립적 국면 하에서의 예술의 역할과 목적을 논하는 에세

---

[1] 필자의 조사로는 최인훈의 예술론 관련 글 중에서 완성된 본격 예술론 및 문학론은 「예술이란 무엇인가」, 「예술이 추구하는 길」, 「인간의 Metabolism의 3형식」, 「문학과 현실」, 「미학의 구조」, 「居仁遊藝」, 「소설을 찾아서」, 「작가와 현실」, 「문학은 어떤 일을 하는가」, 「기술과 예술에 관하여」, 「소설을 찾아서」, 「문학과 이데올로기」, 「소설과 희곡」, 「창작수첩」, 「길에 관한 명상」 등이 있고, 비평문 속에 많은 분량의 예술 일반론을 펼친 글은 「작가와 성찰」, 「정치와 문학」, 「추상과 구상」, 「스타일과 소재」, 「세사람의 일본 작가」, 「외설이란 무엇인가」, 「부드러운 마음」, 「시점에 대하여」, 「박태원의 소설세계」, 「신문학의 기조」, 「일상의식의 흐름」, 「문학과 과학의 서사시적 갈등」 등이 있다. 최인훈은 강연과 대담의 형식을 빌어 자신의 예술론을 펼치기도 한다. 또한 여러 소설작품 중에서 「서유기」와 「회색인」, 그리고 「하늘의 다리」, 「소설가 구보씨의 일일」에서 예술과 문학에 관한 이론적 사유가 많은 양을 차지하고 있다. 특히 『화두』는 그의 결정판이라 할 수 있다.

이와, 다른 하나는 예술의 표현 주체인 작가와 표현물을 받아들이는 객체인 감상자와의 관계를 논한 글이다.[2] 먼저 것은 예술에 대한 최인훈 특유의 인식에 관한 논의이고, 뒤의 것은 창작 기법에 관련한 도형화이다.

필자는 이 두 갈래를 다시 예술 전반에 걸친 논의와 문학에 한정된 논의로 분류한다. 최인훈이 여러 지면을 통해 펼치고 있는, 혹은 여러 강연에서 밝히고 있는 예술과 문학에 대한 논평을 이렇게 네 형태로 분류하는 데 얼마간 도식화의 위험이 따르기는 하겠지만 본고의 구체적인 논의 전개상 필요한 유형화이다.

최인훈의 예술론에 관련한 여러 에세이 중에서 대표적인 글은 '진화의 완성으로서의 예술'이란 부제가 달린, 「예술이란 무엇인가」[3]이다. 이 논문은 예술의 형성과정을 전개하면서 예술의 정의에 도달하는 최초의 시도이다. 문장은 강연 어록을 정리한 듯 보이는 어조로 진행되는데, 우주 속에서 지구가 형성된 후 살아가는 여러 생물 중에 인간만이 갖게 된 종교를 예술에 대입해 놓고 있다. 인류에게 있어 문명의 발달로 약화된 거룩한 것의 드러남[4], 곧, 성현(聖現)을 최인훈은 예술행동을 통해 경험해 낼 수 있다고 본다. 이 에세이에서 최인훈은, 지구는 45억년 전, 생명은 40억년 전에 탄생, 진화를 거듭하여 50만년 전에 완성되었다는 물리학, 진화학의 이론을 도입하면서 논의를 전개한다. 지구의 환경이 변화하고 생명체들이 진화하여 완결에 이른 지금까지, 인간만이 변화하지 않으면서 변화해온 데에 문제가 있다고 한다.

그럼에도 불구하고 인간은 동물과는 달리, 변화하기로 했다(…)

---

2) 이 분야는 주로 도표나 모식도, 수학식 기호로 표현되고 있다.
3) 최인훈, 『길에 관한 명상』, 솔과학, 2005, 230~256면.
4) 멀치아 엘리아데, 이동하 역, 『聖과 俗』, 학민사, 1996. 참조.

그래서 우리가 편의상, 원래의 진화론이라는 말과는 다른 뜻이 되지
만 - 진화라는 말은 원래는 생명이 하급생명으로부터 고등생명으로
발전하는 것을 표시하는 과학용어지만, 우리가 비유적인 용법으로서
인간이 도구를 사용해서 환경을 극복하는 이런 능력을 가지게 된 인
간 존재의 제 2의 발전단계를 또 하나의 진화라고 부르기로 하자는
것입니다. (…) 그래서 인간은 50만 년 전 이래 조금도 변하지 않기
도 했고, 계속적으로 변해 오기도 하고 있다, 이렇게 되겠습니다.5)

45억년 후 태양계의 소멸까지 지속될 문명의 발달, 혹은 문화의 진
보를 이뤄나가는 인간이어서 동물과는 다르게 변하지 않으면서 변하
는 특성이 인간에게는 있다는 것이다. 그래서 최인훈은 인간의 구조
식을 'Iii'6)이라고 붙이고 있다. 생물적 자기동일성을 갖추기는 동물
과 다를 바 없지만, 인간은 거기다가 문명적인 자기동일성을 얹게 되
었기에 두 가지 자기동일성이 있는 셈이고 그것은, 50억년이라는 먼
시간까지 계속되리라는 전제 하에서이다.

그런데, 현대의 문명인이 고대의 원시인보다 평온을 유지하며 삶을
영위해 나가느냐, 하면 그것은 그렇지 않을 수도, 그럴 수도 있을 것이
다. 문명은 교육을 통해 전해지고 교육의 양과 질은 사람마다 개인적
인 차이가 있을 것이다. 또한 교육을 통한다고 해서 현대인이 고대인
보다 평화를 누리고 살아간다고 자신 있게 말할 수는 없다. 어쩌면
현대인이 고대인보다 더 많은 고통을 받고 있을지도 모른다. 그 중
가장 큰 고통은 유한을 인식하면서부터 오는 죽음에 대한 공포라고
할 수 있다.

---

5) 최인훈, 「예술이란 무엇인가」, 『길에 관한 명상』, 솔과학, 2005, 235~237면.
6) 'I'는 자기동일성, 자기정체성이라는 Identity의 약자로 대문자인 I는 생물적인 자
   기동일성, 소문자인 i는 문명적인 자기동일성을 말한다. 그리고 이텔릭체의 i는
   예술적 자기동일성이다. 인간의 구조식이 Iin이라는 것은 문명은 시간의 흐름에
   따라 변화하고, 그 변화는 계속된다는 의미에서의 표현이다.

　현재의 우리의 문명은 아직 현실적으로 그것을 해결하지 못하고 있는 상황이다. '인간의 문명이 해결하지 못한 부분은 죽음에 대한 공포'이고 생명은 유한하다는 의식을 갖게 되면서, 기술 문명으로는 그 문제를 극복하지 못하리라는 의식도 함께 갖게 되었기에 '완전한 평화란 갖기 힘든 상태'라고 최인훈은 인간문명을 보고 있다. 문명이 발달했지만 자연은 그만큼 훼손되었다거나, 인간은 과거에 비해 인간성을 상실하고 있다거나, 인간은 우주와 오히려 멀어져 있다거나 하는 말은 현대에서 일상화되다시피한 표현이다.

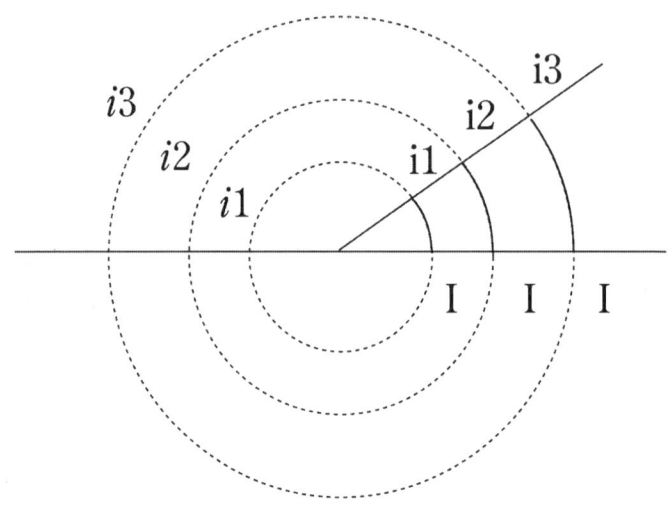

I = 생물적 동일성[7]　　　　　동물 I
i = 문명적 동일성　　　　　　인간 Iií
í = 예술적 동일성

---

7) 위의 책, 236면.

위 그림에서, 부채꼴 부분처럼 인간은 동물과 달리 문명적 동일성
이 점점 더 커져가고 있지만, 완전한 평화를 얻지 못하는 존재이다.
그래서 인간은 이를 해결하기 위해 다른 아이덴티티를 얻으려 애를
써왔다. 동물에게도 물론 죽음에 대한 공포는 있을 테지만, 동물이
갖고 있는 공포는 천적에 의해서일 뿐이다. '동물이 느끼는 불안의 두
께는 자기 몸으로 느낄 수 있는 반경, 아주 가까운, 동물이 감각기관을
통해서 관찰, 지각 가능한 한계, 동물의 생물적 능력의 한계가 동물이
관심을 가지는 행동의 한계'이다. 그러나 인간에게는 그 한계를 넘어
서려는 의식이 있다. 곧 인간의 의식에는 무한을 체험하려는 욕망이
있다. '인간은 문명이라는 과정을 통해서 그 욕망이 무한한 것에 이르
지 않고는 쉴 수 없는 존재'가 되었기에, 혹은 '기독교 식의 말로 하면
우리는 이미 금단의 과실을 따먹었'기에 인간은 원죄를 유전하면서,
동시에 불안과 불편을 해소하려는 욕망을 더욱 갖게 되었다. 그 문명
의 두께는 시간이 흐를수록 두터워지므로 무한에 대한 갈증은 해소되
기보다 더 심해지는 상황에 이르고 있다.

그러나 최인훈은 문명의 열매를 즐긴 후에 받는 고통을 이제 그만
두고 문명 이전으로 돌아가야 한다고 주장하지는 않는다. 과거의 인
류에게는 그런 고통을 참아내는 도구나 기술적 처리가 아직 미흡했
지만, 오늘날에는 이를 변화시킬 수 있는 힘과 기술이 있다. 그리고 더
나은 기술을 가지려는 욕망이 있고, 그것을 적극적으로 실천해 나가
고 있다. 인간은 고통과 불편을 감수하면서도 문명을 증대시키고 있
는 동물인 것이다.

그렇다고 해서 인간이 인식하게 되었던 유한에 대한 불안마저 완전
히 해소[8]할 수는 없다. 인간은 오래전부터 고통을 줄이는 방법을 고

---

8) 최근의 생명공학이 인간의 수명을 연장시킨다고 하지만, 죽음에 대한 공포를 완
　전히 해소시켜 주지는 못하리라 생각된다. 자기를 복제한다고 하더라도 인간의
　체험의 완벽한 복제는 불가능할 것이기 때문이다. 자기를 몇 번이고 체험하고 영
　원히 살겠다는 욕망의 실현은 최근의 여러 서사물에서 가상으로 보여주고 있

안해놓고 있었고, 그것이 또한 문명의 발전을 이루게 하는 원동력이
되기도 했다.

> 원초적인 불안, 진화를 완성시키지 못하는 데서 비롯되는 근본적
> 인 불안을 무엇을 가지고 껐느냐 하면 종교를 가지고 그렇게 했습니
> 다. 종교를 가지고-절대적인 힘이 있는 어떤 존재를 상상함으로써
> 그 존재와의 어떤 관계를 맺음으로써 자기는 무력한 존재이지만, 그
> 전지전능한 존재에게 충성을 맹세함으로써 그 존재의 호의의 베풂을
> 받아 그 존재가 가진 전능한 힘을 나도 입게 된다, 하는 방법으로써
> 인간은 저 부채꼴 이외의 원의 부분에 대한 불안 공포를 이겨냈습니
> 다. (…)그리고 또 한가지 방법은 인간은 예술이라는 방법으로 같은
> 목적을 추구해 왔다는 것이 제 생각입니다.[9]

  종교와 예술은 유한의 불안을 해소시켜주고, 무한을 경험하게 해
주는 역할을 하고, 인간은 그러한 의식의 수준을 예로부터 갖고 있었
다는 것이다. 즉, 인간은 세 가지의 아이덴티티를 포함하는 존재인
것이다. 인간은 이러한 세 가지 아이덴티티가 있어 먹이사슬의 최고
위치에 있으며 무한까지도 경험하는 능력을 갖게 된 동물이다.
  요약하면, 인간은 생물적이고, 문명적이며 종교·예술적 아이덴티
티를 함께 지닌 존재이며 이 상태가 앞으로도 인류가 갖는 자기동일
성이라고 최인훈은 말하고 있다. 그런데 마지막 '*i*' 즉, 종교·예술적
자기동일성에서, '종교는 이 상태를 현실로 주장한다'면서 '(*i*=무한)+'
라는 수학 기호로 표현하고, '예술은 이 상태를 약속된 환상으로만 주
장한다'며 '(*i*=무한)-'로 표현하고 있다. 종교는 절대자라고 상정한
존재와의 연결을 통하거나 그 도그마를 믿음으로써 현실로 주어지는

<hr>

  만, 완전한 자기복제, 자기동일성의 판박이는 없으리라 필자는 생각한다.
9) 위의 책, 247면.

아이덴티티이고, 예술은 작품이라는 약속된 매체를 통하여 환상으로 주어지는 아이덴티티를 말한다. 즉, 예술의 자기동일성은 환상을 현실로 착각하여 얻게 되는 아이덴티티이다.

　인간이 진화할 수 있는 최종의 목적지는 '나'와 우주가 합일된 자기동일성의 능력을 가지게 되는 것인데, 그것을 바로 종교나 예술이 환상으로 경험시켜 주고 있다. 그래서 최인훈은 '진화의 완성으로서의 예술'[10]이라는 한 마디로 예술에 대해 간명하게 표현하고 있다.

---

10) 아래의 그림에서처럼

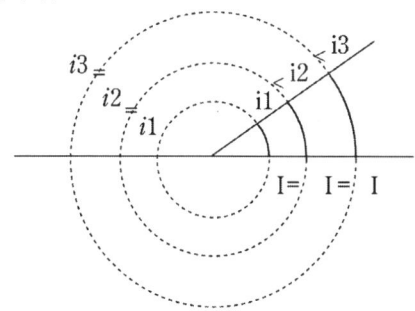

　문명적인 자기동일성인 'i'는 원이 커져갈수록 그만큼 수준도 증가하기에 '<'로 표시된다. 그런데 원이 커져가도 생물적 자기동일성인 'I'와 종교·예술적 자기동일성인 'i'는 항상성을 유지하기에 '='로 표현되고 있다. 이는 '진화가 완성된 지금으로서의 'I'는 문명이 진보해도 동일하다는 의미이고, 'i' 또한 시간의 흐름과 함께 발전하는 문명과는 달리 진화가 완성된 상태로 같은 수준을 유지하는데, 그에 대한 대처는 종교와 예술로 기능한다.'는 것이다.

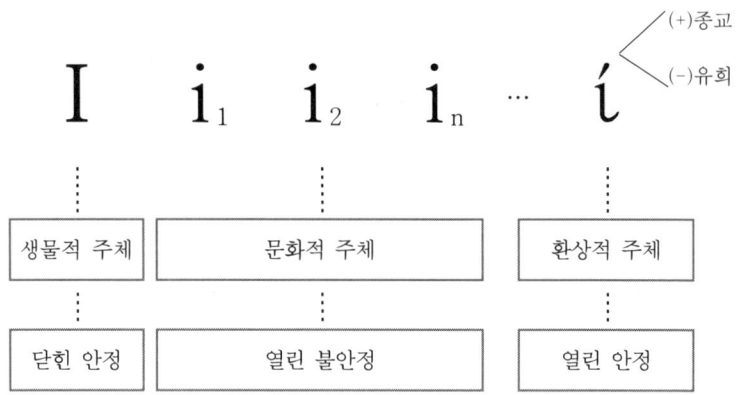

위는 「예술이란 무엇인가」를 좀더 확장해서 예술의 개념을 정리하고 있는 도표이다. 앞서 살펴보았던, 인간의 자기동일성의 세 단계에 인간의 심리상황을 덧붙인 도식인데, 생물적 주체인 'I'에는 '닫힌 안정'을, 문화적 주체인 'i'에는 '열린 불안정'을, 그리고 환상적 주체인 '*i*'에는 '열린 안정'을 대입[11]하고 있다. 생물적 주체를 '닫힌 안정'으로 표현한 이유는, 생물의 종들의 진화가 완결된 시점에서는 더 이상 새로운 진화로의 변화는 일어나지 않는다는 의미에서, 그 주체적 상황이 '안정'은 됐지만 '닫혀 있다'고 보는 것이다. 생물적 주체로서의 인간 또한 아직 교육을 받지 않은 상태라면 동물과 같은 상태의 의식이어서 '닫힌 안정'을 가질 것이다. 앞날에 대한 계획을 세우고, 그 계획을 실천하겠다는 생각이 없는 상태, 미래에 대한 예상을 할 수 없어 닥치는 우려 등등이 없는 상태로서의 동물과 같은 의식이어서 닫혀 있는 상태이다. 그 때문에 오히려 아무 걱정 없이 안정돼 있는 마음의 상황을 의미한다. 미래에 대한 가장 큰 우려는 자신의 존재에 대한 물음에서 시작되는 죽음의 상황이겠지만, 생물적 주체 단계에서는 아직 그것에 대한 의식이 없기에 안정되어 있는 마음의 상태이다.

---

11) 김광일, 최인훈 정년퇴임강연, 「조선일보」, 2001, 5, 14.

하지만 최인훈은 문화적 주체의 단계에서는 그 주체적 상황이 불안정한 것이기는 하지만 그것은 '열려' 있는 '불안정'이며, 그것은 '좋은 의미와 나쁜 의미 모두를 포함하고 있다는 뜻에서의 변화'라고 말한다. 즉, '인간은 도구를 사용하여 문명의 진보와 기술을 발전시킬 수 있기에, 미래를 향해 열려 있다는 의미에서 좋다는 것'이고, 한편으로는 교육을 받아 기술을 알게 될 수록, 혹은 문명이 진보할수록 진정한 평화는 없다는 것을 더욱 깊고 두텁게 자각하는 데서 오는 불안이어서 나쁜 의미도 함께 한다는 것이다.

그래서 최인훈은 '인류가 끊임없이 살아 있는 동안은 기계적인 반복을 생애가 용서하지 않는다'라고 말한다. 인간은 생물적 주체로서 문화를 일궈나가면서 앞날을 향해 끝모르게 열려 있긴 하지만, 죽음 앞에서는 늘 불안한 존재여서 불안을 해소하기 위해 제 3의 자기동일성을 갖기 위한 행동을 시작했다. 그것이 종교와 예술 행동이다. 이것이 'i'이고, '환상적 주체', 그리고 '열린 안정'이다. '환상적 주체'는 앞서의 '예술적 동일성'과 같은 개념이라 할 수 있다. '열린 안정'이라는 것은 앞 단계의 생물적 주체, 문화적 주체에서 깃든 '열린 불안정'을 극복하기 위한 인간의 새 행동 양식으로서, 종교와 예술 행동에서의 마음 상태를 말한다. 종교와 예술이, 안정돼 있지만 닫힌 상태를, 그리고 열려 있지만 불안정한 상태를 극복하기 위한 인간의 의식수준의 층위라 할 수 있겠다. 종교는 현실로 그러한 안정을 준다는 의미에서 (+)로 작용하고, 예술은 환상이라고 약속한 상태여서 (−)로 기능한다.

또한 최인훈은 예술을 일러 '적지에 들어가 죽기 5분전에 휴식하며 부르는 한 마디 노래'라고 비유하는데, 이는 예술이 갖는 '유희'의 기능을 적극 수용한 정의이다.

'열린 안정'이 종교에서는 (+)로 작용한다는 의미는, 인간이 종교적 신앙에 계속 몰두하면 내세에는 안정이 있다는 것과 같습니다. 안

정의 티켓을 플러스로 발행한다고 할 수 있겠습니다. 교파마다 이름
은 약간씩 다르지만 이 경우 확실히 지불하기로 약속한 '열린 안정
보장 티켓'이겠죠. 그런데, 예술은 열린 안정을 제공하는 향정신성
안정제이되, 마이너스라는 것입니다.

예술이론에서, 예술에 대해 큰 범주로 나누고 있는 '유희'라는 것
이 내가 지지하는 예술 개념입니다. 아무리 심각한 이야기라 할지라
도 예술은 형식적 의미로는 '유희'라는 것입니다. 지금의 인간에게는
유한의 불안을 해소시켜준다는 보장을 찾을 수 없다는, 최종적인 구
원이라는 것은 이제는 이성을 가지고는 기대하지 않기로 하겠다는,
인류의 문명의 주기에 도달한 경우의 인간인 경우, 몸이 너무 피로하
면 잠시 눈을 붙여야 하지 않겠습니까. 노동이 너무 심하면 잠깐 쉬
어야 할 것 아니겠습니까.

5분의 휴식 시간이 끝나면 마지막으로 공격해야 하는 돌격대원들
도 5분의 휴식 시간에는 담배를 한 대 피우면서 '화랑 담배 연기 속
에' 와 같은 시시한 군가라도, '울고 넘는 박달재' 와 같은 유행가라
도 부르지 않겠습니까? 죽기 5분 전에 한 마디 부르는 '노래', 그러니
까 '담배 한 대 죽기 오분 전에 울고 넘는 박달재'가 바로 예술입니
다. 그보다 훨씬 장엄하고 권위적인, 어떤 경우에는 종교의 모자 같
은 것도 엉터리로 쓰기도 하겠지만, 그것 또한 5분 간의 휴식 시간에
피는 담배 한 대와 같은 효능을 인간에게 제공할 것입니다. 그것이
바로 예술입니다.[12]

위와 같은 세 분류를 최인훈은 「길에 관한 명상」에서 '자연의 길'과
'기술의 길', 그리고 '종교와 예술의 길'[13]이라는 다른 방식으로도 비
유하고 있다. 퇴임강연에서 인간의 마음 상태를 도입하여 명제화시킨
것이 최근의 예술원론 격의 발언이고, 가장 정합성을 띠고 있는 예술
론이다. 최인훈은 이와 같은 그만의 기호로, 근대적 지식 체계를 단지

---

12) 김광일, 최인훈 정년퇴임강연, 「조선일보」, 2001. 5. 14.
13) 최인훈, 「길에 관한 명상」, 『길에 관한 명상』, 솔과학, 2005, 267면.

외래의 기성품으로 접근하지 않고, 스스로의 내면에서 필연적으로 자기화하는 행보를 종의 계통발생의 반복에 의한 개체발생의 과정에 대입해서 이해함으로써 전통과 현재, 소속 집단과 구성원의 유기적 상호 위치를 파악하고 있다.

　이제까지 예술의 원론 격에 해당하는 최인훈의 예술에 대한 정의를 살펴보았고, 앞으로는 폭을 좁혀 언어예술인 문학에 국한하여 최인훈 특유의 문예미학, 문예철학에 대해 살펴본다. 이에 대해서는 단독 논문으로 본격화시킨 「문학과 이데올로기」와 「소설을 찾아서」를 중심으로 논의를 전개해 보도록 하겠다.

　「문학과 이데올로기」는 작가 고유의 예술 원론을 문학론으로 자연스럽게 전이시키면서 문예미학으로 세분화시킨 논문이다. 그리고 「소설을 찾아서」는 '근대'라는 인류의 역사적 관점을, 작가의 풍성한 지식을 동원하여, 근대 이전과 이후의 사회현상과 연관지어 문학 현상을 바라봄과 동시에 우리 문학을 반성하고 있는 에세이다. 최인훈은 근대 이후의 사회 성격과 문학현상을 관련시켜 우리 문학을 조망해 나간다. 특히 우리 소설의 엇나간 방향에 대한 그의 언술은 여러 편의 소설 비평문 속에서 자주 찾아볼 수 있다.

　「문학과 이데올로기」에서의 핵심어구는 '개체발생은 계통발생을 되풀이한다.'는 명제이다. 이는 생물학자 헤켈이 생물의 진화와 종의 유지 방법[14]을 정의한 것인데, 최인훈은 이 명제가 갖고 있는 의미를 최대한 활용하여 문학의 현상을 이해하려 한다. 그는 나중에 「예술이란 무엇인가」에서 제시하게 될 인간의 세 가지 자기동일성을 'DNA'라는 유전정보전달구조를 동원하여 다시금 확대해서 문학에 적용한다.
　알려진 대로, 'DNA'라는 것은 생물들이 자기 종의 유지를 위한 네

---

14) 프랭크 H. 헤프너, 윤소영 역, 『생각하는 생물』, 도솔, 1996. 57면.

개의 염기소의 배열구조를 말한다. 생물학에서는 생물들이, 생명발생
에서 50만년까지 사이에 그 구조를 완결시키기 위해 무수한 시행착오
와 낭비를 거듭해왔다고 추정하고 있다. 지금은 모든 생명체들이 그
구조를 완결시킨 상태이고, 그의 유지를 위해 애를 쓰고 있다고 한
다.15) '개체발생은 계통발생을 되풀이 한다'는 명제는 최인훈의 대작
『화두』에 다시 언급되며 『화두』의 구조 원리로 쓰이고 있다고 필자는
판단한다.16) (이에 관해서는 제2부에서 다시 자세히 다룰 것이다.)

진화가 일단락되었다는 것은 'DNA'의 네 개의 염기소배열에 정합
성을 갖게 되었다는 것인데, 이는 생명 발생 이후 지금까지의 모든
시행착오가 결말을 맺고 있다는 것과 마찬가지이다. 즉, 네 개의 염기
배열에 의해 선택된 나선형의 사슬에 40억년 전에서 50만년 전까지의
모든 정보가 압축된 상태로 기록·유전된다는 의미이다. 계통발생이
완결되었는데, 그 완결은 생명이 자신의 생명을 종(種)에 전수시킬
때 즉, 개체발생 시에 압축된 상태로 전하게 된다. 앞서 살펴보았듯이,
생물적 자기동일성이 갖춰지게 되었는데, 인간도 마찬가지로 지금의
인류가 되기까지 오랜 환경 적응 끝에 확립된 정보를 열 달이라는
수태 기간 동안에 반복하고 있다.

최인훈은 「문학과 이데올로기」에서 그러한 'DNA'의 특성을 빌어
문학 현상을 바라보고 해석해나간다. 앞서의 개념인 '생물적 주체'로
서의 '닫힌 안정'을 지닌 인간에게는, 모든 생물이 갖고 태어나고 살아
가는 자기 종으로서의 DNA가 존재한다. 인간은 '문명적 주체'로서의

---

15) DNA의 구조를 발견하기 전까지는 단백질의 구조라고 생각해왔던 것을 왓슨과
클릭이 방사선을 이용해 촬영에 성공하여 발표한다. 매우 획기적인 발견이어서
생물학뿐 아니라 거의 모든 분야에서 놀라움을 금치 못했다. 지금은 DNA를 해독
할 뿐 아니라, 각 생물의 종(種)의 구조까지 변형시킬 수 있는 기술이 개발되기도
했고, 앞으로도 얼마만한 생명공학의 기술이 발전할지, 예측하기 어려운 정도에까
지 이르렀다.

16) 김기우, 「최인훈의 예술론과 『화두』의 구조적 특성」, 한국언어문학회, 56집, 2006
년. 참조.

'열린 불안정'한 의식도 지닌 채 살아가는데 이는 DNA'라 명명한다. 그리고 '환상적 주체'로서 '열린 안정'의 의식을 함께 추구하는 인간의 행동을 DNA∞로 표현하고 있다.

> 문명은 사람이 생물로서 타고난 - DNA에 의해 움직이는 행동 부분이 아니고, 인간의 개체들이 무리를 지어 살면서 그들 사이에서 진화시킨 제 2의 호메오스타시스이기 때문에 그것의(문명의) 개체생적 유지나 개체생적 발생(즉 후대에 의한 계승)이라는 것은 순전히 후생물단계에서의 약속과 그 약속의 교습에만 의존한다. 문명 행동의 생물·물리적 부분을 문명<행동>이라 부른다면, 이것 - 즉 문명인의 신체의 운동, 기계의 조작, 기호의 구성은 물리적으로는 생물적 행동과 구별되지 않는다. 그러한 행동을 지시하는 의식은 문명<의식>이라 부를 수 있을 것이다.17)

DNA에 담긴 생명의 유전정보처럼 DNA'에는 원시 인류의 돌도끼 체험에서부터 지금의 컴퓨터 체험에 이르는 기억이 기호로 압축되어 담겨 있다. 그래서 최인훈은 현대의 인류가 어떤 행동을 할 때의 모습을 '사람의 행동=DNA×(DNA)'' 혹은 '행동=(DNA)(DNA)''라고 한다.

그런데, 문제는 DNA는 염기소의 배열이 완성된 상태여서 저절로 유전되지만 DNA'는 교육을 받지 않으면 유전할 수 없게 된다. 게다가 DNA' 는 계통발생의 되풀이 없이 개체발생할 수도 있는 특이성이 있기에 최종단계의 기계적 이식만으로도 겉으로 보기엔 무리 없이 개체가 발생된다. 겉으로 보기에만 그렇지 충실한 상태의 개체발생이 이뤄지지 않을 경우도 있다. 충실한 교육을 받지 않은 사람의 겉모습18)처럼 말이다.

---

17) 최인훈, 「문학과 이데올로기」, 『문학과 이데올로기』, 문학과지성사, 1986, 290~330면.

보다 완전한 DNA′를 이루려면, 즉 인간이 문명적 자기동일성을
갖추려면 그 동안의 인간의 역사의 계통발생 단계를 모두 갖추고 있
어야 할 것이다. 최인훈은 그것을 '계통발생의 사다리'라고 비유하고
있다. 그래서 '고등한 DNA″'일수록 그것의 자기 동일성은 필요한 사
다리 수의 증감에 본질적으로 의존'하고 '때로는 마지막 한 개의 사다
리가 질적 변화의 결정권을 쥐는 것이어서 그 한 개가 채워지지 않았
기 때문에 99개가 제 힘을 내지 못하는 일이 있을 수 있다'며, 유럽의
자유민주주의를 도입하긴 했어도 4.19 당시 외엔 그것의 허울뿐이던
우리의 잘못된 정치사를 반성한다.

이상과 같은 세 가지 자기 동일성과 DNA라는 유전정보전달구조를
원용하여 예술현상을 밝혀나가는 최인훈은 범위를 좁혀 문학에 관련
된 이론을 펼쳐나간다. 최인훈의 문학론은 DNA′의 사다리 계를 비운
채로 이식하거나 외부의 사다리 계를 자체 검증 없이 끼워맞춰 발생
되는 혼란, 즉 우리의 잘못된 근대 문학의 인식에 대한 비판을 주조음
으로 하고 있다.

'생물적 주체'로서의 자기 동일성이 '안정'을 주고 있지만, 닫혀 있
는 것과 마찬가지로 DNA는 종으로서의 진화의 결정이기에 다음 단
계가 없다. 대신, '문명적 주체'로서의 자기 동일성은 '열려' 있는
DNA, 곧 DNA′여서 '차액'이 발생한다. 그 차액을 잘못 계산하면 착
각에 빠질 경우가 많은데 이는 인간의 역사의 우연적 발생에서 오는
것이라 할 수 있다. 자발적 문명의 발전이 아니라 이식된 문명의 경우
가 대표적이다.

인간의 역사에서뿐이 아니라 그것은 문학의 표현에서도 마찬가지
라 할 수 있다. 아니, 문학 현상이 인간의 역사의 우연 부분을 더 가깝
게 반영하므로 어쩌면 문학은 다른 예술과는 다르게 더욱 그러한 '차

---

18) 최인훈은, 퇴임강연에서 그러한 인간을 '늑대소년'으로 비유한다.

액'에 대한 검수가 더욱 면밀해야 할 것이다.

최인훈은 「소설을 찾아서」에서 근대 이전의 문학과 근대 이후의 문학을 비교, 분석하여 그 '차액'을 검산하고 있다. 근대 이전에는 '잃어버린 낙원을 찾겠다는 로망이 주가 되는 신화가 문학적 발상'이 되고 있고, 근대 이후에는 그 신화를 바탕으로 개인의 생활의 의미를 찾는 방향으로 분화되어 왔다. 하지만, 신화적 존재로서의 자기 동일성은 생물 주체로서의 인간처럼 DNA'에 사다리로 박혀 있는 것이 아니다. 문명이 발전할수록 일상생활이 현실 적응에 번잡해지기에, 인간은 신화적 존재로서의 자기 동일성을 자주 잊게 되었다. 최인훈은 그것을 '기억상실'로 비유한다.

> 이렇게 해서 우리는 고대 문학에 울리는 기조음인 잃어버린 낙원에의 그리움을 이해할 수 있다. 그것은 실증적으로는 원시 사회의 상태에 대한 집단 무의식이 표현된 집단 표상이며, 관념적으로 우주의 구조 원리이며 방향 감각이었던 것이다. 그렇게 해서 사람들은 모든 지나간 시간을 통일하는 지점을 가지고 있었으며, 과거는 그 모두를 지닌 채 현재에 연결돼 있었던 것이다. 대종교가 성립되었을 때 인류는 그들의 모든 지난 시간을 관념적으로 요약하고 질서화해서 잊어버림 없이 지닐 수 있는 형태로 만든 것이었다. 그들은 세계를 소유한 것이다. 관념 속에서 세계는 모두 조명되었으며 설명된 것이다.[19]

그러니까, 근대 이전에 대종교의 관념이 인간의 잃어버린 낙원에의 기억을 압축해서 가장 견인력 있는 DNA'의 사슬로 묶어놓았다는 것이고, 인간은 그 DNA'를 유전하고 있다는 것이다. 최인훈의 풀이로 근대라는 것은 대종교의 의식 수준에서 이미 근대 이전의 세계와 인간에 대한 이해가 하나의 통일된 체계로 완성되고, 그것이 과학과 기술의 발전과 맞물리면서 획기적인 변화를 맞이한 시기라는 것이다.

---

19) 최인훈, 「소설을 찾아서」, 『문학과 이데올로기』, 문학과지성사, 1986, 198면.

DNA'도 유전된다는 의미에서 근대 이후의 시대라 해서 근대 이전의 것을 완전히 잊어버린 채 새로운 문명 유전체계가 출현한다는 것은 아니다. 최인훈은 종교의 유전 체계의 연장선 상에 근대가 있음을 밝히고 있는데, 그것이 '고전문학'이라 불리는 것이라고 말한다. 온전한 계로서의 DNA'임은 물론일 것이다. 최인훈은 그것을 '인류의 보편적 감각이며, 집단생활을 하는 <인간의 존재 방식의 직관>이라고 할 수 있'는 문학이라고 본다.

그런데 근대 이후, 기술문명의 발달로 인간의 생활은 보다 세분화되고 전문화 되어 그것을 기록하는 일 또한 다양해졌다. 신의 세계를 기록하던 문학은 이제 인간의 생활을 많이 기록하면서, '분업적으로 나뉘어져' 특정 종교나 특정 집단, 특정 인, 혹은 불특정 다수를 기록하기에 이른다. 그러면서 고전과 신화의 질서에서 벗어나 문학예술의 본질을 찾겠다고 선언하기에 이른 것이 이후의 모든 나라의 근대문학의 성격이 되었다.

'기억 상실'이라는 비유를 최인훈은 다시 '풍속과 방법'[20]이라는 개념으로 조정하여, 근대이후의 문학을 풀이해 나간다. '선험적 고향을 상실한 문제적 개인이 헤매는 양식'을 소설이라고 루카치가 말했듯, 최인훈은 '종교적 심벌을 사용함이 없이 삶의 뜻을 묻는 것'이라고 근대 이후의 문학을 자리매김한다. 계몽적 근대를 거쳐 미래에 대한 전망도 사라진 현대에서는 '역사 속에 구원이 없다면 인간이 그것을 만들지 않으면 안 된다'고 말한다. 그렇긴 하더라도 '단순히 고전의 세계에서 과거에 설정되었던 이념의 시간, 집단 표상의 공간이 미래로 옮

---

20) 최인훈의 '풍속과 방법'이라는 개념은 여러 비평문과 논문, 소설 속에서 자주 언급되고 있다. 우리의 근대화 이식의 잘못된 사다리 계를 해결하려는 'DNA''처럼 신화적 존재로서의 기억을 종교의 원리로 상징적으로 갖고 있다는 것을 보면 우리에겐 기독교보다 불교가 가까울 수 있을 것이다. 우리의 근대화 과정에서처럼 문학 또한 유럽의 사다리를 갖고 우리의 '기억'을 '상실'한 채 유럽의 사다리를 갖고 우리의 문학 현상에 끼워 맞추려 했다고, 우리 문학의 잘못된 근대화를 조심스럽게 비판하고 있다.

겨졌다는 것만을 의미하지는 않'고 '새로운 공동체의 의식은 미래의
시간과 연결됨과 동시에, 현재의 공간에 이미 있는 것'이어서 타자와
어떤 연계를 갖고 있는가를 현대의 작가들이 탐구해나가야 한다고
강조한다.

　그래서 최인훈은 현대의 문학에서 중요한 역할은, 과거의 공동체를
그리워하는 현대인들에게 요구되는 기억을 불러일으킴과 동시에, 소
외의 극복을 문학 속에서만이라도 가능하도록, '말을 닦는' 일에 최선
을 다해야 한다고 주장한다.

> 　공동체의 회복은 얼핏 봄에 역설적인 방법으로 밖에는 가능하지
> 않은 것 같다. 미래에 있어서의 보장이나, 현재에서의 어떤 집단적
> 규범도 절대적인 보장이 되지 못한다. 그것들이 얼마나 상대적인가
> 를 인식하고 그 인식의 차가움에 견디는 용기만이 순수하게 믿을 수
> 있는 보장이다. 이 용기는 강요될 수도 없고 문학은 또 그럴 힘도 없
> 다. 문학은 자기가 설정한 관찰의 소재 속에서 이 용기가 얼마나 실
> 현되었는가, 반대로 그 용기가 얼마나 좌절되었는가를 확인하고 기
> 록함으로써 독자에게 현대인이 자기들이 어떤 자리에 서 있는가를,
> 우리 삶의 느낌을 전하는 것이다.21)

　'말을 닦는'다는 것은, 진리를 위해 죽는 순교자처럼 '말을 위해 죽
는'다는 것을 말한다. 그것이 현대의 작가들에게 요구되는 문학론이
라고 최인훈은 전한다.

　이와 같은 근대 이전과 이후, 문명사회에서의 예술에 대한 최인훈
의 통찰은 다른 글에서도 아포리즘의 형태로 변주되고 있다. 지금까
지의 논의에 포함되면서 다른 측면에서 최인훈의 예술론을 살펴볼
수 있는 아포리즘 들이다.

---

21) 위의 책, 「소설을 찾아서」, 206면.

• 예술이란 '신의 모방'이다. 정확하게는 창조의 모방이다. 원래 대로 말하면 이런 엄청난 일은 좀 더 집단적인 방법으로 좀 더 책임 있게 작업이 되어야 옳을 것이다. 신이 혼자 힘으로 창조한 그 흉내 를 예술가는 하고 있다. 「작가와 성찰」 21면.

• 예술가가 방법론을 준비하고 작품을 써야 하는 시대는 괴롭다. 애무의 방법을 가르쳐 주면서 사랑한다는 건 힘이 든다. 그러나 어느 시대건 정도의 차는 있을망정 예술가는 계몽하면서 연주한다. 「작가 와 성찰」 20면.

• 현대 작가는 현대 사회의 조건 하에서, 신화를 만들어야 한다 는 것이다. 낡은 신화를 되풀이해서도 안 되고, 현대적 조건을 부분 적으로만 받아들여서도 안 된다. 「작가와 현실」 116면.

• 예술이란 문명이란 과도기의 세대에도 맥맥히 흐르는 1) 에덴 의 기억이며, 2) 에덴의 상실감이며, 3) 유토피아에의 의지이며, 인류 역사의 연속성의 증인이며 죄와 재앙 가운데서 뉘우침이며 회복의 전의이다. 「외설이란 무엇인가」 183면.

• 오늘날에는 이를테면 신 없는 종교라고 할까요? 인생의 절대 적인 의미 또 이 우주 속에 있어서의 인간과 종교의 의미 등 이런 것 에 대해서 인간들이 무엇인가 설명할 수는 없으나 수십만 년 동안 가지고 왔던 어떤 신비한 체험과 그리고 신비한 체험을 조직적으로 다듬어 놓은 이미 기존해 있는 종교들의 기호에서 벗어나서 자기 손 으로 우주 속에서의 인간의 자리 또는 인간과 인간 사이의 바른 관 계 같은 것들을 알아보려고 노력하기 시작한 것이 소위 근대 예술이 나 현대 예술의 모습이 아닌가 생각합니다. 「문학은 어떤 일을 하는 가」 249~250면

• 예술은 도그마 없는 종교며, 당파심 없는 정치며, 불가능이 처음부터 없는 과학이다. —다만 꿈의 시공 속에서. 「예술의 뜻」 384면.

• 특히 연극의 경우에는 그 장르 형식 자체가 거의 원시적인 폭력을 그대로 유지하고 있는 장르라고 보여지기 때문에 인류 문명의 진화사를 한 한 시간 동안의 막이 올랐다가 내려가는 사이에 환상의 세계에서 재구성하고 자각해서 십만 년을 한 십 분 정도로 압축해서 살게 해주는 것이 아닌가 해요. 「하늘의 뜻과 인간의 뜻」 416면

• 인간을 내적으로 문명의 키에 어울릴 만한 내적인 질을 가지는 존재로 만드는 몫을 하는 것이 예술이 아닌가 생각해요. 「하늘의 뜻과 인간의 뜻」 419면

• 예술은 인간이 잃어버린 것 – 자기의 主人으로서의 본질을 되찾는 일일진대 이 되찾기는 있는 문제를 잘라 버림으로써 이루어지는 것이 아니라, 있는 문제를 모두 받아들이면서 그것을 넘어서는 데서 찾아지지 않으면 안 된다. 「소설과 희곡」 426면

• 예술은 경험의 환기가 아니라 경험을 소재로 삼은 창조인 것이다. 「소설과 희곡」 427면

• 예술은 의식의 심부에 깔린 어떤 정서의 광맥에 충격을 주어 표층에 있는 의식에 지진을 일으킬 수 있다면 아마 가장 바람직한 일이다. (…) 겉보기의 다양함은 예술에서는 아무 위안도 주지 않는다. 영혼의 깊은 곳을 울리는 어떤 진동만이 우리들에게 보람을 준다. 「영혼의 지진」 190면

• 예술은 사람을 기쁘게 하기 위한 꿈을 만들어내는 기술이다. 예술가란 '꿈쟁이'라고 부를 수 있다. (…) 예술은 생리적 꿈처럼 현실의 환각을 준다. 「봄의 꿈」 233면

· 예술가에게는 봄철만이 부활의 계절일 수 없다. 매순간마다 자기 영혼의 부활을 체험하는 능력을 지니는 것은 예술가에게 요청되는 첫째 사실이다. 「생명력을 키우는 힘」 244면.

· 예술은 인간의 기본적 능력인 이 상상의 기능의 퇴화를 막고 왕성한 상상력의 조직이 살아 있게 하는 기술이다. 「봄의 어머니」 247면.

· 인생에는 연습이 없고 따라서 인생을 노래와 춤으로 이룰 수는 없습니다. 그러나 우리는 말과 움직임을 노래와 춤처럼 살고 싶다는 것은 사람의 큰 바람이기 때문에 비록 삶의 한 부분이나마 우리는 말과 움직임을 노래와 춤으로 살고 있습니다. 이것이 예술이라 불리는 것입니다. 「젊은이에게 보내는 편지」 265면.

현대의 문학예술은 신을 잃어버린 시대에 스스로 지도를 만들어가면서 신을 찾는, 아니 스스로 신이 되어야 하는 자리에 올라서야 제 역할을 다한다고 그는 생각하고 있다. 물론 환상임을 자각하면서, 유토피아는 패러디라는 자각을 지닐 때에만 예술의 내용일 수 있다는 전제를 지니는 것을 잊지 말면서.

2. 풍속과 방법의 합일체인 언어예술

지금까지는 예술원론, 문학원론에 해당하는 최인훈의 논문과 에세이를 살펴보며 원론 격에 해당하는 부분을 조명해 보았다. 이 항에서는 예술가의 태도, 현대의 예술가의 역할에 대해 알아보려 한다. 이 부분 또한 예술 전반에 걸친 논의와 문학에 국한된 견해로 분류하여 살펴보고자 한다. 이제까지의 조망이 최인훈의 예술론에 대한 이해의 차원이었다면, 지금부터는 예술 이론의 실천적 차원에서의 문제이다.

예술가 또한 '생물적 주체'이면서 '문화적 주체'이므로 그것을 모두 포함할 수밖에 없을 것이다. 그러려면 '의식과 행동 사이의 괴리, 상호 소외 (의식과 행동의)를 극복하고 생물이면서 문화주체인 인간의 중층적 자기구조를 전인적으로 완전하게 자기화하여 종적 유(類)적 개인을 체험하는 의식[22]'으로 전환시키려 노력해야 할 것이다.

최인훈은, 현대의 예술가라면 과거의 제사장과 같이 통일된 원리를 갖추고 현대인의 행동과 의식 사이의 단절을 메꿔주는 매개체로서 기능해야 한다고 말한다. 그것은 DNA와 DNA'의 계를 모두 울리는 DNA∞ 여야 함은 물론이다. 예술 또한 DNA'처럼 발전하더라도 그것은 DNA와 DNA'를 모두어 DNA와 DNA' 자체가 우주를 공명시키는 것이어야 한다.

> 예술에도 역시 새것이 항상 목소리가 큽니다. 단, 새것 그 자체로써 새로운 예술의 권위가 생기는 것은 아닙니다. 조건이 있습니다. 새로우면서도 결과적으로 옛날이야기와 똑같은 울림을 주어야 한다는 것입니다. 그러니까, 아주 새로우면서도 아주 구닥다리인, 이 두 가지의 모순을 해결했을 때의 예술 작품에 높은 점수를 주어야 하는 것입니다. 그런 의미에서 새롭지만 무한대의 새로움이라는 것에 대한 끝없는 불안을 해소시켜 주지는 못하는 'i' 경우에서의 새로움은

---

22) 최인훈, 「원시인이 되기 위한 문명한 의식」, 『길에 관한 명상』, 솔과학, 2005, 32면.

아닌 것입니다.[23]

  문명이 발달했다고 해서 공동체 생활이 사라지지는 않을 것이다. 현재, 공동체를 운위하는 이데올로기는 사라져가고 있다. 개개인이 모두 다 주인이 되어가 개인과 개인, 단체와 단체, 국가와 국가, 문명과 문명의 중층의 갈등은 더욱 심화되어 가고 있다. 이 시점에서, 근대 이전의, 통일되었던 원리가 다시 요구되기도 할 것이다.

  아니, 예술은 그 이전의 인류가 처음 가졌던 종교라는 의식 수준을 지금도 갖고 그 의식 수준을 유지할 수 있는 원리로 적용되어야 할 것이다. 문명이 변화되면서도 변하지 않는 갈등과 그 해결의 원리, 예술 창조의 원리는 바로 그것에 의해야 하지 않을까? 문명주체로서의 발전이라는 측면에서의 새로움은 예술에서는 부분적으로만 통용될 뿐, 예술이라는 이름으로는 새로움이라 이름 붙일 수 없을 것이다. 그래서 최인훈은, 좋은 예술이란 문명의 이기를 누리고 있는 현대인이 감동할 뿐 아니라, 기술문명의 혜택은커녕 아직도 수렵생활을 하고 있는 아프리카 원주민도 감동할 수 있는 예술이라고 말한다.

  현실에서는 원시인이 아니지만 원시인이 될 수 있는 방법은 있다. 즉, 옛것의 울림을 갖게 할 수 있다. 그것은 바로 인간이 갖고 있는 '상상력'이라는 것을 운용하는 것이다. 그것을 활용하면 현대의 예술가와 감상자도 원시인이 될 수 있다.

  동물도 꿈을 꾼다고는 하지만 인간은 그 꿈을 의도적으로 자기화할 수 있는 능력이 있다. 의식의 작용을 잘 활용하면 그것을 좀더 쉽게 가능케 해 준다. '상상할 때의 인간은 의식의 내용, 즉 기억을 마치 현실을 지각하는 것처럼 인식하는 것[24]'을 알아차리는 것이다. 그러

---

23) 퇴임강연, 드라마센터, 2001.
24) 최인훈, 위의 책, 249면. 최인훈은 상상력을 '의식의 본원적 환상성'이라고 부르

니까 '꿈 속에서 꿈이 현실인 것처럼, 인간의 의식이 곧 우주가 되는 상태를 약속해 보는 행위'를 예술로 받아들이면 된다.

그래서 예술의 창조라는 것을 필자는 현실을 환상하는 작업이라고 생각하고, 예술작품의 감상은 환상을 현실화하는 상태라고 본다. 여기서의 환상이란, 최인훈 식의 표현대로라면 '마음속의 길과 마음속의 지도를 현실의 길인 양 걸어가는 환상'25)을 의미한다. 즉, '마음=자연이라는, 관념의 실체화가 의도적으로 실천되'는 현상으로서의 환상을 말한다.

> '자기' 속에 '또 하나의 자기와 세계'를 가진다는 의식의 환상성을 부정하여, 자기 속의 또하나의 자기와 세계가 밖의 세계 '안'에 있음을 자각하는 것이 이성(과학)의 세계이며, 예술은 이 이성과 과학의 세계를 다시 부정하여, 의식의 근원적 착오이며 출발적 원형인 '환상' 수준으로서의 의식을, 생명의 논리적 최종 목표인, 인간 주체의 객체에 대한 완전한 제압의 시뮬레이션으로서 활용한다.26)

그러니까 예술을 한다는 것은 환상적 자기동일성을 의도적으로 키워 동일성의 기량을 현실에서 맘껏 발휘해 보는 유희라고 할 수 있다. 그것은 약속에 의해서 이뤄지는 환상 유희이지만 환상 속에서는 현실이나 마찬가지의 차원이라고 할 수 있다.

인간은 문명이 발달할수록 자기와 세계와의 부조화를 더욱 강하게 느끼게 되는데, 비록 꿈에서일망정 그 부조화를 극복하고 자기와 세계의 합일을 이루어 동물과는 다른 인간으로서의 위상을 얻으려 할 것이다. 예술은 바로 그러한 희망을 성취하게 하는 인간만의 장치라고 할 수 있다. 또한 그렇게 하는 일이 바로 현실의 진면을 더욱 잘

기도 한다. 「인간의 Metabolism의 3형식」 301면.
25) 위의 책, 267면.
26) 위의 책, 303면.

볼 수 있는 방법이기도 할 것이다. 현실의 어이없음과 황당함, 소설보다 더욱 기이한 일이 벌어지고, 일어나지 못하는 일이 없는, 현실의 깊숙한, 다른 곳의 가리워진 측면을 거둬내는 일 자체가 예술이라고 볼 수 있는 것이다.

세계와 나의 관계를 W(세계)-I(나)로 표시하자, 이 나 I는 세계 W와 나 I를 의식의 형태로 소유하고 있기도 하는데, 이 관계를 I(W′-I′)로 표시한 다음 두 식을 합치면 W-I(W′-I′)가 된다. I의 입장(현실적인 나의 입장)에서 보면(W′-I′)은 자신 속의 정보이다. 그런데 W와 I를 한 조(組)로 삼는 계(系)를 X라 한다면 $\left[\begin{smallmatrix} W-I \\ X \end{smallmatrix}\right]$라 표시할 수 있다. 이 X가 범신론적 뜻에서의 신(神)이라 이해해도 될 것이다. 이 X를 I의 의식에도 표시하면 $\left[\begin{smallmatrix} W-I \\ X \end{smallmatrix}\right]\left(\left[\begin{smallmatrix} W'-I' \\ X' \end{smallmatrix}\right]\right)$라는 식을 얻는다. 인간의 의식 속에 성립하는 이 X′는 두 가지 성격을 가진다. $\left[\begin{smallmatrix} W'-I' \\ X' \end{smallmatrix}\right]$를 '정보'라고 취급하는 입장에서는 이 X′는 '이성', 세계와 자아를 '방법적'으로 '밖'에서 다루는 정신적 장치가 된다. 그러나 꿈이나, 환각의 경우처럼 $\left(\left[\begin{smallmatrix} W'-I' \\ X' \end{smallmatrix}\right]\right)$가 '현실'로 취급되는 경우에는, 즉 $\left[\begin{smallmatrix} W-I \\ X \end{smallmatrix}\right]=\left(\left[\begin{smallmatrix} W'-I' \\ X' \end{smallmatrix}\right]\right)$일 경우에는 X=X′가 된다. 즉, 현실 세계에서는 X의 부분인 I가, 의식의 한 형태인 꿈, 환각, 환상 속에서는 스스로 X′, 즉 자기를 초월한 실재가 되는 경험을 가진다. 꿈이라는 의식의 형식으로 존재하는 시간 속에서의 자아는, 자기 속에 '세계와 또 하나의 자기'를 가지는, 'X'라는 나'가 된다. 나와 세계의 모순을 모순대로 유지하면서도 나와 세계를 초월해 있다는 상태가 '환상'이라는 의식 형태의 구조인데, 예술은 이 형태를 자각적으로 운용하는 기술이다.[27]

앞에서 살펴보았듯이 근대 이후의 인간은, 역사 발전에 의해 어느 부분만을 자기의 것으로 소화해 내어 전부라는 착각에 빠져, 세계와 나의 분리를 겪으면서 합일을 이루지 못하는 상황에서 늘 불안을 느

---

27) 위의 책, 304면.

끼게 되는데, 환상은 그것을 극복해주는 차원의 의식 구조라 할 수 있다. 최인훈은 세계와 자기를 하나의 계로 인식하는 상태를 범신론28)적 의미에서의 신과 같은 위치에서의 자기라고 표현하고 있는데, 이는 앞서 DNA∞를 갖게 된 인간의 의식 상태와 동일한 상황을 의미한다. 전통적인 종교에서의 신도들이 세계를 바라보는 입장이 이와 같을 것이고, 예술 작품을 창작하고 감상하는 경우에 작품이라는 텍스트를 사이에 둔 창작가와 감상자의 의식의 상황이 그것이다. (이에 대해서는 창작 과정의 '의식의 흐름'에서 더 자세히 다룰 것이다.)

그래서 위의 수식처럼 최인훈은 그것을 X′로 표시하고 I의 거울의 모습인 I′인 나와의 합일상태를 환상의 상태라고 부른다. 그러니까, 문명이 발달할수록 멀어지는 자아와 세계와의 거리를 환상으로 합일시킬 수 있고, 현실에서의 나를 초월하면서 세계와 합일된 나를 찾게 해주는 기술이 바로 예술이라고 말한다. 그것이 바로 환상의 작용인 것이다. 다시 말해서 환상은 현실의 토대 위에서 환상을 얻는 의식의 구조인 것이다. 그렇게 해서 현실을 바르게 직시할 뿐 아니라 부분적으로 보이는 현실의 한계를 넘어 과거와 미래를 함께 하자는 것이다. 그것이 바로 진정한 예술의 기능이다.29)

'인간의 현실적 최고 가치인 윤리적 가치에 대해 스스로 연구하고 체험하고 존중하는 경험'을 전해주어야, 문명에 의해 오염된 현대에서 예술이 올바로 기능할 것이다. 그것은 '예술 자체 속에서 즐거움을

---

28) 범신론의 입장에서는 자연이나 세계를 보편적인 원리로 통일시킨다. 그 원리는 자연이나 세계가 곧 신이라 보는 것이다. 자연의 만물을, 자아를 포함한 하나의 생명으로 보고 이를 인정하는 예술가의 태도 또한 범신론적 입장과 같다고 할 수 있다. 유신론적 입장에서는 이는 유물론의 입장과 같을 것이다.

29) 최인훈은 또한 그것을 의도된 거짓말이라고 하고, 그리하여 기쁨을 주는 기능으로 작용해야 한다며, 그러한 기능을 발휘하는 사람은 그 자신이 환상에 젖어 있는 사람이지 않으면 안 된다고 말하고 있다. 『유토피아의 꿈』, 「봄의 꿈」, 235면 참조.

목적으로30)' 향하고 있어야 한다. 그래야 인간이 세계를 보다 넓게 이해하는 시각을 전해준다 하겠다.

그래서 '환상이라고 약속한 상태에서 예술의 세계가 성립되고, 그 기호행동은 인간 개체의 주도 하에서 주체와 객체가 따로 없는, 즉 기호행동 스스로가 현실이 되는 DNA′, 그것이 환상'이고, 최인훈 식의 기호로 DNA∞인 것이다.

앞의 도표에 최인훈 특유의 DNA 기호를 덧붙이면 다음과 같다.

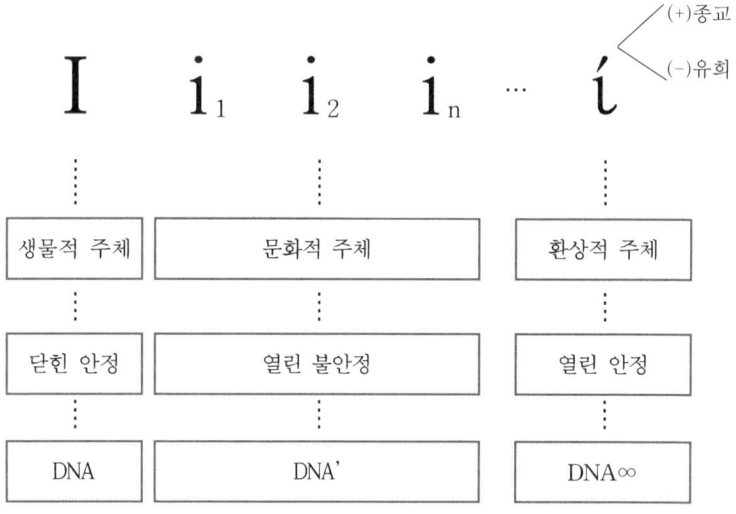

지금까지의 최인훈의 예술론을 압축하여 도식화한 것이 위의 표이다. 인간은 세 가지 자기동일성 즉, 생물적 주체로서의 자기동일성과 문화적 주체로서, 그리고 환상적 주체로서의 자기동일성을 지닌 동물이다. 생물적 주체로서는 닫혀 있지만 안정된 심리 상황이고, 도구를 사용하면서부터 문명을 일궈나가는 인간, 즉 문화적 주체로서의 인간

---

30) 위의 책, 118면.

은 한없이 열려 있지만 유한함에 대한 불안은 그만큼 더한 상태여서 불안정이라 표현될 수 있으며, 유한을 해소하려는 목적으로 다른 차원의 의식수준을 갖추게 되었는데, 그것이 종교와 예술이라 부르는 것이다. 그런데, 종교는 현실적으로 무한을 경험하게 해주므로 (+)로, 예술은 상상의 약속 아래 무한을 경험케 해주므로 (-)라는 부호를 붙인다.

환상의 자기동일성은 앞의 두 동일성, 즉 생물과 문화의 자기동일성의 단계에서의 한계를 해결하려는 인간만이 지닌 제도이며 장치라 할 수 있겠다. 그래서 'DNA'는 '생물적 주체'로서 '닫힌 안정'의 자기동일성에 대입되고, 'DNA''는 '문화적 주체'로서 '열린 불안정'한 자기동일성에, 그리고 'DNA∞'는 '환상적 주체'로서 '열린 안정'의 자기동일성에 대입된다. 인간에게 있어 예술은 두 가지 앞 단계의 자기동일성을 포함하여 가장 완성된 환상적 주체로서 자기 역할을 하는 것이다.

환상적 주체의 행동이 예술이라 명명한 최인훈은 인간의 행동양상을 통해 좀더 구체적으로 예술행동을 제시하면서 문학론으로 개진해 나간다.

최인훈은 「문학과 이데올로기」에서 문명행동인 DNA'를 현실행동과 기호행동으로 나누고, 기호행동을 다시 '현실을 위한 기호행동'과 '현실로서의 기호행동'으로 분류하고 있다.31)

'현실행동'은 원시 적부터 지금까지 자연과 함께 살아가면서 인류가 경험해 왔던 활동들, 즉, 수렵활동, 농경활동, 생식활동, 주거활동 등 의식주를 해결하기 위한 기본 행동을 말하고, '기호행동'은 의식주의 해결을 보다 능률적으로 하기 위한 커뮤니케이션 행동을 의미한다.

그런데, '현실로서의 기호행동'은 기호 자체가 현실을 위한 기호행

---

31) 행동 → 현실행동
     → 기호행동 ─ 현실을 위한 기호행동
              ─ 현실로서의 기호행동   최인훈, 「문학과 이데올로기」,
『문학과 이데올로기』, 문학과지성사, 1995. 340면

동의 주체가 되는 기호행동, 즉 기호행동 스스로가 현실이 되는 기호
행동을 뜻한다. 예술행동, 즉 환상을 말한다. 그래서 문학에서 "꽃'이
라고 기호화되었을 때, 꽃을 꺾는 행동이 아니라 '우리의 의식 속에
있는 꽃이라는 정보, 꽃이라는 DNA′를 환기하라'[32]는 제도, 즉 방법
적 약속 아래에서의 기호행동이다.

> 예술이 환기코자 하는 (DNA)′는 이러저러한 (DNA)′가 아니라
> 바로 (DNA)′ 그 자체이며, 그보다 더 옳게 말하자면 그 숱 (DNA)′
> 를 존재에까지 승격시키는 것이라고 하면 예술이 하고자 하는 일은
> (DNA)′ 자체를 넘어서 우주 자체를 환기하는 것이라는 말이 된다.
> 왜 그렇게 하는가? 인간이 類로서 도달한 에누리 없는 높이에 자각
> 적으로 서서 우주의 全量과 맞서 보는 시간을 갖기 위해서, 문명인의
> 개체 발생의 이상형을 가지기 위해서, (DNA)′의 모든 사다리를 활
> 성화해서 (DNA)′를 직관하기 위해서다.[33]

위의 단락을 앞서의 '개체발생은 계통발생을 되풀이한다'는 명제에
대입하여 설명하면, '예술을 하고자 하는 일'은 바로 우주의 탄생에서
지금까지의 모든 계통의 사다리를 끼우고 활용해서 모든 인간의 불안
을 해소해주는 개체를 발생시키는 일과 다름이 없다는 것이다. 그것
은 환상이라는 영역에서 또 하나의 현실을 만들어 주어 개체발생되는
의식의 한 형태이다.

인간의 현실을 환상하려는 것이 예술의 본질이고, 환상을 다시 현
실화 하는 것이 예술 표현(작품)의 역할이다.

여러 예술의 양식 중에서 문학은 환상의 개체를 발생시키기에 어려
움이 있다. 문학이 사용하는 예술의 표현 도구는 현실에서 통용하는
언어이기 때문이다. 언어는 일상생활의 소통 기호이기도 하면서, 시

---

32) 최인훈, 「문학과 이데올로기」, 『문학과 이데올로기』, 문학과지성사, 1986, 341면.
33) 위의 책, 344면.

대의 변화에 따라 사라지고 또 만들어지기도 한다. 혹은 특정집단에서만 사용되는 기호[34]도 있다. 결국 언어는 당대의 아이콘이어서 당대를 떠나서는 아무리 환상을 현실화해도 과거의 것이 되고, 과거의 현실을 환상으로 처리하려 해도 정확치 않으면 동시대의 감상자들에게 환상을 줄 수 없게 된다.

> 문학의 음계는 백년쯤 지나면 대개 달라진다. 왜 그럴까? 음악은 모사하지 않는다. 그래서 음악이나 선율은 불변인 채로 많은 기억을 기능적으로 포함할 수 있다. 그러나 문학은 모사한다. (…) 문학의 음계는 그 민족의 ① 집단 기억, ② 철학이 특정한 修辭型・說話型・인물형으로 고정된 것을 말한다. 특정한 수사형이란, 慣用型・定型句・常套型・정형 성격・투영 인물・상투 전개라 불러도 좋다. <문자 쓴다> 할 때의 문자가 그에 해당한다. 이 <문자>는 <랑그 langue>로서의 문자가 아니라 <파롤 parole>로서의 <문자>다. 음악의 음계에서는 파롤=랑그라면, 문학에서는 파롤≠랑그로 표시할 수 있겠다.[35]

감각예술 중에서 음악과 비교한 문학예술의 개념이 최인훈의 문학론의 주제음이라고 할 수 있다. 그러니까 환상이라고 약속한 상태에서 예술의 행동이 이뤄지고, 그 예술행동, 즉 현실로서의 기호행동은 '인간 개체의 주도하에서 주체와 객체가 따로 없는, 즉 기호행동 스스로가 현실이 되는 DNA', 그것이 바로 DNA∞'이다. DNA∞가 예술행동, 곧, 환상이다. 예술행동 중에 언어를 다루는 문학행동은 언어 자체가 현실의 정보전달수단이면서 동시에 예술표현의 주체가 되는 데에

---

34) 최인훈은 「노벨상」이라는 에세이에서 문학의 개별성과 보편성, 민족성을 말하고 있다. 그는 음악과 미술은 당대의 작가들이 그 사회의 현실과 밀착되어 있지 않지만, 문학은 '개인적-종족적-보편적 예술'이라 하며 문학의 다음향적인 성격을 특징짓고 있다. 『유토피아의 꿈』, 「노벨상」, 문학과지성사, 1986, 48면 참조.

35) 최인훈, 「미학의 구조」, 『문학과 이데올로기』, 문학과지성사, 1986, 36면.

문제가 발생한다. 기호학에서 소쉬르의 개념[36]을 이어받아 구조주의에 이르러 서사의 구조 분석에서 활용하는 '랑그'와 '파롤'을 빌어 최인훈은 음악과 문학의 다른 점을 적확하게 적용하고 있다. 음악예술의 표현 기호인 음표와 박자는 파롤이면서 랑그로 작용하게 된다. 그러니까 음악은 인간의 이성과 감성을 추상으로 농축시킨 채 기억하여 무한을 경험케 해주는 기능을 갖고 있다. 그러나, 문학은 그 기호가 시대에 따라 변화되기에 랑그와 파롤이 같을 수가 없다.

언표행위는 언제나 기의와 기표라는 두 가지 층위의 면이 작용하고, 같은 언표라 해도 시대에 따라, 공간에 따라, 그 의미가 달라지기에 그렇다. 특히 언표가 의사소통기호로 쓰이지 않고 문학예술의 기호로 쓰일 때에는 하나의 언표에 무수한 의미가 담겨 있어야 예술로써의 기능을 하기에, 문학예술에서의 언어 사용은 주도면밀하지 않으면 안 된다.

그래서 문학예술에서 언어라는 기호를 정형화된 채로, 혹은 구상이 일반화된 채로 상투적으로 사용하게 되면 예술로서의 기능, 즉 유한의 불안을 해소시켜주는 역할은 마모되어 없어지게 된다. 문명의 발달과 함께 인간의 생활양식이 바뀌고 생활의 의사소통 기호인 언어도 그와 함께 변하기 때문이다.

예술표현 도구로서의 언어가 갖는 이중성을, 최인훈은 '추상이면서 동시에 구체'라고 하거나, '기호이면서 이미지', '방법이면서 풍속'[37]으로, '그림자와 뜻'[38]으로 비유하기도 한다. 혹은 '안이면서 밖'[39]이라고, 그리고 '에텔'[40]로도 비유한다. 우주에 가득한 언어를 주도하는

---

36) '랑그'는 어떤 특정한 기호사용의 기초가 되는 함축적인 변별과 결합을 뜻하고, '파롤'은 단일한 언표적 발화, 또는 기호나 기호 群의 특정한 사용을 말한다. 구조주의 비평에서는 '랑그'의 기호체계에 관심을 두고 있다고 할 수 있다.

37) 최인훈, 「신문학의 기조」,『문학과 이데올로기』, 1986, 159면.

38) 위의 책, 152면.

39) 최인훈,『회색인』, 249면.

일은 결국 언어를 다루는 문학예술가의 역할이라 할 수 있을 것이다. 언어의 이중적 특성처럼 문학예술가는 두 가지 얼굴을 한 채로 한 가지 행동을 해야 할 것이다. 즉, 자꾸 변화하는 현실을 반영하면서 인간 본질의 탐구 내지 발견, 또는 그 결과의 기쁨을 위해 온힘을 기울여야 할 것이다.

> 문학의 매재인 언어는 사물이 아니라 공동체의 思考型과 情緖에 의해 조직된 <관념>이다. 문학 작품을 쓴다는 것은 작가의 의식과 언어와의 싸움이라는 형식을 통하여 작가가 자기가 살고 있는 사회에 대하여 비평을 행하는 것이다. 그러므로 그것은 작가의 자유가 현실에 부딪쳐서 일어나는 섬광이며, 작가에게 있어서의 현실은 언어 속에서의 싸움이다. (…) 언어 자체가 공동체의 효용을 위한 도구이기 때문에 언어를 택한 예술가인 문학자는 이미 공동체의 현실에 참여하고 있는 것이며, 문제는 어떤 자세로써 참여하고 있느냐이다. 그것도 음악과는 비할 수 없이 긴밀히 참여하고 있는 것이다.
> 그런데 문학도 예술인 한에서는 그것이 아무리 현실의 기호로서의 성격을 가진 언어를 택했을망정 예술로서의 차원을 유지하자면 현실을 부정하는 조작을 거치지 않으면 안 된다. 음악처럼 그 매재 자체가 비현실적인 사물이라는 혜택을 가지지 못한 문학은 比喩와 虛構라는 조작을 통하여 현실의 기호인 언어를 현실을 부정한 사물로 昇格시킨다.
> 여기서 우리는 문학의 비극적 二律背反의 운명을 발견하게 된다. 즉 문학은 그 매재 때문에 뛰어나게 현실적이어야 하면서 예술이 되기 위하여는 현실을 부정해야 한다는 사실이다.[41]

다소 길게 인용한 위의 글이 최인훈이 갖고 있는 문학예술관을 잘 말해 주고 있는 부분이다. 언어라는 기호는 당대의 아이콘이기에 당대

---

40) 최인훈, 『서유기』, 208면.
41) 최인훈, 「문학과 현실」, 『문학과 이데올로기』, 1995, 32면

의 현실을 꼼꼼히 살피면서 현실에 통용되는 언어를 사용하면서 현실
을 부정해야 한다. 그렇게 해야 예술의 차원, 미적 충격이 발생한다.

언뜻, 최인훈은 예술의 앙가주망을 형식·구조주의의 시각, 혹은
신비평에서처럼 예술의 표현 자체만으로 보고 있는 듯하다. 이제까지
의 논의대로라면 최인훈은 작가와 사회, 역사와 개인의 관계보다 예
술 자체에 예술의 가치를 중시하고 있는 듯싶다. 하지만, 그런 한정된
범위로 문학의 기능과 문학종사자의 역할을 말하고 있지는 않다. 역
사주의나 신화비평, 신비평이나 식민주의나, 정신분적주의나 사회주
의 등 한 두 가지의 이론으로 설명할 수 없이 폭이 넓은 설명이라
할 수 있다.

최인훈은 몇 가지의 이론으로 문학현상을 이해하려 않는데, 이는
마치 개괄처럼 보이기도 하고 원론으로도 보인다. 그래서 더욱 최인
훈의 예술론과 문학론은 의의가 있다. 이처럼 넓으면서도 이해가 쉬
우며 정합성을 띤 예술론은 편협의 한계를 넘어 보편성을 충분히 획
득하고 있다고 필자는 판단한다.42)

여기서, 최인훈의 '환상'이라는 개념에 주목할 필요가 있다. 의도적
으로 활용된 환상을 예술로 바라보는 입장에서의 환상인데, 이는 리
얼리즘의 입장에서, 현실과 대립되는 요소로서의 환상은 아니다.
흄43)이 말하고 있는 환상과 최인훈은 매우 근접해 있다고 볼 수 있다.
흄은 문학과 삶을 보다 폭넓게 이해하기 위해서는 환상의 미메시스의
작용을 간과하지 말아야 한다고 주장한다. 우리는 리얼리즘에서 바라
보는 현실의 반영과는 다르게, 더 넓은 측면에서 최인훈의 문학론을
이해해야 할 것이다. 그는 우리가 전통적으로 인식하고 있는 리얼리

---

42) 혹자는 그의 논의가 개론서 수준에 그친다고 하며 평가절하 하는데, 반드시 그
렇지만도 않다. 편협한 논의가 아니기에 그렇다. 그렇게 보편적이며 통일적인
원리로, 이해하기 쉬운 개론서 차원으로 예술을 설명하기는 오랜 사색과 체험
없이는 어려울 것이다.

43) 김미영, 『최인훈 소설 연구』, 깊은 샘, 2004. 참조.

즘을 좀더 확장해서 말하고 있는 것이다.

최인훈은, 현실이냐 환상이냐 하는 것은 인간을, '미래로, 열려진 지평으로 인식하느냐 닫혀진 지평 속에서 환상의 초월만이 가능한 존재로 보느냐에' 따른 차이일 뿐이라 말한다. 그러한 인간의 상황을 언어예술에서 다룰 때는 '현실을 부정하면서 또한 구체적으로 현실적이어야' 하기에 '환상'이라는 의미에서는 별 차이가 없다는 것이다.

그는 「추상과 구상」이라는 논문을 통해, 미술의 표현방법 상의 용어를 빌어 소설도 구상소설과 추상소설로 나눈다. 구상소설은 오늘날의 문명의 수준에 어울리는 예술 성과를 이루지 못했다면서 이 시대가 요구하는 예술을 문학에서도 실천하기 위한 방법을 제기한다. 그것은 '리얼리티=구상이라는 고정관념을 버리면 된다'[44]는 것이다. 그러니까 '리얼리티=구상 혹은 추상'으로 폭을 넓히자는 것이다. '낡은 구상 심벌'을 주장하기보다, '새 추상 심벌'을 받아들이자고 권유한다. 새로운 추상의 상징이 낯설지만 예술이 추구하는 새로움에의 갈증을 해소해 줄 수 있다는 것이다. 그래서 최인훈은 구상의 대표작가로 발자크를, 추상의 대표적인 작가로 카프카를 내세우고 있는데, 특히 카프카는 언어가 갖는 이중적 성격을 하나의 계로 통일하려 하고, 리얼리즘으로 내세운 대표적인 작가로 본다.

> 그것은 다름 아닌 언어의 문제였다. 문학의 미디어로서의 언어는 순수물질이 아니다. 그것은 역사와 풍토의 토양에서 자란 동물이다. (…)문학에서의 순수란 한계가 있다. 좀더 선이 굵은 방식을 사용할 수도 있다. 그 점에서 준의 마음을 끄는 것은 카프카였다. 대상을 완전히 분해하지는 않으면서 거기서 '뜻'을 탈색해 버리는 방법, 그러는 경우에는 리얼리즘의 모든 규칙을 지키면서 일상성과는 완전히 거꾸로 된 세계를 만들어낼 수 있는 것이다. 카프카의 세계는 전통과

---

44) 최인훈, 「추상과 구상」, 『문학과 이데올로기』, 1986. 303면.

질서에 대한 질문이다. (⋯)문학으로서 가능한 상징의 끝은 카프카일
것이다.[45]

최인훈은 리얼리즘의 외연과 내포를 함께 확장해야 한다는 것을
말하고 있다.

예술론에 관련한 아포리즘처럼 그의 문학론에서도 관련한 잠언을
찾아 살펴보면 아래와 같다.

· 진정한 문학자는 그 자신의 음계를 만들거나, 당대에 통용되고
있는 가짜 음계의 잡초를 헤치고 전통을 발굴하거나 하지 않으면 안
된다. 이것은 이미 연주자가 아니다. 발명가나 발견자, 공학자나 고
고학자다. 記述(문체)과, 전개(설화형)와, 인물(변용인물) ─ 소설을
구성하는 하모니, 리듬, 멜로디인 이 세 요소의 성격을 결정하는 음
계가 그 민족의 집단의 기억(역사)과 철학이다. 「미학의 구조」 36면.

· 詩가 <말>을 놓일 데 놓는 것처럼 소설은 인물을 놓일 데에
놓는 것이다. 音程의 작은 어긋남도 참을 수 없는 것처럼 소설가도
이 귀를 ─ 사회적 음정을 식별하는 귀를 가져야 할 것이다. 「미학의
구조」 58면.

· 진실한 리얼리즘은(⋯) 관념과 풍속의 어느 하나도 타방에 해
소시킴이 없이 서로가 서로를 위한 저항으로서 존재한다는, 그런 형
식의 존재 방식이다. 이런 존재 방식이 역사적 시간에서 실현되는 경
우를 고전문학이라 할 수 있는데 (⋯) 완결된 신화의 시간 속에 변화
를 위한 지평을 남겨 두는 것이 모순을 에누리 없이 실천하는 것이
바람직한 리얼리즘이다. 「세 사람의 일본작가」 76면.

· 여기에 리얼리스트라고 불러서 좋을, 도스토예프스키의 소설의

역사적 충실성이 있다. 그의 소설은 관념 소설이 아니라, 관념이 풍속이 되어 있는 사회의 <풍속도>라고 해야 옳다. 「도스토예프스키론」 87면.

· 어떤 작가가 현실의 어떤 수준에 시점을 정했을 때 현실의 수많은 수준들이 행간에서, 작가의 의식 가운데서 그 배경으로서 작용하고 있는 것을 알리고, 작중에서 전개되는 현실은 그런 작품 외의 여러 수준의 현실의 저항력에 의하여 자신을 유지하고 있는 그러한 상태—이것이 아마 한껏 이상적으로 요청해 본 현대 문학으로서의 미학적 정당성의 기준일 것이다. 「행동과 풍속」 94면.

· 리얼리즘의 방법으로 만들어진 예술이라 할지라도 그것이 예술이라면, 그 연속의 끝에 방향만 있고 내용이 없는 지평선이 어리게 마련이다. 이 지평선까지도 지금 도달한 기술을 가지고 풀이하자고 들면 그 부분에서 리얼리즘은 방법상의 불일치, 즉 모르는 것을 설명한다는 그 부분까지의 <連續>의 방법과 질이 다른 얼룩을 만든다. 「기술과 예술에 관하여」 123면.

· 인간의 선과 악이 팽팽하게 긴장을 유지하고 있는 세계, 어느 한쪽이 우세해진 외모를 가진 경우에도 그 반대의 요소가 숨어 있는 것을 느끼게 하는 배려가 있는 세계 ― 그것을 우리는 인간적 세계라 부르고 예술의 세계라 부른다. 예술은 인간과 자연이 대화하는 세계이지 자연에 말려 들어간 세계가 아니기 때문이다. 자기를 빼 버린 리얼리즘은 반드시 야만 속으로 떨어질 수밖에 없다. 그것은 생물학적인 자연이 아니면 舊秩序的 자연 속에 삶의 지평을 묻어 버리기 때문이다. 「영화 「한」의 안팎」 129면.

· 소설도 삶 그 자체는 아니다. 그것도 대용물이며 복사이며, 닮은꼴이다. 그러나 원형에 가장 가까운 것이다. 혹은 원형에 가장 가까워야 한다는 주관적 집념을 아직도 버리지 못하고 있는 인식의 형

태라고 생각한다. 「소설을 찾아서」 193면.

 · 생활에 대한 사랑을 지녔는데도 왜 이 세상에는 슬픔과 무서움이 가시지 않는가에 대한 보다 슬프고 보다 무서운 <인식>이 그것이다. 그 인식은 어떤 선의, 어떤 고귀한 동기에서 출발했건 과학적이 아닌, 슬프고 무서운 것을 눈가림하는 것을 거부하는 것이어야 한다. 어떤 진보적 주장보다도 진보적인 인식, 그것이 문학적 인식이다. 문학에는 타협이나 정략이 없다. 적전(敵前)에서도 반군을 비판하는 것 ─ 그것이 문학이다. 「농촌과 문학」 223면.

 · 근대 이후의 소설은 이 환상이 될 수록 현실 의식의 저항을 일으키지 않도록 노력해 왔다. 그래서 우리는 소설이 마치 일상생활의 차원에 있는 착각까지를 가지기에 이르고 있다. 그러나 여기에 근대형 소설의 위기가 있다. 현실 의식의 검열을 의식한 나머지 작가가 일상생활에서의 수준에서 소설 내용에 책임을 지려고 하는 위험이다. 「소설과 희곡」 429면.

 이처럼, 예술론에서 문학론으로 범위를 좁혀가면서 전개된 그의 문학론은, 환상주체로서의 자기동일성을 견지하는 입장에서 환상을 바라보아야 한다는 명제로 축약될 수 있겠다.
 그와 함께 감각예술과 다른 각도에서 언어예술가의 역할을 강조하고 있다. '풍속이면서 방법', '그림자이면서 뜻', '기호이면서 이미지', '구상이면서 추상' 등 언어가 갖고 있는 이중의 특성을 염두에 두면서 작품화에 임해야 한다는 것이다.

제2장 ┃ 최인훈의 창작기법론

1. 주체와 객체의 순환구조

지금까지 필자는 최인훈 예술론의 정리와 이해를 통해 그의 예술관을 살펴보았다. 이 장에서는 그러한 예술관이 실제 창작에 어떠한 원리로 적용되는가, 창작의 과정이 어떠한 흐름으로 이뤄지는가, 창작가의 마음의 상태는 어떠한 회로로 구조화 되었는가에 대해 살펴보고자 한다.

창작활동의 내적 원리에 대해, 설명은 극도로 자제하면서 자연과학에서처럼 압축된 수학식 기호나 모식도로 제시하는 최인훈의 작업은 해독하기에 어려움이 많은 것이 사실이다. 이것은 예술과 문학에 대한 해석과 여러 설명들이 당대의 언어 표현 방식에 따라 수시로 변화하기에, 혹은 자의적 해석이 많은 관계로, 그러한 변화의 가능성을 최대한 좁히면서, 정합성을 유지하기 위한 도형화 작업이라고 볼 수 있다.

이 같은 도식적 표기와 모식도 활용에 의한 논구 방법은 문장의 독해에 익숙한 인문학도들에게는 매우 낯선 방식이기는 하지만, 어떤 현상에 대해 투명한 결과에 이르게 하는 장점을 지니고 있다.

최인훈은 창작과정의 다양성을 수긍하면서도 그 중심에 하나의 통일된 원리가 작용하고 있음을 간파하고 명료하게 도식화하고 있다. 이에는 앞 장에서의 예술론과 문학론의 엄정함과 압축이 결과된 도식화와 창작방법, 창작과정의 회로가 포함되고 있다.

필자는 이 장에서 자연과 인공의 순환을 통해 예술작품의 창작과 감상의 관계를 구조화하고 있는 최인훈의 도표를 해독해 나가면서 예술과 문학의 현상을 재점검하고자 한다. 그리고 인간의 의식의 소통 경로를 회로화한 최인훈의 모식도를 설명하면서 그것이 작품의 창작과 감상에 어떠한 흐름으로 구조화되어 가는가를 중심으로 논의해 보고자 한다.

최인훈은 감상자가 예술품을 감상하며 얻는 효과를, '예술작품에서
의 완전성이란 것은 (…) 자기 것으로 만든다는 뜻이다. 종교에서의
회심(回心)이라는 현상이 이에 해당한다고 필자는 생각하게 되었다.
이 회심에 해당하는 것이 상상력이라고 부르는 의식의 능력이다.'46)
라고 하며 감상자가 작품을 감상하면서 나름으로 작품을 완성하여
기쁨을 얻는 제도가 예술이라고 말하고 있다. 이는 최인훈 특유의 비
유인, '열린 안정', 'DNA∞'의 상태, 인간이 더 이상 진화할 수 없는
최상의 진화의 상태, 즉 '진화의 완성으로서의 환상의 상태'47)를 표현
한 것이라 할 수 있다. 그리고 그러한 의식은 종교에서의 의식 수준과
동일한 상태를 말한다고 앞서 살펴보았다.

그런데, 예술을 통한 '열린 안정'의 상태란 예술품을 창조하는 작가
뿐 아니라 감상자 공히 '환상적 주체'로 올라서는 과정을 의미한다.
즉, 예술품을 감상하는 동안만큼은 유한의 불안을 해소하고 무한을
취득한다는 의미이다.

> 예술을 감상하는 순간에 개인은 초일상급의, 초과학수준의 개인이
> 되는 것입니다. (…)계통발생이 무한대로 진행된 끝에 성립한 인간의
> 개체를 상상하면 될 것입니다.(…)예술에서는 우리는 기호의 힘에 도
> 움받아서 우리 자신 속에 무한대의 인격이 곧 나 자신임을 공상합니
> 다. i 는 개체 속에 갇힌 무한세대의 윤회입니다. 개체 속에 압축된
> 인류의 계통생(生)입니다. 예술적 자아인 i 는 이른바 소아(小我)가
> 아니라 대아(大我)입니다. 그 대아가, 이 육신 속에 있다는 역설이
> 예술의 법열입니다. 그러나 물론 환상의 기쁨입니다.48)

---

46) 최인훈, 「창작수첩」, 『길에 관한 명상』, 솔과학, 2005, 178면.
47) 인간만이 가질 수 있는 의식의 최상의 상태를 예술이라고 보는 최인훈에게 있어
진정한 환상주체는 창조자만의 의식 수준이 아닌, 작품을 감상하는 주체로서의
감상자의 의식 상태를 포함하는 것이라 필자는 보고 있다. 작품을 독자가 새로
이 구성하고 창조한다는 의미에서의 독자수용이론과 맥을 같이 한다.
48) 최인훈, 「예술이란 무엇인가」, 『길에 관한 명상』, 솔과학, 2005, 251면.

생명체의 시작에서부터 지금까지의 계통을 압축하고 있는 기호를 통해, 우리는 예술을 창조하고 감상하면서, 다시 말해 지금까지의 생의 계통을 체험하면서 우리는 우리의 존재가 무한하다는 것을 알게 된다. 곧 '무한대의 인격이 나라는 것을 공상하는 것'이다. 나의 인격은 예술품을 끼고 있는 상태임은 물론이다. 예술품을 사이에 둔 창작자와 감상자는 '현실로서의 기호'인 예술품이 빠지게 되면 무한의 체험이 사라지게 된다. 그렇다고 실제의 생에 아무런 영향이 없게 되는 것은 아니다. 좀더 고양된 '實人生'이 되고, 그로 인해 우리는 더욱 풍요로운 삶을 살게 되는 것이다.

최인훈은 「視點에 대하여」라는 에세이에서 독자와 작가 사이에 작품을 둔 계의 관계를 논하고 있다.[49] 그리고 「인간의 Metabolism의 3형식」이라는 논문에서는 작품이라는 허구를 통해 작가와 독자 서로서로를 관통하는 방식을 말하고, 더 나아가 이를 도표화해 놓고 있다.

---

49) 우리가 소설을 읽는다는 것은, 동시에 소설이 우리를 읽고 있는 것이다. 이 순환은 작가-작품-독자라는 系에서는 풀리지 않는다. 이 계에는 한 허구가 약속이 잠입해 있기 때문이다.(…)현실인 양 처신하는 허구인 작품은, 실은 작가나 독자와 같은 뜻의 현실이 아니다. 작품에 대해 異見이 생겼을 때는 이 작가-작품-독자라는 허구의 계에서 떠나 작가-독자라는 實人生의 系를 살펴봐야 한다. 최인훈, 「시점에 대하여」, 『문학과 이데올로기』, 1995, 171면.

객체(밖)	환상객체	작품	B′				
	기술객체	도구	A′				
	자연객체	신체	현	언어	광	음	질
			자극 · 실현				
			실	기호	파	파	량
	기술객체	신체 · 도구	A′ – A의 실현(기호)				
			행동	통신	도면	신호	동작
	환상객체	작품 (신체 · 물체)	B′ – B의 실현(기호)				
			연기		그림	음악	무용
			희곡	문자		악보	무보

→	B′의 수용					감상	환상감상주체	(5)	주체(안)
→	A′의 수용					사용	기술사용주체	(3)	
→ ←	촉	청	시	언어	종합	생존	생물주체 DNA	(1)	
	수용〈감각이 수용한 인상〉 반응〈본능에 내장된 반응 표상〉								
	각	각	각	의미	감각				
←	〈감각〉이 창조한 인상 – A					설계 (의도· 계획)	기술표현주체 DNA′	(2)	
	동작 표상	신호 표상	도면 표상	내화(內話)	행동 표상				
←	〈극대화된 감각〉이 창조한 인상-B					창작	환상표현주체 DNA∞	(4)	
	촉각상	악상	그림상	시상	연기상				
	무보	악보		문자	희곡				

위의 표를 잘 살펴보면 그 동안의 최인훈의 예술론이 일목요연하게 정리되어 있음을 알 수 있을 것이다.

(1)항에서 생명정보전달구조 'DNA'인 '생물주체'가 자연 객체의 여러 요소인 '질량', '음파', '광파', '언어', '현실' 등을 수용하면서 그에 응한다. '질량'에는 '촉감각'으로 반응하고, '음파'는 '청각'으로, '광파'는 '시각'으로, '언어'는 '의미'로 반응하게 된다. 이는 생물주체가 생존을 위해 동물적 본능으로 수용하는 층위이다.

(2)항에서 문명정보전달구조인 'DNA′′, 즉 '기술표현주체'는 '생물주체'가 받아들인 여러 감각적 요소와 의미를 후생물적으로 사용, 인간만이 지닌 도구화의 능력을 발휘하여 다시 현실과 교류한다.

'촉감각'은 '동작표상'으로 변환하여 동작이, '청감각'은 '신호표상'으로 전환하여 '신호'로, 그리고 '시감각'은 '도면표상'에서 도면으로, '언어'는 내화(內話)되어 '통신'으로 표출하게 되는 것이다. 그것을 모두 종합하면 현재의 문명의 수준을 취하면서 발달을 위한 도구로 활용하게 된다.

(4)항의 'DNA∞'로 비유된 '환상주체'는 '자연객체'에서 받아들인 여러 자극의 원천을 '기술표현주체'에서 문명의 도구로 쓰고 다른 방법으로도 사용되도록 '환상객체'에게 전하고 있는 모습인데, 그것이 바로 예술의 창조와 감상의 모습이다. '촉감각'의 표상은 '무용'으로, '악상'은 악보라는 기호를 통하여 '음악'으로, '그림'의 표상은 '그림'으로 '시상'은 문자를 활용해 '문학'으로, '연기상'은 '희곡'으로 예술작품화 되는 경로이다.

우리는 위의 표를 통해 다시 한 번 인간의 자기동일성의 세 부분을 확인해 볼 수 있고, 예술의 도구와 장르의 구별, 그리고 도구화로 승격되어 발현시킨 작품의 관계와 경로를 알 수 있다.

DNA∞인 환상표현주체는 자연객체에게서 받은 감각과 기호적인

요소를 '극대화된 감각'으로 환상하여 환상객체(텍스트)에게로 객체
화한다. 그러니까 인간의 예술활동은 자연으로부터 받은 온갖 감각의
체험을 문명의 도구로 쓰거나 예술의 기호로 활용해서 감각을 감상자
에게 돌려주는 순환 구조를 갖고 있음을 볼 수 있다.

특히 DNA∞는 '자의적인 인공형식을 자신의 음계(音階)'로 삼는
데, 그 인공의 형식이 '현실로서의 기호행동'이며 그것은 약속에 의해
서 실천된다. 약속은 '인간 개체의 내부로 성별(聖別)된 시공(그러면
서도 그 성별의 시선 밖에서는 현실의 시공일 수밖에 없는)에서 이루
어지고 있는 내부의 운동이라고 간주'50)하여 제출된다. 이 같은 약속
의 극단적 형식이 우리가 익히 알고 있는 전위예술이다.

위와 같은 최인훈의 예술의 성립에 대한 정밀한 구조화는, 그의 예
술론이 결론적으로 주장하고 있는 환상주체로서의 올바른 위상에 대
한 정합적인 압축이다.

주체가 객체가 되는 상황, 곧, 주·객 합일의 상황이 예술적 상황인
데, 그 과정은 '인간 개체 쪽의 주도(主導 : 환상상태에의 변속變速이
라는 결단의 실천)에 의해 성립'하는 것으로, 주체와 객체의 분별이
없어지게 '무한속도'51)로 변속하는 과정에서 이루어진다.

이는 자연객체에서 환상객체에까지 이르는 경로에서의 속도이고,
자연 만물의 계통발생을 매 순간 지각하여 개체발생시켜 나가는 과정
에서의 속도이다.

개체발생을 주도하는 환상주체는 생물주체가 수용한 자연객체의

---

50) '성별(聖別)된 시공'이란 표현은 과거의 종교의식에서 요구되었던 성스러운 의식
의 절차를 현실에서 간략하게 압축해서 되풀이하는 의식을 말하는데, 그것은 속
된 현실 속에서 상징화된 성화(聖化)의 양식을 가리킨다. 좁게는 예배의식, 행사
절차 등이고 넓게는 금기를 포함한다.

51) '속도'에 관련한 논의는 최인훈의 다른 에세이집인 『유토피아의 꿈』, 「사고와 시
간」과 연결해서 파악해야 된다. 최인훈의 이론은 이처럼 세 권의 이론서를 상호
연관 하에서 비교하는 측면에서 고찰되어야 할 것이다.

여러 요소를 극대화된 감각으로 변환시키는데, 여기서 '의식의 근원적 착오'가 일어난다. 이 착오에서 의식이 '근원적 환상'으로 활용되는 국면이 DNA∞이며, 환상이고, 진여이다.

자연의 현실을 빌어 환상의 층위로 올려지는 무한속도의 신진대사는 의식 속에서 시간과 공간을 초월하여 인간 자신이 자연화, 우주화되는 과정과 같다고 할 수 있다. 생명체의 시작에서 앞으로도 무한한 자신의 존재의 완전성에 대한 성찰과 그 체험에 대한 환상적 실현의 기쁨이 바로 예술의 법열이다.

	〈극대화된 감각〉이 창조한 인상 - B				
	환 상				
				신화적 세계	
무용	무풍(舞風)	음계	화풍	언어	생활
				신화	의식(儀式)
	촉각상	악상	그림상	시상	연기상
무보	무보	악보		문자	문자

위의 그림은 예술의 여러 장르를 세분하여 최근에 새로이 제시[52]한 표이다. 표에서 보듯 무용, 음악, 미술, 그리고 문학이 대표적인 예술 양식이다. 자연 객체에서 수용한 여러 요소를 환상표현주체인 창작가가 작품으로 실현할 때의 과정을 압축하여 보여 주고 있다.

최인훈은 예술을 인류의 원시생활에서 시원하고 있다고 본다. 그 중에서 특히 연극을 종교의식, 혹은 인생의 여정에 있어 주요한 대목마다 벌이는 특별한 행사에서 발전한 제도로 보고 있다. 예전의 예술은 생활 속에서 자연스럽게 경험해왔던 양식이었지만, 생활이 복잡해

52) 1990년 『작가세계』 가을호에 「최인훈 특집」에서 제시되었던 표를 2005년 『길에 관한 명상』에서 개정하여 발표한 것이다.

지면서 여러 예술 장르로 분화되었다는 것이다. 종교의식이나 특정행사가 바로 연희, 연극이었으며 그때 읊었던 말이 시가, 연희에서 필요로 했던 곡은 음악이, 연희 때 추었던 안무가 무용이, 의식에 쓰였던 장식과 제단의 꾸밈이 미술로 발전되었다.

그런데 지금은 과학이나 기술의 힘이 커지면서 예술의 역할은 좁아지게 되었고, 과학과 기술이 예술의 위상을 대체하려 하는 형국이 되어 가고 있는 실정이다. 기술은 현실적으로 만족을 주겠지만 이상적으로는 여전히 불만일 수밖에 없다. 인간은 그 불만을 해소하기 위해 무한정으로 기술을 발전시키려는 욕망을 갖고 있다. 그리고 인간은 그 기술을 실현하는 동물이어서 앞으로만 향해 치닫는 기술발전은 오히려 인간의 한없는 욕심을 부채질하고 있다. 지금은 오히려 기술에 인간이 끌려 다니다시피 한 상태이다.

그래서 앞으로의 예술은 현실과 이상을 동시에 만족시키는 방향으로 추구되어야 기술발전에 뒤쳐지지 않을 것이다. 그리고 그래야만 예술이 주었던 무한의 체험을 유지하게 될 것이다. 브레이크 없이 달려가는 기술을 예술이 제어해 주어야 인간이 기술의 노예가 되지 않을 것임이 분명하다.

> 신화나 종교에서 농업이나 사냥의 신이 인간에게 주는 기술은 일정하게 완성된 닫힌 기술입니다. 기술과 상상은 연속되어 있고 닫힌 질서 속에서 도구와 상징은 겹쳐 있습니다. 이 겹침이 깨어진 다음에도 즉, 인간이 과학에 눈을 뜬 다음에도 존재할, 문명의 원초 형태에 존재했던 생활의 현실과 이상의 조화에 대한 인간의 욕망을 만족시킬 상징기호를 고안해 내는 일입니다. (⋯)여러 겹임에 그치지 않고 그 여러 겹들이 서로가 서로에 대해서 허밍으로 반주해 주는 편성일 때 비로소 바람직한 상태라고 부를 수 있겠습니다.[53]

---

53) 최인훈, 「남북조 시대의 예술가의 초상」, 『길에 관한 명상』, 솔과학, 2005, 381면.

과거에는 무한에 대한 욕망을 신이 해결해 준다고 믿었는데, 현재는 과학이 해결해 주리라 믿고, 기술과 의학의 발달로 실제로 그렇게 되어 가고 있는 현실이다. 그렇다고 해서 예술의 역할이 과거에 비해 좁아져가고 있다고 여길 것만은 아니다. 과거에 인류가 받았던 충격이 마모가 되었다고 만 여길 것이 아니라, '문명의 원초 형태'를 안고, 과학과 더불어 발현되는 '상징기호'를 고안해내어 원초 형태와 과학이 어우러진 '편성'이어야 현대에서의 예술이 제 역할을 다할 것이다.

예술 중에서 문학은 언어라는 기호로 인해 이중 삼중의 난점을 애초에 지니고 있다. 최인훈은 그를 해결하기 위해 '언어만으로 이루어진 세계'에 대해 환상하는 방법을 제시하고 있다. 다른 예술 장르와 마찬가지로 '언어 예술도 자신 속에 순수 촉각과, 시각과 운동감각과 율동감각을 지니고 있으나 그런 감각들이 모두 언어라는 수준에 수렴되어, 언어라는 형식으로만 존재하는 세계에서 언어 속에서 그 자신이 언어이기도 한 표현 주체가 언어를 진동[54]시키'려 해야 할 것이다.

언어예술가는 우선 언어가 진동하는 현상을 감지해내야 한다. (현실의 잘잘못에 대한 올바른 판단을 의미한다.) 그리고, 그것을 다시 비판하여 언어 자체가 울림을 갖도록 공동의 감성의 '상징기호'를 고안해서 전달해야 한다.

그 '상징기호'는 문학에서의 현실인식의 방법에 따라 달라질 수 있을 것이다. 언어라는 매체가 상징기호이면서 현실의 분석 기제이기 때문에, 인식의 양상에 따라 새로 고안된 '상징기호'는 무수히 많을 수 있다. 언어예술가는 자칫 하나의 인식을 맹신하게 되어 다른 인식을 간과해 공동 감성을 왜곡하는 경우가 많다. 다양하면서도 하나의 통일된 울림을 주어야 예술의 기능을 다할 것은 물론이다.

그래서 언어예술가는 올바른 삶이 어떤 것인가에 대한 질문을 끊임

---

54) 위의 책, 306면.

없이 던지는 수도자와 마찬가지라 할 수 있고, 그 답을 찾아 전해 주는
자와 같은 위치에 있음을 알아야 한다.

> 문학도 인식이며 인식인 이상 분석적일 수밖에는 없다. 직관이 아
> 니라 분석인 바에는, 삶은 그 경우 방법적으로 대상화되어 객체로서
> 나타나며 객체에 대해서는 관찰자는 필연적으로 한정된 관찰 위치에
> 서 접근할 수밖에 없다. 그리고 이런 위치의 수는 원칙상 무한하다.
> 물론 그런 위치를 모두 사용할 수도, 그럴 필요도 없으나 그것이 한
> 두 가지에 국한될 수도 없는 일이다. 이것은 인간의 삶의 전모를 파
> 악하는 것은 불가능하다는 이야기가 아니고 사회적인 존재, 인간은
> 그 사회적 存在 양식을 줄곧 넓히고 나누고 해 왔기 때문에, 따라서
> 그들은 보다 헝클어진 미궁 속에 있기 때문에, 그들이 삶의 전모를
> 관측할 수 있는 지점에 닿기 위해서는 보다 많은 迂路를 거쳐야 한
> 다는 객관적 사정이 문학적 인식론에 반영되어야 한다는 실효의 문
> 제다.55)

  예술이 종교와 같은 의식의 수준에 도달케 하는 역할을 해야 한다는
것이다. 그것이 매체를 활용한 '실효'를 얻어야 한다면, 언어예술가는
현실을 모방하지만, 문학 안에서 문학 자신이 현실이 되도록 언어를
운용해야 할 것이다. 그래서 현실이 문학을 모방할 수 있도록 해야 할
것이다. 그러려면 언어를 다루는 예술가는 현실을 조망할 수 있는 위
치에 서야 할 것이고, 언어가 스스로 진동하여 공명할 수 있도록 즉,
언어 예술가 스스로 언어가 될 수 있도록 자리를 지켜야 할 것이다.
  이와 같은 언어예술가의 위치와 표현 자세에 대해 최인훈은 작품을
통해 곳곳에서 말하고 있지만, 「소설가 구보씨의 일일」에서 핵심을
정리하고 있다.

---

55) 최인훈, 「소설을 찾아서」, 『문학과 이데올로기』, 문학과지성사, 1986, 215면.

1)抽象과 具象은 서로 배척할 것이 아니라 공존해야 한다는 것
2)時代에 따라서 歷史는 열려 있는 것처럼도 보이고 닫혀 있는 것처럼도 보이지만, 현재 인간의 文明은 그러한 明暗이 2項對立式으로 널뛰기를 하면서 번갈아 執權한다는 表現을 하기에 어울리는 고비는 지났다는 것 / 3)抽象과 具象도 한 時空에 同時에 存在하는 生의 얼굴이라고 봐야지 한쪽만으로 결판내려면 生을 일그러뜨릴 수밖에 없다는 것 / 4)일그러뜨릴 때는 그것이 言語의 展開形態인 繼起的 敍述의 限界에서 오는 方法的 單純化임을 自覺하는 餘裕가 있으면 좋지만 그런 虛構의 操作을 實體化하려 들면 敎條主義가 된다는 것 / 5)藝術은 現代文明에서 單一한 儀式을 가질 수 없다는 것 / 6) 儀式 典範을 統一하려 할 것이 아니라 分派가 택한 典範 各己의 테두리 안에서 얼마나 感傷을 克服했는가를 가지고 信心을 저울질하는 길밖에 없다는 것 / 7)文學이 그 가운데서도 특별한 障壁을 가진 것은 認定해야 한다는 것 / 感覺藝術과 같은 純粹한 音階의 設定이 不可能하다는 것 / 8)文學의 音階는 複合音階로서 風俗의 指示를 包含하지 않을 수 없다는 것 / 9)그러나 藝術이라는 이름으로 묶인다면 다른 藝術과 다름이 있을 수 없다는 것 / 10)아마 詩心의 높이가 그 가늠대일 것이라는 것 / 明月이나 梧桐나무에는 發情하는 詩心이 人事의 正邪에는 發情하지 말아야 한다는 것은 原理의 一貫性에 矛盾된다는 것 / 11)現實의 어느 黨派를 支持할 것이냐 하는 立場을 버리고 가장 높은 詩心의 領域에서 醉한 것은 無差別射擊할 것 / 友軍의 行動限界線이라고 해서 射擊을 延伸하지 말고 詩心이 허락할 수 없는 地帶에는 융단 爆擊을 加하여 利己心에 대한 殺傷地域을 造型할 것 / 12) 그렇게 해서 詩가 人事를 두려워할 것이 아니라 人事가 詩를 두려워하게 할 것 / 13)泣斬馬謖에서 泣도 버리지 말고 斬도 버리지 말 것 / 泣이냐 斬이냐 하는 虛僞의 2項對立의 惡循環에서 벗어날 것 / 泣은 조강之妻에게 斬은 斬망나니手에게 돌리고 孔明은 泣斬할 뿐이라는 것 / 14)예술은 인간이다, 라는 까닭에서가 아니고 예술이라는 칼을 들었으면 칼이 가자는 데로 가야 한다는 것 / 그런 匠人 意識 / 15)因緣으로 흐린 自己의 利害打算의 눈을 스스로 眼盲케 하여 失明

을 얻은 다음 詩의 물레를 돌릴 것 / 눈먼 손이 뽑은 詩의 명주실을
풀리는 대로 버려둘 것 / 16)그러면 카이자의 몫은 카이자가 가져갈
것이고 하느님의 몫은 하느님이, 異邦人들과 단군 열두 支派도 제 길
이만큼 잘라 갈 것이라는 것 / 그런 물레질.56)

위의 글이 최인훈의 문학예술가의 위치와 역할, 표현 태도에 대한
핵심 문단이다. 최인훈은 여기서는 그의 다른 소설에서처럼 한자어를
한글로 바꾸지 않고, 한자 음을 그대로 표기하고 있는데, 압축된 논평
을 통해 강조의 효과를 얻겠다는 의도로 보인다. 여러 비유와 상징을
차용해서 문학과 예술에 대한 정의를, 고압의 전류가 흐르듯 구성한
위의 문단에 필자 나름의 해설을 덧붙여 보면 아래와 같다.

1) 문학을 포함한 예술은, 오랜 시간 동안 추상과 구상으로 나뉘어
표현 활동을 해왔다. 모더니즘과 리얼리즘, 아방가르드와 현실주의,
예술을 위한 예술과 민중예술, 순수예술과 대중예술 등 이항대립적으
로 나뉘어 표현돼 왔고, 비평가나 감상자도 그러한 구분에 익숙해져
왔다.
2) 이러한 추상과 구상이라는, 서로의 배척의 시대는 이제 지나갔다.
신본주의 시대에서 인본주의 시대로 진입했다느니, 유심론보다 유물론
이 우선한다느니, 식민에서 신식민시대에로 변화되었다느니, 중심에서
해체로 옮아갔다느니 하는 단정적인 표현이 어려운 시대이다.
3) 순수 · 참여, 귀족 · 민중, 본격 · 대중, 리얼리즘 · 모더니즘 등의
이분법적 구별로 예술의 가치와 표현양식, 그리고 표현자세를 말하기에
는, 현실의 다양성을 포함한 전문성을 설명하기에 힘들게 되었다. 그
모두를 함께 끌어안는 원리가 더욱 실효성을 갖는 시기라 할 것이다.

---

56) 최인훈, 『소설가 구보씨의 一日』, 문학과지성사, 2001, 30~31면. 문장 앞의 번호
는 필자의 해석의 편의로 붙인 것이다.

4) 그 모든 것이 하나의 그릇 안에 있는 것으로 보아야 하는데, 교조주의 같이 특정한 하나의 이론을 절대시하여 오늘날과 같은 현실에 적용하려 하면 예술의 모습이 일그러질 수밖에 없다.

5) 이와 같은 이유 때문에 현대의 예술은 하나의 의식(儀式)으로 합쳐지기 어렵게 되었다. 예술은 제의식에서 그 원류를 찾을 수 있는데, (제사 절차에 소용되는 노래와 춤, 의상, 장식, 제사장의 말, 등등이 음악, 무용, 미술, 문학의 장르로 분화되었음을 앞서 살펴보았다.) 그 제의식이 다양해지고, 그를 빌어 특정 목적에 사용하기까지 하는 시대가 되었다. 종교가 정치와 분리되면서, 예술도 신을 위한 예술이 아니고, 특정 계층이나 집단을 위해, 혹은 예술행위 자체를 위해 소용되게 된 것이다. 정치적, 노동적, 제의적, 개인적 등등의 성격을 모두 포함하게 되었다. 그 표현의 모습도 매우 전위적이며, 실험적이다.

6) 그래서 어떤 한 양식의 예술을 단일한 캐논으로 삼으려 할 것 아니라, 각양각색의 예술품의 다양성을 인정하되, 각기의 작품 안에서 보편성을 띤 내용과 형식이어야 현실의 모습을 올바르게 수용하는 태도라 할 것이다.

7) 이렇게 다양성과 전문성을 함께 포괄하는 시대여서 문학은 다른 예술장르에 비해 더욱 장애가 많다. 즉, 시대의 변화에 그다지 민감하지 않은 감각예술보다 문학은 이러한 현실을 외면할 수 없을 뿐 아니라 애당초 그렇게 하기 어려운 장르이다.

8) 문학의 매제는 음악에서처럼 추상을 압축한 박자와 음표가 아니라 현실에서 의사소통 기호로 사용하는 언어이기 때문이다. 언어는 인류의 발생에서 지금에 이르는 문명전달정보의 아이콘이다. 특히 지금의 문학은 당대 현실을 적극 반영할 수밖에 없는, 당대의 기호인 언어로 예술 활동을 벌여야 하는 어려움을 갖고 있기에 그렇다.

9) 그래도 문학이 예술로서의 제기능을 발휘하려면 현실을 반영하면서 환상을 주어야 할 것이다. 그러면서 인간의 본성과 삶의 올바른

모습을 제시해 주어야 할 것이다.

10) 전통 예술은 자연현상이나, 자연화된 풍속에 대한 노래나 묘사가 주를 이뤄왔고 문학도 마찬가지였다. 현대문학은 기계화되는 현실을 외면할 수 없다. 문학은 인공의 기호인 언어로 예술을 창조하기에, 자연을 포함하면서 현실과 비현실, 정치와 사회, 역사와 문화, 인간과 종교 등등 모든 문제를 소재로 삼을 수밖에 없다.

11) 그런데, 언어는 그 자체가 이데올로기의 도구이기도 해서 각양의 이데올로기를 또한 수렴하지 않을 수 없고, 작가는 자칫 잘못 하면 한 쪽의 이데올로기에 치우칠 수 있다. 현실을 반영하면서 현실을 비판하는 자세여야 비교적 효율적인 언어예술의 방법이라 할 수 있겠는데, 여러 주장과 방법이 공존하고 있는 현대의 상황에서 어떤 입장에 설 것인가에 대한 고민 또한 과중한 부담으로 작용할 것이다.

그래서 창작가들은 그 주장과 타협하게 되는데, 그렇게 편입하려는 마음을 스스로 경계해야 한다. 그러기 위해선 먼저 어느 한 쪽의 주장에 치우치지 말고 여럿을 아우를 수 있는 위치에 올라서서 감상을 극복하려 노력해야 할 것이다. 어쩔 수 없이 한 쪽의 주장을 택했다면 선택한 주장을 더욱 비판해야 하는 용기를 보여야 한다.

12) 그렇게 해서 문학작품이 오늘의 현실에서 가장 힘을 발휘하는 주장에 무릎을 꿇을 것이 아니라, 현실의 그 주장이 그 작품을 두려워하게 해야 한다.

13) 그러한 태도는 제갈공명과 같아야 할 것이다. 제갈공명이 가장 아끼던 부하인 마속을 울면서 베었다는 '읍참마속'이라는 고사에도 있듯이, 자신의 테두리에 있더라도 대의에 벗어나게 된다면 과감하게 떨쳐내야 하는 자세여야 할 것이다. 어쩌면 공명은 진심으로 울지 않았을 것이고 진심으로 마속을 칼로 치고픈 마음도 없었을 것이다. 공명에겐 대의가 있었기에, 그것만을 위해 울면서 참하는 모습만 보여주었을 뿐이었을 것이다. 허위의 2항대립의 악순환을 벗어나서 눈물

은 조강지처에게, 참은 참 망나니수에게나 역할을 주고 단지 공명은 우는 모습만 연기했을 것이다. 그것이 진정한 예술가의 자세라 할 수 있다.

14) 예술은 인간에 의해 만들어져 인간을 위한 것이지만, 예술은 또한 그 자체로 인간 세계를 초월하는 종교와 같은 것이므로, 그 목적 없는 목적을 이루기 위해서는 목적 자체를 무화시키고 그저 맹목적으로, 그러한 위치에서 환상된 예술을 믿어야 할 터이다.

15) 인연으로 발생하는 인간사의 이해타산을 단호하게 잘라 버리고, 아니, 그 이해타산을 셈하려는 눈을 스스로 찔러 맹인이 된 상태에서 예술 행동을 취해야 할 것이다. 그러한 상태에서 예술의 작업을 진행하면서 자연스레 작품이 풀어져나가게 될 것이고, 그러면 그대로 놓아두어야 한다.

16) 그렇게 하여 작품화 되면 독자들은 제각기 자신의 입장에 어울리는 주제를 얻어가게 될 것이다.

그것은 누가복음에서의 예수의 입장과 같은 신심에서야 가능할 것이다. 바리세인이 예수를 시험하기 위해 황제인 카이자의 얼굴이 들어간 동전을 들고 예수에게 이것을 카이자에게 세금으로 바쳐야 옳은지, 하느님께 바쳐야 옳은지 질문했는데, 예수가 '카이자의 몫은 카이자에게, 하느님의 몫은 하느님에게'라고 답한 것처럼, 하느님이 모든 것을 세워주었기에 모두가 알아서 제 몫을 가져갈 것이라는 태도이다. 그러니까 작품을 창작하는 사람도 환상의 상태일망정 하느님의 지위에까지 올라서야 할 것이다.

2. 현실과 상상의 의식 구조

문학예술이 감각예술과 다르게 지극히 현실적인 매체인 언어를 사용하고 있는 데에서 오는 난제를 극복하는 방법으로, 현실의 어떤 주장에도 편입되지 않고 현실을 부정하는 자세를 취해야 한다고 최인훈은 말하고 있다. 문학 현상을 '방법+풍속'으로 등식화할 수 있지만 '시대에 따라 그 둘의 응착이 어려운 고비가 있'고 극단적인 경우 분열하기도 하는데, 그 분열을 이겨내는 기능이 또한 문학 자체에 있다고 한다.

언어를 도구화하여 풍속과 유합하려는 태도가 최인훈이 굽어본 신문학의 '앙가주망'이라 할 수 있는데, 이제는 그마저 부정하는 태도에서 진정한 예술 창조의 방법으로 지양(止揚)할 수 있다고 한다.

그래서 그는 '관념(의식)을 방법과 풍속의 유합으로 물신화하지 않을 때 비로소 의식은 자유를 얻는다'라고 하며 언어예술의 진정한 모습을 제언한다.

> 向裏向外 逢著便殺. 逢佛殺佛 逢祖殺祖 逢羅漢殺羅漢 逢父母殺父母 逢親眷殺親眷 始得解脫.
> 안팎으로 만나는 자를 모두 죽여라. 부처를 만나면 부처를 죽이고, 스승을 만나면 스승을 죽이고, 나한을 만나면 나한을 죽이고, 부모를 만나면 부모를 죽이고, 친척을 만나면 친척을 죽여야 비로소 해탈할 수 있다.[57]

위는 구보씨가 문학잡지사에서 보내온 설문조사에 응하는 과정에서, 임제록의 문구를 인용한 것이다. 예술가에게 요구되는 '의식의 자유'를 얻기 위한 방법이라 할 수 있을 것이다. 어떤 의미에서는 이같은 방법은 선불교에서의 조사들의 화두참구이기도 하고, 앞장에서

---

57) 위의 책, 255면.

도 살폈듯이 현실의 어떤 주장에도 편입하지 않는 문학예술가의 태도
와도 크게 달라 보이지 않는다.

　앞서 최인훈의 여러 예술 장르의 분화와 세 단계의 자기동일성이
객체에서 주체로 어떠한 과정을 통해 자기를 확립하고 유지하는가에
대해 파악해보았는데, 이 장에서는 그 과정을 인간의 마음의 형성 과
정을 통해 좀더 깊이 있게 이해해 보도록 하겠다. 그리고 문학의 창작
과정의 경로를 섬세하게 파헤친 최인훈의 모식도를 해독해 나가며
예술창조의 과정을 파헤쳐 보고자 한다.
　최인훈의 「창작자의 마음의 모식도」58)는 그가 오랜 세월 동안 소
설창작과 희곡창작을 경험해 오면서 창작의 마음과 현실의 마음 사이
의 상관관계와 그 전이과정을 묘사한 것이다.
　그 같은 모식도를 얻기까지 최인훈은 오랜 동안 그와 비슷한 언사
를 여러 작품 속에서, 다양한 논평으로 발화하고 있었다. 특히 그의
만년의 대작인 『화두』에서 화두와 문학은 같은 현상을 지칭한다고
하며, '화두'를 일러 '마음이 벗어 놓은 허물들, 마음이 머물다간 거푸
집인, 이미 틀지어진 기성의 개념들을 벗어나서 마음의 생성과 변화
를 거슬러 가 보려는 결의가 내비치는 말'이라 하며, 문학현상을 비유
하고 있다. 그는 문학을 화두참구와 같은 의미로 보고 있다.
　'언어가 의식의 발생과정의 가장 분명한 궤적'이고, '언어이전에도
의식은 있었지만, 언어의 발생을 분수령으로 해서 의식은 동물의 감
각과 달라진다.'라며 문학의 본질을 말하고 있다. 즉, 문학 종사자에게
있어 가장 중요한 임무는 그 언어를 끈기 있게 관찰하는 일이라는
것이다. 그것이 동물이 아닌 인간임을 확인하는 일이고, 인간의 삶이
며, 문학의 전부일 것이라 강조한다.

---

58) 이 모식도는 예술대학에서의 수업내용을 수년간 수정 보완한 결과이다. 두 폭짜
　리 병풍 크기에 그림으로 그려져 연구실에 비치되어 있다.

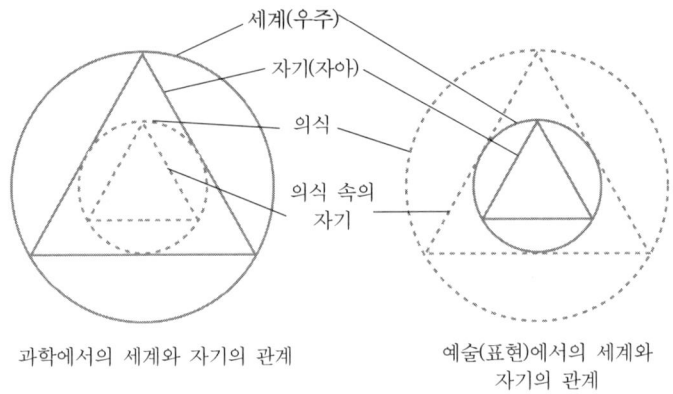

과학에서의 세계와 자기의 관계   예술(표현)에서의 세계와
                                            자기의 관계

　위의 그림은 인간이 세계와의 분리를 경험하는 근대 이후, 세계와
자기와의 관계를 파악할 때, 인간 의식의 내포와 외연의 상태를 나타
낸 것이다. 왼쪽, 실선으로 그려진 원이 과학에서의 세계와 자기의
관계를 나타낸 표이다. 그 관계를 인식하는 의식을 '현실의식'이라 보
고 있다. 그리고, 오른쪽, 점선으로 그려진 원이 예술에서의 세계와
자기와의 관계를 나타낸 표이다. 그 관계를 인식하고 있는 의식을 '상
상의식'이라 명명한다. 왼쪽 표는 세계 속에 자기가 들어 있고 오른쪽
표는 자기 의식 속에 세계가 들어 있는 상태이다.

　현실의식을 실선으로 표현하고 있는 이유는, 인류가 공통으로 처한
현실이어서 확실한 경계로 표시할 수 있다는 의미이고, 상상의식은
개개인의 자유로운 의식의 상태이기에 점선으로 처리되어 있다고 보
인다. 그러나 개인의 자유의식이어도 그 안에 있는 현실은 또한 뚜렷
한 모습이어서 실선으로 그려놓고 있음을 알 수 있다. 그러니까 상상
으로 세계를 파악하려는 예술적 상황에서는 자기의식이 상상적인 의
식 안에 분명하게 자리하게 된다. 둘의 관계는 무수한 안팎이 존재하
게 될 것이다. 왜냐하면 문명의 발전의 단계가 무수하고 각 나라, 민
족, 가족 등의 문화적 차이가 무수할 것이고, 그 현실을 받아들여 상상
하는 개인의 의식의 세계란 무한하기 때문이다.

작품 창작과 수용에 좁혀 말하면, 작품을 쓰기 시작하고 작품을 읽기 시작하는 상태는 현실의식이 상상의식에 감싸여 또 다른 현실을 구축하는 셈이 된다. 앞서 「인간의 Metabolism의 3 형식」에서 살펴보았던, 객체인 자연의 감각적 도구를 수용해 주체가 그를 도구화해서 다시 객체에게 되돌려 주는 형태가 순식간에 이뤄진다고 하겠다. 그래서 현실의식 안에 상상의식이, 그 안에 또 다른 현실이, 또 그 안에 상상이 겹겹이 싸여 있는 형국이 되는 것이다.

최인훈은 이와 같은 경로를 섬세하고 정연하게 구도화하고 있다. 먼저 객체라고 할 수 있는(작품 창조와 수용에서의 의식은 굳이 객체라고 할 수 없지만) 현실의식 층위의 의식의 전개 과정을 보면 아래와 같다.

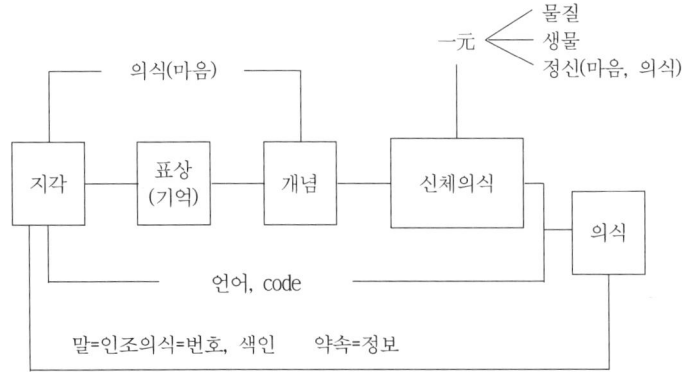

표에서 보듯 인간은 현실에서 받은 자극을 오감각(시각, 청각, 촉각,미각, 후각)에 의해 분류된 형식으로 지각[59]한다. 그 경험은 표상으로 저장된 기억을 다시 체험하는 것과 마찬가지로 그 단계에서 벌써 간접적이다. 그 과정에서 개념화(간접화)가 발생한다. 지각과 개념

---

[59] 최근의 신경과학에서 감각의 정보가 시냅스라는 신경전달물질에 의해 뇌세포에 저장되고 있음을 밝혀내고 있다.

화 이전 단계에 신체의식의 영역이 존재하는데, 신체의식은 대부분 인류의 그동안 계통발생의 압축된 기호라 할 수 있는 언어나 코드 즉, 약속된 말이나 인조의식, 번호나 색인 같은 정보화 이전의 의식이고, 그것은 앞서 보았던 '현실의식'에 가까운 의식이다. 그러나 예술에서는 현실의식 안에 상상의식이 엄존한다. 예술(표현)의 창조와 수용에서 이 의식의 회로는 같은 모습이라 할 수 있다. 글쓰기 표현에도 이와 같은 의식의 경로는 마찬가지로 적용된다.

이 모든 단계는 한 층위 깊은 의식[60]이 존재하여 수렴하고 있다. 그 깊은 의식은 객체에 대응하는 주체가 객체를 인식하는 과정을 포함하고 있는데, 이 과정은 모두 '언어'라는 관념으로 응축된다. 이는 개개인의 의식 수준의 개념화이면서 사회와 약속한 의식의 구조물이라고 할 수 있고, 이는 사회의 변화, 역사의 변동에 따라 사라지거나 생기고, 또는 다르게 표현되기도 한다. 다시 말해서 시대별 '공공의 이성'의 상징적 구현물이라고 할 수 있겠다.

이 모든 것을 수렴하고 있는 의식 또한 매우 복잡한 과정을 거치고 있는데, 최인훈은 이를 세밀하면서도 간명하게 도표화하고 있으며 註를 붙여 해설하고 있다.

---

[60] 의식과 무의식, 그 영역과 범주에 대해서 프로이트가 정신분석의 이론으로 제시한 후, 여러 후대의 철학자와 정신분석학자들이 프로이트를 원용하거나 그 이론을 개진해 왔다. 상상계·상징계·실재계, 현실의식·잠재의식 등등으로 정신의 지대를 구분하려 애를 써왔다. 최인훈의 '현실의식'과 '상상의식' 또한 그와 흡사한 면이 많아 보이지만, 필자는 서구의 구분보다는 오히려 동양 철학에 의한 구분이 더 가깝지 않나 판단한다. 특히 유식론에 근거한 대승불교의 의식과 말나식 그리고 아뢰야식의 정신영역에 가깝게 보인다. 그렇더라도 이 같은 최인훈의 의식의 회로도는 예술창작, 특히 소설창작의 과정을 심도 있고 간명하게 보여주고 있어 매우 실재적이고 독보적이다.

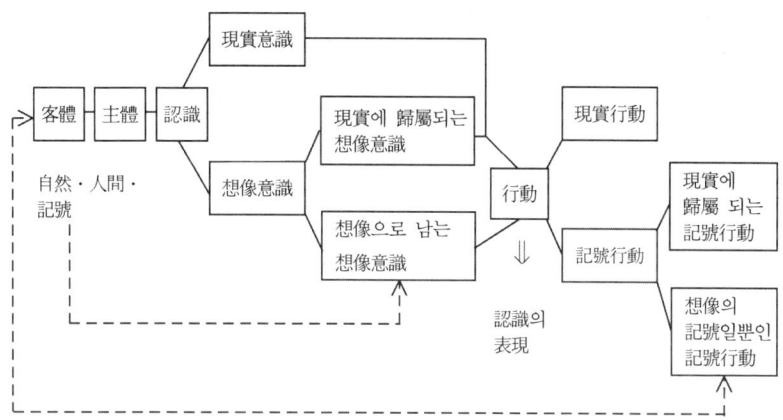

註

1. 客體 : 自然 · 人間 · 社會 · 다른 主體 및 記號
2. 主體 : 個人(意識과 行動의 單位)
3. 認識 : 個人意識이 客體와의 關係에서 形成하는 意識 形成物 (感覺的, 槪念的 및 兩者의 過渡的 形態)
4. 現實意識 : 意識이 自然에 歸屬 (意識⊂自然) 됨을 前提하는 態度(立場)의 意識
5. 想像意識 : 認識의 先行條件과 分離해서 觀察되는 意識
6. 現實에 歸屬되는 想像意識 : 想像을 現實意識의 發展으로 理解하고 現實意識의 補完으로 作用
7. 想像으로 남는 想像意識 : 想像의 積極性을 重視하는 視點에서 想像=客體(自然 · 人間)으로 看做한 意識
8. 行動 : 認識의 表現
9. 現實行動과 現實에 歸屬되는 記號行動 : 終局的으로 直接 客體를 變化시키고 그것이 終點인 行動
10. 想像의 記號일 뿐인 記號行動 : 7.의 內容인 假想現實로서 想像의 거울(記號)로서의 記號(行動)
11. 記號 : 認識의 身體的 表現 및 身體와 分離되어 物質에 定着된 認識 相關物 (認識內容의 거울)
12. 比喩的 記號 : 自然 · 他人 · 非記號가 主體의 自意的 解釋에 맡겨졌을 때의 自然 · 他人 및 非記號

위의 인간의 의식의 회로를 필자는 예술적 상황에 있어서의 창작자와 수용자의 마음의 움직임을 구조화한 모식도로 풀이하고 싶다. 즉, 작가와 독자의 '열락'의 소통구조라고 보아도 무방할 것이다. 최인훈이 주(註)를 붙여 해석하여 완결된 흐름에 설명을 더해 오히려 내용을 왜곡시키거나 훼손할 수도 있을지 모르겠지만 좀더 부연하면 아래와 같다.

1) 客體 : 주체와 대응할 수 있는 모든 것, 즉 '나'일 수 있는 존재 밖의 모든 자연 현상, 사회 현실, 그를 표시하는 기호 등등이라 할 수 있다. - 예술적 상황에서의 객체는 텍스트(작품), 기호, 사회현실 등도 포함된다.

2) 主體 : 객체에 대응되는 '나'라고 할 수 있는 것, 특히 '나'임을 자각하게 되는 마음, 행동 등 모든 것이라 할 수 있다. - 예술적 상황에서의 주체는 작품을 사이에 둔 작가와 독자라 해도 무방하다.

3) 認識 : 주체가 객체를 정보화하여 받아들이는 의식(마음)의 여러 단계의 현상이라 할 수 있다. 즉, 인간이 오감을 통해 받아들인 지각을 기억하여 개념화하는 각 단계의 현상을 말한다. - 예술적 상황에서의 작가에게는 자연, 현실 등 세계에 해당될 것이고, 독자에게는 작품을 통해 의식의 각 단계를 깨닫는 현상을 말한다.

4) 現實意識 : 주체의 의식이 객체의 변화에 순순히 따르는 의식을 말한다. 객체를 수용하는 단계가 선형적으로 일어나는 의식. 그러기 위한 자연스러운 인식을 의미한다. - 예술적 상황에서의 작가에게는 집필하기 전 단계의 자연현상의 객관적 의식, 텍스트를 앞에 둔 독자에게는 독서하기 전의, 미적충동이 일어나기 전의 의식을 말한다.

5) 想像意識 : 주체의 '감각 - 지각 - 표상 - 개념'의 계통이 순차적이지 않고 비선형적으로, 혹은 어떤 단계를 건너뛰거나 역행하거나 또는 따로따로 또 한꺼번에 일어나는 의식. 그러기 위한 자연스러운

인식을 의미한다. - 예술적 상황에서는 작가, 독자 공히 자연의 현상, 작품의 수용을 현실의식에 기대지 않고 미적 충격을 주고 얻고자 하는 층위에서 일어나는 의식을 의미한다.

6) 現實에 歸屬되는 想像意識 : 상상을 통해 현실을 보강하는 의식, 즉 무한을 경험케 하기 위한 상상이지만 자기가 환상임을 아는 의식이다. - 예술적 상황에서는 미적 층위의 의식을 현실 생활에 응용하거나, 실용적으로 활용된 미의식이거나, 특정 목적에 부합하는 미의식을 말한다.

7) 想像으로 남는 想像意識 : 현실보다 상상을 우선하여 상상이 곧 현실이라 간주하여 발생되는 의식이다. - 예술적 상황에서는 미적 층위의 의식을 현실에 귀속시키지 않고 그 자체로 남기는 의식, 즉, 꿈 그 상황이다. 혹은 무목적 미의식을 의미한다.

8) 行動 : 의식의 미세한 단계를 알고 어떤 식으로든 표출하는 것을 말한다. 작가 입장에서는 글쓰기, 독자입장에서는 글읽기이다. 즉 창작과 감상을 말한다.

9) 現實行動과 現實에 歸屬되는 記號行動 : 객체에게서 받아들인 정보를 다시 객체에게 되돌려 주어 현실을 무리없이 영위하려는 기호의 행동이다. 현실의 커뮤니케이션을 위한 기호 행동을 말한다. 그동안의 인류의 문명의 압축된 상징 구현물을 다시 문명의 두께에 보태는 기호나 그 행동을 뜻한다.

10) 想像의 記號일 뿐인 記號行動 : 현실의 무리없는 활동을 위함보다는 상상의 즐거움을 위해 활용되는 기호와 그 행동이다. 즉, 일상의 커뮤니케이션이 아닌, 예술적 상황을 위해 사용된 기호와 그 행동, 종교나 행사에 쓰이는 기호와 행동 자체를 말한다. 예술에서는 작품을 통해 작가와 독자 모두 무한을 경험하는 행동, 또는 예술적 상황, 약속된 법열이다.

11) 記號 : 모든 의식을 일깨우는 데 사용되는 기호를 말한다. 문명

적 자기동일성을 유지시키는 기호, DNA′의 정형을 말한다.

12) 比喩的 記號 : 미의식에 쓰이는 기호, 특히 상상의식을 일깨우
는 데 사용될 경우의 기호이다. 종교나 예술행동에 쓰이는 기호를 의
미한다. 원래 비유가 아닌 사물일 뿐인 11)항에서의 기호를 비유로
사용할 때의 기호이다. 자연물이나 자아가 아닌 타인인데, 예술에서
기호로 사용될 때, 상징적이며, 다의성 있고 포괄적인 의미를 띠도록
활용된 기호이다.

　이 같은 개념의 해설은 창작의 과정에서 어떻게 적용되는가에 대한
설명이 보충되어야 할 것이다. 앞서 현실의 오감각을 통해 경험한 지각
과 그것을 언어로 일원화한 의식의 심층에 그 모두를 포괄하는 의식이
있다고 했는데, 의식을 객체로 대입한다면 그에 대응하는 주체가 객체
를 인식하는 과정으로 그 의식의 모양을 압축할 수 있을 것이다.

　그 의식의 심층에 상상의식이 있는데, 상상의식 내부에 현실을 인
식하는 주체와 상상하는 주체가 있다. 주체의 인식의 취득에는 또한
현실의식과 상상의식이 작용한다. 상상의식은 둘로 기능한다. '현실
에 귀속되는 상상의식'과 '상상으로 남는 상상의식'이 그것이다.

　'현실에 귀속되는 상상의식'은 상상을 상상의식 안에 있는 현실 주
체가 취득한 현실의식으로 편입되고, '상상으로 남는 상상의식'은 상
상의식 안의 객체(자연,인간,기호)와 호응한다. 이는 예술의 창작과
감상의 과정과 마찬가지이다.

　그리고 앞 장에서 살펴본, DNA′라는 문명정보전달구조의 전달과
정의 회로였던 기호행동이 상상의식 속에서 다시 발현된다. 즉, '현실
행동'과 '기호행동'이 그것이다. '현실행동'(상상의식 속에서) 현실과
상상이 응착되어 나타난 행동을 말한다. '기호행동'은 '현실행동'을 가
능케 하는 매체로서의 행동이다.

　이는 또 둘로 나눌 수 있는데, '현실에 귀속되는 기호행동'과 '상상

의 기호일 뿐인 기호행동'이다. '현실에 귀속되는 기호행동'은 기호행
동의 목적이 분명해서 객체에 직접 영향을 주는 기호행동으로 볼 수
있고, 상상의 기호일 뿐인 기호행동은 객체에 영향을 주기도 하지만
상상행동 그 자체만으로도 만족한 행동이라고 볼 수 있다. 예술을 위
한 예술 행동이 그것이다.

　나아가 필자는 위의 '의식의 흐름도'를 소설창작의 집필 과정에 비
유해 보려 한다.
　우리는 언어라는 기호로 문장을 쓸 때 먼저 기체험[61]된 감각을 환
기시킨다. 감각을 다시 경험하려는 것인데, 이는 마음이 작용되는 것
이다. 우리가 보는 형상은 시각으로, 듣는 소리는 청각으로, 맡았던
냄새는 후각으로, 혀로 느꼈던 맛은 미각으로, 피부로 느꼈던 것은 촉
각으로 받아들여 저장되었다가 마음이 환기할 때 그 감각은 어떤 흔
적처럼 떠올려진다. 그 흔적은 개개인이 저장해 두었던 상이 특별한
모습으로 다시 불려지면서 개념으로 응축된다. 모두 마음, 혹은 의식
의 작용이다.
　우리의 의식은 통상적으로 그 동안 받았던 교육에 의해 감각의 내
용을 일상의 현실에 맞춰 분류시키려 한다. 표상화된 감각의 기호를
현실에 맞도록 분별하여 개념화시키려 하는 것이다. 특히 언어는 인
간이 사회 생활을 하는 데 있어 가장 적절하게 응축되어 있는 기호이
므로 우리는 감각을 지각하여 표상화된 것을 환기시키는 기호로 대부
분 언어를 활용한다. 어떤 의미에서는 언어가 곧 우리의 마음의 단계
의 표상물로 가장 적합하게 대체되고 있다 하겠다.
　우리는 글을 쓸 때, 즉, 체험을 언어로 기록해 나갈 때 적당한 언어

---

61) 여기서 체험된 기억이란 뇌세포가 받아들여 저장한 모든 것, 상상, 꿈, 실체험 등
　을 모두 포함한다. 앞의 그림에 대입하면, 과학에서의 현실의식을 수용한 상상
　의식 상태에서의 의식의 체험을 말한다.

가 떠오르지 않으면, 표상물이 명료해지지 않거나 다른 표상물로 대체되는 경험을 할 때가 많다. (산만하다는 것은 그만큼 표상물이 흐려 있거나 대체할 적합한 언어가 떠오르지 않는 경우를 의미한다.) 표상물에 적합한 언어를 찾아 골라 붙이기보다 언어가 표상물을 규정하고 대체하는 기능을 하기도 하는데, 그 경우가 바로 체험을 다시 경험하는 글쓰기이다.

경험이 우선인지, 언어화하는 마음의 작용이 우선인지의 순위를 따지는 일은 글쓰기에는 별로 중요하지 않아 보인다. 우선은 체험의 표상을 붙잡아둘 적절한 언어를 제시하도록 뇌세포를 작동시켜야 한다. 그런데, 언어는 항상 고정된 의미만을 지니고 있지 않은 기호이다. 언어는 고정된 의미보다 더 풍부한 표상을 끌어내기도 하는 기능을 가진 기호이기도 하다. 시뮬레이션 작용62)이라 할 수 있을 것이다. 최인훈의 '의식의 흐름도'에서, 깊은 의식의 부분을 대입하면 '상상주체'에 의해 상상의식이 작용하여 펼치는 기호행동이다. 그래서 언어를 기호로 하는 문학은, 고정된 감각을 전해주는 영상보다 더 넓고 깊은 체험을 독자 스스로 상상을 통해 일궈나가도록 하는 예술양식이라 할 수 있다.

그러므로 소설을 창작하는 사람은 먼저 작가의 경험의 표상을 붙잡아둘 적확한 언어를 제시하면서 동시에 독자에게 더 풍부한 체험을 주기 위해 보다 섬세한 의식의 단계를 검토해나가야 한다. 즉 하나의 언표를 통하더라도 그 의미가 다양하도록 기능하는 언어와 방법을 고안한 다음 제시하여야 할 것이다. 최인훈의 도표대로 비록 상상의식이지만 그 안에서 펼쳐지고 있는 현실과 상상의 여러 층위를 함께 진동시키는 의식의 내용과 방식이어야 할 것이다.

감각 예술 중 음악에 비유한다면, 이러한 경로는 마치 악기의 연주와 같다고 할 수 있다. 어떤 악기든 소리를 내면 그 소리는 공기에 퍼져 파장을 일으키고, 의식을 공명시킨다. 악기는 소리를 내는 사람이 있고,

---

62) 자크 모노, 『우연과 필연』, 삼성출판사, 1980. 언어의 시뮬레이션 작용을 참조할 것.

악기의 공명관을 통해 소리는 흐르게 된다. 음은 악기 안의 공명관에 남는 것이 있고, 상당 부분의 음정이 공기 중에 퍼져 파장을 일으키면서 최종 감상자의 귀를 통해 전달되고, 결국 마음을 공명시키게 된다.

소설도 마찬가지이다. 작가가 자연으로부터 취득한 온갖 체험의 정보는 작가의 인식에 의해 걸러져 기호로 집약된다. 이는 마치 거울의 표면과 같다. 거울에 비친 상은 '현실의식'으로서의 상으로 기능하기도 하며, '상상의식' 속의 상으로 기능하기도 한다. 거울이 맑은가, 오염되었는가, 볼록거울인가 오목거울인가, 아니면 색을 입혔는가, 어디를 비추고 있는가에 따라 표출되는 상은 다를 것이다.

'상상의식' 속의 거울은 꿈 속의 상황을 비유하면 될 것이다. 꿈을 꾸는 사람이 꿈 속에서 거울을 보는 모습이 바로 그런 형국이 아닐까 하는데, '현실에 귀속되는 상상의식'은 꿈 속의 상황이고, '상상으로 남는 상상의식'은 꿈 속의 거울을 보는 상황이라 할 수 있을 것이다. 이와 같이 거울 표면에 비유된 언어는 질서화 되어(혹은 관계를 맺어63)) 하나의 유기체로 형성, 현실로 존재한다. 최인훈은 그것을 '행동' 단계로 보고 있다. 하나의 완성된 작품이 바로 그것이라 이름 붙일 수 있겠다. 그러니까 작품이 곧 거울이 되는 셈이다.

거울은 행동으로 기능하는데 이는 다시 둘로, 현실 행동과 기호 행동으로 나눌 수 있다. 기호행동은 또 현실에 귀속되는 행동으로, 그리고 상상의 기호일 뿐인 기호 행동으로 분류된다. 거울을 보고 현실의 일상을 무리 없이 영위하기 위한 행동을 하는 상황이 현실에 귀속되는 기호행동이고, 상상의 기호일 뿐인 기호행동은 거울에 비쳐진 상만으로도 충분히 자신을 만족하게 하는 행동이다. 이는 「백설공주」에서 의붓엄마의 거울보기와 같은 상황이라 보면 될 것이다. '상상의 기호일 뿐인 기호행동'은 인류가 오랜 시간 동안 문명을 발달시켜왔어

---

63) 비트겐슈타인의 언어와 세계를 관계 맺음으로 세계를 인식하는 과정과 마찬가지이다. L. 비트겐슈타인, 이영철 역, 『철학적 탐구』, 서광사, 1988. 참조할 것.

도, 그리고 앞으로 발달시킬 수 있어도 변하지 않았고 변하지 않을
인간의 본성의 기호행동이다. 그리고 '현실에 귀속되는 기호행동'은
문명의 발달에 따라 변화해야 하는 행동이다.

이와 같은 의식의 경로는 최인훈의 예술론 중 가장 압축되어 있는
「인간의 Metabolism의 3형식」에 표현된 도표에서의 '환상주체' 항과
연관시켜도 정합성을 갖는다. 당연히 세 분류의 인간의 자기동일성에
도 적합하다. 인간의 최종 단계인 '진화의 완성으로서의 환상성'에 이
르는 종교행동과 예술행동이 의식의 흐름이라 보면 된다.

그리고 소설의 창작과 독서의 소통 경로에서 가장 핵심적인 기능을
하고 있는 '화자(narrator)'의 문제와 관련지어도 그에 부합된다. 소설에
서 사건을 청자나 독자에게 전하는 매개의 주체는 화자라고 할 수 있다.
소설 안에서 사건을 끌어가는 인물에 대해 평가하거나 인물의 행동을
전해 주는 화자가 작품의 내용, 나아가 주제까지도 결정하게 한다고 할
수 있다.[64] 즉, 화자는 거울의 시점이라고 비유할 수 있을 것이다.

제 2 부에서 많은 부연을 할 예정이지만, 최인훈의 예술론의 방법화
에 적용시켜 간략히 서술하면, 화자는 최인훈의 '상상의식' 속의 '기호
행동'의 범주에 적용될 수 있다. 작품에서의 화자의 위치에 의해 '현실
에 귀속되는 기호행동'과 '상상의 기호일 뿐인 기호행동'으로 나눌 수
있게 된다. 같은 사건이라도 어떻게 전하느냐가 중요하듯 화자의 역할
이 중요한데, 전통적으로 사건을 전하는 방식을 '말하기 telling'와 '보여
주기 showing'로 나누고 있다. 좀더 세분하면, 사건을 끌어가는 주체인
인물의 밖에서 사건을 바라보고 있다면 3인칭 시점, 그 사건을 안에서
바라보고 있다면 1인칭 시점으로 통상 분류하고 있다. 그런데 화자가

---

64) 사건을 바라보는 위치, 즉 시점에 의해 그 문제를 해결할 수 있다고 믿었지만,
구조주의자들에 의해 좀더 세밀한 밀한 층위가 존재함을 밝혀지게 되었다. 자세
한 내용은 한용환의 『소설의 이론』, 문학아카데미, 1996, 163면을 참조할 것.

3인칭이건 1인칭이건 사건을 직접적으로 전하는가, 간접적으로 전하는 가가 오히려 문제가 되고 있다. 3인칭일 경우에도 1인칭처럼 직접 체험 하듯 전하는 예가 많기에, 시점보다는 엄밀한 소통의 경로가 필요함을 인식하게 된다. 그래서 구조주의에서 내세운 것은 '초점화'이다. 초점화 란 사건에 얼마만큼 근접해 있는가의 문제다.

초점화는 다시 둘로 내부초점화와 외부초점화로 나눌 수 있다. 화 자가 인물의 내부까지 들어가 인물이 겪는 모든 상황을 직접 체험하 듯 전할 때 내부초점화되어 있고, 사건을 겪어나가는 인물의 바깥에 서 조망하는 층위일 때는 외부초점화되어 있다. 앞서의 꿈에 다시 비 유하면 꿈 속에서 '나'가 보이는 꿈 속의 상황이라면 외부초점화되어 있다고 비유할 수 있고, 꿈 속에서 '나'는 보이지 않지만 꿈 속의 정황 을 내가 겪어나가고 있다면 내부초점화되어 있다고 비유할 수 있을 것이다. 이는 영화에서 카메라의 위치와 관련지어도 크게 다르지 않 다. 주인물을 카메라가 비추고 있는가, 주인물이 바라보는 것을 카메 라가 비추고 있는가의 상황과 마찬가지다.

어찌 보면 무수한 층위가 존재하겠지만, 최인훈의 의식의 흐름의 모식도에서 '행동'부분에 연관지어 대입하면, 화자는 '현실행동'에, 그 리고 초점화자는 '기호행동'에 대입할 수 있을 것이다. 그리고 초점화 자의 사건의 밀착 정도에 의해 구분하면, 외부초점화는 '현실에 귀속 되는 기호행동'에, 내부초점화는 '상상의 기호일 뿐인 기호행동'에 대 입시킬 수 있다.

지금까지 필자는 여러 비유와 수사학의 방법을 통해 최인훈의 창작 과정의 흐름을 설명했는데, 무엇보다 최인훈의 도식은 대승불교에서 의 사유의 흐름에 가깝다고 볼 수 있다. 그리고 창작의 과정과 감응의 과정은 불교에서의 마음의 탐구 과정과 흡사하다는 생각이다. 불교에 서는 마음의 단계를 8단계로 나누고 있다.

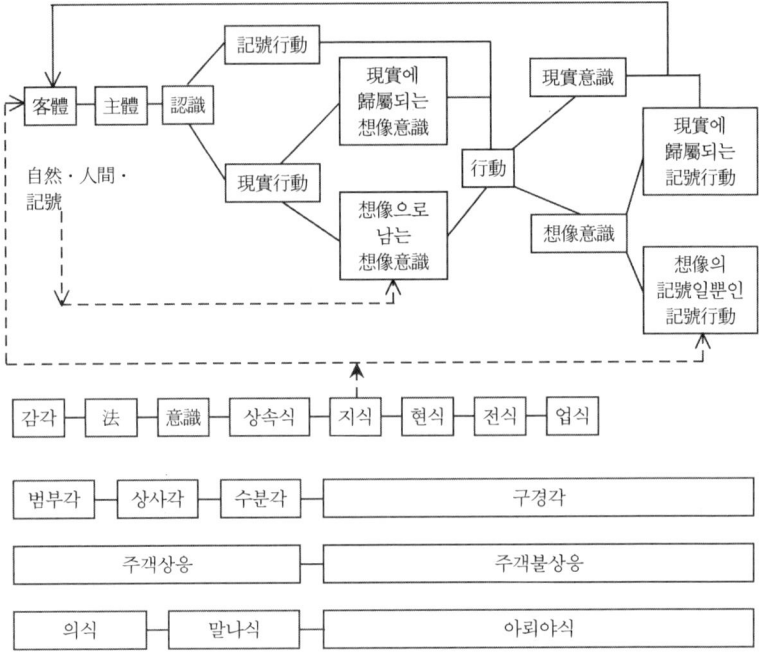

　최인훈의 창작의 흐름에 대승불교에서의 마음의 흐름을 대입시켜
본 도표가 위의 그림이다.

　대승불교에서는 오직 한 마음 즉, 일심을 성취하여야 해탈에 이를
수 있다고 본다.[65] 일심에는 두 개의 측면이 있는데, 하나는 진실 그
대로의 마음인 '심진여문(心眞如門)',그리고 끊임없이 요동하는 마음
인 '심생멸문(心生滅門)'이 그것이다. 심진여문이 마음의 실재의 측면
에서 파악되는 마음이라면 심생멸문은 현상의 측면에서 파악되는 마
음이다. 위의 그림에서 마음의 실재의 흐름이 바로 최인훈의 의식의
흐름과 마찬가지이고, 심생멸문은 무명, 즉 마음을 흐리게 하는 여러
오염된 모습이다. [66] 실재의 측면과 현상의 측면은 개념상의 구분일

---

65) 원효, 『대승기신론,소,별기』, 삼성출판사, 1997, 참조.

뿐, 본래부터 하나의 존재라고 볼 수 있다. 왜냐 하면, 최인훈 식의 표현으로 인간은 DNA라는 유전정보에 결박되어 태어나 DNA´라는 문명의 현상을 받아들여야 살아 갈 수 있는 존재이기 때문이다. 그래서 인간은 태어나서 사회생활을 위해서 어쩔 수 없이 현상에 물들 수밖에 없는 존재이다. 대승에서의 염심, 즉 오염된 마음이 그에 상응된다. [67)]

인간은 생물적 존재이면서 문명을 일궈나가는 의식을 가진 존재이기에 문명에 오염될 수밖에 없다. 오염을 스스로 버리지 못하기에 불안하며 고통을 떨쳐버릴 수 없는 존재이다. 이를 떨쳐내기 위해 대승은 모든 것이 하나의 마음의 작용이라 보고 이를 모르는 상황을 무명이라 부르고 있다. 일심은 진여인데, 진여를 모르는 것을 무명이라 본다. 문명을 체험한 인간은 어쩔 수 없이 문명을 버릴 수 없기에 무명을 안고 살아야 한다. 대승에서는 무명으로 오염된 마음의 단계를 하나씩 하나씩 제거해 나가 하나의 마음의 자리를 찾으면 해탈에 이를 수 있다 말한다. 그 자리는 무한하며 변하지 않고 모든 것을 두루 포용하는 전 우주의 영역이라 할 수 있다. 최인훈은 이 단계의 결과를 '열락'으로 즉, DNA∞의 자리라 이름 붙이고 있고, 예술을 통해 법열에 이를 수 있다고 말한다.

---

66) 최인훈의 '의식의 흐름 모식도'에서 실선으로 처리된 원형, 즉 현실의식이라 할 수 있는 「과학에서의 세계와 자기와의 관계」를 대승에서의 심생멸문에 대입할 수 있고, 「예술(표현)에서의 세계와 자기와의 관계」는 심진여문에 해당시킬 수 있다. 그리고 생멸의 인연으로 발생하게 되는 의식의 단계를 통어하는 작가 정신이 바로 대승의 경지라 할 수 있을 것이다.

67) 최인훈의 의식의 흐름과 대승에서의 생멸하는 마음의 과정을 대입하면 의식(意識) - 집상응염, 상속식(相續識) - 부단상응염, 지식(智識) - 분별상응염, 현식(現識) - 현색불상응염, 전식(轉識) - 불변불상응염, 업식(業識)- 근본업불상응염이 각각 상응한다. 대승불교에서의 수행은 무명(無明)에 의해 오염된 마음의 타파가 진여에 이르는 과정이고, 최인훈의 창작의 과정도 같은 의미로 해석할 수 있다. 즉 생멸의 인연(因緣)을 하나씩 인식해나가 스스로가 인연을 조율하는 것이 창작이라 할 수 있다.

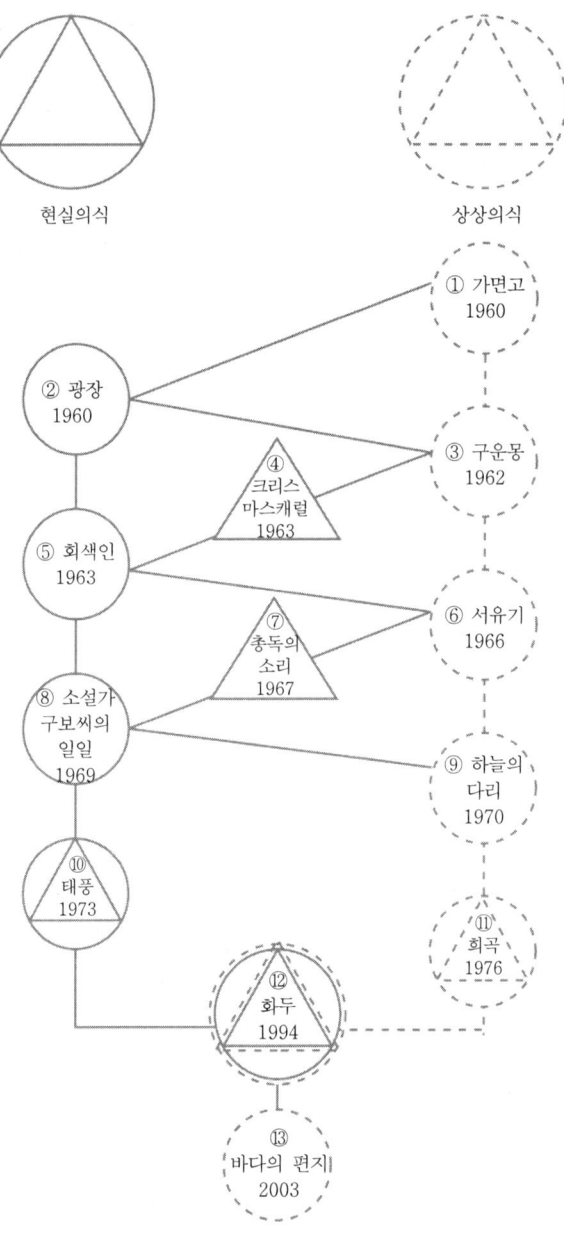

현실의식   상상의식

① 가면고
1960

② 광장
1960

③ 구운몽
1962

④
크리스
마스캐럴
1963

⑤ 회색인
1963

⑦
총독의
소리
1967

⑥ 서유기
1966

⑧ 소설가
구보씨의
일일
1969

⑨ 하늘의
다리
1970

⑩
태풍
1973

⑪
희곡
1976

⑫
화두
1994

⑬
바다의 편지
2003

앞의 의식의 흐름도에 의해 최인훈이 그 동안 창작해온 결과물을 대입68)해도 큰 무리가 없다. 그림에서 보듯 최인훈이 40여 년 동안 창작해온 작품은 일정한 패턴이 있음을 알 수 있다. '의식의 흐름도'에 의해 최인훈의 창작 패턴을 대입해 보면, 작품 창작이, 비교적 '현실에 귀속되는 상상의식'에 기반하여 행해지다가,69) '상상으로 남는 상상의식'을 향하기를 주기적으로 반복하고 있다.『광장』,『회색인』,『소설가 구보씨의 일일』이 '현실에 귀속되는 상상의식'으로서의 작품군으로 볼 수 있다면,『가면고』,『구운몽』,『서유기』,『하늘의 다리』는 '상상으로 남는 상상의식'을 향하여 일궈낸 작품군이라 할 수 있겠다.

이처럼 최인훈의 40여 년 동안의 창작생활의 흐름을 보면 그 두 의식의 주기적인 교대가 일어나고 있음을 알 수 있다. 그 둘의 사이에 아이러니와 역설의 기법을 동원하여 창작한 소설군이 출현하고 있는데, 그 작품은『크리스마스캐럴』연작과『총독의 소리』,『주석의 소리』이다. 이 흐름을 연결하면 마치 구두끈처럼 보이기도 하고, 최인훈의 예술론의 대표적 상징기호인 'DNA'의 나선형과 모습이 닮아 있다.

상상의식과 현실의식의 중간에 현실을 가장 적극적으로 비유하는, 풍자성이 강한 작품을 창작한 이유는 상상과 현실, 어느 한 쪽으로 기울어 스스로 함몰할 수 있는 위험을 제어해보고자 하는 작가의 노력이 아니었나 판단된다. 이러한 반복적인 패턴은 작품이 발표되는 순서에 따라 해당 의식에 점점 심화되어 가는 모습으로 나타나고 있다. 즉, '현실에 귀속되는 상상의식' 항에 대입되는 작품의 내용은 작품이 발표되는 해가 바뀌어 갈수록 점차 강하고 명료해져 가고 있고,

---

68) 수편의 단편소설과 희곡은 본고의 논의에 중점적으로 다루지 않으려 한다. 특히 희곡은 따로이 심도 있게 논의해야 할 정도로 우리 민족과 인류의 보편적인 원형의식일 수 있는 내용을 함의하고 있고, 그에 대한 많은 분석이 진행되어 온 상태이다.

69) 모든 창작품은 상상의식에 기반하여 제작되지만 본고에서는 비유의 수단으로 분류해본다. 인물의 의식 상황과 작가의 의식 상황에서, 특히 작가의 의식 상황에 견준 양분이다.

주인물의 현실에 대한 대응 방식도 더욱 적극적이면서 사회성을 띠고
있는 모습이다. 현실에 대한 조망의식의 폭이 넓어지면서 한층 깊어
지고 있음을 알 수 있다.

'상상으로 남는 상상의식'에 편향되어 있는 작품 군은 발표 순서에
따라 점차 주인물의 현실 대응 방식이 바깥으로 향하기보다, 점점 내
면화되면서 현실 또한 상상의식 안에서 바라보는 입장이 심화되는
모습이다. 그림에서 보듯, 현실의식의 마무리에 있는 작품이 『태풍』
이고 상상의식의 최종점에 이른 작품은 일련의 희곡들이다. 『태풍』은
현실을 환상으로 적극 받아들이면서 현실비판을 극대화시킨 가상현
실로서의 작품이고, 희곡들은 '상상의 기호일 뿐인 기호'의 대표적인
양식인 연극의 기호를 상상의식만으로 온전히 실현시킨 작품이다.

최인훈은 20년의 침묵 끝에 소설의 세계로 돌아와 대작 『화두』를
발표하는데, 이는 상상의식과 현실의식이 합체된 대가의 만년의 걸작
이다. 『화두』는 안과 밖, 세계와 예술, 실상과 환상, 객체와 주체, 행동
과 의식 등의 모든 요소가 완전히 합일하여 그 자체로 하나의 우주를
형성하는 작품이 되고 있다. 최근에는 「바다의 편지」를 발표하고 있
는데, 이 또한 『화두』와 같은 상상의식과 현실의식이 혼융된 작품으
로 의식의 극점에 이른 작품이다.

제2부

최인훈 창작론에 의한
최인훈 소설 연구

제2부
최인훈 창작론에 의한 최인훈 소설 연구

최인훈 창작론에 의한
최인훈 소설 연구

제1장 | 현실과 상상의 변증을 통한 창작기법

1. 열린 안정으로서의 행방불명-『광장』

이제까지 살펴본 바대로 최인훈은 창작과 함께 창작의 방법론을 스스로 구축하여 창작에 대한 부단한 자기 검열을 진행해왔다. 현재까지 개진해온 그의 예술론이 확고히 제시된 것이 '의식의 흐름도'인데, 이는 예술가의 창작의 마음의 지도라고 할 수 있고 환상의 구조도라고 비유해도 될 것이다. 필자는 이와 같은 그의 작업이 서사구조의 주요소의 압축으로도 파악되는데, 그 동안 구조시학에서 부심해왔던 이원론적 사고와 닮아 있기도 하지만, 앞서의 논의대로 최인훈의 의식의 흐름은 대승불교에 가깝다는 생각이고, 더욱 명료하고 세밀하게 창작의 구조를 드러내고 있다고 생각한다.

『광장』은 그의 여타 작품에 비해 비교적 전통적인 리얼리즘에 기반하여 쓴 소설로 읽히고 있다. 『소설가 구보씨의 일일』도 실험적이긴 해도 최인훈의 의식의 흐름도에 대입해 보면 '현실에 귀속되는 상상의식'을 향해 있는 작품이다. 이 범주 안의 작품들은 시간의 진행이 비교적 뚜렷하게 나타나고 있다. 『광장』은 사건의 진행에 있어 원인과 결과가 시간의 흐름에 따라 명료하게 드러나 있고, 『소설가 구보씨의 일일』은 순차적으로 사건이 일어나고 있다.

『광장』에 대해서는 이미 많은 평가가 있어왔고 현재까지도 많은 분석이 가해지고 있는, 현재성이 짙은 작품이다. 『광장』에 대한 많은 평가를 검토해 보면 대략 네 가지로 압축된다. 첫째는 과거의 문학적 관행으로부터 많이 벗어났다는 평가, 즉 파격적 형식으로 이뤄진 소설이라는 평가1), 둘째는 남과 북의 정치 이데올로기를 객관적으로 비판하고 있다는 견해이다.2) 그리고 셋째는 작가의 지속적인 개작에 관한 논평3)이고, 넷째는 정신분석의 이론에 기댄 주인물, 이명준의 행동에 대한 논문4)이다.

---

1) 『광장』은 해마다 한국 현대 문학사에서의 최고의 소설로 꼽히고, 필독 교양서로 선두에 이르는 작품이다. 이제는 많은 독자들에게 낯설지 않은 형식임에도 이러한 관점은 『광장』이 출현하기 전, 우리 소설의 주류가 리얼리즘이라고 단정했을 때, 『광장』을 두고 관념성이나 사실적 개연성의 부족으로 인한 '반사실주의적' 소설이라는 판단에서 비롯되고 있다. 이에 대한 대표적 논평은 홍사중, 「탈출과 좌절」, 『현대한국문학전집』, 신구문화사, 1974. 천이두, 「밀실과 광장」, 『문학과 지성』, 1976, 겨울. 한형구, 「분단시대의 소설적 모험」, 『문학과 사상』, 4월. 송상일, 「소설의 현상 - 최인훈의 『광장』연구」, 현대문학, 7월. 등이다.

2) 남과 북 양쪽의 체제 비판은 우리의 현대사의 질곡에서 비추어 우리가 다다라야 할 지점은 완성된 광장, 곧 통일이고, 그 문제에 대한 작가의 애정 어린 시선이 담겨 있다는 긍정적 평가이다. 대표적인 논편으로는 백철, 「하나의 돌은 던져지다 - 최인훈작 『광장』의 파문」, 『문학논쟁집』, 태극출판사, 1977. 유종호, 「소설의 정치적 함축」, 『세계의 문학』 1979, 가을. 정과리, 「자아와 세계의 대립적 인식」, 『문학과 지성』, 1980, 여름. 등이다.

3) 서명이 들어간 현대의 소설에서 개작이 의미하는 바와 현실의 변화에 따른 소도구의 변화 등에 주목하고 있는데, 대표적 논편으로는 김현, 「사랑의 재확인-『광장』 개작에 관하여」, 전집 1. 1979. 김상태, 「최인훈의 『광장』-익사한 잠수부의 증언」, 『문학사상』 1984, 8월. 김홍식, 「최인훈의 『광장』연구」, 조선대 대학원, 1994. 이혜정, 「『광장』에서의 갈매기 상징」, 1997, 동국대 대학원, 한기, 「『광장』의 원형성, 대화적 역사성, 그리고 현재성」 등이다.

4) 이에 대해 김인호와 김기주는 라캉의 욕망이론을 적극 수용, 이명준을 에로스를 지향하는 상상계에 머물고 있다거나 이데올로기의 구조 속에 예속되어 있는 주체로 보고 있다. 김인호, 「최인훈 소설에 나타난 주체성 연구」, 1999, 동국대 박사

이처럼 『광장』은 최인훈의 다른 작품에 비해 많은 평가가 이루어져 왔고, 최근5)까지도 광장론은 쓰여지고 있다. 『광장』은 최인훈을 두고 '전후 최고의 문제작가'라는 평가를 내리게 하는 단초가 되는 작품이어서 작가론적 측면에서도 의의가 있다.

앞서 네 가지 분류로 『광장』을 분석하고 있음을 살펴보았지만, 네 가지 평가는 주로 작품의 소재와 관련된 비평이라 할 수 있다. 즉, 작품에 돌출하고 있는 이데올로기의 문제와 소도구의 해석, 그리고 주인물인 이명준의 욕망에 관련한 것이다. 이것은 어찌 보면 창작자의 현실인식의 입장에 대한 해석이고 그 인식의 잘잘못에 대한 논평이라 볼 수 있다. 본고는 『광장』을 하나의 창작품으로서 구조시학에서의 작품 평가 방법인 '텍스트의 꼼꼼히 읽기'로 분석하고자 한다. 그리고 최인훈의 창작방법론에서의 여러 개념을 원용하여 해석해 보고자 한다.

작품에 드러난 작가의 관념의 문제와 주인물의 욕망의 취향 문제는 먼저 서사물로서의 완성도에 충실한가를 조리 있게 따진 후의 문제이다. 『광장』이 지니고 있는 서사적 완성도가 어떻게 이뤄지고 있는가, 수많은 독자를 끌어들이는 이유가 무엇인지는 우선 그에 있지 않은가 필자는 생각한다. 우리가 아직도 풀지 못하고 있는 남과 북의 이데올로기 문제를 다루고 있는 소설은 수십편에 이르고 있음에도, 유독 『광장』만이 대표적으로 읽히고 있는 이유는 그 작품이 문학작품으로서의 높은 예술성에 있다고 볼 수 있다. 현재까지 우리가 경험한, 독서물에서 취할 수 있는 모든 요소가 『광장』에서 가장 조화로운 형태로 이뤄지고 있지 않은가, 『광장』이 바로 많은 독자가 경험하기 원하는 독서 체험을, 작가의 창작방법이 작용하여 이상적으로 표현되어 있는 작품이 아닌가, 하는 생각은 필자만의 판단이 아닐 것이다.

논문, 김기주, 「최인훈 소설연구」, 1999, 동국대 박사논문.
5) 최근에 발표되는 것은 주로 학위논문이나, 출판사의 대표작가론에서 다뤄지고 있다.

좋은 소설이란 무엇인가? 무수히 많은 사람들이 소설의 개념6)에 대해 한 마디씩 하고 있지만 좋은 소설이 어떤 것이라고 한 마디로 판단내릴 만한 정의는 찾기 힘들다. 최재서가 말한 '가치 있는 체험의 기록'에 덧붙여 '가치 있는 체험의 가치 있는 기록'이라면 어떨까 생각되는데, 체험(실체험, 독서체험, 간접체험, 상상 등을 포함한)을 가치 있게 기록한다는 것에 대한 기준이나 판별 요인 또한 모호하지 않을 수 없다. 그렇더라도 하나의 서사 텍스트가 서사물로서의 성과를 가지려면 우선 서사성에 도달해야 하고, 서사성이 문학성을 성취하려면 독자에게 심미적 충격을 가해야 할 것이다. 그런데 독자도 그 나름의 독해 기준과 독해 능력, 심미적 충격의 취향과 정도가 각기이므로 그 또한 모두 포괄하면서 적확하게 정의 내린다는 것은 어려운 일이다. 단, 서사 텍스트 안의 여러 서사적 성분들이 유기적으로 관련을 맺으며 적절하게 결합하고 있는가, 하는 문제는 얼마간 객관적으로 측정할 수 있을 것이다. 그러니까 가치 있는 체험에 대한 판별 이전에 가치 있는 기록에 대한 꼼꼼한 분석이 선행되어야 할 것이고, 그것은 체험의 가치 판단에도 도움을 줄 것이다.

미케 발은『서사란 무엇인가 Narratology-Introduction to The Theory of Natrrative』에서 기존의 형식주의와 구조주의에서 텍스트 분석의 이분법적 분류를 삼원화하고 있는데, '파블라'7), '스토리', '텍

---

6) ·소설은 인생의 해석(W.H.Hudson), ·소설이란 비개성적, 공평무사한 인생의 표현(W.Forlet), ·소설은 실생활의 반영이며 그림자며 축도(M.A.Sholokhov), ·소설은 적당한 길이의 산문으로 된 가공적인 이야기.(E.M.Forster), ·소설이란 극히 간단하게 말하면 가공적인 사건의 서술(A.Maulois), ·소설의 목적은 연결이 있는 상상적 사실 속에 인생의 어떤 진리를 구체화하는 것이다.(C.Hamilton), ·소설은 근대적 시민서사시(헤겔), ·선험적 고향을 상실한 세계의 문제적 개인이 헤매는 양식(루카치), ·가치 있는 체험의 기록 (최서해), ·자아와 세계가 상호 우위에 입각하여 대결하면서 자아와 세계 양쪽에 통용될 수 있는 진실성 즉 소설적 진실성을 추구하는 것(조동일), ·사건이 일어나는 세계의 전말에 대한 심미적 기록(한용환)

7) 파블라(fabula)는 구조주의 서사학에서는 플롯과 대별되는 개념으로 '이야기'를 말하는데, 여기서는 미케 발의 용어로 쓰고자 한다. 미케 발은 파블라를 논리적

스트'의 층위가 그것이다. 주지하는 바, 서사물의 구조는 내용과 형식, 스토리와 플롯, 파블라와 수제, 기표와 기의, 이야기와 담론 등 이분법적 국면으로 이뤄져 있다. 발은 기존의 구조주의 이론을 벗어나지는 않지만 답습하지 않고 있어 새롭다고 할 수 있다. 특히 이원론적 서사 구조론의 특징이 결과된 텍스트만을 논의의 대상으로 삼는데 반해, 발은 서사화 활동의 측면8)에 중점을 두고 이론을 전개해 나가고 있다.

필자는 여기에 최인훈의 예술론의 핵심이라 할 수 있는 「인간의 Metabolism의 3형식」에 의한, 자연객체를 받아들여 환상객체로 승화시키기까지의 과정을 적용시켜도 큰 무리가 없다고 생각한다. 즉, 발이 말하고 있는 파블라의 층위는 최인훈의 표현인 생물주체 'DNA'가 자연객체를 수용하는 과정과 마찬가지로 볼 수 있고, 스토리는 문명주체인 'DNA′', 그리고 환상주체인 'DNA∞'를 텍스트 층위에 대입시켜도 전혀 이론이 없어 보인다.

『광장』에서의 파블라는 한국 전쟁 전후에 겪는 이명준이라는 한 철학도의 체험이라고 할 수 있다. 그런데 그 체험은 전적으로 개인적인 것이면서, 또한 우리 민족에게 있어 현대사의 굴곡을 첨예하게 드러낸 공공의 것이기도 하다. 좋은 소설이 '삶을 총체적으로 성찰하고 인식하는 데 기여하는 소설' 혹은, '삶의 비극적 국면조차도 외면하지 않는 소설'9)이라면 『광장』은 이명준이라는 개인을 통해 우리의 민족

───────────

으로 그리고 연대기적으로 연결된, 행위자에 의해 야기되거나 경험되는 '사건의 연속'으로 정의하고 있다. 미케 발, 한용환 강덕화 역,『서사란 무엇인가』, 문예출판사, 1999. 16~17면 참조.

8) 발은 서문에서 '이야기하기telling stories에 내포되어 있는 이념적인 활동성과 미학적인 힘, 그리고 심리적인 영향력과 수사학적인 정교함을 주요한 연구 대상으로 삼았다.' 고 하면서 자신의 연구 관심 영역에 대해 피력하고 있는데, 그것은 기존의 이분법적인 서사 구조에 대한 연구가 간과하고 있는, 서사 기술 행위에 대한 보편적인 이론의 가능성을 모색해 보려는 시도로 보여진다.

9) 한용환,『소설의 이론』, 문학아카데미, 1996, 38면. 한용환은 좋은 소설과 나쁜 소설을 이항대립적으로 분류해놓고 있는데, 완숙한 표현을 얻고 있는 소설과 미숙한 표현을 보이고 있는 소설, 독창적이면서 새로운 시각으로 세계 경험을 해석해

분단의 원인과 현재 진행 중인 고통을 말하고 있어 그에 크게 어긋나지 않은 소설이다. 앞서 살펴보았던 최인훈의 예술론의 도식인 「인간의 Metabolism의 3형식」과 대승불교에서의 의식의 단계에 대입하여 『광장』의 줄거리를 압축해보면 다음과 같다.

「인간의 Metabolism의 3형식」에서의 '기술객체'는 민족 분단에 비유할 수 있겠다. 그것이 원인이 되어 생물주체이며 기술표현주체인 이명준은 자신의 이북의 아버지가 물려준 DNA'로 인해 고통을 받는 상태이다. 대승의 관점으로는 인연(因緣)에서 간접원인이라 할 수 있는 緣 즉, 법, 언어, 코드인 이데올로기로 인해 괴로워하는 것이다. 그래서 이명준은 '기술객체'인 책을 통하여 기술표현 주체인 DNA'로 쉽게, 그리고 높이 올라서지만 그 또한 '부질없음을 알게' 되고, '갈빗대가 버그러지도록 뿌듯한 보람을 품고 살 수 있는' 것을 찾아본다. 그것은 사랑이다. 이명준으로서는 문명주체에서의 환멸을 사랑의 취득으로 보상받으려 하는 것이다. 그에게는 환상표현주체라 할 수 있는 사랑이 바로 DNA∞이고, 그는 이를 희구하는 것이다. 그래서 현실에서는 바다 위에서 행방불명된다. 많은 논자들이 이명준의 죽음과 갈매기의 상징성을 두고 말하고 있는데, 갈매기를 무의식에 이르는 문이라 해석하고 있는 논자의 평10)이 주목하듯 갈매기를 통해 상상으로 DNA∞를 취하게 한다.

작품의 첫머리에서 이명준에게 보였던 커다란 눈의 실체는 작품의

내고 있는 소설과 이를 진부하고 상투적인 시각으로 반영하고 있는 소설, 삶의 유익스런 국면을 날카롭고도 진지하게 주목하고 있는 소설과 피상적이며 감각적인 흥미만 뒤쫓고 있는 소설, 고통스럽지만 그것이 바로 진실이기 때문에 삶의 비극적 국면조차도 외면하지 않는 소설과 허황되고 근거 없는 낙관주의로 치장하고 있는 소설, 삶의 상투성과 타성화된 관습에 부단히 도전하기를 멈추지 않는 소설과 대중 윤리나 관습에 순응하거나 편승하고 있는 소설, 충격으로 우리를 일깨우는 소설과 우리를 나태케나 하는 소설 등이다.

10) 김인호, 「『광장』개작에 나타난 변화의 양상들」, 『발간 40주년 기념 한정본』, 문학과지성사,2001, 참조

결말에 이르러서 자신을 비추는 커다란 거울이었음을 확인하게 되며 이명준은 그 거울 속으로 들어가 버리면서 환하게 웃는 것이다. 이 같은 이명준의 행위는 착란 상태라 할 수 있는데, 최인훈 식이라면, '상상으로 남는 상상의식'을 향해 치달은 행위라 할 수 있겠다. 환상객체인 텍스트를 바라보는 환상주체로서의 독자도 이명준과 함께 바다 위에서 행방불명되면서 '푸른 광장'이라는 커다란 눈을 통해 환상표현주체로 올라서게 된다.

『광장』이라는 환상객체인 소설작품은 독자에게 충분한 환상주체로 올라서게 하는 힘을 지니고 있는데, 이는 그 취득 과정의 명료성 때문이다. 먼저 '기술객체'에 대입할 수 있는 공공의 파블라와 그의 진행을 살펴보면, 1) 미군부대의 식당에서 나오는 쓰레기를 받아 자기 집을 치장하는 남한의 정치, 2) 남한의 부르주아는 대부분 친일행동을 한 사람들이고, 3) 형사들이란 해방된 조국에서 일제의 앞잡이처럼 좌익을 잡는 역할밖에 하지 않는 부류들. 4) 반일투쟁하던 아버지는 맥빠진 월급쟁이로 전락해 버렸고, 5) 현실의 평등에는 쓸모 없는, 성서와 같은 코뮤니즘. 6) 신명다운 신명이 아닌 흉내뿐인 북한의 신명과, 7) 인민 위에 내리누르는 무거운 분위기로 인민에게서 웃음을 뺏은 북한의 정치. 8) 노동 신문사에서의 잘못에 연유된 이명준의 자아비판. 10) 이명준은 인민군에 참전하지만, 변함이 없어 보이는 북한의 정치체제, 등이다.

생물주체이면서 기술주체인 이명준은 이러한 현실의 'DNA''에 회의를 느낀다. 그래서 환상표현주체인 또다른 자기를 찾아 방황한다. 환상주체를 취득하기까지에는 기술객체를 받아들이는 험난한 과정이 따른다.

그 과정에 끼여드는 여러 요소와 변수를 살펴보면, 1) 책을 읽으며 삶의 보람을 느끼고 있지만 곧 부질없음을 알게 됨, 2) 갈빗대가 버그러지도록 뿌듯한 보람을 품고 살 수 있는 것을 찾음, 3) S서에 불려가

호되게 고문을 당함, 4) 윤애의 사랑을 삶의 보람으로 삼고 살아가려고 함, 5) 윤애의 무의식적인 몸의 거부 때문에 실망함, 6) 새로운 삶을 시작하려고 월북함, 7) 이북의 현실을 보고 좌절하지만 이북에서 은혜를 만나 삶의 참 보람을 찾음, 8) 은혜와 헤어짐으로써 삶의 의미를 잃음, 9) 양심을 팽개친 악한으로 윤애의 남편이 된 태식을 고문함으로써 자신의 존재를 확인하려고 함, 10) 그러한 가학 또한 아무런 소용이 없는 짓임을 인식함, 11) 은혜를 다시 만나 그녀의 사랑을 통해 삶의 의미를 찾음, 12) 그녀가 전사함으로써 삶의 의미를 잃음, 13) 바다에서 행방불명, 등이다.

인류의 대부분이 희구하듯 이명준이 찾아나서는 DNA∞도 '사랑'이다. 사랑을 찾다가 잃고, 다시 찾고 잃는 과정이 되풀이 되고 있다. 이명준은 DNA′인 기술표현객체가 부질없다는 것을 알고 환상을 찾아나서지만 사랑은 현실에서 주어지지 않아 비극적인 결말에 이르고 있다. 특히 이명준이라는 인물은 많은 독서와 사색을 통해 자신의 처지를 깨닫게 된 청년이어서 다른 일반 청년보다 더 부피가 큰 말나식(자의식)을 지니고 있는 상태이다. 말나식이 아뢰야식의 진정한 모습을 보지 못하게 가로막고 있다.

그렇더라도 우리 독자들은 이명준의 의식을 따라가면서 크게 공감하고 있는데, 이는 우리가 아직도 현실적으로 해결하지 못하고 있는 남과 북의 문제와, 자의식이 가로막고 있어 다다르기 어려운 환상주체의 의식이랄 수 있는 아뢰야식의 도달 과정의 어려움에 동감하고 있기 때문이라 하겠다. 그리고 그에 도달하는 과정이 매우 섬세하고 치밀한 구도로 짜여지고 있고 거기에 큰 오류를 찾기 어렵기 때문이다.

미케 발이 제시하고 있는 파블라라는 용어가 현실에 있음직한 사건들의 나열이라면, '스토리'는 그것을 순차적으로 재편하는 개념을 말한다. 그러니까 내포작가에 의해 파블라가 조작되어 스토리 층위에서

제시되는데, 이때 조작하는 관점에 따라 독자를 향한 작품 수용 양상
이 결정된다. 스토리 층위에서 독자의 해석을 유도할 수 있게 되는
것이다. 다시 말해서, 파블라의 효과적 배열과 그 방법이 스토리 층위
에서 일어난다. 이는 주네트의 '시간변조'[11]와 흡사한 개념으로 발은
그것을 사건의 '연쇄적 순차의 일탈'[12]이라 정의하고 있다. 독자가 책
을 읽을 때 나타나는 이중선형성과 같이 사건의 연쇄도 이중선형적
특성을 띠고 있다. 『광장』은 이러한 이중선형성을 매우 치밀하게 적
용하고 있는 작품이라 할 수 있다.

연쇄적 순차의 일탈은 시간의 변조로 이뤄낼 수 있는데, 『광장』은
표층적으로 현재와 과거가 일정하게 교차, 반복하고 있는 작품이다.
현재는 동지나 바다 위의 타고르 호 선상에서 진행되고, 과거는 회상
형식으로 액자화 되어 있다. 좀더 세분해 보면, (현재) 바다 위를 항진
하는 타고르 호 안에서 – (과거) 남한 체험을 회상하는 이명준은 –
(현재) 석방포로들과 갈등을 겪어가며 – (과거) 월북한 다음의 이북
생활을 떠올리고 – (현재) 타고르 호는 마카오 앞바다로 진입하고 –
(과거) 이명준은 포로 송환 등록 당시를 회상하다가 – (현재) 타고르
호에서 실족한다, 의 순서로 진행되고 있다. 전체 텍스트에서 현재
부분이 40면 가량, 과거가 130면 가량 분포하여 과거가 많은 부분을
차지하고 있긴 하지만, 시간의 흐름을 감지할 수 없는 최인훈의 다른
작품에 비해 비교적 단순한 시간 구조를 갖고 있는 작품이다.

그런데, 『광장』에서의 회상은 분명 과거의 사건임에도 현재에서 진
행되듯이 기술되고 있다. 내적 회상[13]이 많은 부분을 차지하고 있기

---

11) 주네트는 현대의 서사물에서 이야기의 시간과 담론의 시간이 일치하지 않음에
    주목하면서 변조를 통해 심미성을 추구하려는 의도에서 언어와 영상 서사물에
    서 자주 사용하고 있다고 한다. 제라르 주네트, 권택영 역, 『서사담론』, 교보문
    고, 1995. 78~89 참조.
12) 미케 발, 앞의 책, 96~110면 참조.
13) 발은 '회상'에는 외적, 내적, 혼합 회상이 있는데, 외적 회상은 회상이 파블라의

때문이다. 그것은 작가의 의도 하에 이뤄졌으리라 짐작된다. 즉, 작가는 초점화14)의 기술을 세련되게 사용하고 있음을 알 수 있다. 이명준의 시각에서 시간이 조율되고 있기에 시간의 흐름에 따른 사건의 연쇄는 2차적인 문제이고, 중심소재는 이명준의 고뇌이다. 시간의 흐름보다 이명준의 정신적 방황을 더욱 부각시키려는 의도에서 초점화가이뤄지고 있다.

그러니까 이명준이라는 인물이 내포작가에 의해 3인칭 시점을 부여받아 서사를 끌어가고 있기는 하지만 1인칭으로 읽어도 전혀 무리가 없는 단락이 매우 많다는 것은, (특히 이명준의 의식 상태가 기술될 때는 1인칭 주인공 시점처럼 쓰여지고 있다) 작가가 사건의 연쇄보다 주인물의 의식상태에 관한 문제에 중점을 두고 있다는 반증이기도 하다.

『광장』이 최인훈의 다른 작품에 비해 '현실에 귀속되는 상상의식'을 향해 있긴하더라도 즉, 리얼리즘에 가까운 작품이긴 해도, 독자에게는 '상상으로 남는 상상의식'을 갖도록 의도하고 쓰여졌다고 보인다. 환상감상주체인 독자에게 '상상으로 남는 상상의식'을 강화시켜 환상의 기쁨을 주면서 동시에 '현실에 귀속되는 상상의식' 또한 확인시켜주고 있는데, 그 둘의 절묘한 조화는 독자로 하여금 주인물에 동화되어 현실과 상상의 경계를 없애 DNA∞을 체험케 하는 효과를 주

주된 시간 밖에서 일어날 때의 회상을 말하고, 주 시간 안에서 일어나면 내적회상이, 주 시간 밖에서 시작되어 안에서 끝나면 혼합회상이라고 정의하고 있다. 여기서 주된 시간이란 주인물이 벌이는 사건의 시간을 중심으로 측정한 것을 말한다.

14) 초점화는 서술행위와 지각행위 사이의 엄격한 변별성을 확보하기 위해 G. 주네트가 창안한 용어이다. 『서사담론』에서 주네트는 기존의 시점 연구가 '누가 보는가'와 '누가 말하는가'가 불분명하다며 기존의 시점에서 초점화로 연구방법을 전환해야 한다고 주장한다. 주네트의 초점화 또한 후의 구조주의자들이 보다 세분하여 구분하는 노력을 보여왔다. 리먼-캐넌의 초점대상에 따른 분류, 슈탄젤 서술의 층위에 따른 분류 등이 그것인데, 본고에서는 주네트와 발의 화자, 초점화자를 원용하기로 하겠다.

고 있다 하겠다.

> 눈물이 주르르 흐른다. 분하고 서럽다. 보람을 위함도 아니면서. 아버지 때문에? 어쩐지 아버지를 위해서 얻어맞아도 좋을 것 같다. 몸이 그렇게 말한다. 멀리 있던 아버지가 바로 곁에 있다는 것을 깨닫는다. 그의 몸이 거기서부터 비롯한 한 마리 씨벌레의 생산자라는 자격을 빼놓고서도, 아버지는 그에게 튼튼히 이어져 있었다. 아버지는 그의 옆방에 살고 있었다. 옆방에 사는 아버지를 미워하는 사람들이, 명준의 방문을 부수고 들어와서, 그에게 대신 행패를 부린 것이었다. 어디선가 한가한 새 울음. 명준은 격해야 할 자기가 이렇게 마음이 가라앉아만 가는 게 이상하다. 싸늘한 웃음이 안개 끼듯 피어나 마음속 높은 천장에서부터 아래로 아래로 내리밀면서 으스스 떨게 한다.15)

이명준이 형사에게 취조를 당하다 맞고 난 후의 장면인데, 린치를 당하고 나서의 의식 상태가 회상으로 보기 어렵게, 또한 3인칭 시점으로 보기 어렵게 기술되고 있다.

> 펼쳐진 부채가 있다. 부채의 끝 넓은 테두리 쪽을, 철학과 학생 이명준이 걸어간다. 가을이다. 겨드랑이에 낀 대학신문을 꺼내 들여다본다. 약간 자랑스러운 듯이. 여자를 깔보지는 않아도, 알 수 없는 동물이라고 여기고 있다.
> 책을 모으고, 미이라를 구경하러 다닌다.
> 정치는 경멸하고 있다. 그 경멸이 실은 강한 관심과 아버지 일 때문에 그런 모양으로 나타난 것인 줄은 알고 있다. 다음에, 부채의 안쪽 좀더 좁은 너비에, 바다가 보이는 분지가 있다. 거기서 보면 갈매기가 날고 있다. 윤애에게 말하고 있다. 윤애 날 믿어줘. 알몸으로 날 믿어줘. 고기 썩는 냄새가 역한 배 안에서 물결에 흔들리다가 깜빡

---

15) 최인훈, 『광장·구운몽』, 문학과지성사, 1992, 69면.

잠든 사이에, 유토피아의 꿈을 꾸고 있는 그 자신이 있다. 16)

이명준이 행방불명 되기 전, 의식 속 자신의 모습을 그려보는 장면
이다. 이 장면은 매우 깊은 내부 초점화17)가 이뤄지고 있다. 이 외에
도 내부 초점화 상태로 진술하는 단락은 곳곳에 분포되어 있다. 분명
한 3인칭 시점이어도 1인칭 시점처럼 보이게 하는 기술은, 남북의 이
념이나 체제 비판 등 외부적 사건 자체에 대한 의미부여보다는 그
사건들이 주인물인 이명준의 의식에 얼마나, 어떻게 영향을 미치고
그의 행동에 작용하는가에 초점을 맞추고자 하는 작의에서 오는 것이
다. 현대의 소설에서, 소설이 다루고 있는 사건의 문제성도 중요하지
만 그 문제에 대처하는 인물의 내면도 소중하다면(아니, 역사적 사건
보다 그것에 영향을 받는 개인의 내면이 더욱 소중할 것이다.)『광장』
은 이명준을 통해 공공의 파블라를 비판하려는 단순한 구조가 아닌,
공공의 파블라로 인해, 한 개인이 어떻게 좌절하고 방황하며 그 끝에
어떤 성찰을 얻어내어 행동으로 옮기는가를 파헤친 소설이라 할 것이
다. 파블라 층위에서만 본다면, 이명준은 우리 모두의 자화상처럼 기
술객체를 신뢰하지 못하고 방황하다가 은혜라는 거울을 통해 환상주
체에 다가설 수 있었지만, 은혜가 죽음으로써 환상주체를 온전히 지
니지 못하게 되는 결말에 이르고 있다.

최인훈은 이명준의 의식에 파블라를 재편하는 방식으로 소설을 기
술하고 있다고 하겠는데, 사건의 연쇄가 언뜻 분명치 않아보이고, 모
든 과거의 서사도 현재로 보이게 서술하고 있다. 이는 초점화를 이명
준의 의식에 깊이 들어가도록 배치한 것이다.

앞장에서 최인훈의 의식의 흐름도에서 서술했듯 '시점'의 구분에서

---

16) 위의 책, 187면.
17) 초점화자는 스토리의 내부에 있을 수도 있고, 외부에 있을 수도 있다. 즉 초점화
   가 스토리 외부에서 이뤄질 때 외부 초점화가 일어나고, 안에서 이뤄질 때 내부
   초점화가 일어난다. 한용환, 『소설학 사전』, 고려원, 1996. 410면.

오는 혼란을 피하기 위해 '화자'와 '초점화자'를 내세웠는데, 1인칭 시점이건 3인칭 시점이건 내부 초점화와 외부 초점화에 의해 인물과 독자의 거리 조율이 가능하고 그 거리의 적절한 활용으로 독자에게 다른 흥미를 줄 수 있게 된다. 작가의 의도에 따라 화자의 위치를 '현실에 귀속되는 기호행동'의 층위에 놓을 수도 있고, '상상의 기호일 뿐인 기호행동'에 놓을 수도 있을 것이다. 인물의 행동 외부와 내부에 화자를 개입시킬 수 있다는 의미인데, 그 둘의 적절한 조율에 따라 독자의 마음도 이완과 긴장을 갖게 된다고 할 수 있다. 『광장』은 그 둘을 조화롭게 사용하여 독자에게 환상주체로서의 깊은 인식의 기쁨을 주고 있다.

또한 화자의 초점화는 시제의 사용[18]과 엄밀하게 연관을 맺고 있다는 것도 주목할 부분이다. 즉 내부 초점화할 때는 대부분 현재시제를 사용하고, 핵사건과 주변 사건을 설명적으로 진술할 때는 대부분 과거시제를 사용하고 있는데, 특히 북한 체험에 대한 회상에서는 과거 시제가 많이 나타나고 있다.

최인훈의 '기호행동'에 비유적으로 대입하면, '상상의 기호일 뿐인 기호행동' 차원으로 표현할 때는 현재의 시제가, '현실에 귀속되는 기호행동'의 차원으로 표현할 때는 과거시제가 쓰이고 있는데, 이는 남한의 작가가 남·북 모두를 비판하고자 했을 때, 의도적으로 마련한 장치로 보인다. 남한 체제에 대한 비판은 아직 철학과 학생에 불과한 이명준을 내부 초점화하여 주로 의문형의 진술을 하게 하고, 북한 체제에 대한 비판은 이명준의 입을 통하긴 하지만 좀더 객관적으로 보이기 위해 외부 초점화한 상태에서 단호한 어조로 진술케하고 있다.

---

18) 과거 시제가 빈번하게 나오는 국면은 주로 북한 사회에서의 서사 진행이고, 현재 시제가 주로 쓰이는 국면은 남한 사회에서라는 독해도 있다. 김욱동, 『『광장』을 읽는 일곱 가지 방법』, 문학과지성사, 1996. 참조.

댄스 파티, 드라이브, 피크닉, 영화, 또 댄스 파티…… 그 되풀이가 그녀의 나날이다. 무슨 짐작이 있길래 그다지도 때를 헛쓰는 것일까? 생각해본다. 아무 짐작도 있어 보이지 않는다. 그저 리듬을 몸으로 옮기는 재미. 빠름에 취하는 재미. (…)그러나 미군 지프 꽁무니에 올라앉아서 미국의 유치원 아이보다 못한 영어로 재롱을 부리는 게 사귐이라는 이름에 값하는 것일까. 자동차 이름과 카메라 이야기와 미국에는 높은 집이 많다는 소리밖에 할 줄 모르는 사람들이, 바로 우리가 배워야 할 사람의 본보기며, 삶의 새로운 틀을 가져온 옮김꾼이란 일은 엉터리 같기만 하다.[19]

어느 모임에서나 당사가 외워졌다. "일찍이 위대한 레닌 동무는 제X차 당대회에서 말하기를……" 눈앞에 일어나는 일의 본을 또박또박 '당사' 속에서 찾아내고, 그에 대한 처방 역시 그 속에서 찾아내는 것. 목사가 성경책을 펴들며 "그러면 하나님의 말씀 들읍시다. 사도행전……" 그런 식이었다. 이것이 코뮤니스트들이 부르는 교양이었다. 언제나, 어떤 일에 어울리는 '당사'의 대목을, 대뜸, 바르게, 입에 올릴 수 있는 힘. 그것을, 코뮤니스트들은 교양이라 불렀다.(…)어느 모임에서나, 판에 박은 말과 앞뒤가 있을 뿐이었다. 신명이 아니고 신명난 흉내였다. 혁명이 아니고 혁명의 흉내였다. 홍이 아니고 홍이 난 흉내였다. 믿음이 아니고 믿음의 소문뿐이었다. 월북한 지 반년이 지난 이듬해 봄, 명준은 호랑이굴에 스스로 걸어들어온 저를 저주하면서, 이제 나는 무얼 해야 하나? 무쇠 티끌이 섞인 것보다 더 숨막히는 공기 속에서, 이마에 진땀을 흘리며, 하숙집 천장을 노려보고 있었다.[20]

이처럼 남한에 대한 회상에서는 내부 초점화하여 묘사 위주의 시적 울림을 주는 시제와 문체로 쓰고 있고, 북한에 대한 회상에서는 외부

---

19) 최인훈, 앞의 책, 33~34면.
20) 위의 책, 113면.

초점화하여 설명과 논증 위주의 문장을 사용, 객관적 입장을 취하게 하고 있다. 『광장』은, 남과 북의 이데올로기를 모두 비판하고 있지만 비판의 어조 또한 이렇게 남쪽과 북쪽 체제와 문화의 양태에 따라 다르게 취하는 섬세함을 가진 작품이다. 그래서 독자들은 『광장』을 통해 현실의 문제를 이성적으로 파악함과 동시에 감각으로도 배가된 독서의 즐거움을 얻게 된다.

　미케 발이 나누고 있는 서사물에서의 층위로 '텍스트'가 있다. 텍스트는 언어라는 기호로 구조화된 전체를 말하는데, 담론의 특성, 흔히 문체로 대변하기도 한다. 텍스트의 유형21)의 활용에 의해 작가 고유의 문체가 형성되기도 한다. 『광장』에서 활용되는 문장 유형 중 우리는 '묘사'에 주목할 필요가 있다. 최인훈의 다른 작품들은 그 문장 유형이 논증과 설명이 많은 부분을 차지하고 있는 반면, 『광장』은 묘사가 압도적으로 많기 때문이다. 서사적인 데 주안점을 둔 소설이라도 담론의 표층 단계에서의 문장은 묘사에 주력하는 방법이 일반적이다. 카메라의 눈 기법이라 하더라도 어떤 서사물에서든 스토리 라인이 존재하기 마련이고, 『광장』이 서정성 짙은 묘사형 문장이 많이 분포하고 있더라도 이는 충분히 서사를 담지하고 있는 묘사라고 보아야 할 것이다.

　미케 발은 그러한 텍스트가 소설에서 이상적인 문장 유형이라고 하고 있다. 그러니까 묘사인지 서사인지 구분을 잘 할 수 없는 문장, 서사와 묘사의 혼융이 자연스러운 문장으로 쓰여진 작품22)을 좋은

---

21) 문장의 유형에는 크게 네 가지로 구분될 수 있다. '서사'와 '묘사', 그리고 '설명'과 '논증'인데, 서사는 좁은 의미에서의 내러티브를 말하고 능동사 위주의 사건의 표현 문장형이다. 묘사는 인물의 외양이나 배경-공간을 그리듯 표현하는 텍스트 유형, 논증은 현실세계에 대한 일반화로 시작하면서 판단하는 문장유형이다. 그리고 설명은 어떤 상황이나 사실, 사물에 대한 인식을 과학적인 태도에 의해 객관적으로 기술하는 텍스트 유형이다.

22) 『백년 동안의 고독』에서 묘사의 동기부여가 잘 된 부분을 예시하고 있다. 위의

작품으로 보고 있는 편이다. 간혹 묘사가 서사의 진행을 방해할 수도 있는데, 묘사가 사건의 연쇄를 중단시키지 않으려면 묘사로 인한 중단이 자명하거나 필연적인 것처럼 동기를 부여해 주어야 한다는 것이다. 그래서 동기를 부여해 주는 방법으로 '바라보기', 즉 초점화의 기능을 수행하는데 충분한 동기가 있어야 한다는 것이다. 미케 발은 동기부여가 일어나는 층위를 자신이 고안한 세 가지 범주로 나누고 있다. 파블라, 스토리, 텍스트 층위에서의 동기 부여가 그것인데, 필자는 그 구분에 대한 엄격함이 떨어질 뿐 아니라 오히려 혼돈을 가져와 두 가지로 나누고자 한다. 스토리 층위와 텍스트 층위, 그리고 외부 초점화와 내부 초점화 두 층위이다. 즉, 화자의 초점이 인물의 외부에 있을 때와 내부에 있을 때면 족하다는 판단이다. 보이는 것과 보여지는 행동에 대한 납득될 만한 자연스러운 묘사형 글쓰기를 말한다.

> ① 돌아서서 마스트를 올려다본다. ② 그들은 보이지 않는다. ③ 바다를 본다. ④ 큰 새와 꼬마 새는 바다를 향하여 미끄러지듯 내려오고 있다. 바다. ⑤ 그녀들이 마음껏 날아 다니는 광장을 명준은 처음 알아본다. ⑥ 부채꼴 사북까지 뒷걸음친 그는 핑그르 뒤로 돌아선다. ⑦ 제정신이 든 눈에 비친 푸른 광장이 거기 있다.23)

위의 예문은 타고르 호를 따르던 두 마리의 갈매기를 주인물인 이명준이 바라보는 모습을 기술한 장면이다. 이명준의 행동과 마스트를 맴돌던 갈매기, 그리고 바다가 묘사되고 있는데, 이명준이 마스트를 올려다보는 모습, 유령처럼 나타난 갈매기의 모습, 바다와 일치된 갈매기와 푸른 광장의 모습 등이 서사와 묘사 구분 없이 기술되고 있다. 보이는 것과 보여지는 행동 모두에 충분한 동기가 부여되고 있기 때

책, 238면
23) 최인훈, 앞의 책, 188면.

문이다. 예문에서 발생하고 있는 동기 부여의 단계를 구분해 보면, 문장 ①, ②, ③, ⑥은 내부 초점화 상태에서의 동기 부여이고, ④, ⑤, ⑦은 외부 초점화 상태에서 발생된 동기 부여라고 할 수 있다. 그러니까 문장 ①과 ③은 이명준이 갈매기를 보려는 동기로, ⑥은 갈매기로 인해 '푸른광장'을 깨닫게 되는 동기로 묘사가 진행되고 있으며, 문장 ②와 ④는 이명준이 찾는 갈매기에 대한 묘사로, ⑤와 ⑦은 이명준이 찾아 보게 된 갈매기와 바다에 대한 묘사로 쓰여지고 있다. 모든 진술에 충분한 동기가 부여되고 있다.

최인훈의 의식의 단계에서, '상상의식'에 의한 글쓰기도 이와 마찬가지라 할 수 있다. '현실에 귀속되는 상상의식'과 '상상으로 남는 상상의식' 서로가 서로에게 동기가 부여될 때, 즉 서로가 서로에게 영향을 주면서 긴밀하게 연결되어 있을 때, 독자는 서사물에서 활용되는 언어가 예술적으로 사용되어 있음을 충분히 감응하게 될 것이다.

① 한여름 찌는 날씨. 구름 한 점 보이지 않고 바람도 자고 누운. 뿔뿔이 흩어져서 여기저기 나무 그늘로 찾아들다가 어느 낮은 비탈에 올라섰을 때다. 아찔한 느낌에 불시에 온몸이 휩싸이면서 그 자리에 우뚝 서 버린다. 먼저 머리에 온 것은 그 전에, 언젠가 바로 이 자리에 똑같은 때, 이런 몸짓대로, 지금 겪고 있는 느낌에 사로잡혀서, 멍하니 서 있던 적이 있다는 헛느낌이었다. 그러나 분명히 그건 헛느낌인 것이 그 자리는 그때가 처음이다. 그러자 온 누리가 덜그럭 소리를 내면서 움직임을 멈춘다. (······) ② 그렇게 짧은 사이에 그토록 뒤얽힌 이야깃거리가 어쩌면 앞뒤를 밟지 않고 한꺼번에 일어날 수 있었던가, 오래도록 모를 일이었다. 이를테면, 그 여러 가지 생각들이, 깜빡할 사이라는 돌 떨어진 자리를 같이한 몇 겹의 물살처럼 두 겹 세 겹으로 같은 터전에 겹으로 떠오른 것이다. 만일 이런 깜빡 사이가 아주 끝까지 가면, 누리의 처음과 마지막, 디디고 선 발밑에서 누리의 끝까지가 한 장의 마음의 거울에 한꺼번에 어릴 수 있다고 그려본다.[24]

위의 예문은 대학 3학년 시절, 신내림 체험에 대한 이명준의 심리상
태를 묘사한 대목인데, 동기부여가 ①은 대부분의 문장이 외부 초점
화 상태에서, 최인훈 식으로는 '현실에 귀속되는 상상의식'의 상태에
서, 그리고 발 식이라면 스토리 층위에서, ②는 내부 초점화 상태에서,
최인훈의 표현대로는 '상상으로 남는 상상의식'의 상태에서, 발의 표
현대로라면 텍스트 층위에서 이뤄지고 있다. 이 같은 묘사는 작품 전
체의 맥락과 전혀 동떨어지지 않고 앞으로 일어날 파블라에 대한 암
시로 작용하고 있다.

> 석방 포로 이명준은, 오른편에 곧장 갑판으로 통한 사다리를 타
> 고 내려가, 배 뒤쪽 난간에 가서, 거기 기대어 선다. 담배를 꺼내 물
> 고 라이터를 켜댔으나 바람에 이내 꺼지고 하여, 몇 번이나 그르친
> 끝에, 그 자리에 쭈그리고 앉아서 오른팔로 얼굴을 가리고 간신히 당
> 긴다. 그때다. 또 그 눈이다. 배가 떠나고부터 가끔 나타나는 허깨비
> 다. 누군가 엿보고 있다가는, 명준이 휙 돌아보면, 쑥, 숨어버린다. 헛
> 것인 줄 알게 되고서도 줄곧 멈추지 않는 허깨비이다. 이번에는 그
> 눈은, 뱃간으로 들어가는 문 안쪽에서 이쪽을 지켜보다가, 명준이 고
> 개를 들자 쑥 숨어버린다. 얼굴이 없는 눈이다. 그때마다 그래온 것
> 처럼, 이번에도 잊어서는 안 될 무언가를 잊어버리고 있다가, 문득
> 무언가를 잊었다는 것을 깨달은 느낌이 든다.25)

> 자기가 무엇에 홀려 있음을 깨닫는다. 그 넉넉한 뱃길에 여태껏
> 알아보지 못하고, 숨바꼭질을 하고, 피하려 하고 총으로 쏘려고까지
> 한 일을 생각하면, 무엇에 씌웠던 게 틀림없다. 큰일 날 뻔했다. 큰
> 새 작은 새는 좋아서 미칠 듯이, 물 속에 가라앉을 듯, 탁 스치고 지

---

24) 위의 책, 35~36면.
25) 위의 책, 21면.

나가는가 하면, 되돌아오면서, 그렇다고 한다. 무덤을 이기고 온, 못 잊을 고운 각시들이, 손짓해 부른다. 내 딸아. 비로소 마음이 놓인다. 옛날, 어느 벌판에서 겪은 신내림이, 문득 떠오른다. 그러자, 언젠가 전에, 이렇게 이 배를 타고 가다가, 그 벌판을 지금처럼 떠올린 일이, 그리고 딸을 부르던 일이, 이렇게 마음이 놓이던 일이 떠올랐다. 거울 속에 비친 남자는 활짝 웃고 있다.26)

첫 예문은 『광장』의 도입부이고 다음 예문은 『광장』의 종결부이다. 갑판 위에서 이명준이 담배 한 개비를 피우며 허깨비를 느끼고 무언가 잃어버렸다는 조바심을 갖게 되는데, 마지막에 갈매기를 바라보며 그 조바심이 사라지는 장면이다. 앞서 언급했듯이, 이명준이 환상의 주체로 올라서는 장면이다. 이명준은 그 동안 지녔던 조바심을 갈매기를 통해 해소시켜 '거울 속에 비친 남자가 활짝 웃는' 모습을 보면서 바깥 대상과 자기 안의 기억을 일치시킨 기쁨을 얻어낸다. 환상객체가 환상주체와 합일되는 순간이다.

문장유형으로 본다면 묘사와 서사가 혼용되어 있는 상태다. 그리고 주인물의 의식 상태도 '현실의식'인지, '상상의식'의 상태인지 잘 분간이 안 되는 문장유형이다. 이 같은 문장은 읽는 이로 하여금 주인물의 심리상태를 잘 알게 해 주는 묘사형 문장이라 할 수 있다. 주인물의 의식의 상태가 묘사가 되어버린 문장, 상상의식에 빠진 주인물이 바라보는 대상들이 그의 심사에 의해 굴절되어 나타나보이는 문장이다. 즉, 주인물의 의식이 배경-공간에 녹아들어 있는 문장유형이랄 수 있다. 독자는 이러한 문장을 읽으며 어떤 표상을 떠올리면서 격하게 마음의 흔들림을 경험하게 되는 경우가 많다. 독자 또한 이러한 문장을 읽어가면서 환상표현주체로 올라서게 된다. DNA∞를 체험하게 되는 것이다.

---

26) 위의 책, 188면.

최인훈은 이러한 독특한 문장을 자연스레 구사하는데, 이는 독자에게 환상의 진정한 체험을 전하면서 문학을 통해 독자의 현실의식과 상상의식의 합일을 일깨우려 의도한 것이다. 파블라 차원에서 이명준의 행방불명 처리 또한 그와 같은 의도라고 볼 수 있다. 이명준에 동화된 독자는 죽음보다는 행방불명을 통해 환상의 안정을 갖게 되고 상상의 나래를 맘껏 펼칠 수 있기 때문이다.

『광장』은 서사를 위한 묘사, 나아가 서사와 묘사가 구분이 잘 안 되는 문장 유형이 많이 쓰이고 있다. 즉 묘사에서의 동기 부여가 잘 이뤄지는 문장이 대부분인 작품이다. 이로 볼 때 『광장』에 대한, '추상적 관념만 나열되고 있다'는 핍진성의 결여에 대한 평가는 적절치 않아 보인다. 그와는 반대로 주인물의 의식이 묘사의 충실함을 겸하는 작품으로 『광장』을 볼 수 있을 것이다. 따라서, 『광장』은 두 여인과의 사랑과 남북의 이데올로기의 파블라를 스토리 층위에서 효과적으로 결합, 충분히 핍진성을 이뤄내고 있는 작품이다. 결국 『광장』은 '가치 있는 체험의 가치 있는 기록'을 훌륭하게 달성하고 있는 소설이라 할 수 있다.

이명준의 마지막 행동을 두고도 많은 논평이 있어왔는데, 필자는 이명준의 행방불명이 현실의식과 상상의식의 괴리에서 오는 독자와 이명준의 '어질머리'의 결과라고 생각한다. 독자 또한 그에 얹혀 같은 체험을 주기 위한 처리라 보여진다. 작가는 '현실에 귀속되는 기호행동'으로서의 플롯에 의해 전개되는 역사를 잠시나마 4.19를 통해, 그 어질머리를 상상해 보았을 것이다. 이명준의 착란과도 같은 행동은 집필 현재 역사의 지평이 열려 있지만 작중 주인공에게는 닫혀 있을 때의 역설적인 의미에서의 분열인데, 이는 최인훈의 '현실비판'으로서의 문학론, 그리고 '현실을 부정하는 방법으로서의 언어예술' 론을 상기시키는 종결부라 보아도 될 것이다.

그러나 4.19는 잠깐의 빛을 남기고 오랫동안 어둠 속에 잠들어 있게 되고 만다. 이명준의 행방불명처럼.

> 나의 발생적인 리듬이나 성숙과는 상관 없이 역사가 나보다 더 빠
> 르게 성숙해서 나를 그 속에 밀어 넣었다. 4.19가 없었더라면 「가면
> 고」의 선을 따라서 현실의 역사와는 상대적으로 무관한 인간 내면의
> 역사를 탐구하는 계열의 작품들을 써 나갔을 것이다.[27]

최인훈은 『광장』을 두고 위와 같이 말한 적이 있는데, 이는 그가
초기의 단편 이후 인간 내면을 탐구하는 『가면고』 계열의 작품을 계
속 써나가리라는 희망을 짐작할 수 있다. 그러나 그렇게 할 수 없었던
이유는, 우리의 현실이, 작가에게 사회와 무관하게 내면 해부만을 허
용하지 않았기 때문이다.

최인훈이 현실의 반영과 비판에 충실한 참여자로서의 역할을 다하
려 노력했음을 우리는 『광장』 계열의 작품을 통해 확인하게 된다.

다음 절에는 그와 같은 계열의 작품 중, 훨씬 후의 작품으로 『소설
가 구보씨의 일일』을 살펴보자.

---

27) 최인훈, 「나에게 있어 광장 이전과 이후」, 「문학과 사회」, 문학과지성사, 1996년,
가을.

2. 내적 독백에 의한 현실의 환상화 −『소설가 구보씨의 일일』

『광장』이 많은 소설가들에게 문학적 바이블 만큼의 지대한 영향을 주었다면『소설가 구보씨의 일일』또한 '소설가 소설'[28]의 한 전형으로 후배 작가들에게 많은 영향을 준 소설이다. 최인훈의『소설가 구보씨의 일일』은 박태원의 동명의 소설을 패러디[29]한 것이지만, 박태원의 소설보다 더 풍부한 주제와 서술방법을 제시하고 있는 작품이다. 최인훈의『소설가 구보씨의 일일』은 한국 소설에서 모더니즘의 기수로 불리는 박태원의 원작의 미진했던 부분이라 할 수 있는 현실에 대한 인식을 더욱 첨예하게 드러내고 있다. 모더니즘의 방법으로 현실을 더욱 리얼하고 총체적으로 바라보고 있다고 할 수 있다. 최인훈의 예술론에 기대 말하면 '현실의식'의 도구로 활용된 상상의 기호를 통해 현실을 부정하는 방법을 창작의 기교로 적극 쓰고 있다고 할 수 있다.

특히 이 소설은 최인훈이 소설에 대한 여러 실험을 거치고 희곡의 창작으로 진입하기 전에 쓰여진 소설이어서, 작가의 현실의식이 상상의 기호에 조화롭게 혼용되고 있는 작품이다. 이러한 최인훈 특유의 사유와 언어 조탁의 아름다움에 매료된 후배들이 이 작품을 원형으로 같은 계열의 작품[30]을 쓰게 된다.

---

28) 김현실은 '소설가 소설'을 일러 "소설가가 자신을 주인공이나 화자로 내세워 소설가의 사회경제적, 문화적 고민, 소설 쓰기 자체에 대한 고뇌 등을 솔직하게 드러내는 소설"이라고 정의하고 있다. 김현실, 「우리시대의 소설가 소설의 지형도」, 『소설가 소설연구』, 국학자료원, 1999. 11면.

29) 패러디란 원작을 모방하여 풍자와 유머의 방식으로 그 시대에 적합한 문제의식을 드러내는 기법을 말한다. 이는 수사학의 오랜 기법의 하나로 어떤 대상을 조롱하거나 우습게 만들려는 의도로 형상화에 적극 사용하는 것으로 시대 별로 약간의 변용을 가하여 사용되어 왔다.

30) 대표적인 작품으로는 주인석의『검은 상처의 블루스』가 있고, 같은 계열이라 판단되는 작품은 조성기의 「우리시대의 소설가」, 양귀자의 「숨은 꽃」 등이다. 시 쪽에서도 오규원은 「시인 구보씨의 일일」로 연재시를 발표하기도 한다.

『소설가 구보씨의 일일』에 대한 연구도 많이 진행되어 왔는데, 많은 논문이 박태원의 원작과 비교[31]하고 있는 실정이다. 최근에는 주인석의 『검은 상처의 블루스』와 비교하는 논문[32]도 발표되고 있다. 원작과의 비교 논문은 대체로 인물과 주제상의 공통점을 드러내거나, 시점과 영화적 기법 등 박태원이 시도해 보았던 서술방법을 중심으로 소설 창작 방법을 살펴보는 측면에서 논의되고 있다. 최근에는 메타픽션의 성향의 글쓰기를 드러내면서 현대 예술의 패러디화를 강조하는 연구도 진행되고 있다.[33]

총 15장으로 구성된 최인훈의 『소설가 구보씨의 일일』은, 가정을 꾸리지 못하고 있는 소설가의 존재 방식에 대한 탐구를, 매 장마다 하루의 일과로 보여주고 있는 소설이다. 구보는 소설가로서 1970년대를 살아가고 있는데, 창작 기술적 방법이 최인훈 특유의 '풍속+방법'이라는 문학론에 매우 적절히 들어맞는 작품이라 할 수 있다. 우리가 앞서 살펴보았던 최인훈의 문학예술론의 핵심인 당대의 아이콘인 언어로 당대의 내용을 담고, 당대를 아무런 타협이나 이해타산의 시점 없이 바라볼 수 있는, 가정을 꾸리지 않은 '소설 노동자'의 첨예한 시선이 고스란히 드러나 있는 소설이 『소설가 구보씨의 일일』이다. 현실을 가감 없이 바라보고 현실의 문제를 진지하게 제기하는 방법, 그 자체가 누보로망의 방법이듯이, 최인훈은 박태원의 소설을 패러디하고 있지만 더 넓고 깊게 현실의 내용을 파헤치고 파격적으로 형식화

---

31) 박태원의 원작과의 비교 논문 중 대표적인 것은 김신운, 「박태원 최인훈의 소설가 구보씨의 일일 비교 고찰」, 조선대 교육대 석사 논문, 1991. 최인자, 「소설가 구보씨의 일일 비교 연구」, 전북대 교육대 석사 논문 1992. 정주일, 「소설가 구보씨의 일일 비교 연구」, 공주대 석사논문, 2002. 등이 있다.

32) 김은아, 「박태원, 최인훈, 주인석의 『소설가 구보씨의 일일』 비교 연구」, 홍익대 석사논문, 2003.

33) 이에 대한 연구는 린다 허천의 『메타픽션』의 이론을 주로 원용하고 있다.

하고 있다.

『광장』에서처럼 '상상의식'과 '현실의식'의 사이를 방황하는 긴장을 주지 않지만 좀더 확고한 '현실의식' 아래에서 '상상의식'을 체현하는 방법을 취득해내고 있는 것이다. 그것은 의식의 거울인 언어를 현실과 상상 양쪽에 비추어 에누리 없이 보여주는, 현실의식의 적극성이 잘 구현된 기법이다.

『소설가 구보씨의 일일』에서는 시간변조가 이뤄지지 않는다. 가끔씩 구보가 어린 시절과 고교시절을 회상하는 부분이 나오기는 하지만, 인물의 핵심사건의 연원으로써의 과거는 아니다.『소설가 구보씨의 일일』에서의 시간의 흐름은 이야기의 시간이나 담론의 시간이 대부분 일치하고 있음을 볼 수 있다. 작품의 표층에서나 심층에서 큰 차이 없이 시간은 선형적으로 흐르고 있다.

작품의 공간도 시간의 순차적 진행에 따라 이동되고 있는데, 출판기념회장, 출판사, 강연회장, 집필실, 영화관, 전시회장 등 소설가라는 직업과 관계된 장소가 대부분이다.

소설의 구성 요소에 의해『소설가 구보씨의 일일』을 도표화 해 보면 아래와 같다.

第一章 느릅나무가 있는 風景	
배경	1969년 11월 하순 아침—9시 30분—10시—정오 즈음—1시 — 아파트 하숙집—자광대 학보사—대학강당—퇴계로음식점— 여성낙원사—2시 즈음—5시30분 '9' 다방—성북동 '유정'
플롯 (핵,주변사건)	하루의 시간진행 - 공간에 의한 사건 발생 무의지적 기억과 소설가의 내적독백에 의한 쟁점 논증적 표출
부인물	오적(시인, 자광대 학보 주필), 이동기,김관(시인, 평론가), 이홍철(동향작가), 남정우(필화작가)
화자	서술자—구보—화자—초점화자 ↓　(내적독백)
소도구	까치(소식-시집제목), 커피, 느릅나무잎새, 병아리
주제	실향 소설가의 슬픔 (시,공간적 설정과 연관)
第二章 昌慶苑에서	
배경	어느 봄날 1시 5분—창경원—동물원—식물원
플롯 (핵,주변사건)	창경원 동물을 통한 예술가의 사색
부인물	없음
화자	구보—화자—초점화자
문장유형	논증 우위의 묘사
소도구	공작, 칠면조, 낙타, 사자
주제	재귀

第三章 이 江山 흘러가는 避亂民들아	
배경	늦가을 새벽—아침—10시—정오 쯤— 오후 하숙집—한심대학—양서출판사—다방—음식점—심등사
플롯 (핵,주변사건)	대학, 출판사, 다방, 음식점, 사찰로의 이동에 따른 부인물의 만남, 대화
부인물	김학구(도서관사서), 김민완(출판사 편집장), 법신스님
화자	서술자—구보—화자—초점화자 ↓ (내적독백)
문장유형	논증을 통한 묘사
소도구	대학도서관, 잡탕
주제	지배·피지배
第四章 偉大한 단테는	
배경	1971 초여름날—점심 때—오후—저녁 때 광화문 '석굴암'(찻집)—완당집(중국음식점)—극장—책방 거리 광화문-하숙집
플롯 (핵,주변사건)	책을 읽다가 주인물이 책 속으로 들어가다
부인물	김중배(시인)
화자	서술자—화자(구보)—초점화자(구보')
문장유형	서사 우위의 설명
소도구	단테『신곡』, 영화『솔저부루』
주제	꿈

第五章 홍콩 부기우기	
배경	1971년 장마 후 오전―점심 때―오후 '문악'출판사―'광화문 다방'―광화문 거리
플롯 (핵,주변사건)	논평적 담론-구체적 묘사의 반복 (적당한 서사가 轉調 효과에 쓰임)
부인물	김문식(文樂社 주간), 배걸(극작가)
화자	서술자―화자(구보)―초점화자 (구보')
문장유형	논증 우위의 묘사
소도구	신문기사 (백제 무령왕릉 발굴, 한국의 홍콩화 구상)
주제	중심·주변을 넘어선 문학예술의 미래
第六章 마음이여 야무져다오	
배경	여름날 오전―오후―저녁 때 청계천 전자제품 상점―동대문교회(예식장)―명동 평화출판사―전자제품 상점
플롯 (핵,주변사건)	시간 진행 중심에 의한 플롯 (현재―과거―현재―과거〈여기서 과거는 주인물 개인차원을 넘어선 과거〉)
부인물	김순남(고향친구), 한태백(시인)
화자	서술자―화자―초점화자(나)
문장유형	설명 우위의 묘사, 서사
소도구	무장공비
주제	용병, 정치적 프로이트주의

第七章 노래하는 蛇蝎	
배경	1971년 9월 어느날 오후 2시―오후 경복궁 삼청동 담장―서양화 전시회장
플롯 (핵,주변사건)	서양화 감상
부인물	없음
화자	서술자―구보―화자―초점화자 　　　　　　　↓ (내적독백)
문장유형	논증 우위의 설명
소도구	샤갈의 그림
주제	예술, 상기(想起)
第八章 八路軍 좋아서 띵호아	
배경	한밤―아침 10시―점심 때―오후 1시 하숙집 마루―하숙집 방―이발소―학교 근처 다방
플롯 (핵,주변사건)	현재―과거―현재―과거
부인물	김견해(평론가)
화자	서술자―구보―화자―초점화자
문장유형	묘사, 논평적 대화
소도구	이광수 『흙』, 채만식 『탁류』
주제	문학의 통념과 현실의 통념

第九章 가노라면 있겠지	
배경	1971년 11월 하순 아침—11—점심 때 하숙집—한옥(예식장)—다방—관훈동 헌책방—종로 골목
플롯 (핵,주변사건)	논평적 대화를 통한 주제 발현
부인물	김공론(평론가)
화자	서술자—구보—화자
문장유형	묘사, 설명, 짧은 대화
소도구	발자크「추방자」
주제	諸行無常
第十章 갈대의 四季	
배경	1971년 12월 중순—크리스마스 즈음 하숙집—학교
플롯 (핵,주변사건)	순차적 시간 진행과 관념의 묘사화
부인물	김공론(평론가)
화자	서술자—구보—화자—초점화자
문장유형	서사 우위의 논증
소도구	고뿔, 유시집
주제	이 시대의 낭만주의

第十一章 겨울낚시	
배경	1972년 1월 초순 아침—점심 때—안국동 거리— '방랑'(찻집)—민주 신문사—음식점—'신세계'(잡지사)
플롯 (핵,주변사건)	공간 이동에 의한 사건 발생, 소도구를 활용한 주제 발현
부인물	김홍철(소설가), 김소양(시인)
화자	서술자—구보—화자—초점화자 ↓ (내적독백)
문장유형	묘사 우위의 논증과 설명
소도구	설문지
주제	向裏向外 逢著便殺…
第十二章 다시 昌慶苑에서	
배경	1972년 2월 하순 정오 쯤—오후 친구 사무실—창경원—다방
플롯 (핵,주변사건)	창경원 동물 보기
부인물	매매중개업친구
화자	서술자—구보—화자—초점화자 ↓ (내적독백)
문장유형	논증 우위의 묘사
소도구	동물들
주제	예술가와 불성과 상상력

표에서 보듯 『소설가 구보씨의 일일』은 시간의 이동이 비교적 선형적으로 일어나고 있고, 부인물과의 갈등으로 인한 행동의 급격한 변화도 보이지 않고 있다. 소설에서의 화자인 구보씨의 어조도 매우 담담하다.

> 「소설가 구보씨의 일일」의 이야기는 제목과는 달리 소설가 구보씨의 하루의 행장기가 아니다. 소설의 제 1 장을 넘긴 후 곧 분명해지듯이 그것은 하루가 아니라, 여러 날, 또 끝까지 보고 나면 1년 내지 3년 이상에 걸친 세월 동안의 구보씨의 생활에 관한 것이다. 그렇다면 소설의 제목은 잘못된 것일까? 연재소설로서 씌어진 소설이 그럴 수 있듯이 이 경우에도 처음 시작과 이야기의 중간에 작자의 의도가 바뀌어 제목과 내용 사이에 괴리가 생겼다고 볼 수도 있다. 그러나 또 달리 보면 소설의 내용은 형식적인 의미에서는 아닐망정, 실질적인 의미에서 제목을 정당화해 주는 것으로 취할 수 있을 것 같다. 즉, 제목의 하루는 시계의 하루가 아니라 일 년을 하루 같이, 삼 년을 하루 같이 비슷한 삶을 산다는 뜻에서의 하루를 의미한다고 생각될 수 있다는 말이다.[34]

소설가 구보씨는 삼 년을 하루 같이 담담하게 살아가는 듯 보여도 당대의 현실을 매우 예리하게 분석하고 있다. 1970년대라고 하지만 21세기를 세계의 변방에서 살아가는 우리가 아직도 해결하지 못하고 있는, 그 해결을 회피할 수밖에 없는 원인을 구보씨는 잘 알고 있기에 '神哥 놈'을 탄성처럼 내뱉으며 하루하루를 견디고 있다.

> 구보씨는 까치 소리를 들을 때마다, 기계적으로, 언제나, 틀림없이, 그 생각이 떠오른다. 떠오른다기보다, 절로 그렇게 된다. 그 느낌은

---

34) 김우창, 「남북조시대의 예술가의 초상」, 『소설가 구보씨의 일일』, 문학과지성사, 2001, 329면.

구보씨의 어떤 사상(思想)보다도 뚜렷하다. 자기가 정말 믿고 있는
것이란 까치 소리 하나뿐인지도 모른다, 하는 감상적인 생각을 그때
마다 하는데, 영락없이 그러면 구보씨는 가슴인가 머릿속인가 어느
한 군데에 까치 알만한 구멍이 뽀곡 뚫리면서 그 사이로 송진 같은
싸아한 슬픔이 풍겨나오는 것을 맡는 것이었다.[35]

위의 예문은 첫 장인 「느릅나무가 있는 풍경」의 도입부인데, 첫 장
도입부의 쓸쓸함이 마지막까지 이어지고 있다. 남북 분단에 의해 실
향민으로 유랑하듯 살아온 자신에 대한 회한이 작품 전편에 짙게 드
리워져 있다. 식민상황에서 전쟁, 그리고 경제발전을 기치로 민주화
를 무시하는 군부독재까지의 시간을 온몸으로 겪은 사람의 비애라고
할 수 있다. 그러나 그 비애는 전통적인 소설에서처럼 감성으로 전해
지는 것이 아니고 깊은 사유를 통해 얻어지는 것이어서 더욱 신선하
고 특별하게 읽힌다.

이는 작가 자신의 '현실비판'이라는 문학론과 맥을 같이하고, 수사법
에서의 화자의 '내적독백'[36]으로 그 효과를 얻어내고 있다. 내적 독백
은 소설 속의 인물이 가진 의식의 내용을 가감 없이 표현하는 서술방법
이다. 그래서 소설에서 이야기의 진행을 방해하기도 하고, 시간을 정체
하기도 하지만, 인물의 내면의 의식을 직접 알아차릴 수 있어 독자는
관념의 기호인 언어를 통해 작가의 세계관에 쉽게 동화되어 간다.

흔히 의식의 흐름 류의 소설은 서사성이 떨어져 빠른 서사 진행을

---

35) 최인훈, 『소설가 구보씨의 일일』, 문학과지성사, 2001, 12면.

36) 내적 독백과 의식의 흐름은 흡사한 서술방법이다. 내적 독백이 인물의 내밀한
생각, 무의식과 가장 가까우며 일체의 논리적 조직 이전의 것인, 이제 막 태어나
고 있는 중인 생각을 최소한의 통사론적 요소로 제한한 직접적인 문장들에 의
해 표현된 것으로 나타내는 서술기법을 뜻한다면 의식의 흐름은 인물의 감각,
지각이 의식적이거나 반의식적인 사고, 기억, 예견, 감정, 자유연상 등의 뒤섞음
을 논리적 순서에 맞추지 않고 표현하는 기법을 말한다. 한용환, 『소설학 사전』,
문예출판사, 1999, 117면.

원하는 독자는 선호하지 않는다고 알려져 있다. 그러나 『소설가 구보씨의 일일』은 진지한 사유가 풍부하게 배치돼 있어 특별한 독후감을 주고 있다. 그 사유는 우리가 여전히 풀지 못하고 있는 중요한 쟁점에 대한 실지의 경험을 통한 사색이어서 더욱 값지다 할 수 있다. 리얼리즘에 대한 작가의 견해, 정치와 예술의 분화, 문화와 역사적 상상력, 중심과 주변의 이항 대립적 의식을 넘는 미래 제시, 성스러움과 속스러움의 변화와 본질, 용병과 정치적 프로이트주의의 관계, 예술에서의 상기(想起), 문학과 현실의 통념의 양상, 제행무상(諸行無常)과 환상의 평등, 우리시대의 낭만주의, 이상과 이광수를 통해본 신문학의 모습, 문학종사자의 태도, 종교와 문학적 상상력 등등 철학과 종교, 사회과학과 인문학에서 여전히 중요하게 다루고 있는 쟁점들이다. 구보씨는 그와 같은 여러 주제를 육화된 사유로 제시하고 있다.

그런데, 문학도 예술인 한, 그러한 내적 독백의 텍스트는 철학서나 사회과학서에서의 서술로 읽지 말아야 함은 물론이다. 설령 철학서나 사회과학에서의 설명이나 논증 유형의 문장이 소설에서 쓰여지더라도 그것은 다른 예술처럼 감각적인 환상을 주고 있다고 보아야 할 것이다. 문학에서 사용되는 '언어텍스트'란 한 작가의 독창적인 발상만으로 구현되는 것이 아니어서 다른 작가의 작품, 다른 장르, 다른 표현 양식의 문학 담론이 섞이는 것을 창조 행동에 위반한다고 보아서는 안 된다. 문학적 담론이란 사회에서 사용되는 모든 텍스트를 작가의 특별한 의도에서 조합한 텍스트이다. 그래서 어떤 텍스트를 소재로 사용하든 그것이 문학 작품에 필요에 의해 호출되었다면 문학 담론으로 보아야 한다.

『소설가 구보씨의 일일』을 읽다보면 신문기사, 에세이식 산문, 관람회장 팸플릿, 유고시인의 시 등이 날 것으로 드러나 있다. 그러한 문장이 『소설가 구보씨의 일일』을 읽어나가는 데 어려움을 주거나 서사의 진행을 방해하지 않고 실감 있게 전달된다. 우리가 알고 있는 문학 담론, 즉 서사와 묘사 형의 문장이 아니라도 전혀 어색해 보이지 않는다. 묘사와 서사 위주가 소설의 주된 문장유형이더라도, 설명과 논증이 서사에 기여하고 있다면 의당 소설 담론이다. 최근에는 신문의 만평이나, 다른 작가의 에세이, 언어 외의 기호들, 만화나, 영화의 한 컷, 음표조차도 소설 텍스트 안에 삽입하고 있는데, 작의에 부합된다면 텍스트로 포함시켜야 하고, 이는 창조의 확대라고 평가해야 한다.

'소설이 객관세계를 묘사한다는 것은 불가능하다는 인식[37]'에서 출발하고 있는 '메타픽션'이 이와 같은 현상을 잘 대변해 주고 있는데, 이는 '픽션 내부의 세계와 픽션 외부의 세계 사이의 관련성을 끊임없이 탐색'하여 진실을 드러내려는 노력이라고 볼 수 있다. 이러한 기법은 소설을 통해 현실을 더욱 현실적으로 보여주는 글쓰기이다. 그래서 최인훈은 구보를 통해 무료한 소설가의 일상을 리얼하게 그려내려 노력한다. 그 방법으로 아래의 예문처럼 아포리즘 형식의 문장의 나열이나, 신문기사,팸플릿 문구를 날 것으로 드러내기도 한다.

> 抽象과 具象은 서로 배척할 것이 아니라 공존해야 한다는 것 / 時代에 따라서 歷史는 열려 있는 것처럼도 보이고 닫혀 있는 것처럼도 보이지만, 현재 인간의 文明은 그러한 明暗이 2項對立式으로 널뛰기를 하면서 번갈아 執權한다는 表現을 하기에 어울리는 고비는 지났다는 것 / 抽象과 具象도 한 時空에 同時에 存在하는 生의 얼굴이라고 봐야지 한쪽만으로 결판내려면 生을 일그러뜨릴 수밖에 없다는 것 / 일그러뜨릴 때는 그것이 言語의 展開形態인 繼起的 敍述의 限界에서 오는 方法의 單純化임을 自覺하는 餘裕가 있으면 좋지만 그런 虛構의 操作을 實體化하려 들면 敎條主義가 된다는 것 / 藝術은 現代文明에서 單一한 儀式을 가질 수 없다는 것 / 儀式典範을 統一하려 할 것이 아니라 分派가 택한 典範 各己의 테두리 안에서 얼마

---

37) 퍼트리샤 워, 김상구 역, 『메타픽션』, 열음사, 1992, 18면.

나 感傷을 克服했는가를 가지고 信心을 저울질하는 길밖에 없다는
것….38)

美, 韓國을 極東의 '홍콩'化 구상, 美評論家 주장, 對中共交易中繼
地役割, 朴-애그뉴 會議 때도 論議-(워싱턴 1日 同和) 美國의 노련
한 時事評論家 폴 스코트씨는 닉슨 美國行政府가 中共과의 무역 확
대를 설정하고 韓國을 極東의 '홍콩'으로 만들 가능성이 있다고 주장
했다.
　美國 지역에서 대서 신문에 전재된 그의 글을 요약하면 다음과 같
다.39)

　샤갈의 말
　나의 그림 속에는 옛날 이야기도 없으며 寓話도 없고 民話도 없
다. 나는 '환상'이나 '상징'이란 말에는 반대한다. 우리들의 內部의 세
계는 모두가 현실이며, 어쩌면 눈에 보이는 세계보다도 더 현실적이
다. 비논리적으로 보이는 것을 모두 환상이나, 옛날이야기라고 말하
는 것은 自然을 알지 못하고 있다는 것을 말하는 것밖에 안 된다.
　나는 사물의 형체의 근원으로서 암소를 다루며, 농장을, 담을 러시
아의 시골의 건물을 다룬다. 그것은 그런 것들이 내가 태어나 나온
나라의 일부를 이루고 있으며, 지금까지 내가 받아들일 수 있었던 다
른 것들보다는 훨씬 더 깊은 인상을 나의 視覺에, 記憶에 남겼기 때
문이다.40)

　위의 예문처럼 『소설가 구보씨의 일일』은 친구와 나눈 이야기를
정리한 에세이나, 구보씨가 읽고 있는 신문기사, 전시회 팸플릿, 시인
의 시 등이 중간 중간 삽입돼 있다.

---

38) 최인훈, 앞의 책, 31면.
39) 위의 책, 116면.
40) 위의 책, 157면.

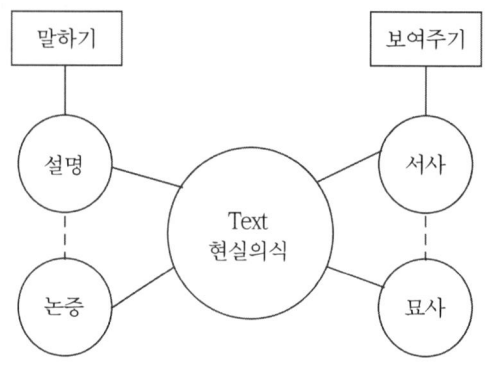

　문장의 유형을 위의 그림처럼 도식화 해보면 '설명'과 '논증'은 '말
하기'에 밀접하다 할 수 있고, '서사'와 '묘사'는 '보여주기'에 관련돼
있다고 할 수 있을 것이다. 설명과 논증은 신문기사나 과학적 논술
등 기능성 산문에서 쓰이고 있는 문장유형이고, 묘사와 서사는 시나
소설처럼 예술적 문장유형이라고 알려져 왔다. 그래서 현대의 소설은
작가 중심에서 독자 중심으로 전환되고 있어 '말하기'보다 '보여주기'
가 우위에 있다는 견해가 지배적이다. 그러나 어떤 문장 유형이 소설
에서 우위를 점하고 있어야 옳다기보다, 문장을 기술하는 작가의 방
법론의 차이로 그의 소설적 세계관을 비평해야 할 것이다.

　특히 전통적인 리얼리즘소설에서의 글쓰기 방법에서는 '보여주기'
를 적극 옹호하고 있지만, 소설에 대한 좀더 확대된 의식을 가진 작가
의 견해가 방법론으로 적용된 소설이라면 '말하기'의 서술을 새로운
시도로 보아야 할 것이다. 『소설가 구보씨의 일일』은 '리얼리즘'이라
는 양식에 대한 최인훈의 개성적인 의미 부여가 소설 창작의 방법으
로 활용되고 있다고 볼 수 있다. 그가 문학론에서 밝혔던 대로, '진실
한 리얼리즘은 관념과 풍속의 어느 하나도 타방에 해소시킴이 없이
서로가 서로를 위한 저항으로서 존재한다는, 그런 형식의 존재 방

식'41)이어야 한다는 논리에 부합되는 소설이라 할 수 있겠다.

즉, '추상이나 구상', 혹은 리얼리즘이나 모더니즘 모두 하나의 현실의 얼굴이라고 보아야 하고, 그러한 이항대립의 습관에서 벗어나자면 현실을 부정하여 현실의 숨겨진 면을 바로 보아야 한다는 것이다. 왜냐 하면, '문학의 매재인 언어는 사물이 아니라 공통체의 思考型과 情緒에 의해 조직된 <관념>'이며, '문학 작품을 쓴다는 것은 작가의 의식과 언어와의 싸움이라는 형식을 통하여 작가가 자기가 살고 있는 사회에 대하여 비평을 행하는 것'이기 때문이다. 그래서, 리얼리즘을 두고 '현실에 접근하려는 예술의 노력, 그 의지적 경향'42)이라고 하듯, 최인훈은 구보씨를 통해 당대의 현실인 1970년대의 군부독재 하에서, 고립에 처할 수밖에 없는 소설가를 내세워 현실에 대한 적극적인 저항의 방법을 구사하고 있는 것이다.

작품 전편에 걸쳐 나오는 부인물의 이름, 다방과 출판사의 이름, 그리고 시집의 제목도 변용을 통해 당시의 현실을 적극 반영하면서 비판하고 있는 셈이다. 독자는 1970년대에 활발하게 활동했던 문인을 떠올리거나, 다방의 풍경, 출판사의 모습, 시집의 제목 등을 회상하며 당대를 현실감 있게 접하게 될 것이다. 최인훈은 자신의 문학 수식인 '풍속+방법'을 창작에 원리화한 셈이고 더불어 패러디의 기능을 살리려 의도한 것이다. 이는 우리가 익히 알고 있는 '실재 / 환상'이라는 대립적인 관념을 넘어서는 적극적인 방법화라 볼 수 있는데, 텍스트 자체가 환상이라는 약속임을 독자에게 자주 환기시키면서, 동시에 현실을 여실히 드러내는 이중의 효과를 노리고 있다고 하겠다.

고정의 문장 유형의 틀을 조금만 비틀면 다른 차원의 미적 충격이 주어지고, 리얼리즘 계열의 소설보다 더 리얼하게 '보여주기' 효과를 창출할 수도 있을 것이다.

---

41) 최인훈, 『문학과 이데올로기』, 「세 사람의 일본작가」, 문학과지성사, 1992, 76면.
42) D. 그랜트, 김종운 역, 『리얼리즘』, 서울대 출판부, 1987, 25면.

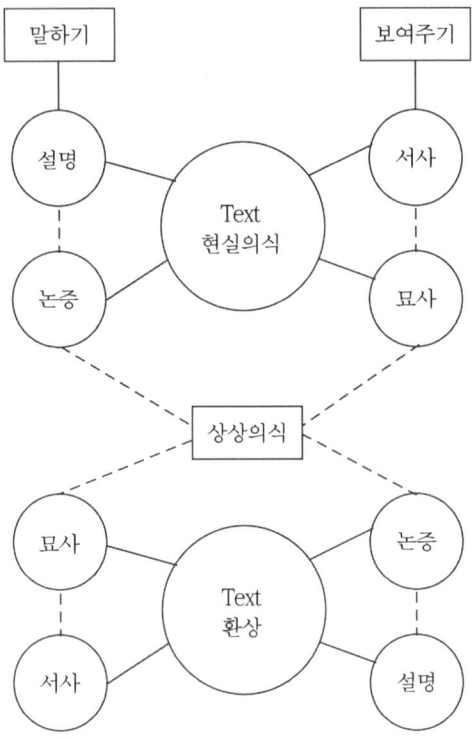

그림에서 보듯, 논증이나 설명, 서사나 묘사가 '상상의식'을 거쳐 소설 텍스트라는 환상의 창작품에서 기술된 문장이라면 보여주기와 말하기의 구분은 모호해지고 말 것이다. 독자가, 환상이라는 약속 하에서 쓰여진 모든 문장을 '상상으로 남는 상상의식'에 동원되는 보여주기의 문장으로 받아들이면 '상상의 기호일 뿐인 기호'로 작용하여 무한한 상상의 나래를 펼쳐나갈 것이다. 최인훈은『소설가 구보씨의 일일』을 통해 문학텍스트 안에서의 실재와 환상에 대해 기존의 생각의 폭을 넓히고 있는 것이다.

더군다나 지식인이 주인물이 되었을 경우, 그의 사유가 설명과 논증의 문장 유형으로 표현되었다면 주인물의 성격 창출로서는 더 이상 리얼한 방법은 어려울 것이다. 사유가 논증으로 표현되었다면 다른 서정적인 작가의 심리묘사와 같이 취급하여 읽어야 할 것이고, 그 인물의 의식 상태와 성격, 심리를 사실적으로 묘사하고 있다고 보아야 할 것이다. 그렇다고, 『소설가 구보씨의 일일』이 전통적인 리얼리즘의 독후감인 서정으로 다가오지 않느냐 하면, 그렇지도 않다. 내적 독백[43]조차도 순수 서정으로 읽히는 부분이 많은데, 이는 최인훈 특유의 문체, 혹은 발화 방법에 기인한다.

『소설가 구보씨의 일일』에서 활용되는 내적 독백은 최인훈 특유의 사색적 발화가 주변의 배경이나 작품에서의 소도구와 결합하여 절묘하게 어우러지는 기술법이 많이 쓰이고 있다.

> 철봉씨가 그렇게 말했으나 마담은 잠깐만이라고 손가락 하나를 들어 표시를 하면서 일어서 나갔다. 대청 마루에서는 돌아가면서 축사를 하는 중인 모양이었다. '까치' '까치' 하는 소리가 말 가운데서 자주 들렸다. (…) 선택은 벌거숭이와 옷 사이에 있지 않고, 어떤 옷과 어떤 옷 사이에 있습니다. 『성남동 까치』는 시에게 위엄과 점잖음의 옷을 되찾아주었습니다.[44]

> 그는 왼쪽으로 걸어가서 공작 앞에 멈췄다. 지금이 그러는 시간인지 공작은 후두두 소리를 내면서 꼬리를 펴고 있는 중이었다. 부챗살처럼 활짝 꼬리를 펼 때, 소리마저도 부채질할 때 같은 소리를 낸다. 종이가 찢어져서 살이 털털거리는 그런 부채가 아니고 여러 겹으로 접힌 안전 면도날을 손에 몰아쥐고 트럼프 장 펴듯이 펴는 것처럼

---

43) 내적독백은 대부분 설명이나 논증의 문장유형으로 이뤄져 있다. 큰 따옴표를 없앤 인물의 대화체 문장이라고 볼 수 있다. 그래서 '보여주기'보다는 '말하기'의 서술방법으로 알려져 있다. 자유직접화법으로 쓰여지면서 시간을 차단시키는 효과와 사유의 담론을 부각시키면서 공간적인 환상을 부여하기도 한다.

44) 최인훈, 앞의 책, 35~36면.

쇠붙이스런, 싸아악 하는 소리였다.(…) '花開'라는 낱말이 떠올랐다. 저 리듬, 까무라칠 만큼 아득한 어느 때부터 비롯한 버릇, 시무룩한 낯빛으로 꼬리를 잔뜩 펴고 있는 모습은 '공작처럼 거만한' 어쩌구 하는 모습처럼은 보이지 않았다. 그보다는 원수의 땅에 포로로 잡혀 왔으면서도 하루의 정한 시간에는 자기네 부족의 법식에 따라 예배를 드리고 있는 모습 같았다.[45]

굽이를 돌면서 오른편으로 가서 연못 위에 덮어놓은 그물 뚜껑 안에 있는 학이며 오리를 들여다본다. 한쪽 다리로 서 있는 학인지 두루민지가 보인다. 밀면 넘어질 것 같다. 붙들린 이 몸 하늘이 그리워라. 에이얏호. 유행가 같은 저 포즈. 청승맞으니 신세가 그렇지. 청승맞다? 하기는 저 친구가 있을 데 있으면 또 달리 보일 테니까. 있을 데. 각기 있을 데 있을 것. 있을 데 있게 할 것. 일본 애새끼들 칙언가 나발인가 옛날 그런 게 있었지. 되지 못한 친구들. 그 새끼들 때문에 스타일 구겼겠다? 누가? 내 부족이. 그래서 나하고 무슨 관계가 있다? 어려운 문제군. 한국 땅에 몸담고 있는 바에는 한국사(史)는 내 개인사(史)이기도 할 수밖에 없지. 역사 의식이랄 것 없이 역사적 상상력이라면 되겠군. 그것을 피해가려던 사람들은 다 거짓말쟁이가 됐으니까.[46]

구보씨는 늦가을의, 아직 덜 가신 안개 기운이 서린 수풀 사이를 걸어가면서 미꾸라지처럼 잡히지 않는 삶의 비밀을 새삼 생각하였다. 프로테우스 같은 삶. Mikurazi 같은 삶. Mikurazi라고 표기를 해보니 그 말은 Taboo라든가 Totem 같은 말의 친척이 되는 것이었다.[47]

1장에서 3장까지 어떤 규준 없이 펼쳐본 페이지의 단락인데, 1장의

---

45) 위의 책, 40면.
46) 위의 책, 41면.
47) 위의 책, 55면.

예문은, 앞부분의 까치소리가 뒷부분의 「성남동까치」로 연결되면서 시공간을 자연스레 이동한 표현이다. 그리고 2장의 예문은, 창경원의 동물을 통해 주인물의 사유가 펼쳐지도록 구성한 것이다.

  3장에서는 'Mikurazi', '지하 감옥의 노예' 등의 단어가 에피퍼니[48]로 활용되면서 내적 독백으로 이행하기도 한다. 구보씨의 눈에 밟히는 것이 이렇게 자연스럽게 그의 사유로 연결되는데, 이는 작가의 풍부한 지식과 오랜 사색에 의한, 여러 주제들의 어색함 없는 표출이라 할 것이다.

  『소설가 구보씨의 일일』은 화자의 섬세한 활용 또한 주목할 만하다. 앞서 최인훈의 의식의 흐름도에서 살폈고, 『광장』의 분석에서도 대입해 보았듯이, 소설에서의 화자의 역할은 지대하다 할 것이다. 화자가 사건을 어떻게 전하느냐에 의해 내용의 의미까지도 변하기 때문이다.

  1인칭 시점이냐 3인칭 시점이냐의 구분보다는 인물에 얼마만큼 거리를 유지해서 말하느냐가 중요하다는 인식이 구조시학에서 있어왔다. 그것이 '초점화'의 문제이다. 『소설가 구보씨의 일일』에서는 이야기를 전하는 매개자임과 동시에 인물인 '구보'가 그 화자의 역할을 하고 있다. 그러니까 작가인 최인훈의 '현실의식'을 화자인 구보씨가 '상상의식'으로 받아들여 인물인 구보씨의 이야기를 독자에게 전하는 셈이다.

---

48) 에피퍼니epiphany는 그리스어로 현현, 계시인데, '이전에 숨겨진 어떤 것의 본질이 드러남'을 뜻한다. 일상의 어떤 사건이나 사물이 단어들을 통해 돌연한 본질을 알게 되는 것을 말한다.

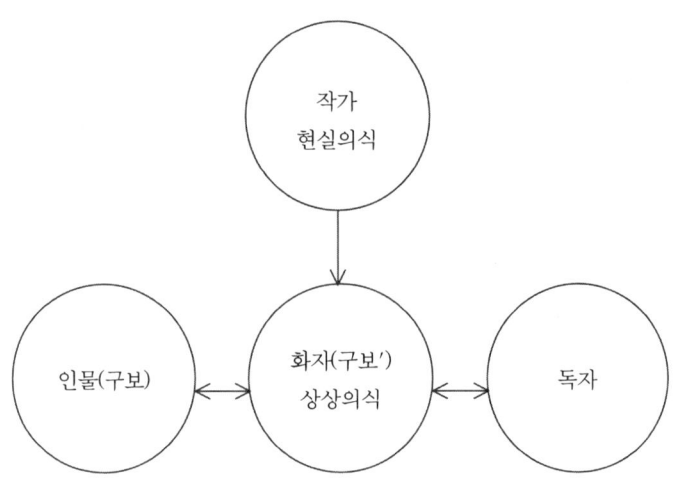

　작가는 인물이 벌이는 사건의 발화를 화자에게 일임하여 독자에게 전달할 정보의 양과 질을 조율한다. 언어라는 표현도구는 시공간의 변화에 따라, 또 독자의 수용에 따라 그 의미가 달라지기에 화자는 항상 이야기 전달에 유의해야 할 것이다.

　객관적인 묘사를 중시하는 현대소설에서는 화자의 역할에 큰 비중을 둔다. 화자를 거울에 비유할 수 있겠다. 『소설가 구보씨의 일일』에서의 인물은 구보이고, 화자도 구보인데, 최인훈 식이라면 화자를 구보′에 대입할 수 있다. 최인훈의 인간 현상의 세 분류에 적용하면, 생물주체인 구보와 독자 사이에서 기술주체인 구보′가 '보여주기'의 역할을 하는 거울로서 기능한다고 보면 될 것이다.

　구보의 심리 상황, 구보가 읽는 책의 내용, 구보의 내,외적 세계관의 표출을 구보′가 주인물인 구보의 내부와 외부를 들락거리며 즉, 초점화자로 기능하면서 독자에게 구보의 행동과 사유를 전하는 것이다. 구보의 행동과 사유에 독자가 깊은 감응을 일으킬 때 독자에게 환상주체, 즉 구보∞가 형성됨은 물론이다.

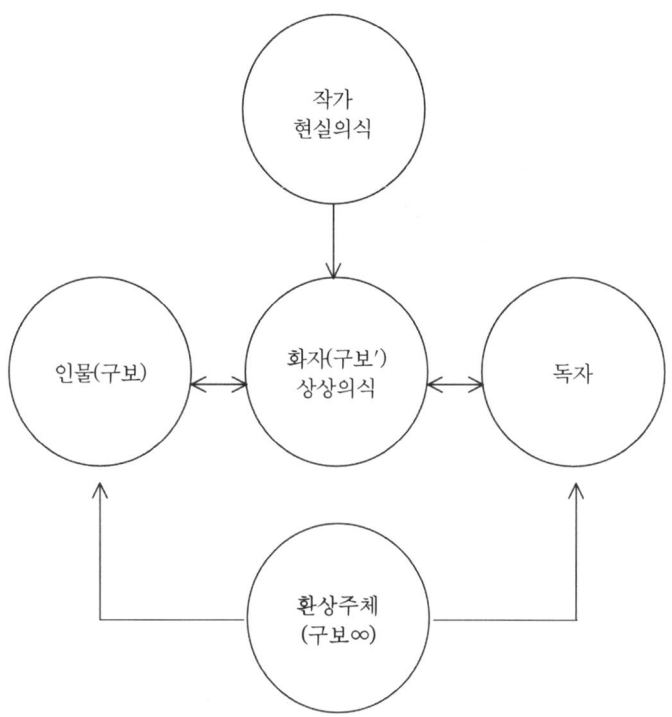

구보′인 화자는 위치를 바꿔가며, 인물에 동화되었다가, 인물 밖으로 나갔다가, 인물에게 말을 시키기도 한다. 전통적인 리얼리즘 소설에서라면 화자는 객관적으로 형상화된 작품 세계를 독자에게 전달해주는 이야기꾼의 역할, 곧 '작가와 독자 사이에, 이야기와 독자 사이에 중개자'[49]로 기능한다. 통상 이야기의 중개자로서의 화자는 인물의 행동을 독자에게 핍진성있게 전달하기 위한 존재로, 서술적 기능자로 역할을 수행하지만, 『소설가 구보씨의 일일』에서의 화자, 구보′는 단순한 서술의 중개자로 머물지 않고 창조의 참여자로도 존재하고 있음을 알 수 있다. 즉, 이야기꾼의 역할과 함께 사건을 구축하고 허무는

---

49) 토도로프, 곽광수 역, 『구조시학』, 문학과지성사, 1977. 37면.

창조자로서 작용하기도 한다. 인물이 독자에게 빙의되도록 섬세하게
의식을 조정해 나가기 때문이다.

> 그들과 자기와의 사이에 있는 공간이 깊은 낭떠러지처럼 아래와
> 위로 벌어지는 것을 구보는 보았다. 그들이 저 겨울옷 속에 지니고
> 있는 시간. 그리고 구보의 시간. 그 사이에는 아무 관련이 없었다. 구
> 보야, 너는 아까 어린 학생들 앞에서 우리들은 모두 떨어질 수 없는
> 연대(連帶) 속에 살고 있으며, 인간의 일은 모든 인간에게 무관할 수
> 없다고 하지 않았느냐. 물론. 물론 그렇게 말했다. 그러나 이것은 다
> 르다. 무엇이 다르단 말인가. 학교의 강연에서와 너의 마음속의 진실
> 은 무엇이 다르단 말인가. 아니다 말해봐. 구보는 다그치는 물음에
> 약간 비켜서는 투로 차를 한 모금 마셨다. 내가 말하는 것은, 하고
> 구보는 천천히 생각했다. 내가 말하는 것은 무슨 어렵지도 신기하지
> 도 않은 이야기다.50)

위의 예문처럼 구보'는 구보의 내면으로 들어가기도 하고, 구보에
게서 빠져나와 구보에게 질문하기도 하며, 구보의 행동에 평가를 내
리기도 한다.

> 구보씨가 걸음을 멈춘 곳은 계단의 꺾임목이었다. 거기에 난 창문
> 으로 구보씨는 한 풍경을 보았다. 그곳은 자리로 보아서 화교 국민학
> 교의 뒷마당임이 분명하였다.(…)그는 다방에 올라가서 자리를 옮겼
> 다. (…)구보씨의 고향은 동해안의 이름난 항구 완산(完山)이다. 전쟁
> 이 났을 때 그는 고등학교 일학년이었다. 전쟁이란, 거의 모든 사람
> 에게 그런 것이지만 더구나 고등학교 일학년짜리에게는 그것은 어떤
> 어질머리였다. 피난, 월남, 이십 년의 세월. 그 십년은 구보에게 있어
> 서 그 어질머리의 실마리를 풀어가는 일이었다. 삶은 어질머리를 가
> 만히 앉아서 풀어가는 가내수공업 센터 같은 것이 아닌 것도 사실이

---

50) 최인훈, 앞의 책, 17면.

긴 하였다. 풀어간다는 것도 살면서 풀어가는 것이고, 산다는 일은
어질머리를 보태는 일이었다. 51)

구보가 다방에서 쉬면서 어릴 적을 상기하는 장면인데, 화자는 인
물의 행동을 지켜보다가 자연스럽게 내적 독백로 이행한다. 그런가
하면 구보가 부인물과 대화를 나누다가 문득 내적 독백으로 진입했다
가 다시 인물 바깥으로 나오기도 한다. 어떤 대화는 큰 따옴표만 빼면
내적 독백과 같은 문장도 있다. 인물과 화자의 역할이 불분명해지면
서 서로 상보관계를 이루고 있음을 알 수 있다.

> "글쎄 그게 아니라."
> "큰일이야."
> 꿈 같은 이야기가 다가섰다가 산산조각이 났는가 싶더니 또 그게
> 아니란다.
> 구보씨는 이북 고향 W시에 부모님과 형님 한 분이 계시다. 전쟁
> 이 시작되고 사람들이 남쪽으로 내려오기 시작할 무렵의 분위기는,
> 당한 사람들은 몸으로 알고 있겠지만 큰 회오리바람 같은 것이었
> 다.52)

이 정도면 화자가 인물의 내,외면을 드나들 때의 구분과, 역할 분담
의 예조가 없어 화자가 인물의 경험을 만들어내고 있는 듯한 착각마
저도 들게 한다. 화자는 더 이상 중개자가 아니라 창조자의 역할을
하는 것이다.
인물과 화자의 미분류의 순환 구조는 새로운 차원의 풍경으로 창출
되기도 한다.

---

51) 위의 책, 19면.
52) 위의 책, 138면.

여기저기 흩어져 걷는 데도 용케 장단을 맞추면서 어슬렁어슬렁 움직이는 것이 서로 짜고서 걷는 춤을 추듯이 구보씨도 어느새 그 춤의 걸음 장단 속에 들어 있었다. 그러자 그의 몸뚱이는 구보씨의 손에서 훌렁 벗어나서 한걸음 앞에서 스적스적 걸어가는 것이었다. (…)구보씨도 자기 뒤를 밟아갔다. 자기 걸음도 어느새 어떤 걸음 장단에 맞춰지고 있는 것을 그는 느꼈다. 구름 한 귀퉁이가 열렸는지 햇빛이 불시에 환하게 밝아졌다. 그 순간 Congregation이란 낱말이 화살처럼 날아와서 뇌수에 박히는 것을 느꼈다.(…) 모든 사람이 모든 사람의 뒤를 밟고, 밟히는 Congregation이 거기 있었다. 식물까지도 날카롭게 귀를 세우고 각각으로 유심히 기척을 살피고 있었다. 사랑과 의심과 복수가 서로 손을 잡고 있기 때문에 그것들 서로가 서로의 발뒤꿈치를 밟고 있기 때문에 모두가 모두에 대해 미안한 그런 탑돌이를 하고 있는 중이었다.53)

위의 예문은 「제2장 창경원에서」의 결말부인데, 구보씨가 동물 구경을 마치고 창경원을 나서기 직전 잠시 쉬면서 겪는 환상의 체험이다. 마치 꿈 속에서 거울을 통해 자기 자신을 바라보고 있는 듯한, 몽환적인 모습이 펼쳐지고 있다. 자기가 자신에게서 빠져나와 삼라만상과 혼연일체가 되어 탑돌이를 하는 풍경은 괴기스러우면서도 해학적으로 보인다.

모든 존재들이 일체가 되어 서로가 서로에게 영향을 주고 받는, 뗄래야 뗄 수 없는 상태이고, 그에 이끌리는 구보와, 그 뒤를 따르는 구보'도 결국 하나가 되어 구보∞를 이루는 진풍경이 벌어지고 있다. 법열이라 할 수 있는 이러한 광경은 환상의 극치에 이를 때에야 가능할 것이다. 이러한 불가해한 풍경 묘사는 작가와 인물, 화자와 독자 모두 일체가 되었을 때 경험하는, '환상주체'로 완벽히 올라선 'DNA ∞'의 경지, 즉, 환상주체 획득의 경지라 할 수 있을 것이다.

53) 위의 책, 48~49면.

『소설가 구보씨의 일일』의 모든 표현이 이렇지는 않지만 화자를 통한 내적 독백으로의 이행은 위의 풍경과 흡사한, 여러 겹의 풍경화를 보는 듯한 착각을 준다. 감정이 탈색된 논증과 설명의 문장이 구보의 내면을 거쳐 밖으로 표출되면서 현실을 반영하고 있는데, 여러 층을 두껍게 지닌 방식의 그림이어서 더욱 환상스러워 보이는 장면이 많다.

어쩌란 말인가. 강연을 같이했다고 해서 의형제라도 맺어야 한단 말인가. 에잇 구보는 보이지 않는 칼을 들어 마치 백정(白丁)처럼 사정없이 자기의 그, 독신자다운 어리광의 미간을 푹 찔렀다. 소는 원망스러운 눈을 치뜨면서 매짠 동짓달 그믐 무렵의 바람 속에 산화(散華)했다.54)

개화기 이래 명동이라는 이 땅뙈기를 덮어온 껍질이 한번 부숴지고, 맨살이, 이 땅의 벌거숭이 얼굴이 싱싱하게 드러나 있었다. 폐허는 미(未)개발지와는 다르다. 미개발지는 그저 물일 뿐이지만 폐허는 사람 손이 간 땅이다. 그러면서 평지에 덕지덕지 분칠한 손때 묻은 땅이 아닌, 말하자면 지령(地靈)의 살결과 엉킨 채로 있는 땅이다. 지령은 무너져내린 벽돌 틈으로 수시로 들락거렸다.(…)'전후낭만기(戰後浪漫期)'라고 구보씨는 그 시대를 부르고 싶다. 빛나는 것은 곧 사라진다. 그 무렵의 지령의 전사들은 지금은 모두 골동상으로 월부 판매원으로 물러앉았다. 지령은 그러나 '감각(感覺)' 속에도 '관념(觀念)' 속에도 임하시지 않는다. 어디에 있는 것일까. 이 세상의 비밀과 맞뚫린 삶의 모습은. 이룰 길은 없는데 맛만 알고 말았다는 것은 괴로운 일이다. 어디에 있는가? 그렇다 그런 것은 없다. 어디도 원래 없다. 그런 것이 있기 위해서는 마음이 한없이 가난하지 않으면 안 된다.55)

---

54) 위의 책, 16면.
55) 위의 책, 129면.

벌거숭이 된 내 마음. 오 거지 같은 내 마음. 그는 하늘을 쳐다봤
다. 까맣게 갠 하늘에서 벌거숭이의 그 숱한 것들은 그래도 고왔다.
사람도, 헐벗으면서도 저럴 수 있다고 잘못 알고 얼마나 많은 사람들
이 무모한 짓을 하다가 삶의 이 엄동설한에 얼어 죽었을까, 하고 구
보씨는 생각하였다. (…) "아저씨" 누가 옆에 와 선다. 그는 돌아보았
다. 머리끝이 쭈뼛했다. 정말 헐벗은 한 여자가 그에게, 밤처럼 캄캄
한 손을 내밀고 있었다. 어쩐 일이었던지, 그 여자의 얼굴에서, 벌써
옛날에 갈라진 한 여자를 보았다고 헛갈린 것이다.56)

　위의 예문처럼 구보씨의 내면의 풍경이 현실에 버무려져 혼융되는
형국이 작품 곳곳에 산재해 있다. 풍경은 그로테스크하면서도 비애가
전해진다. 그 비애는 경제활동이 넉넉지 못한 소설노동자의 푸념에서
가 아닌, 정주하지 못하는 실향 노총각이어서 라기보다, 우리의 근대
사를 온몸으로 겪어낸 변방의 지식인의 회한에서 오기에 더욱 깊게
다가온다. 그래서 현실의 소설가인 자신을 두고 구보는 '거지'라든지,
'벌거숭이'라든지, '죽은 돼지대가리나 겨누는 무당'이라고 격하시키
고 있다. 그것은 우리의 잘못된 근대 이식을 비판하는 자기 반성 격의
표현이다. 앞서 살펴본 최인훈의 문학론에서, 근대 이전의 문학이 근
대 이후로 전이될 때, 문명주체로서의 인간처럼 DNA'의 사다리 계가
빠짐없이 전승되어야 하는데, 우리의 경우에는 '집단과 더불어 힘들
여 자라는 힘을 가지지 못한 탓'으로 우리의 사다리를 빼놓은 채 제
1세계의 사다리 계를 억지로 끼워 맞추려는 데에서 온 잘못의 반성이
다. 우리의 전통을 내세워야 할 때 소중한 것을 '기억상실'한 채로 빼
고 샤머니즘 정도만으로 간단히 때우려는 태도가 큰 잘못이라고 구보
씨는 비판한다.
　그래서 구보씨는 잃어버린 우리의 문학과 예술을 생각하며, 그것이

56) 위의 책, 38면.

현실에서 성취될 수 없음을 한탄하기에 자주 '어질머리'를 느끼며, 그와 무관해도 현실에서의 인간은 여전히 제각기 잘 들어맞는 삶을 꾸려가기에, '神哥 놈'이라 탄성을 지르며 하루 하루를 살아간다.

이상과 같이 『소설가 구보씨의 일일』은, 그 주된 내용이 잘못된 근대를 비판하는 소설가의 항변이고, 그 형식은 내적 독백으로 구현되어 있다고 요약할 수 있다. 작가와 독자 사이에서 화자를 활용한 인물 구보의 의식의 섬세한 이동 방식은, 1970년대 군부 정권 아래에서 환상의식 속에서나마 자유의 주체가 되어 보는 소설가라는 존재의 정직한 글쓰기로 특징지워질 수 있다.

제2장 | 가상 공간 형성의 창작기법

1. 신화의 복원과 시간의 공간화 - 『서유기』

'『광장』→『회색인』→『서유기』→『소설가 구보씨의 일일』→『태풍』이 결과적인 5부작으로 읽혀지기를 바란다.'57)는 최인훈의 말처럼 『서유기』는 『회색인』의 후속편으로 기획되었다. 주인물의 공간 이동을 보면 『회색인』의 독고준이 이유정의 방으로 들어가는 것으로 끝나고, 『서유기』에서는 독고준이 이유정의 방에서 나오는 장면으로 시작된다. 『회색인』에서의 주인물인 독고준이 한국사회에서의 지식인의 참된 역할에 대해 고민하는 내용이 『서유기』에서도 지속적으로 나타나고 있다. 그런데 『회색인』에서와는 달리 소설의 형식면에서 『서유기』는 환상의 공간에서 이를 처리하면서 더욱 첨예하게 한국사회의 현상황의 근원을 파헤쳐가고 있다. 최인훈 고유의 의식의 흐름에 의하면, 『회색인』은 '현실의식'에 가깝게 다가가도록 창작된 작품이고, 『서유기』는 '상상의식'의 활동을 중시하여 창작된 작품이다.

『서유기』는 비교적 그의 다른 작품에 비해 난해하다는 평을 받고 있는데, 이는 기존의 창작방법과는 다른 기법을 취하고 있기58) 때문일 것이다. 사건의 인과에 의한 배열보다는 그를 무시해 보이는 듯한 플롯, 일상적인 생활에서는 좀체 벌어지지 않는 혼돈의 상황 설정, 과거 우리 역사상에서의 주요인물들과의 의외의 대면, 환시와 환청의 무질서한 드러남 등등이 소설의 구성 방식이 되어 작동하고 있기에 그렇다.

전통적인 창작방법에서 벗어나 있는데, 이러한 형식은 최인훈의 오

---

57) 최인훈, 「원시인이 되기 위한 문명한 의식」, 『길에 관한 명상』, 솔과학, 2005, 28면.
58) 『서유기』를 분석한 논문에서 주목할 것은 김기주의 『최인훈 소설연구』, 동국대 박사논문, 1999, 김인호의 『해체와 저항의 서사』, 문학과지성사, 2004, 서은선의 『최인훈 소설의 서사형식 연구』,국학자료원, 2003. 등이다.

랜 시간 동안의 소설에 대한 참구 아래 언어낸 결과물로 보아야 할
것이다. 그의 대부분의 작품이 동시대에 발표된 작품보다 생명력이
오래 유지되는 이유는 그 실험적 기법이 탁월하기 때문이라해도 될
것이다. 『광장』이 발표되었을 당시, 서술방식의 낯섦은 반세기의 세
월이 흐른 지금에는 친숙한 방식이 되어 있고, 「구운몽」의 꿈의 형식
과 『총독의 소리』에서의 에세이적 기술방식 또한 신진 작가들에게
있어 형식의 충격으로 받아들여져 귀감이 되고 있다.

소설에 대한 보다 넓은 차원에서의 그의 견해를 받아들이면 이러한
창작법이 그다지 낯설지는 않을 것이다. 그가 이미 문학론에서 밝힌
바 있듯, 근대 이전의 통일된 원리가 근대 이후에도 적용되리라는 착
각에서 오는 문학관이 우리의 소설 세계를 오히려 협소하게 만들어가
지 않았나, 돌아보게 한다.

> 소설 속에서 여러 종류의 인물들을 다루면서 그 인물들의 특수성
> 에 대한 관심을 충실하게 따라간 것은 옳은 일이었으나, 모든 인간이
> 특수하게밖에는 살지 못한다는 이 사실에 가려서 그 인물의 특수성
> 의 밖에 있는 것들, 즉 다른 특수성들과 비교할 수 있는 보편적 척도
> 를 마련하지 못하게 되는 경우가 너무 많다는 것이 소설사의 현실이
> 었다. 이런 마련이 없는 소설은 시야가 좁고 길이가 모자라는 의식밖
> 에는 만족시키지 못한다. 예술은 인간이 잃어 버린 것 — 자기의 주
> 인으로서의 본질을 되찾는 일일진대 이 되찾기는 있는 문제를 모두
> 받아들이면서 그것을 넘어서는 데서 찾아지지 않으면 안 된다. (…)
> 문학은 감상자가 자신의 상상력 속에서 실지로 산 그 작품의 작중현
> 실 그 자체이다. (…) 문학예술이란 현실적 인간으로서의 온갖 경험
> 이 소재가 되어 — 아니 그 인간의 현실적 존재로서는 죽었다가 그
> 죽음이 매개물이 되어 <작중 현실> 속에서 다시 살아나는 부활의
> 의식이다. 예술의 시민이 된다는 것은 그 순간 현실의 인간으로서는
> 죽는다는 것을 말한다. 이것은 논리적으로 자명하다. 왜냐 하면 사람
> 은 한꺼번에 두 가지 삶을 살 수는 없기 때문이다. 예술은 경험의 환

기가 아니라 경험을 소재로 삼은 창조인 것이다. 이와 같은 창조의
능력은 우리가 모두 지니고 있는 상상력이라는 의식의 능력으로 가
능해진다.[59]

　문학에도 일상 생활을 받아들이는 방식이 넓게 이뤄져야 한다는
논리인데, 우리의 소설은 '현실의식의 검열을 의식한 나머지 작가가
일상 수준에서 소설 내용에 책임을 지려 하는'[60] 데에 그 위험이 있다
는 것이다. 그래서 인간이 지니고 있는 상상력을 문학에서만큼은 인
정하지 않으려는 풍토가 조성되어 있음을 최인훈은 우려하고 있다.
상상력을 활동시키고, 상상의식을 충분히 활용하면 더 높고 더 넓은
세계를 독자와 함께 공유할 수 있음에도, 그것을 묶어두는 바람에 다
른 예술 장르에서 보여지는 활기와 여러 겹의 미적 층위를 얻어내지
못한다는 것이다.

　『광장』이 비교적 '현실의식'에 충실하여 분단문제를 다룬 작품이
고, 『구운몽』이 『광장』의 내부를 이루는 '상상의식'에서 작동되면서
'사랑'의 문제를 재확인하고 있다면, 『서유기』는 한국 현대사의 근본
물음을 한층 깊어진 사유로 『회색인』의 내부를 드러내 보이는 작품이
다. 불교에서의 구도 과정을 우화한 중국의 고대소설 『서유기』의 여
로형을, 최인훈은 『서유기』에서 활용하고 있다. 『서유기』는 주인물인
독고준을 통해 불교에서의 자기 구원을 위한 도정으로 펼쳐가고 있는
것이다.
　그런데, 최인훈의 『서유기』는 중국의 『서유기』처럼 마귀를 퇴치하
는 방식이 아닌, 여러 역사 속의 인물들을 등장시키면서 자신이 현재
고통을 받고 있는 연원을 하나씩 하나씩 검토해 나가는 과정으로 진

---

59) 최인훈, 「소설과 희곡」, 『문학과 이데올로기』, 문학과지성사, 1996. 427면.
60) 위의 책, 428면.

행된다. 서유기의 줄거리를 요약하면 다음과 같다.

1) 새벽 두시, 이유정의 방에서 나온 독고준은 계단을 내려서다 체포되어, 2) 거미줄이 쳐진 어두운 돌 복도를 지나 방에 들어서 쇠고랑을 차게 된다. 3) 자기를 찾는 신문 광고를 보고 W시의 여름을 떠올리고, 4) 진찰실에서 간호원과 의사 둘을 만나 술잔치를 벌이다가, 5) 복도로 다시 나와 지하철 정거장으로 향하던 중 일본 헌병에 잡혀 지하실 복도를 거쳐 고문실로 끌려간다.(복도를 지나다 총독의 소리를 듣는다.) 6) 독고준은 고문실에서 논개를 만나고, 7) 다시 복도로 나와 정원으로 나선다. 8) 정원은 기차역의 앞이었다. 거기서 독고준은 역장을 만나, 9) 역장실로 들어서고 기차를 탄다. 10) 기차 안으로 상해정부의 방송을 듣다가 어린시절의 여름을 회상한다. 11) 기차 안으로 헌병과 간호원이 들어서서 승객을 검문한다. 12) 석왕사에 도착하여 다시 역장을 만난 독고준은 감찰관이 되어 역장의 소개로 죄수들을 보게 된다. 13) 의심 많은 사학자 죄수를 만나고, 이순신과, 원균의 말을 듣는다. 14) 역사(驛捨)에서 조봉암과, 이광수, 헌병을 대면한다. 15) 독고준은 문득 꿈을 꾸는데, 가을날 아침, 자신이 구렁이로 변신한 모습을 보고 깜짝 놀라게 된다. 16) 동생들에게 구렁이로 변한 자신의 모습을 보일 수밖에 없는 안타까움에 슬픈 나날을 보내다가, 17) 지난 중3 때의 어느 집 방공호 안을 회상하게 된다. 그와 동시에 자아비판회의 불안을 상기한다. 18) 꿈에서 깨어난 독고준은 예술이론에 관한 노트를 발견하여 독해하고, 19) 사무실로 들어서서 다시 역장과 이광수, 검차원, 간호원을 만난다. 20) 스피커를 통해 독고준은, 지난 자아비판회 교실에서 기소되어 북파간첩으로 몰리게 된다. 21) 그래서 그는 천주교당에서 교실로 들어서고, 지도원선생을 만난 후, 22) 석방되어 23) 자기 방으로 돌아온다.

이상과 같은 요약된 줄거리에서 보듯이, 『서유기』에는 스토리 상의 시간의 흐름은 작품의 표면에 거의 나타나 있지 않다. 새벽 두 시에 이유정의 방에서 나온 독고준이 계단에서 깜빡 잠을 자면서 꿈을 꾼 듯한, 환상의 혼돈 국면만을 보여줄 따름이다. 우리가 꿈을 꿀 때처럼 시간의 흐름은 감지할 수 없고 영상만 보여지듯, 『서유기』 또한 그러한 영상만 파노라마처럼 펼쳐져 있다.

최인훈의 「구운몽」도 『서유기』와 흡사한 구성으로 이루어져 있다. 독고민이 길을 따라 헤매는 국면과 쌍둥이처럼 닮아 있다. 「구운몽」의 주인물 독고민이 1) 관에서 계단으로 나서다가, 2) 자기 방을 들어서 편지를 발견하고, 3) 극장에 갔다가, 4) 찻집에 들렀다, 5) 거리를 헤매고, 6) 어떤 집안에 밀려들 듯 들어갔다가, 7) 감방에 갇힌 죄수를 보고, 별안간 체포되었다가 쫓기듯 달려, 8) 광장에서 다시 잡혀 죽음을 맞이한다. 독자는 소설을 읽다보면 시간의 흐름은 감지할 수 없고, 공간만이 명료하게 떠오르게 된다.

이를 두고 서은선은 '역사의 공시화'라는 명제 하에 『서유기』를 분석하고 있다.61) 최인훈의 소설에 대한 충분한 인식 하에서의 명명이라고 생각하는데 필자는 역사의 공시화라는 명칭보다는 '시간의 공간화'라고 표현하고자 한다. 시간의 공간화라는 개념은 정덕준이 그의 박사논문62)에서 현대의 시간 개념에 대한 인식을 설명하는 과정에서 베르그송의 '지속' 개념을 받아들이며 정리한 시도가 처음이고 가장 정확하다.

---

61) 서은선은 자신의 논문에서 '최인훈은 『서유기』에서 역사소설의 틀을 거부하였지만, 이런 역사적 인물들이 초점화자로서 최소한의 행위를 하고 그들 자신의 시각으로 내면의 관념을 드러내도록 하고 있다. 역사적 인물을 초점화하여, 그들의 입장과 담론을 독고민이 듣고 독자에게 보고하는 형식인데, 과거의 역사를 시공간을 초월하여 오늘날의 관점에서 다시 분석해보겠다는 작가의 의도에 중점을 두어 필자는 과거 역사의 공시화라고 이름을 붙여 보았다.' 면서 바흐친의 '통시성의 공시성화' 개념을 원용하고 있음을 밝히고 있다. 서은선, 『최인훈 소설의 서사형식 연구』, 국학자료원, 2003, 159면.

62) 정덕준, 『한국근대소설의 시간구조에 관한 연구』, 고려대 박사논문, 1984. 참조.

현대 사회에 있어서의 시간 개념은, 동시성의 체험 또는 영원한 현재(the New)의식이다. 시간을 진보와 발전의 개념으로 인식하거나, 우리의 삶을 죽음으로 이끌고 가는 파괴 요인으로 받아들이던 지난 시대와는 달리, 오늘의 시대에 있어서의 시간은 우리의 경험과 자아의 동일성을 형성해 주는 삶의 기본 범주가 되어 있다. 그리고, 이것은 시계 시간의 부정과 해체, 현현(顯現)의 시간 또는 시간의 대위법(對位法)으로, 바꿔 말해서 공간화된 시간으로 드러난다.63)

그러니까 공간화된 시간의 표현, 즉, 현대 소설에서의 시간의 공간화는 시간의 이동에 의한 사건의 흐름보다 주인물의 내면화된 상념과 연상의 흐름에 따른 작법이고, 이는 현대인의 미래에 대한 불안을 드러내보이겠다는 작가의 욕망과 깊은 관련이 있다.

시간은 영원의 차원이 붕괴된 뒤에도 인간이 여전히 안정감을 느낄 수 있는 친절한 수단은 이미 아니었다. 오히려 시간은 점점 인간의 작업과 가치에 대하여 중립적이며 관심이 없고 적대적인 매체로서, 고통과 불안의 근원으로서, 그리고 절망을 가져오는 원인으로 생각되고 있다.64)

근대 이후, 인간에게 주어졌던 시간이, 오히려 인간의 불안을 증폭시키면서 자아를 분열하게 하고 인간을 절망으로 치닫게 했다는 마이어호프의 위의 발언처럼, 시간은 독고준에게도 방황의 산물로 주어져 환상의 공간으로 향하게 하고 있다. 그래서 독고준은 이유정의 방을 나서고부터 시간의 계단을 디뎌보면서 안정을 느끼지만 계단이 끝남과 동시에 체포된다.

---

63) 위의 책, 117면.
64) 한스 마이어호프, 김준오 역, 『문학과 시간현상학』, 삼영사, 1987, 145면.

　　이 계단이, 이 규칙 바른 간격이 무한히 이어진다면 나는 이것만
자꾸 따라가면 되는 것이다. 그 밖에 아무 일도 하지 않아도 된다는
생각이 그에게는 구원처럼 생각되었던 것이다. 뙤약볕에서 해 종일
선을 보이고 섰던 노예가 매주(買主)를 만나서 값이 정해졌을 때의
기쁨을 생각하면서, 왜 그런지 그는 지금 자기가 먼 옛날의 아라비아
의 태양 아래를 걸어가고 있다는 확신을 가진다. 그래서 계단은 지루
하게 펑퍼짐한, 끊어짐이 없는 시간의 널조각을 자꾸 그의 발걸음마
다 펴간다. 거기에 반딧불처럼 명멸하는 아라비아의 태양이 낮과 밤
을 토막낸 것처럼 일식을 만들었다가는 풀고, 또 가리곤 한다. 계단
이 끝났다.[65]

　'노예'처럼 안정을 주던 시간은 계단이 끝남과 동시에 사라지고 독
고준은 혼몽의 공간 속으로 시간과 함께 빨려 들어간다. 그리고 '머리
를 듦'과 함께 체포되어 어두운 복도에 던져지게 된다. 독자는 이 국
면을 읽으며 시간을 잃어버리면서 독고준과 함께 공간에 붙박히고
말게 된다. 즉, 독자는 독고준이 활동하고 있는 공간만 오롯이 떠오르
게 되고, 시간은 멈춰지면서 미래의 시간을 궁금해 하게 된다.
　주인물의 공간의 이동은 대부분 길에서 이뤄지고, 무엇을 밟거나
밀리면서 전환한다. 시간과 함께 주어진 공간에서는 안정을 느끼지
만, 시계가 멈춰진 공간에서는 알 수 없는 불안이 엄습하듯, 독고준은
공간이 바뀔 때마다 문득 불안을 느끼게 된다. 물리학자들의 사유에
서 보여지는 우주의 다른 차원의 공간으로의 이동이 아마도 그렇지
않을까.

　　그는 가끔 벽을 만져 보았다. 벽은 지그시 그의 살갗을 맞밀어주
　　었다. 확실히 있었다. 그는 행복하였다. 기쁨이 손에 잡히는 형태로

65) 최인훈, 『서유기』, 문학과지성사, 1992, 12면.

있어 준다는 것은 황송스러운 일이었다. 이렇게 걸어가는데 갑자기 그의 발바닥이 물렁한 것을 밟으면서 그의 몸은 아래로 떨어졌다. 그는 정신을 잃었다. ……얼마나 되었을까. 그가 다시 자기를 찾았을 때 그는 어느 방안에 서 있었다.[66]

기차는 그의 머리에 무쇠의 바퀴답지 않은 가벼운 울림을 옮겨준다. 단단하면서도 부드러운 그 가락이 그지없이 포근하다. 그는 이대로 잠들고 싶다고 생각한다. 창으로 시원스런 바람이 달려들어와서 감은 그의 눈까풀 위를 스치고 넘어간다. 잠이 들었던가? 눈을 뜨면서 얼핏 그렇게 생각한다. 단잠을 자고 난 뒤끝처럼 몸이 풀린 기분이 있어서 그런가 싶지만 사실은 알 도리가 없다. 그는 시계를 가지고 있지 않다.[67]

시간이 공간화하는 순간은 최인훈 식의 의식의 흐름에 비유하면 '현실의식'이 '상상의식'으로 변환하는 지점이 되고, 또 소설 속의 어떤 상황에서는 '상상의식' 안에 또다른 '상상의식'으로의 공간이 형성되는 위치이기도 하다.

방안에는 정갈한 기운이 서리어 있고 창호지는 좀더 환해졌다. 일어나볼까. 마침내 그는 이불을 밀어붙이고 일어났다. 일어나려고 했다. 그런데 사실은 그렇게 하지 못했다. (…) 악? 그는 소스라치면서 그대로 굳어버렸다. 이런 일이. 이게 도대체…. 그는 속으로 꺽꺽 더듬거리며 두 번 세 번 머리를 저었다. 자욱한 안개가 눈 앞에 낀 듯이 느껴졌으나 다음 순간 말짱하게 개었다. 그가 본 것은 구렁이로 바뀐 자기 몸에 붙어 있는 손이었다. 손에는 팔이 없고 그 손은 몸통에 바로 붙어 있었다.[68]

---

66) 위의 책, 15면.
67) 위의 책, 93면.
68) 위의 책, 181면.

독고준이 이광수와 헌병과 윤정선을 남겨놓고 다시 길을 떠나다가 꿈을 꾸는 장면이다. 독고준이 이유정의 방에서 나와 계단을 내려가면서 상상의식 속으로 들어간 후, 더 깊은 상상의식 속으로 파고들어가는 지점이다. 독고준은 한 가족의 가장으로서, 장남으로서 부모 없이 자랄 동생들을 지켜야 하는 처지이지만, 구렁이로 변해버린 자신이 안타깝다. 그렇더라도 그는 동생들을 돌보아야 하므로 동생들의 일상을 알아보려 책상서랍과 물건을 뒤적이다가, 흔적을 남겨 동생들에게 서운한 말을 엿듣게 되어 고통스러워한다. 『서유기』의 전편에 걸쳐 가장 애틋한 장면이 아닐 수 없다. 독고준이 '의무의 끝장까지 가본 사람에게만 나타나는 신비한 얼굴'인 운명을 대면하려 찾은 W시에서의 그 여름보다, 지도원 선생과의 만남보다 더욱 운명스러운 장면이고, 괴이스러운 슬픔을 느끼게 하는 장면이다. 그래서 그 상상의식 속의 상상의 공간은 잔뜩 일그러져 있다. 그리고 그 속에서의 시간은 독자에게도 편치 않은 시간이다. 왜냐 하면 진공의 시간이기 때문이다.

> 카프카의 소설에서는 허구적 시간과 작중인물의 심리적 지속, 두 가지가 다 연대기적 시간의 어떤 고정된 표준으로 잴 수 없는 일종의 지속적 리듬에 속해 있다. 그러므로 이 두 가지는 완전히 연대기적 시간으로부터는 분리되어 있는 것처럼 보인다. 독자들은 시간 지속이 길이나 속도와는 분리되어 오직 그 강도에 의해서만 표시되는 일종의 악의 같은 시간 연속 속에서 시간이 진행되고 있다는 느낌 때문에 고통을 당한다.[69]

카프카의 소설을 읽으며, 주인물들의 활동과는 무관해보이는 시간의 흐름이나 시간의 급정지, 공간의 급작스런 이동 때문에 오는 곤혹

---

69) A.A. 맨딜로우,; 최상규역 『시간과 소설』, 예림기획, 1989, 176면.

스러움이 맨딜로우에게 위와 같은 발언을 하게 했을 것이다.『서유기』
도 독고준의 무시간적 관념에 우리를 동참시키면서 우리에게 매우
낯선 경험을 준다.

　서은선은 「구운몽」과 『서유기』에서의 시간의 공간화, 공간의 환상
성은 현대의 독자들에게 더욱 긴박한 흥미를 주기 위한 전략으로 쓰
이고 있다면서 '미로 이미지'라 표현하기도 한다.[70] 그에 의하면 미로
이미지는 1950년대 프랑스의 누보로망 작가들로부터 비롯되었다면
서, 근대 이후 산업화된 사회 속에서 심적 고통을 받는 현대인들의
모습을 반영하기 위한 구조 방식이었다는 것이다. 처음에는 공간에
환상을 부여하기 위해 활용되다가 주인물의 시,공간의 혼돈을 통해
독자에게도 혼돈을 주면서 미적 차원을 두텁게 하려는 시도였지만,
지금은 신화의 미로 이미지를 수용하여 1) 여행, 2) 시련, 3) 깨우침,
4) 부활의 과정으로 확장하여 플롯에 소용되게 한다는 것이다. 전통
적인 플롯을 해체하고 있다는 논지에서 『서유기』와 「구운몽」의 구조
를 정리하고 있는데, 필자는 위와 같은 주인물의 사건의 발생 경로가
오래 전부터 '신화'의 기본 구성이어서 신화의 해체보다는 신화의 복
원이라는 표현이 더 적합하지 않은가 생각한다.

　그리고 공간에 환상을 부여하여 특별한 공감각을 경험케한다는 측
면에서, 필자는 관념의 감각화, 혹은 최인훈 식의 표현으로 '사상의
의인화'의 방법이 『서유기』의 구성화 방식에 적극 활용되고 있다고
생각한다. '사상의 의인화'라는 표현은 최인훈이 『광장』 발표 이후, 자
신의 문학적 행보를 가리키면서, 『서유기』를 집필하며 겪었던 마음을
토로한 글에서 발견할 수 있다.

　　『서유기』에서는 <자기 안에 있는 남(그러면서도 자기 안에 있고
　　보면 그것은 자기이기도 한)>, 그러한 의식의 구조를 탐구해 보았다.

---

70) 서은선, 앞의 책, 164면.

이것은 일종의 교양소설이지만, 종래의 것과 다르다면 의식해서 인문적 사색 대신 사상을 의인화해서 사상의 극, 사상의 서사시 같은 느낌을 준 것과, 이러한 탐구의 <내용>만이 일원적으로 작중 공간에서 객체화되지 않도록 하기 위해서, 이런 사상조차도(말할 것도 없이) 주인공의 의식이기도 하다는 것을 나타내기 위해서 일부러 계산된 단절과 지리멸렬의 분위기를 띈 전개를 택했다.71)

『서유기』에서 시간이 공간화된 국면은 사유가 의인화, 혹은 관념이 감각화되는 경우가 많다. 관념을 감각화하는 방법은 특히 시의 창작에서, 특정 관념을 객관화시키고 유형화하기 위해 시적인 공간을 형성하는 방법이다. 다시 말해서 추상적인 느낌이 감각화될 수 있는 구체적 국면을 설정해야72) 비교적 독자에게 언어로 감각을 전하기 쉽기에 그러한 기술법을 구사하게 된다.

『서유기』에서의, 시간이 공간화된 각 국면이 바로 그러할 것이다. 구렁이나 변호인으로의 '변신', 스피커나 라디오에서 나오는 '소리'가 그 기법의 발현이다. 즉, 적극적인 환각이거나 환청이 바로 그런 방식의 표현이다. 독고준은 처음 체포되었을 당시부터 주파수가 맞지 않는 라디오 소리를 듣기 시작하고, 파출소에서, 기차 안에서, 총독의 소리를 듣고, 그 여름의 교실에서 라디오 소리, 확성기 소리를 듣는다. 이는 독자로 하여금 사유의 적극적인 의인화의 방법을 통해 '상상의식'을 극대화시켜 환상을 체험케 하려는 창작방법이다.

최인훈의 '의식의 흐름도'에 대입하면 현실의식 상태에 있는 독자에게 상상의식을 전이하는 방법이고, 상상의식 속, 현실에서 받아내었던 '감각 – 지각 – 표상 – 개념'의 인식과정을 거꾸로 소통하게 하는 방법이라 볼 수 있다.

---

71) 최인훈, 「원시인이 되기 위한 문명한 의식」, 『길에 관한 명상』, 솔과학, 2005, 23면.
72) 오규원, 『현대시작법』, 문학과지성사, 1998, 220면.

이렇게 최인훈은 감각예술이 아닌 문학예술이 갖고 있는 난제를 자신의 창작방법론으로 극복하고 있다. 독자는 그를 읽어나가면서 색다른 그림을 보는 듯한 경험을 하면서 무한을 체험할 것이다. 더불어, 우리 역사의 중요한 지점에 섰던 인물들의 음성을 듣거나 총독의 소리를 들으면서 우리 역사에 대한 색다른 시각을 얻게 될 것이다.

독고준이 만나는 역사적 인물들은 논개, 이광수, 원균, 조봉암 등이다. 그리고, 북한 사회를 대표하는 인물로는 지도원 동무이다. 독고준 자신의 운명을 결정지었던 그 여름 날을 찾아 여로에 오르는 과정이 『서유기』의 핵심 사건으로 설정되어 있다. 그 과정에서 만나는 인물들은 결국 그가 현재에 있기까지 역사의 중심에 섰던 사람들이다. 그러니까 『서유기』는 신식민 하에서 독고준이라는 지식인의 현재의 정체성을 찾는 과정이라고 할 수 있을 것이다.

> 3백년을 내리… 나는 그래도 기다렸습니다. 당신이 오실 줄 알았으니까요.(…)밤마다 총독이며 총독부의 아전 나부랭이며 조선인 통변 · 첩자들의 더러운 방송을 틀어놓고는 듣게 합니다. 어쩌면 내 동포 중에 그런 사람들이 있습니까? 밸이 썩어 문드러지고 가슴에 곰팡이 낀 작자들이 조선인은 성격이 나쁘니까 성격을 고쳐야 한다고 짖어대더군요. 늑대를 책하지 않고 양을 타박하는 끔찍한 소리를 하는군요. 그런 소리를 버젓이 하게 놔두는 바깥 세상은 지금 어떻게 돌아가고 있는 건가요, 네? 놈들은 아직 물러갈 기미가 없는가요? 이순신은 아직 해상에서 항전을 계속하고 있는가요?[73]

논개가 살아남아 300년 동안 고문을 받고 있음에도, 외부의 현실은 변함이 없다. 조선인들은 여전히 일본의 영향 아래 일본에 내통하거나 고통을 받는 중이다. 그래서 헌병이 독고준에게 논개를 구하라고,

---

[73] 최인훈, 『서유기』, 문학과지성사, 1992, 44면.

'개인을 버리고 민족에 봉사하라'고 하지만, 독고준은 스스로를 '쓰레기', '벌레'라 비하하며 세상에 아무 바라는 것이 없고, 단지, 여름의 그 현장을 확인하고픈 희망밖에 없다고 한다.

　역장의 안내로 의심 많은 사학자 죄수와의 면담을 통해서도 독고준의 입장이 잘 반영돼 있음을 알 수 있다. 사학자는 '민족성'이란 신기루일 뿐이며 '문화형'이 더욱 타당하다는 의견을 제시하고 있는데, 문화형이란 '생각하는 방식'을 의미한다고 한다. 그는 '어떤 국민이 실패를 했다면 그것은 그들에게 뛰어난 생각하는 방식이 없었기 때문이'라며 우리의 예로 신채호의 이론을 내세운다. 국학파와 외학파의 대결에서 국학파의 패전이 '5천년 이래 최대의 사건'이라는 가설을 말하고 인화(人和), 곧 겨레에 대한 '사랑'이 없는 민족주의는 의미가 없다고 사학자는 설파한다. 그래서 이순신을 증인으로 내세워 이순신에게 혁명이나 왜 침략에 대한 생각을 묻는다.

　　　사학자 "왜 본토에 상륙해서…"
　　　이순신 (낯을 찌푸리면서) "바른 정신으로 하는 소리요, 그게? 상륙을 해서 내가 소서행장 노릇을 하란 말이오? 원래 왜란의 근본이 풍신수길이가 글이 없어, 국제 정세에 어두웠기 때문에 일어난 것입니다. 그는 명을 쳐서 천하를 얻겠다는 것이 소원이었습니다. 천하는 그가 얻지 않아도 천하입니다. 천하는 천하의 것입니다.
　　　(…)
　　　사학자 "― 다시 말해서 혁명하실 생각이 없으셨는지요?"
　　　(…)
　　　이순신 "간신이 있다 해서 사직을 바꿀 수는 없소. 선왕지도(先王之道)가 하나인데 무슨 명분으로 천하를 빼앗는단 말이오. 골탕먹는 건 백성뿐이오. 조선 왕조가 들어설 때 이미 피는 흘릴 만큼 흘렸소. 만일 천하를 걱정하는 사람이 있다면 그는 자기 자리에서 천하에 유익한 일을 하면 되리라 믿소. 만일 내가 천하를 엿보았다면 또 숱한 사람이 죽어야 했을 게 아니오? 그러면 백성은 하루도 편한 날이 없

었을 것이오.[74)]

　이순신이 갖고 있던 민족에 대한 이해와 백성에 대한 사랑은, 사학자의 풀이라면 절제, 극기, 봉사하는 계급인 '양반', 혹은 막스 베버의 '근대 시민'의 태도라는 것이다. 이는 최인훈의 생각이라고도 할 수 있을 것이다. 『서유기』의 심층적인 측면에는 젊은 지식인 독고준의 생각이기도 하지만, 표면상으로 독고준은 그저 그 여름날을 확인하기 위한 생각뿐이다. 그에게는 양반, 시민 따위는 안중에도 없고, 생각하는 방식의 변화를 행동으로 보여주겠다는 의지라고는 전혀 없어 보인다.

　한편으로, 젊은 지식인 독고준은 이광수를 만나면서 좀더 가까운 우리의 역사와 문학의 관계를 고민한다. 이광수는 식민화된 지식인의 전형으로 민족성보다 '문화형'에 가까이 다가간 인물이라고 할 수 있다. 문학예술을 통한 겨레를 사랑하는 마음이 탐미주의자나 복고주의자보다 더했던 사람이었다.

　　고통스러운 근대인의 드라마를 곧바로 걸어간 사람이 있습니다. 이 사람을 보십시오. 이광수 선생입니다. 그는 동시대 동료들이 탐미로, 복고로, 은둔으로, 풍월로, 서민 취미로 각기 비켜섰을 때, 근대 문학의 결론의 예각(銳角)한 창 끝으로 곧바로 걸어갔습니다. 그리하여 그는 배신했습니다. 스스로와 민중을, 믿음이 있었으므로 배신이 있었던 것입니다. 돌을 던질 사람이 있거든 던지십시오.[75)]

　근대 이후 종교와 정치가 분리되면서 문학예술도 정치에 대한 입장을 밝힐 수 있고, 또 적극적으로 현실의 삶을 반영하기 위해서 정치를 담지하지 않을 수 없다면, 사회를 외면하고 내면의 추구나 미를 탐하

---

74) 위의 책, 118~119면.
75) 위의 책, 177면.

는 문학보다 더 시급한 것은 정치와 사회에 대한 올바른 판단 아래, 정확한 진단을 전하는 문학이라 할 수 있을 것이다. 이광수는 그에 충실하려 한 문학종사자였지만, 정확한 진단을 내리기 위한 정보 수집과, 정세 판단을 위한 노력의 미진함과 판단의 섣부름이 있었다는 것이다.

이광수에 관한 최인훈의 견해를 그의 여러 작품과 에세이를 살펴보아 정리하면, 최인훈은 이광수에게, 당대 지식인을 주인물로 내세우면서 적극적으로 현실을 반영하는 글쓰기를 보이고 있어, 문학인으로서 '풍월'을 노래하던 다른 작가보다 좋은 평가를 내리고 있지만, 광복 즈음의 친일 운운하던 그의 언행에 대해서는 비판하고 있다.

그리고 더욱 비판하고 있는 것은 이광수 개인을 그렇게 몰고 갔던 그릇된 이데올로기의 구조와 사용에 있다. 일본의 제국주의로 서구의 침략적 자본주의를 막을 수 있다면 주변의 식민국민들이 일본의 제국주의에 동조해야 한다는 논리인 것이다. 최인훈은 이를 비판하고 있는 것이다. 그러려면 어쩔 수 없이 한 민족의 문화형을 포기해야 하는데, 그러기에는 한민족의 역사가 너무 억울하고 민족에게 비겁한 일이 아닐 수 없을 것이다. 민족 전체뿐 아니라 개개인은 노예가 아닌, 주인이 되기도 할 텐데 계속 노예로 살아가라는 이광수의 오판은 비판해야 할 것이다.

독고준은 이광수를 모시고 남아 있으라는 헌병의 제의에 '가 볼 데가 있다'면서 도망치듯 기차에 오른다. 역사적 인물들을 만나면서 독고준은 늘 머뭇거리며 판단 유보의 입장에 서 있다. 헌병이나 역장이 독고준에게 역사적 인물 곁에 남아 있어 도우라 해도 독고준은 뿌리치고 빠져나온다. 그러나 우리는 독고준에게 왜 그렇게 개인적이며, 진취적이지 못하고, 호방하지 않은가를 탓할 수 없다. 그의 입장 표명이 미온적이고 불분명한 이유는 그가 겪었던 상처 때문인데, 그 상처를 치유할 수 있는 방법은 결국 그의 몫이다. 그는 자신의 몫으로 '시간'을 내세운다. '시간'은 역사와 기억의 문제와 밀접하게 연관돼 있다.

독고준이 지금 받고 있는 정신적 고통은 우리 역사의 잘못된 근대 이식에 있다고 할 수 있을 것이다. 그 연원이 일제 식민 시절, 아니 그 이전의 조선조의 그릇된 정치에서부터 시작되었다는 가정 하에 중국고대소설『서유기』의 자기 구원의 여로처럼 독고준은 의식의 여로를 거치게 된다. 그 과정에서 논개, 이순신, 원균, 조봉암, 이광수 등 주요 인물들과의 만남을 가지면서 자신의 업을 하나씩 하나씩 제거하는 참구에 들어서는 것이다.

독고준이 지금 받는 고통의 가장 직접 원인은 바로 W시의 중3시절, 소집 명령을 받고 달려 갔지만 허망하게 비어 있던 여름날의 기억이며, 그 전의 자아비판회 사건이었다. 독고준에게 있어 여름날의 방공호의 기억과 자아비판회 기억이 그의 지금의 운명을 결정짓게 했고, 그 기억을 찾아 헤매는 과정이『서유기』의 전개 방식이다. 중국의『西遊記』가 서방정토를 찾아가는 구조이듯, 최인훈의『서유기』도 그와 같은 여로를 통해 독고준의 업을 소멸시키려는 것이다. 대승불교에서 진여의 모습을 보기 위해 진정한 자아를 찾아가는 과정이 바로 이와 같을 것이다.

작가는 본각에 이르지 못하는 원인을, 우리 근현대사의 우여곡절의 지점에 있었던, 주요 인물들의 역사 인식에 있음을 알고, 독고준을 통해 그들을 만나게 함으로써 무명을 하나씩 하나씩 제거해나가도록 장치해놓은 것이라 할 수 있다. 마지막으로 독고준은 근본 무명이라 할 수 있는 자아비판회 사건으로 진입하여 지도원 선생과 만남을 가진다.

독고준 "저는 있을 수 없는 일이라고 생각합니다."

지도원 "생각합니까? 생각했습니까?"
독고준 "그때 느낌을 지금 반성해보면 그렇다는 말입니다."
지도원 "그러니까 과겁니까? 현잽니까?"
독고준 "과거이기도 하고 현재이기도 합니다."[76)]

자아비판회는 최인훈 문학의 원형 사건이라 할 수 있는데, 『회색인』
에서 잠시 언급되면서 『서유기』에서도 다시 검토되고 있으며, 그의
말년의 역작인 『화두』에서의 핵심기억으로 작동하고 있다. 우리에게
있어 아직은 어리다고 할 만한 근대화처럼 어린 소년에게 과도한 부
담을 지워준 자아비판회 사건이야말로 독고준에게 가장 커다란 마음
의 상처여서, 본각을 가로막게 하는 근본 무명이라 할 수 있을 것이다.
독고준은 이제 그것을 깨쳐나가고 있다. 그리하여 그 사건은 과거이
면서 늘 현재이기도 한 것이다.

독고준 "무서웠기 때문입니다."
지도원 "나는 동무가 훌륭한 소년단원이 되게 하기 위하여 동무의
과오를 고쳐주려고 노력하였습니다. 그것이 무서웠던가요?"
독고준 "당신은 나를 사랑하지 않았습니다."
지도원 "당신은 인간이 인간을 사랑해야 한다고는 믿습니까?"
독고준 "어떤 경우에는 그래야 한다고 생각합니다."
(…)
독고준 "인간이 된다는 것은 그 아동이 살고 있는 사회의 약속을
배워나간다는 말입니다. 그러므로 아동은 그 사회의 약속을 모른다
는 것을 전제하여야 하며 약속을 모르는 자가 저지른 실수는 비판이
아니라 숙달 통보(通報)를 반복함으로써 시정되어야 할 것입니다. 그
런데 선생님은 마치 약속을 잘 아는 사람이 일부러 어긴 것처럼 공
박하고 인민의 적이며 부르조아라고 협박하였습니다. 당신은 공화국

---

76) 위의 책, 275면.

의 벗을 만들어내는 것이 임무였음에도 불구하고 공화국의 적을 만들어냈습니다. 그것도, 있지도 않은 적을 말입니다.[77]

사회를 움직이는 이데올로기를 독고준은 비판하고 있는데, 결과적으로 인간의 이성의 잘못된 사용을 따지고 있다. 다시 말해서 끊임없이 적을 만들어내는 사랑 없는 이데올로기를 비판하고 있는 것이다. 독고준은 벗도 적도 아닌 사랑의 이름으로 부를 수 있는 이성을 원했던 것이다.

> 지도원 "무슨 말인가?"
> 독고준 "남반부의 한 줌도 못되는 부르조아들이란 당신이 만들어낸 허깨비다. 그런 건 없다."
> 지도원 "이승만 괴뢰 집단이 없단 말인가?"
> 독고준 "없다. 철옹성 같은 북반부의 민주 기지라는 허깨비 속에서 당신들이 보고 대회 때마다 만들어내는 인민의 단결이 허깨빈 것처럼 모두 허깨비다."
> 지도원 "허깨비란 무엇인가?"
> 독고준 "허깨비란, 있지 않은 것이다. 즉 허깨비다."[78]

자기를 찾는 일은 결과적으로 역사의 인물에게서 얻어낸 이성적 성찰뿐 아니라 그것조차도 '허깨비'임을 자각하는 것이다. 모두가 허깨비임을 자각하면서 독고준은 비로소 자기를 찾을 수 있게 되고, 상처를 치유할 수 있게 된다. 즉, 예술적 주체인 DNA∞의 위치에 올곧게 서는 것이다. 그러나 그 자각은 앞서 살펴보았듯이 사랑이 담보되어야 하고, 문학예술에서는 공간화된 시간에서 얻어지게 된다.

작가는 독고준의 변호를 맡은 역장의 변론을 통해 '공간론'을 마련

---

77) 위의 책, 277~278면.
78) 위의 책, 279면.

해 놓아 독자에게 허깨비의 실체와 올바른 사용, 그리고 예술주체의
상황에 대해 설명해놓고 있다.

　　요약하면 정신은 내외공간으로서 이 공간의 숙련 노동자인 시인
이 모든 정치 형태의 권력자가 되어야 한다는 것이어야 하며 이것을
도시(圖示)하면, 그림과 같이 되는데 이것을 명제화(命題化)하면 세
계는 노동이며, 노동은 내외공간으로 그 장(場)이 나누어지며, 내공
간 노동을 이데올로기(혹은 종교, 혹은 사고(思考), 외공간 노동을
생산(속칭 노동)이라 하며, 내외공간을 막론하고 노동(이데올로기 및
생산)은 개인을 매개로 하며, 개인의 매개를 통한 노동(사고 및 생
산)만이 탄력점(존재의 극한, 생명의 실감(實感),행복)에 도달하며,
노동량의 증대가 역사의 진보이며, 노동량의 절대적 부족, 노동량의
내외계에서의 불균형, 노동 과정에서의 개인의 매개의 저해가 사회
및 개인의 불행, 악, 병폐를 가져오며 다음 맹점 B는 현세계에서의
이데올로기적 대립은 노동의, 같은 수준의 '기술' 형태 위에서의 대
립이며 봉건 제도와 자본 제도와의 사이에 있었던 이질(異質)의 격
차에서 대립되어 있는 것은 아니라는 것, 같은 노동 기술 수준 위에
서의 이데올로기의 우열 주장은 필경 관념론이라는 것, 그것은 순수
사변적으로 우열이 없는 달걀과 닭의 말씨름이며 그 까닭은 존재(存
在)는 그 자신 모순의 상태로 존재하는 것이므로 빵은 있으나 자유
가 없고 자유는 있으나 빵이 없다는 악순환은 피할 수 없다는 것[79]

---

79) 위의 책, 285면.

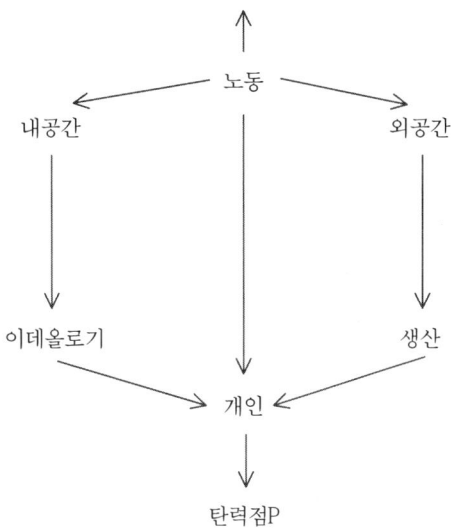

도형처럼 노동은 내,외공간으로 나눠지고 내공간은 관념의 노동, 외공간은 생산의 노동으로 나눠지는데, 이를 통합하는 것은 탄력점에 있고 그 탄력점 끝에 '시인'이 서 있어야 올바른 사회를 유지할 수 있다는 것이다. 그러니까 사회를 움직이는 질서는 시인으로부터 나와야 한다는 논리이다. 이는 새로운 문화형, 생각하는 방식의 새로움을 제시하고 있는 도식인데, 『서유기』에서 독고준이 만나보고 확인한 우리의 역사의 결과로 잘못된 근대화의 방향을 재설정하는 방법론이기도 하다. 근대 이전의 통일된 원리를 근대 이후에는 '말'의 종사자인 시인의 주도 하에 세워지는 원리여야 평화를 얻게 된다는 것이다. 곧, 사랑의 기술과 시간의 공간화에 특별한 능력을 가진 새로운 제사장인 시인이 평화를 가져다 줄 것이라는 메시지를 던져주고 있다.80)

---

80) 최인훈은 그의 산문 「居仁遊藝」에서도 이와 흡사한 발언을 하고 있는데, '윤리에 좌절한 경우에도 내일의 윤리에 대해 예술은 이해하고 희망을 준다. 거인(居仁)과 유예(遊藝)는 이렇게 서로 관련된다. 훌륭한 예술가가 되려는 사람은 인간의 현실적 최고 가치인 윤리적 가치에 대해 스스로 연구하고 체험하고 존중하는 경험을

시간을 공간화한다는 것은 사유를 의인화, 관념을 감각화한다는 것과 동일하고, 철학과 사상, 이데올로기를 인간화한다는 것이고, 그것은 곧 말을 닦는 언어예술가의 역할이라고 볼 수 있으며, 그를 통해서 자기를 닦는다는 것을 의미한다.

독고준이 만나는 여러 역사적 인물들은 어쩌면 독고준 자신일지도 모른다. 자신을 찾아가는 『西遊記』의 여로에서 손오공이 자기 털을 뽑아 여러 자기를 만들어서 마귀를 퇴치하듯, 독고준은 여러 자기를 만들어놓고 그들을 통해 자기의 원초적 상처를 치유하려는 것이다. 그리고 그 치유 방식은 독고준 개인의 차원을 넘은 우리 민족 모두의 치유방식이라 할 수 있다. 결과적으로 최인훈은 독고준을 내세워 우리 근대 역사의 오류를 바로잡고 근대를 바로 세우고자 한 것이다.

가져야' 한다며 사랑과 예술의 합일이 인간사에 있어 가장 이상적이며 훌륭한 형태의 결합으로 보고 있다. 최인훈, 『길에 관한 명상』, 솔과학, 2005, 117면.

2. 의식의 극대화로 가상현실의 창출 -『총독의 소리』,『태풍』

제2부의 1장에서 살펴보았듯이, 최인훈은 그의 문학론에서 문학과 현실의 관계, 문학과 정치의 경계에 관해 말하면서 문학이 취할 수 있는 소재의 광범위성과 예술로의 전이 과정을 제시하고 있는데, 그것이 담론의 차원에서 적극 실험되고 있는 소설이『총독의 소리』이다.

> 문학도 예술인 한에서는 그것이 아무리 현실의 記號로서의 성격을 가진 언어를 택했을망정 예술로서의 차원을 유지하자면 현실을 부정하는 조작을 거치지 않으면 안 된다. 음악처럼 그 매재 자체가 비현실적인 사물이라는 혜택을 가지지 못한 문학은 比喩와 虛構라는 조작을 통하여 현실의 기호인 언어를 현실을 부정한 사물로 昇格시킨다. 여기서 우리는 문학의 비극적 이율배반의 운명을 발견하게 된다. 즉, 문학은 그 매재 때문에 뛰어나게 현실적이어야 하면서 예술이 되기 위하여는 현실을 부정해야 한다는 사실이다.81)

위의 인용문에서처럼 최인훈에게 있어 문학이란 현실을 현실적으로 부정하는 환상인 것이다. 작품 안에서의 현실이란 상상력을 발동시킨 약속된 환상인 것이고, 그것은 주체와 객체가 따로 없는, 즉 기호 행동 스스로가 현실 행동이 되는 상태를 의미한다.

그런데, 음악이나 미술과는 달리 문학은 그 표현 도구가 기표와 기의 두 가지 특성을 포함하는 언어여서 문제가 생긴다. 언어는 그 기호 자체가 현실의 정보를 전달하는 수단이면서 동시에 예술의 표현 주체가 되기에 언어를 다루는 작가는 언제나 현실의 변화에 민감해야 한다. 언어는 그 안에 담고 있는 의미가 곧 현실을 말하고 세계를 말하고, 변화를 말하는 것이기에 그렇다. 최인훈은 언어가 예술의 매제로 채택될 때는, 추상적이면서 구상적이어야 하고, 그림자이면서 뜻이기

---

81) 최인훈, 「문학과 현실」,『문학과 이데올로기』, 문학과지성사, 1995, 32면.

도 함과 동시에 방법이면서 풍속이어야 한다고 말한다.

　문학에서 정치를 다룰 때에도 마찬가지의 원리가 적용됨은 물론이다. 현실의 정치가 예술적인 현실로 상승해야 진정한 문학예술작품이 될 터인데, 사회의 일원인 작가가 취해야 할 현실적인 정치에 대응하는 입장을 올곧게 갖추기에 매우 어렵다. 다시 말해서 풍속을 방법화시켜야 하는데, 그 기준을 세우고 선택한 입장을 견지하기 어렵다.

> 　문학은 人事・자연・冥界 어떤 것이든 소재로 삼을 수 있다. 따라서 인사의 일부분인 정치도 예외는 아니다. 소재로서의 정치를 택하는 경우에도 작가의 태도는 여러 가지일 수가 있다. 다만 모든 경우에서 불가결한 단서는, 작가의 정치적 입장은 현실의 어떤 정치 이론, 정치 현실이라 할지라도 백지위임적(白紙委任的)인 신임, 절대적인 신뢰를 부여하는 것이어서는 안 된다는 점이다. 작가의 정치적 입장은 <정치적 유토피안>의 그것이어야 한다고 표현하면 어떨까. 어떤 현실의 정치도 궁극의 것으로 받아들여서는 안 된다는 것이 근대인의 정치감각이기 때문이다.[82]

　최인훈에겐, 문학의 그릇으로 담지 못할 것은 없고, 정치도 그러한데, 단, 문학이 정치를 담을 때는 하나의 정치적 입장에 서서 가치를 부여해서는 안 되고, 정치적 입장에 대해 '유토피안'적인 견해를 유지해야 한다는 것이다.

　그러니까 예술가로서, 진정한 경계인으로서 풍속을 받아들이는 자세는 '정치적 유토피안'을 향하고 있어야 할 것이다. 그를 유지하기 위한 방법론을 제시하고 그에 의해 창작 활동을 해 나가야 한다.

　그의 다른 소설에서 정치적 입장에 대해 피력할 때도 그렇지만,『총독의 소리』는 특별히 '정치적 유토피안'에 대한 집요한 성찰의 결과물로 우리에게 놓여 있는 작품이다. 정치적 상황이 정치가뿐 아니라 일

---

82) 위의 책, 293면.

상인들에게도 그대로 생활이 되어버린 근대 이후의 세계에서, '정치'
란 모든 사람의 삶과 현실의 문제를 좌우하고 삶의 국면을 뒤흔드는
근원이면서, 동시에 결과이기도 하다. 그러니까 정치가 곧 삶인 것이
다. 그러므로 언어예술가에게 있어 정치는 소재이면서 곧 내용이고,
그 자체가 형식이 될 수 있다. 그리고 그 작동의 원리와 작동의 결과
물로서의 텍스트를 수용하는 것 또한 정치적 행위라 할 수 있을 것이
다. 최인훈은 그러한 문제를 늘 원리화하면서 형상화하는 작업에 자
신의 문학적 열정을 바치고 있는데, 『총독의 소리』는 특히 방법상의
파격이 돋보이는 작품이다.

『총독의 소리』는 1967년 신동아 2월에 1부를 발표하기 시작하여
1976년 한국문학 8월호에 4부를 발표하면서 전 4부의 형식으로 기획
되어진 소설인데, 내용은 모두 구체적인 한국의 현실 정치에 대한 비
판으로 되어 있다. 「총독의 소리 I」은 남한의 부정선거와 4.19의 좌절
에 대한 비난이고, 「총독의 소리 II」는 1.21 무장공비 침투 사건과 미
군 함정 푸에블로호 납치 사건 등 북한 문제에 대한 토로이다. 분단의
고착화 과정에 일본의 역할과 미국의 개입을 비판하는 내용이다. 「총
독의 소리 III」은 일본 작가 가와바타 야스나리의 노벨상 수상과 관련
하여 한국의 민족성을 야유하며 문화주체로서의 자각을 일깨워 주는
내용이고, 「총독의 소리 IV」는 유럽의 제국주의 팽창과 냉전의 논리
가 약소국에게 얼마나 가혹한가를 7.4 남북공동 성명에 맞추어 재확
인하는 내용이 주가 돼 있다.

『총독의 소리』에 대한 연구는 최인훈의 다른 작품에 비해 활발하지
않고, 연구의 범주도 대부분 형식의 새로움에 맞추어져 있는 실정이
다.[83] 특히 형식의 새로움에 관해서는 바흐친의 이론을 원용하고 있
는데, 적절한 이론의 도입이라 생각한다. 바흐친에 의하면 소설이란

---

83) 대표적인 평문과 논문은 권영민, 「정치적인 문학과 문학의 정치성」, 작가세계,
    1990, 가을호, 서은선, 『최인훈 소설의 서사형식 연구』, 국학자료원 2000 등이 있다.

'한 시대를 충분하고 포괄적으로 반영하는 것'이라 정리하고, 소설에
서의 언어란 '한 시대의 모든 사회·이념적 음성들, 곧 한 시대의 모든
중요한 언어들을 묘사하는 것'이어야 하며 그리하여 소설 전체의 담
론은 '다양한 언어들의 소우주가 되어야 한다.'고 제시한다. 그러한
'다양한 언어들은 각자 자기 나름의 방식으로 세계의 편린들과 구석
구석을 반영하면서 서로 마주보고 있는 거울들처럼 우리로 하여금
그들이 상호조명하면서 반영하고 있는 부분적 측면들의 배후에서, 단
일한 언어, 단일한 거울에 포착되는 것보다 더욱 많은 다양한 지평을
가진 세계를 짐작하고 파악하도록 요구한다.'84)면서 언어가 사회와
역사와 무관한 것이 아님을 강조하고 있다. 이는 최인훈의 '풍속+방
법'으로서의 언어예술론과 크게 다르지 않은 주장이다.

특히 바흐친이 제기하는 언술의 여러 유형 중에서 '복수 방향적 언
술'85)은 라디오에서 전달되는 언술로 「구운몽」, 『서유기』에서도 사용
되다가 『총독의 소리』에 이르러서는 적극 수용된다. 이 같은 언술을
두고 바흐친은 '표층적인 언술이 작가의 의도와 상충되는 경우로서
모든 종류의 패로디적 서술'의 방법으로 설명하고 있는데, 『총독의 소
리』가 이에 적합한 텍스트이다. 최인훈 식의 표현으로는 '현실을 부정
하는' 방법적 언술로 활용되고 있다해도 무방할 것이다.

인물이 활동하면서 사건을 일으켜나가는 정통적인 서사 구조와 이
야기 형태가 아닌, 총독이라는 존재의 일방적인 연설만으로 이뤄진
이 『총독의 소리』에서의 언술은 한국의 현실 정치를 풍자하는 것이지
만 한국의 현실 안에서 메시지가 전달되는 것이 아니라 한국 밖(지하)
일본 총독의 입에서 발설되는 것이기에 보다 객관적인 '현실의 부정'
의 입장이 뚜렷하게 드러나 있다.

그러한 제시는 '매체가 메시지'라는 M.맥루한의 유명한 정언86)을

---

84) 미하일 바흐친, 전승희 외 역, 『장편소설과 민중언어』, 창작과 비평사, 1988, 247면.
85) 김욱동, 『대화적 상상력-바흐친의 문학이론』, 문학과지성사, 1988, 191면.

환기시키고 있으며, 라디오의 소리라는 매체가 갖는 구조적 형식 자
체가 곧『총독의 소리』의 중심 주제라 할 수 있다. 라디오라는 대중매
체는 권력을 가진 중심 영역이 하부 영역으로의 정보 전달을 순식간
에 가능케 하는 도구로 더할 나위 없이 훌륭한 장치라 할 수 있을
것이다. 보다 신속하고도 광범위하게 의사를 전달할 수 있는 매체의
발달은 국제체계의 중심부에 있는 지배세력이 갖는 권력의 구조 아래
로 그들의 필요에 의해 변질될 수도 있을 것이다.[87] 정치적 의미에서
대중매체란 사회적인 산물이고 따라서 사회의 기존 권력체계의 전략
적인 목표를 달성하기 위하여 생산되어지기도 하는 까닭에, 실제로는
기존 지배세력이 지배력을 강화시키는 봉사를 행사하게 되며 그것은
곧 사회의 기본적인 커뮤니케이션 양식을 결정 짓기도 한다. 결국 대
중매체는 가치 중립적이고 자유적인 것이 아니라 언제나 이데올로기
적인 성격을 지닌다고도 볼 수 있다.『총독의 소리』에서의 라디오라
는 매체, 조선 총독부 지하부에서의 전달, 총독의 일방적 담화 등은
매체가 갖는 이데올로기적인 성격을 그대로 받아들이고 있다. 최인훈
은 이와 같은 소설적 방법을 통해 현실에 대한 부정을 수사적으로
접근하고 있고, 그것은 그 자체가 메시지로 우리에게 다가온다.

　우리에게 있어 일본은 우리의 근대사를 왜곡시킨 제국주의의 부정
적인 국가이다. 특히 조선총독부는 조선의 식민화를 공고히 하는 제
도였고, 독립 단체뿐 아니라 대부분의 조선 사람에게는 증오의 대상
이었다. 최인훈은 바로 그러한 조선총독부의 총수인 총독의 입을 빌
어 현대 한국의 정치 상황에 대해 신랄하게 비판을 가한다. 한국의

<hr/>

86) 마샬 맥루한이 그의 저서『미디어의 이해』,(박정규 역 삼성출판사, 1977.)에서 이
　같은 표현을 한 이래 많은 매체학자들뿐 아니라, 인문학자들도 자주 원용하고
　있다.
87) 대중매체와 대중문화에 대한 비판적 견해를 갖고 있는 학자들은, 매체는 제국주
　의적인 이데올로기 장치라고 한다. 그리고 매체 안에 담긴 프로그램 또한 제국
　주의자들의 문화 침투의 자연스러운 기반을 제공해 주는 것이라 주장한다. 양건
　열,『비판적 대중문화론』, 현대미학사, 1997. 참조

독자 입장으로 보면 그러한 독설이 야유나 비아냥거림처럼 느껴져 유쾌한 독후감을 기대하기 어려울 터인데 이는 최인훈이 의도한 것으로 보인다.[88] 그러니까, 현실을 부정하는 주체를 긍정적인 인물이 아닌, 부정적인 인물로 내세워 더욱 철저하게 현실을 부정함으로써 현실을 직시해야 한다는 작의가 충분히 반영되어 있다.

식민주의자의 담론을 통해 탈식민주의적 시각을 확보하겠다는 작가의 이 같은 전략은 식민지 지식인이 갖고 있는 이중의, 혹은 모순된 세계관을 반영하는 차원을 넘어 새로운 수사를 가능케 한다. 즉, 식민자의 말을 빌어 피식민자의 잘잘못을 짚어내고 식민자 또한 비판하는 이중, 삼중의 독서 효과를 노리고 있는 것이다. 작품이란 결국 작가의 입을 빈 화자가 인물이나 시점을 조종하여 독자의 반응을 유도하는 것이고, 화자의 발화 방법에 의해 독자는 조율되는 것[89]이라면,『총독의 소리』에서의 발화는 화자의 주관적 입장이 명백하게 드러나 있어 해체비평, 혹은 탈식민주의비평으로 접근할 수 있는 파라독스의 발화, 혹은 바흐친 식의 복합언술이라고 할 수 있다.

이러한 창작방법은 리얼리즘에 대한 최인훈의 견해와 관련하여 살펴보아야 할 것이다. 신화가 사라진 근대 이후의 시기에는 미메시스의 서술구조를 해체하여, 지배담론을 비판해야 더욱 정직하게 현실의 모습을 재현한다는 것이다.

---

88) 비판의 방법으로 최인훈은 역설(Paradox)의 기법을 작품 전체에 두루 사용한다. 겉으로는 모순되는 것 같아 보이나 오히려 합리적인 의미를 충분히 전달하는 진술이 역설인데, 총독이라는 인물을 내세우는 자체부터가 역설이랄 수 있다.

89) 이 같은 견해는 작품이 작가의 의도를 그대로 반영할 수 없으며 독자에게 자신의 의도를 전할 수 없다는 가정 하에 작품 자체만을 철저히 분석했던 신비평이 지닌 한계를 벗어나려는 노력으로 보아야 할 것이다. 탈식민주의 비평의 선두에 서 있는 사이드는 '가치중립적인 텍스트란 없다.'는 명제 하에, 한 나라의 문화도 결국은 그 나라의 수사적 산물이요, 무의식 중에 독자를 설득하려는 이데올로기를 담고 있다고 주장한다. 에드워드 사이드, 김성곤, 정정호 역, 『문화와 제국주의』, 창, 1995. 참조.

신화의 불가능이 현대의 신화라고 하는 이 명제에는 빈틈이 없다. 빈틈 없는 명제 속에 머무는 동안 극적인 공간이 문학적으로 현출하는 것은 사실이지만 이것은 불가피하게 사실주의를 포기하게 만든다. 왜냐하면 사실주의란 문학의 언어를, 상징인 동시에 객관화의 저항 위에 있는 언어로 보고 그 저항하는 객관이란 다름 아닌 당대 사회라는 실감 위에 이루어져 있기 때문이다. (…) 진실한 리얼리즘은 현실이란 혼돈에 선택에 의한 끊임없는 질서, 진실이라는 이름의 인간의 질서를 세우는 것으로, 관념과 풍속의 어느 하나도 타방에 해소시킴이 없이 서로가 서로를 위한 저항으로서 존재한다는, 그런 형식의 존재 방식이다.[90]

'예술의 영원한 자기 수정의 노력'이 진정한 리얼리즘이라고 헤리 레빈이 말하고 있듯, 최인훈도 빠르게 변모하는 현실의 진면을 과거의 형식으로는 구현해낼 수 없다고 판단한 것이다.『총독의 소리』는 최인훈의 끊임없는 형식 실험의 산물이고 이는 리얼리즘의 확장의 의의를 갖는다.

이렇게『총독의 소리』의 내용은 한국의 현재의 그릇된 정치 상황을 그려내려는 목적으로 쓰여지고 있다. 앞서의 논구대로 그 방법이 역설적이어서 더욱 비판적으로 읽혀지는데, 그럼으로써 한국의 현 정치 상황에 대한 진실을 제대로 인식할 수 있도록 해 주는 것이다. 최인훈은 화자를 우리 민족의 불행의 원흉이라 할 수 있는 조선총독부의 총독으로 내세워 우리의 역사를 바로 살피게 하고 있다. 이제 그 내용의 차원을 살펴보자.

분단의 바람직한 해결과 올바른 통일의 모습은 어떤 것인가. 분단의 원인부터 살펴야 할 것인데, 그것은 우리 민족 혼자만의 문제는 아니었다. 식민제국의 영토확장 야욕에 의한 희생의 결과였다.

---

90) 최인훈,『문학과 이데올로기』, 문학과지성사, 1995, 76면.

　　본인은 현재의 半島의 休戰線을 38도선의 復元으로 認識하며,
1950년에 일어난 半島事變은 半島에서의 포츠담 體制의 變革을 위해
일어난 것이 아니라, 支那 本土에서의 毛匪의 一方的 覇權을 後退시
키기 위해서 꾸며진 國際陰謀로서 보고 있으며, 만일에 그 음모가 이
루어졌더라면, 鬼畜들은 藏介石軍의 本土上陸의 代價로 南朝鮮을 赤
魔에게 내주었을지 모르나, 鬼畜들이 그 길을 擇하지 않고 毛匪의 티
토化 쪽에 걸기로 하고, 藏介石軍을 움직이지 않은 이상, 鬼畜米國은
朝鮮半島에서는 小心하게 포츠담 體制의 테두리에서 벗어나지 않은
결과가 되는 것입니다.[91]

　우리가 동족끼리 싸움을 했더라도 호지명처럼 동족의 힘과 능력으
로 제국주의에 맞섰다면 '이중의 전리품'으로 전락되지는 않았을 것
이라는 분석이다. 결국, 우리가 분단이 될 수밖에 없는 이유는 '귀축'
영미의 제국주의와 '적마' 러시아의 국제공산주의의 팽창 논리에 대
응할 민족의 능력 부족과 분열 때문이며, 그렇게 귀축과 적마끼리 서
로 눈을 감아 주고 서로 도움을 주고받는 냉전의 논리, 또 그 사이에서
이익을 취하는 일본의 경제적 탐욕이 얼키고설킨 때문이다. 그리고
그들은 필요에 의해서 긴장을 완화하기도 하지만 그것은 우리에게는
분단 고착의 문제이기도 한 것이다.

　　데탕트란, 그렇기 때문에, <포츠담 體制>, <포츠담 體制에 대한
變革의 試圖(冷戰)>, <포츠담 體制에로의 復歸>라는 戰爭史의 運動
에서 第3단계에 붙여진 이름입니다. 발틱海에서 日本海에 이르는 이
體制에서의 鬼畜米英과 赤魔 러시아가 接境하는 어느 고리도 달라진
것이 없으며, 앞으로도 그럴 것입니다.[92]

---

91) 최인훈, 『총독의 소리』, 문학과지성사, 1992, 169면.
92) 위의 책, 169면.

위와 같은 총독의 발화는 충분히 새로운 식민 상황에 대한 우려를 표명하는 것인 바, 새로운 식민 상황으로의 제국주의의 이행은 바로 현재의 문화 식민 상황을 말하고 있다. 작금의 탈식민주의의 이론과 실천의 문제의 중심을 총독의 입을 통해 제언하고 있는 것이다. 그리하여 예술에서의 식민자의 문화 지배 논리도 파헤친다.

> 문학과 아울러 대중가요에 있어서의 일본풍의 휩씀은 눈부신 바 있습니다. 이 가요들의 가사는 대체로, <해서는 안 될 사랑>이 거의 태반으로 대중의 욕구 불만이 癡情 세계에서의 성욕과 터부의 갈등이라는 자리로 옮겨져서 카타르시스되고 있습니다. (…) 더욱 중요한 것은 그들이 일본풍의 선율과 음계에 익숙해짐으로써 가장 근본적인 뜻에서 정서적으로 내지와의 유대를 계속 지키고 있다는 일입니다. 음악이란 장르는 번역 불가능한 것으로 문학의 경우처럼 본질과 풍속의 분리가 안 되는 것입니다. 그러므로 반도인의 정서가 일본 선율이라는 벡터(Vector)로 길들여지고 있다는 것은 제국의 문화 정책의 일대 승리를 뜻하는 것으로 흡족한 마음 이루 다할 수 없습니다.[93]

귀축과 적마의 상호 협조 하에 분단이 고착되고 일본의 문화 침투로 겹겹의 신식민 상태가 유지되는 현재의 우리에게 총독은 한껏 야유를 보내고 있는 것이다. 이 같은 야유는 국제적인 개방사회 체제, 혹은 지구촌화라는 시대적 현실에서 약소국 모두에게 해당되는 것이지만 근대국민국가를 제대로 실현해 보지도 못한 우리를 더욱 화나게 하는 것이다. 특히 제2차 세계대전 이후 서방 독점자본주의 국가의 비서방 국가에 대한 지배 형태가 정치적인 측면에서 경제적 측면, 문화적 측면으로 (또는 문화의 지배를 통한 경제 지배 쪽으로) 옮아가고 있는 이 시기에 우리에게 경각심을 충분히 자극하는 총독의 발언이다. 식민제국들의 대중문화 침투는 매체의 발달에 의해 더욱 가속이

---

93) 위의 책, 111면.

붙어 그야말로 문화의 무차별적 세례를 받는 형국이 되는데, 대중문화의 제작과 매체 활용의 기술이 열악하고 세련되지 못한 약소국으로서는 정신 문화적 종속이 쉽게 이뤄지는 것이다. 결국 식민의 악순환의 되풀이인 셈이다. 이렇게 최인훈은 총독의 입을 빌어 식민자가 표현해왔던 언어의 기술방법과 대중문화의 침투가 신식민 상황을 가중시키고 또한 그것이 결국 분단의 고착에 지대한 영향을 끼친다고 역설하고 있다.

'귀축'과 '적마'가 우리의 남쪽과 북쪽의 화해를 방해하고, 일본이 그 사이에 끼어들어 경제적 이득을 보면서 새로운 제국주의적 야심을 키우는 상황에서 우리를 다시 자국의 욕망 실현의 발판으로 삼으려는 총독의 발설을 듣고 있노라면 현재의 우리 독자로서는 심한 부끄러움을 느낄 것이고, 그 수치스러움은 곧 분노로 바뀔 것이다. 그것은 아버지를 잘못 둔 아이의 공연한 자격지심과 같은, 혹은 자신의 무기력을 무능한 아버지 탓으로 돌리는 열등생의 자포자기와 같은 것이다.

> 그들은 제국 신민답게 천황제 국가적 사회 형태와 권위 신봉적 인간형을 공산주의라는 이름 아래 溫存하고 있음이 분명합니다. (…) 그는 我 皇祖의 건국 신화를 본떠 그가 삼수갑산 주재소를 쳤다는 시절의 제종신기를 모시는 사당을 곳곳에 세우고 이에 참배시키며 大政翼贊會를 본받은 정당 운영과 文人報國隊 정신을 이어받은 예술 조작과 神風特攻隊의 전술 개념에 선 전쟁 태세를 갖추고 있다 하니 이 아니 충실한 제국의 신민이며 폐하의 赤子입니까.94)

북한의 공산주의가 일본의 천황제를 닮아 있음을 즐거워하는 총독의 소리는 북한의 일당 독재에 대한 비판으로 읽어낼 수 있으며,

---

94) 위의 책, 108면.

경제 성장에, 민주주의 발달에, 소득 균형에, 구매력 증대에, 완전
고용에, 국학 창달에, 문예 부흥에, 종교 개혁에 하고 유럽 근세사에
나오는 반반한 이름은 다 들고 나와서 서둘러댔습니다.[95]

화려한 수사를 동원하여 겉치장만 일삼는 남한 사회에 대해서도
비꼬고 있다. 『광장』 이래의 남·북 이데올로기의 허상을 모두 비판
하는 태도가 계속되고 있지만 『총독의 소리』에서는 철저한 역사적
사실과 증거를 토대로 조목조목 남과 북의 잘못된 정치를 지적해내고
있다.

신식민의 억압적 상황에 일본의 성장 등이 우리의 입지를 더욱 초
라하게 만들고 민족의 통일과 발전을 저해한다 하더라도 우리는 민주
화와 근대화를 포기할 수는 없을 것이다. 자신의 아버지가 못났다고
아버지를 외면해 버리고 다른 아버지를 찾는 일은 있을 수 없고, 언제
나 자기연민에 갇혀 자기비하만 할 수 없는 노릇이다. 우리도 우리
스스로 진정한 근대화를 이루어내고 열려 있는 미래를 품어야 할 것
이다. 그러자면 우리 민족은 힘을 모아야 하며 그 힘을 합리적으로
운용해야 할 것이다.

統一의 가장 쉬운 길은 南北이 軍備 경쟁을 버리고 각기의 體制의
合理性을 높여 가는 길입니다.

$$統一 = \frac{體制의合理化}{戰爭} \times 民族力$$ 입니다. 이 公式은 統一은 民族의
힘의 合理化에 比例하고, 戰爭에 반비례한다, 혹은 民族의 힘을 合理
的으로 쓰면 統一에 가까워지고, 그것을 戰爭에 쓰면 統一은 멀어진
다, 하는 것입니다[96].

---

95) 위의 책, 110면.
96) 위의 책, 174면.

남과 북의 정치에 대한 총독의 야유는 그 둘의 체제 자체에 대한 비판이 아니라 운용의 잘못에서 오는 폐해에 대한 비판이므로 '체제의 합리화'가 필요한 것이다. 그리고 '체제의 합리화를 극대화'하는 일은 곧 통일에 가까워지는 일이 될 것이다.

『총독의 소리』는 최인훈이 가져왔던 우리의 근현대사에 대한 정확한 진단으로, 우리의 역사적 진실을 자각케 하면서 현재의 신식민적 상황의 슬기로운 대처 방안을 내용으로 하고, 최인훈 식의 환상적인 서술방법으로 리얼리즘의 확대를 성취하여, 우리에게 현실과 상상의식을 높은 차원에서 일깨우는 작품으로 평가할 수 있을 것이다.

최인훈은 『총독의 소리』 창작 이후, 우리 사회의 성격을 알레고리화하여 독자가 갖고 있는 현실의식을 더욱 자성케 하는 작품을 세상에 내놓는데, 『태풍』이 그것이다. 『태풍』은 최인훈이 20년 동안 희곡 창작에 몰두하기 직전의 장편소설인데, 우리의 근대사 이후부터 현재의 모습을 은유하고 있는 작품이다. 그의 다른 소설에서도 그렇듯 『태풍』 또한 그의 역사 의식을 엿볼 수 있는 작품이지만, 다른 소설에 비해 전세계 역사에 대한 미래를 제시하고 있는 문제적인 작품이다. 한국사회의 남과 북의 이데올로기의 대결의 차원을 넘어 1세계와 3세계 간의 지배와 피지배의 구도를 새로운 각도로 조망하고자 시각을 넓히고 있는, 우리의 문학에서 보기 드문 미래 소설이라 할 수 있다.

나는 이 소설을 쓰면서 <유럽> 문학의 바탕이라든지, 고전 <아시아> 세계에 존재했던 어떤 문화권을 머리에 그리면서 썼다. 즉 그 지역의 사람이면 국경을 넘어서도 이해할 수도 있고 시인할 수도 있는 그런 형식으로 써 보았다. 국경 밖에서도 통하는 어떤 정신의 기준화폐를 생각하고, 모든 인사(人事)를 그 화폐에 대한 환율에 따라 표시하는 방법이다.

그 화폐란 부활의 논리이다. 숙명론과 물물교환적 현물주의대신

국제통화에 의한 신용결제의 논리로서 <부활>을 생각해 보았다. 삼
족을 멸하느니, 연좌니, <이데올로기> 무술(巫術)이니 하는 우리 시
대의, 우리의 어제의 나쁜 유산들을 해독하는 인간의 지혜로서의
<부활>말이다. 영원도 악인도 없고 영원한 선인도 없다. 자기 비판
에 의해서 몇백 번이든 개인은 천사처럼 정정하게 거듭날 수 있다.
이것이 미래의 부활, 천당의 영생이 보이지 않게 된 이 잔인한 우리
시대에 우리 힘으로 가능한 자력구원의 길이라는 생각에서였다.[97]

위와 같은 최인훈의 발언은 『태풍』이 남과 북의 이념 대립을 넘어
서겠다는 시도로 쓰여졌음을 알려준다. 우리의 지식인은 이제 식민상
황에 대한 새로운 시각을 가져야 할 시기에 이르렀다. 그 동안 우리와
제 3세계 피식민국은 외부에서 언제나 타자로 존재해 왔던 서구의
이미지와 구조가 자기동일성의 일부를 형성해왔으며, 혹은 스스로 그
것을 타자 아닌 실체로 여겨오기도 하는, 혼란의 시간들을 거쳐왔다.
한편으로는 그러한 기괴한 동일성을 타자로 인식하여 무조건적인 배
척을 행해오기도 했다.

세계사적으로 현재를 탈냉전 이후의 신자유주의 시대라고 할 때,
변방의 약소국으로 살아가고 있는 우리는 여전히 정치·경제적으로
식민적 상황에 머물러 있다고 볼 수 있고, 그럴 수록 우리는 우리의
정체성을 확인하고 재구성하고 확립해야 하는 문제에 대해 고민하지
않을 수 없을 것이다.

여기서 자기동일성의 내포와 외연을 깊게 하고 넓히겠다는 최인훈
의 의도를 우리는 확인할 수 있다.

항상 자기 속에 스스로를 부정하는 힘을 지니면서도 기계와 같이
일정한 질서를 가진 존재 — 닫혀 있으면서도 열린 존재, 그것이 인
간이다. 오늘날 우리의 삶이 더욱 고단한 것은 인간 존재의 <열림>

---

97) 최인훈, 「원시인이 되기 위한 문명한 의식」, 『길에 관한 명상』, 솔과학, 2005, 28면.

의 부분이 가속도적으로 진행되는 데서 자기 삶의 <닫힘>의 구조, 자기 환경의 골격의 전모를 인식하는 것이 지극히 어려운 데서 오는 상실감일 것이다. 과학이 분화하는 것은 이 <열림>이 가져온 時空의 넓이를 파악하기 위한 당연한 결과다. 이런 전반적인 삶의 경향에서 문학이라고 예외일 수는 없다. 인간의 삶에서 열림의 계기가 비대해진 사실은 결코 해로운 일이 아니다. 열린 삶의 골격과 방향을 사상과 예술이 체계와 상징 속에 적절히 옮겨 놓는 데 실패할 때 그것이 불행이다.98)

　반공이데올로기로 군부독재체제를 공고히하던 시기에, 최인훈으로 하여금 세계사의 인식에 대해 수정을 요구하는 태도가 『태풍』의 작의로 작용했던 것이다. 실제로 지금 세계는 과학의 무한정한 발전으로 좁아지게 되었고, 앞으로도 과학의 발전은 열려 있어 그에 대처하는 우리의 삶과 역사는 협소해졌다고 할 수 있다. 그러나 '민족'과 '국가'라는 문제는 오히려 지난 시기보다 더욱 겹겹의 난제를 갖게 되었다. 그 중층의 문제에서 야기되는 문명과 문화의 충돌이 심각해지게 된 지금, 인문학종사자들도 이러할 때 더욱 과학과 같은 열린 시각을 확보하지 않으면 안 되게 되었다.

　① 環圍(테크놀로지에 의해서 지배 가능한 자연의 부분)→社會(神話·제대로 사용된 이성으로서의 이데올로기)→小說의 音階
　② 배척할 것은 이데올로기가 아니라 非科學的 이데올로기

　인간의 촉수는 유성에까지 도달하고 있다. 우리 자신이 너무나 초라한 역사적 몫을 맡고 있기 때문에 이런 일들이 허황스러워 보이는 것이 사실이나 인류 규모에서는 현실이 그렇다. (…) 類로서의 감각인 기술 문명과 개체로서의 감각인 육체 감각 사이의 거리가 이 세

---

98) 최인훈, 「행동과 풍속」, 『문학과 이데올로기』, 문학과지성사, 1996, 93면.

기에 들어와서 인간의 방향상실에 이바지해 오고 있다. 이 위기는 추상적인 것이 아니고 정치나 생활의 매개를 거쳐서 그렇게 되고 있다. 기술의 힘은 인간의 환위를 확대한다. 환위는 우리가 쓰는 말로 — <공동체>로 바꾸어 보면 더 이해가 쉬워진다. 공동체의 확대가 우리 시대의 도전이다. 전문화, 분업의 극대화라는 말은 공동체의 확대의 다른 표현이다. 기능이 확대된다는 것은 개인이 관여하는 세계 공동체가 확대된다는 말이기 때문이다.[99]

과학의 발전은 이데올로기의 확대를 의미한다. 그리고 그를 받아들이는 인간은 그만큼 인성 또한 확대되어야 할 것이다. 즉, 인간 활동의 확대가 불가피한 것이다. 그런데, 우리는 과학이 발전하더라도 여전히 민족이라는 단위에 묶여 정치적 상황에 늘 눈치를 보아야 하는 정치적 인간이다. 그래서 자기와 자기 닮은 것을 사랑해야 하는 의무를 져가면서 그를 지켜야 안심이 되는 사회적인 동물이기도 한 것이다. 최인훈 식의 표현으로 DNA의 사슬에 묶여 있으면서도 DNA'를 발전시켜가지만, 불안해서 $DNA\infty$를 성취하려는 의식을 지닌 동물이 인류인 것이다. 특히 우리 나라와 같은 제 3세계의 국민에게 있어 그러한 인식의 혼돈은 더하기만 하다. 즉 DNA'와 $DNA\infty$는 정보화 사회에서 세계를 네트워크하고 있는 현실에서의 미학으로 기능하지만, 우리에게는 좀더 복잡한 상황이므로 섬세한 DNA'와 $DNA\infty$의 활용이 필요할 것이다.

『태풍』은 냉전 이전의 2차세계대전 상황의 알레고리를 통해 작금의 신식민지적 상황을 증언하고 미래를 제시하고 있는 작품이다. 변방의 불안한 상황을 유지하고 있는 분단된 상태의 한반도의 과거와 현재, 그리고 미래를 말하고 있는 작품인데, 우리가 주목해야 할 것은

---

99) 위의 책, 321~322면.

지식인의 태도, 즉 피식민지 현실의 진실을 인식하고 있는 지식인이 취해야 할 올바른 태도는 어떤 모습인가 하는 것이다.

『태풍』은 한반도 지식인의 정체성이 어떠한 것이며 그것을 최인훈은 어떠한 과정을 거쳐 확립해 나가는가를 살펴보는 자성의 소설로 읽어야 흥미가 배가된다.

『태풍』은 최인훈이 미국 아이오와로 가기 전 중앙일보에 연재했던 소설이었지만 당시엔 논평이 거의 없었다. 하지만 최근에 회자되고 있는 탈식민주의의 이론과 그 실천의 문제와 관련해 연구가 활발해지고 있는 실정이다.[100]

작품의 형식면에서 『태풍』은 최인훈 문학의 새로운 면모를 보이고 있는 장편소설이다. 최인훈 스스로도 '어느 나라의 이야기도 아니지만 모든 나라의 이야기이고, 어느 누구의 이야기도 아니지만 모든 사람의 이야기라는 <픽션>이라는 말을 가장 순수하게 실험조건으로 받아들이고 쓴 소설'[101]이라 밝히고 있다. 최인훈의 의식의 흐름에 기대어 설명한다면 『태풍』의 형식은 가상이기는 해도 '현실에 귀속되는 기호행동'으로 쓰여진 작품이라 볼 수 있다. 다시 말해서 '픽션'의 형식을 극대화하여 가상현실을 창출, 현재의 신식민 현실의 올바른 방향을 제시하고 있는 작품인 것이다.

더구나 우리의 근현대 문학작품에서 가상역사소설은 『태풍』이 최초[102]이어서 그 의미가 새롭다. 가상역사소설이란 과거에 있었던 어

---

100) 최인훈 전집이 묶일 때 붙여졌던 신동욱해설(신동욱, 「식민지 시대의 개인과 운명」, 『태풍』, 문학과지성사 1992.)과 임헌형의 월평(임헌영, 「증언과 예언」, 『문학과지성』, 1979, 봄.)이 당시엔 전부였다. 그러나 지금까지 많은 학위논문에서 『태풍』을 유의미하게 다루고 있고, 평문도 여러 편 발표되어 있다.
  서은주, 『최인훈 소설연구』, 연세대 박사논문, 2000, 이상갑, 「식민국과 식민지의 이분법을 넘어서」,작가연구, 2002, 정과리, 「모르기, 모르려 하기, 모른체 하기」, 시학과 언어학, 2001 등이 대표적이다.

101) 최인훈, 앞의 책, 29면.

102) 역사판타지 소설, 역사 가상시나리오 등이 얼마전까지 대중소설로서 붐을 이루

떤 중요한 사건을 모티브로 현재와 미래의 상황을 가상해보는 소설인데, 영미문학에서는 공상과학소설을 창작하는 작가들로부터 그 기법을 환영받고 있다. 조지 오웰의『1984년』, 필립 딕의『높은 성 속의 사람』등이 대표적인 작품이다. 이 같은 기법의 소설은 작가가 역사를 창작해내는 가상역사라고는 하지만 어느 정도 과거의 역사적 사건에 기반을 두고 미래나 현재를 조망하거나 반성하는데 의미를 두는데,『태풍』에서의 역사적 사건은 제국주의의 기치를 내걸고 일본이 일으킨 태평양전쟁, 그리고 식민지의 분할을 놓고 벌이던 제2차세계대전의 파국적 상황이고, 그 배경으로 줄거리를 전개시켜나가고 있다.

최인훈이 그 격변기의 사건을 알레고리한 의도는, 5천년 역사라고는 하지만 우리가 아직도 제대로 된 국민국가, 근대 민족국가를 제 힘으로 만들어내지 못하는 이유와 현실에 대한 반성에서이다. 특히 식민현실을 뼈저리게 체험했고, 지금도 그 현실에서 벗어나지 못하는 동아시아 국가들에게는 그것이 가장 첨예한 문제이다. 자국의 정치·경제 문제가 식민상황과 맞물려 있는 상황이어서 다층다기하게 언제나 쟁점화 되고 있는 실정이기에 피식민지 지식인에게는 여전히 현재형인 과제이다. 이를 최인훈은『태풍』에서 충분히 다루고 있다.

다른 동아시아 국가에서처럼 우리에게도 민족주의는 유럽이 아시아로 들어오기 이전부터 중요한 문제였다. 아시아 여러 국가들이 소수민족들 사이에서 종교와 영토 지배 문제를 둘러싸고 충돌을 일으킨 것처럼, 우리도 계급과 파벌 사이의 다툼이 끊이지 않았다. 그 사이에 유럽이 끼여들어 문제를 가중시키고, 그들은 그것을 이용하여 이간과 충동질로 민족을 분리시키려 했다. 특히 일본은 '아시아 공동체'를 내세우며 자국의 제국주의를 실현하기 위해 우리를 도약대로 삼았고, 그 시기에 우리 민족이 겪었던 고통은 이루 말할 수 없었다. 유럽의

었고, 복거일이 쓴『비명을 찾아서』도 제도권 문학에서 인정하는 가상역사소설이지만,『태풍』은 그보다 15년 먼저 쓰여졌다.

땅따먹기 식의 세계 분할 분쟁, 일본의 제국주의, 그 겹겹의 억압 속에
서 우리 민족은 정체성을 잃어가고 있었던 것이다. 더욱이 그러한 세
계의 움직임을 번연히 인지하고 있던 우리의 지식인은 자칫 패배주의
나 염세로 빠지기 쉬웠을 것이다. 사회 현실과는 유리된 채 자기 세계
에 함몰하여 자신이 도대체 누구인가라는 질문을 던지는 것도 소중하
다고 할 수 있겠다. 그러나 그러한 존재의 성찰을 가능케 하는 것,
존재의 불안을 해소해 주는 것은 역시 사회와의 관계를 통해서일 것
이다. 인간은 생물적 존재이면서 동시에 사회 역사적인 존재이고, 그
속에서 자신의 욕망을 추구하려 부단히 움직이고 그리하여 문화를
축적하기 때문이다. 즉, 자기 존재에 대한 깨달음을 얻는 것도 결국
자기가 속해 있는 사회 속에서 가능한 것이다.

겹겹이 둘러싸인 식민 현실 속에서 지식인의 혼돈과 분열은 극대화
될 수밖에 없을 것이고, 그 분열을 극복하고 자기의 정체성을 확립해
나가는 모습은 처절하며, 그러기에 더욱 값지다 아니할 수 없다.『태
풍』은 바로 그러한 이중적 지식인의 모습을 오토메나크라는 애로
크[103] 출신이지만 나파유주의자 지식인을 내세워 유럽의 식민활동을
비판하고, 진정한 민족국가의 모습이 어떠해야 하는가를 제시한 작품
이다.

『태풍』의 주인물인 오토메나크는『광장』의 이명준이 자본주의와
사회주의의 이데올로기 틈바구니에서 혼란을 겪다가 결국 제3국을
택하는 모습과 흡사하다. 그리고 이데올로기에 전투적으로 매달리다
가 이데올로기를 극도로 혐오하는, 그래서 올바른 이데올로기가 없는
현실에서 살아가기 힘들어 결국 행방불명될 수밖에 없는 이명준의

---

103)『태풍』에서 은유되는 식민상황은 앞서 말한 대로 2차세계대전 말기이고, 식민
   국과 피식민국의 명칭은 언어유희, pun기법을 활용한다. 즉 나파유는 일본국
   명칭 'japan'의 발음을 따와 만든 단어이고, 애로크도 'korea'의 발음을 거꾸로
   해서 만든 단어이다. 그러니까, 나파유는 일본국을 상정하고, 애로크는 한국,
   니브리타는 영국, 아이세노딘은 인도네시아를 의미한다.

모습처럼 보이기도 한다. 또한 그 혹독한 현실에서 구원을 얻을 수 있는 유일한 것은 '사랑'일 뿐이라는 메시지를 전하는 듯 보이기도 한 다. 그러나 『태풍』은 『광장』보다는 현실 극복 의지가 충실하고, 탈식 민적 상황에서의 실천의 진정성을 보여주는 작품이다. 먼저 줄거리를 살펴보기로 하자. 『태풍』은 사건의 연쇄를 따라가다 보면 주제가 드 러나는, 최인훈의 사유 중심의 소설과는 또다른, 역동적인 독후감을 주는 작품이기 때문이다.

오토메나크는 애로크라는 피식민지국의 자본가 자손이면서도 나 파유라는 제국주의 국가의 열렬한 동조자인 청년이다. 할아버지와 아 버지의 친나파유적인 활동으로 유복한 가운데 나파유에서 유학을 하 며 나파유 고전문학을 전공한 그는 나파유보다 더욱 나파유주의자로 성장한다. 군국주의 사상으로 무장되어 나파유제국의 아시아 공동체 의 실현에 자신의 모든 것을 바치겠다는 야망을 가진 중위이다.

애로크의 식민국인 나파유에 충성심을 인정받은 그는 직속 상관인 아카나트 소령으로부터 중대한 임무를 부여받게 된다. 아이세노딘이 라는 남태평양 섬나라의 영웅적 독립 투사 카르노스를 감시하는 것이 다. 아이세노딘은 이미 오래 전부터 유럽의 니브리타라는 제국에게 피식민국으로 수탈을 당해왔던 나라인데다 나파유의 제국주의로부 터도 침략을 받는 중이다. 그러니까 아이세노딘은 이중의 피식민 상 황에 처한 매우 복잡한 나라이다. 나파유는 니브리타 군과의 격전에 서 승리하여 서아이세노딘을 장악하고 자치정부를 세우고 있으며, 이 로 말미암아 아이세노딘 독립단체는 동과 서로 나뉘어 친나파유파와 반나파유파로 갈라져 있는 상태이다. 오토메나크가 감시를 맡고 있는 카르노스는 반나파유파로 동아이세노딘에 무기를 빼돌려 임시정부 를 세운 국민적인 독립 투사로 나파유군에 체포 당해 억류되어 있다.

니브리타는 세계대전의 조짐과 국내의 정치적 혼란 속에서 나파유

군에 체포된 자국의 군 소속 여성들을 두고 고민에 빠진다. 나파유는 이들을 미끼로 니브리타와 정치적 협상을 벌이려 한다. 오토메나크의 임무는 니브리타 여성 40명과 카르노스를 포함한 아이세노딘 독립운동가 5명을 배에 싣고 동아이세노딘에 대기하는 것이다. 당시 동아이세노딘의 독립 투쟁은 차츰 격렬해지고 니브리타 정부는 야당의 공세 때문에 궁지에 몰려 있는 상황이었다.

오토메나크 중위는 국민적 영웅인 카르노스가 감금되어 있는 대저택에서 카르노스를 감시하던 중에 사상적인 고민에 빠지게 된다. 대저택의 비밀 창고를 우연히 발견하여 그 속에서 니브리타가 아이세노딘에게 행한 온갖 악랄한 식민정책을 서류로 읽게 된다. 그의 민족인 애로크도 나파유국에 의해 고통을 받았으리라 생각하니 심란해지기 시작하는 것이다. 그와 동시에 카르노스에 대한 존경심도 높아져 자신의 정체성에 대해 고뇌는 점차 깊어지고, 더욱이 친나파유주의자로 추앙 받던 아버지의 친구로부터 나파유가 멸망하리라는 말을 듣게 되어 혼돈은 심화된다. 자신은 결코 나파유가 패전하리라고는 상상치 못했고, 나파유가 내세우는 아시아 공영주의는 귀축과도 같은 유럽제국에 대한 승리라고 여겨왔었다. 그런데, 자신의 적은 유럽이면서 동시에 나파유라는 사실을 자각하게 되는 것이다. 즉 자신의 민족은 나파유가 아니었으며 애로크였다는 사실이 그를 괴롭게 한다.

전쟁의 정세를 파악하면서 그 힘의 질서가 서서히 변하는 것을 알게 되면서도 오토메나크는 나파유 제국에 대한 충성을 청산하지는 못한다. 그가 방황하는 중에 아만다라는 여인이 나타나고 둘은 사랑에 빠지게 된다. 둘의 사랑이 절정에 달했을 때 포로를 이동시키라는 명령을 받고 오토메나크는 포로 수송에 전력을 다한다.

그런데, 니브리타 여인들의 선상 반란이 일어나고 태풍을 만나 배는 파괴되어 버린다. 오토메나크가 정신을 차린 곳은 외딴 섬이었다. 카르노스는 사라져버렸고, 여자 포로 12명과 15명의 군인들만이 살아남은

섬에서 오토메나크는 대장으로 그들과 원시적인 생활을 해나간다.

그 후 30년이 흘러 오토메나크는 바냐 킴으로 생활하고 있다. 그는 카르노스와 협력해서 아이세노딘을 독립국으로 만들어낸 인물로 묘사된다. 아이세노딘은 나파유의 패전에 이어 니브리타와의 결전에서 승리하여 독립한 것이다. 카르노스가 대통령으로 취임하고 20년 동안 숨어서 카르노스를 도와 아이세노딘을 독립국으로 탄생시킨 오토메나크는 독립 유공자로 추앙 받고 있는 상태이다. 그리고 애로크의 통일에도 그는 숨은 공로를 인정받아 명예 총영사를 맡아 달라지만 거절한다.

그가 사랑했던 아만다는 영부인으로 있다가 카르노스가 죽자 화란 선박업자 재벌과 재혼했고, 그 사이에 있던 딸은 오토메나크가 양녀로 삼아 기르고 있다. 오토메나크가 결혼한 여인은 니브리타 여자 포로였던 메어리나이다.

우리는 위와 같은 줄거리를 통해 『태풍』의 주제가 무엇인지 간파해낼 수 있을 것이다. 앞서 우리는 『태풍』이 『광장』과 흡사한 이데올로기의 갈등 구도이지만 다른 차원으로의 확장이라 보았다. 좀더 설명하면, 『광장』은 이명준이 이데올로기의 선택에 곤혹스러워하다가 결국 선상에서 착란을 일으키는 것으로 마지막을 장식하지만, 『태풍』에서는 타인을 끌어안음으로써 자신의 고통으로부터 해방을 이뤄내는 장면으로 끝을 맺고 있다. 이는 최인훈의 국제적이면서도 열린 시각을 확인하게 하는 결말이라 볼 수 있다.

이중적인 피식민 상황에서의 지식인이란 이중, 삼중적인 정치의식을 지닐 수밖에 없을 것이다. 중층으로 엮어진 사회 상황 속에서 그는 분열의 양상을 띠기 조차하는데, 그 분열의 극복은 타인과의 합일일 것이다. 애로크인이면서도 나파유주의자보다 더 열렬한 나파유주의자인 오토메나크에게는 타인이란 '아시아 공동체'를 방해하는 니브리타뿐이었다. 아니, 니브리타뿐 아니라 자신의 민족조차 타인으로 보

고 있었다. 그는 나파유 사람이 갖고 있는 '신화'를 자신도 빙의했다고
굳게 믿고 있었다. '나파유 정신'을 자기화 함으로써 자신의 민족을
타자화시키는데 성공했다고 여기는 청년이었다. 그리고 그것은 곧 니
브리타에 대한 증오심으로 자연스레 연결되어 그의 신념을 더욱 굳건
하게 만들었다. 당연히 니브리타의 피식민국인 아이세노딘을 나파유
주의로 해방시키는 데 일말의 죄의식도 없는 것이었다. 그런 나파유
정신의 소유자에게는 더 이상의 이상적인 이데올로기가 개입될 여지
가 없었다. 그에게는 공명심104)만 남게 되는 것이다.

> 오토메나크는 진열실에서 나오면서 니브리타인들에 대한 미움이
> 더해지는 것을 느꼈다. 이 지구 위에 사는 어느 한 민족이 다른 민족
> 에 대해 이토록 유리한 자리, 한 자리 높은 데서 굽어 볼 수 있는 자
> 리가 허락되었다는 것은 비극이었다. 이 비극은 바로잡지 않으면 안
> 된다. 이번 전쟁은 바로 그것이 목표였다. <아시아 공동체>는 아이
> 세노딘 사람을 바다거북이 신세에서 풀어주자는 것이다.105)

위와 같은 오토메나크의 주관이 나파유 인이라면 절대 틀린 것은
아니다. 그런데, 오토메나크는 나파유 민족이 아니었다. 그는 그 사실
을 의도적으로 감추고 있었다. 현실이 그렇게 만들기도 했지만 자기
동일성의 올바른 형성과정에서 어쩌면 그것은 하나의 과정106)일 수

---

104) 일제식민 시절, 친일적 행동을 했던 지식인이 그러한 마음으로 자신의 친일을
합리화하지 않았을까, 하는 생각이 과히 틀리지는 않을 것이다.
105) 최인훈, 『태풍』, 문학과지성사, 1992, 48면.
106) 많은 논자들이 라캉의 이론을 빌어 문학작품을 분석하고 있다. 인간의 주체의
형성과정을 상상계, 상징계, 실재계로 파악하여 각 단계에 의한 소설 주인물의
정신적 방황의 상태를 해석하려 시도하고 있는데, 『태풍』의 주인물인 오토메나
크의 정신을 분석한다면, 아직 나파유제국의 패망을 모르고 있는 상황을 상상
계에서 상징계로의 진행 과정 중의 방황이라 할 수 있겠다. (아니카 르메르, 『자
크 라캉』, 문예출판사, 1996, 104면 참조.) 그런데, 필자는 라캉의 정신 단계의
대입이 반드시 오토메나크의 정신적 방황과 잘 맞아 떨어지지 않는다고 생각

있다. 오토메나크의 신념은 그러니까 자신의 의식 속을 헤매기는 하지만 자신의 생존적 상황만을 인식하고 있는 상태라 할 수 있다. 달리 말해 그는 자신의 신념에 대해 알면서도, 문명적이고 국제적인 상황을 파악하지 못하므로 모르는 것이다. 최인훈 식이라면 열린 불안정의 상태, 즉, DNA′라는 문명적 자기동일성의 상태라 할 것이다. 열려 있지만 불안정한 DNA′의 운동과정의 어느 한 단계를 열림이 완성된 DNA∞로 환상하는 상태[107]이다.

오토메나크는 아버지의 친구이자 친나파유주의자인 마야카라는 인물로부터 나파유제국의 패망을 전해듣고도, 정체성의 혼란은 계속된다. 그것은 부모를 잃어버리게 될지 모르는 아이의 불안과 같은 모습이다.

> (……)자기 국민을 정복하는 권력, 그것이 가장 나쁜 권력입니다. 하물며 남의 손을 빌어서…….
> 오토메나크는 넘기고 있던 부드러운 게 살점이 꽉 메었다. 나라를 망친 자기 나라 왕에 대한 원한이, 자기들을 망친 다른 나라 왕에 대한 충성으로 변한 사람들—그 속에 자기가 있음을 오토메나크는 이 순간에 직감했다.[108]

마야카가 돌아가고 아이세노딘에 황제를 복원하려는 움직임이 있자 카르노스와 수상의 만남 중에 깨닫게 되는 '직감'이었다. '목구멍에게 살점이 막혀오면서' 오토메나크는 서서히 민족과 이중적 식민상황

하게 되었다. 오토메나크는 이중적인 식민상황에 처한 지식인이면서 동시에 인간이기도 한 청년이기 때문이다. 다시 말해서 노예지만 인간이고, 자유인이기도 한 청년이다. 이중적인, 식민지 지식인이 갖는 특수성을 일반화시키기에는 라캉의 이론이 정밀하지는 않아 보인다.

107) 이러한 상태를 잘못된 현실 인식에서 오는 오류로 볼 수 있는데, 일제 하, 그리고 광복 후의 우리의 지식인의 모습에서 찾을 수 있을 것이다. 이중적인 정치 의식의 간극을 예술 의식으로 메꿔 보려는 태도가 바로 그것이라 할 수 있겠고, 사회주의 리얼리즘의 태도가 그를 말해주고 있다.

108) 최인훈, 앞의 책, 94면.

에 대한 진실을 인식하게 되는 것이다. 문명적 자기동일성의 혼란에
빠지게 된다.

특히 카르노스를 연금하고 있는 저택의 비밀 창고에서 발견한 아이
세노딘에 대한 니브리타의 식민지 정책 문건을 읽어나가면서 그의
문명적 자기동일성의 혼돈은 극대화된다. 오토메나크의 모습을 보는
독자도 마찬가지로 혼란스러울 것이다. 우리의 작금의 모습이기 때문
이다. 최인훈 식의 인간 현상의 세 분류에 대입하여 오토메나크의 상
황을 비유하면, 그는 '닫힌 안정', 'DNA'라는 '생물적 자기동일성'에서
'문명적 자기동일성'인 'DNA′'의 상태에 깊숙이 빠져 있어, '불안정'
하다. 즉, 국제정세를 올바로 인식하면서 닫힌 상태에서 벗어나려 하
지만 그럴수록 불안하다. 자신이 경험하지 못했을망정 아이세노딘 인
의 고통이란 이루 말할 수 없는 것이었고, 그것은 자신의 조국 애로크
의 현실과도 마찬가지인 것이었다. 그러한 그가 자기를 찾기란 여간
한 고통이 아니었다. 그래서 그의 이중, 삼중의 혼돈의 모습은 더욱
처절하지 않을 수 없다.

> 그는 이제야 카르노스의 태도와 세이나브의 행동을 알 수 있었다.
> 그들이 나파유군에 대한 태도가 자기하고 다른 까닭도 알 수 있었다.
> 그들에게는 니브리타와 나파유가 다름없이 보이는 것이다. 나와 같
> 은 자만이 이키다나 키타나트의 반(反)니브리타주의에 눈이 어두워
> 서, 애로크인 사람에게는 나파유가 바로 나브리타라는 환한 이치를
> 몰랐구나. 자기의 무지함을 생각하고, 두려운 앞날을 생각하면서 어
> 두운 비밀의 골방에서 그는 절망하였다.[109)]

그의 절망은 '생물적 자기동일성'이면서 현재의 '문명적 자기동일
성'에 도달하면서도 어쩔 수 없이 수반되는 불안의 진지한 모습이다.

---

109) 위의 책, 122면.

그 절망은 '환상적 자기동일성'인 DNA∞를 얻기 전까지는 계속된다. '생물적 자기동일성'의 '닫힌 안정'을 넘어서, '문명적 자기동일성'의 '열린 불안정'을 함께 하며, '환상적 자기동일성'인 '열린 안정'의 견인을 위해 그는 '사랑'을 찾는다. 『광장』의 이명준에게도 경험되었던 사랑과 동류의 것이다.

오토메나크는 절망으로 가득한 현실을 벗어나고자 더욱 아만다에게 몰입한다. 이중의 식민 상황 속에서 자신이 믿었던 이데올로기가 무너지면서 사랑이 찾아오고, 그는 그 사랑만이 무덤 같은 현실을 견디게 해 줄 수 있는 유일한 방도라 여겨 아만다와의 사랑에 몰입한다. 그것이 현실 도피의 모습으로 보일지 모르지만 그러나 그 사랑은 그에게는 또 다른 현실이었다. '전쟁이 어떻게 되든 사랑은 사랑'이었고, '전쟁이 잘못이어도 사랑만은 잘못이 아니'었던 것이다. 인류 공통의 문제이며 답이 바로 사랑이었다. 인간에게 DNA∞를 획득케하는, 열린 안정을 주는 길이 곧 사랑임을 알게 된 것이다. 하지만 아만다가 아이세노딘 애국자의 딸이었다는 사실은 오토메나크를 새삼 절망케한다. '환상적 자기동일성'이 희미해지는 것이다.

오토메나크는 '하나의 목숨'을 지닌 나파유주의자라는 현실을 버리지 않고 카르노스를 태운 배에 오른다. 그리고 '태풍'을 만나 침몰한다. 어쩌면 여기까지는 『광장』의 주제와 다를 바 없을 것이다. 그런데 『태풍』은 『광장』을 넘어선다. 오토메나크가 『광장』의 이명준보다 더 현실적인 인물이어서가 아니라, 잃어버린 '사랑'으로 구원마저 보이지 않아서가 아니라, 민족의 미래를 열어야 한다는, 변방에서 불안스럽게 유지하며 정체성을 찾지 못하고 방황하는 제3세계에 대한 올바른 진로 제시의 소명 때문이고, 인류가 걸어야 할, 문명적 자기동일성의 개진과 함께 환상적 자기동일성을 취하는 길에 대한 다른 형식의 안내를 하겠다는 생각이 보이기 때문이다.

'지배자는 언제나 피지배자를 침묵하는 타자로 구성한다'는 사이드의 말처럼 서구는 비서구를 언제나 말을 하지 못하도록 조장해왔다. 자신들의 언어로 말을 하게 했고, 자신들의 이론으로 비서구를 구조화시키기도, 해체시키기도 해왔다. 그들의 말을 익히고 그들의 이론을 받아들이는 비서구의 지식인들은 어느새 구관조가 되어 자신의 민족에게도 목소리를 흉내내라고 종용한다. 그러나 식민상황의 부조리함을 인지하게 된 지식인은 어떠한 목소리도 낼 수 없게 된다. 오토메나크가 그렇게 열렬한 나파유주의자이면서도 침묵할 수밖에 없는 이유가 거기 있는 것이다. 그는 생물적 자기동일성에서 문명적 자기동일성을 갖추게 된 지식인이었지만, 문명적 자기동일성이 자기를 구원해 줄 수 없다는 혼란을 자각하게 되었기 때문이다. 더욱이 그 문명적 자기동일성은 이중의 '계통발생'에 의한 '개체발생' 상태여서 확실한 목소리를 내지 못하게 되었던 것이다.

이것은 최인훈이 자주 언명하던 우리의 근대 이식에서의 문제점인 진정한 우리의 계통발생의 사다리를 빠트린 데서 오는 혼돈을 은유한 것이라 볼 수 있다. 진정한 우리의 과학적 이데올로기는 잃어버리고 그들의 자생 과학적 이데올로기에 눌려 혼란을 거듭하다가 아예 입을 다물어 버리거나, 그들의 이데올로기를 피상적으로 야유하거나 아니면 '비과학적인 이데올로기'를 신봉하는 것으로 위안을 삼기만 했던 것이다. 그러니까, 최인훈은 여기서 또 한 번 자발적 힘으로 완전한 근대 국가의 체계를 갖추지 못하고 노예 생활만 강요하던 당시의 우리의 정세를 비판하고 있는 것이다. 어쩌면 오토메나크는 배가 '태풍'을 만나 침몰하여 섬에서 스스로 '로빈슨 크루소'가 되어 그것을 이루어냈을지도 모를 일이다.

> 아카나트 소령이 하던 말을 떠올리면서 평화 교섭의 앞날을 생각해 보려 했지만, 생각의 갈피가 잡히지 않았다. 그러자 오토메나크는 문득 깨달았다. 이렇게 뒤숭숭한 것은 자기가 어느 사람에게도 자기

의 모두를 털어놓지 못하기 때문이라는 것을. 아만다, 카르노스, 아
카나트 소령, 다라하 중위—이들 누구에게 대해서도 오토메나크는
한두 가지씩 숨기는 것이 있었다.110)

　　이렇게 모든 사람에게 자기를 숨기고 있는 데서 오토메나크의 답
　답함은 비롯되고 있었다. 어느 한 사람에게라도 자기가 숨기고 있는
　일을 고백한다면 그 방향에서 길은 틜 것이었다. 그럼에도 불구하고
　어느 한 가지도 고백할 수 없는 성질의 것뿐이었다.111)

오토메나크의 절망은 '어느 한 가지도 고백할 수 없'이 침묵할 수밖
에 없는 데서 오는 것이었다. 그것은 식민자가 구성해놓은 구조이기
에 피식민자로서는 어찌해볼 도리가 없는 것이다. 그렇다면, 말을 하
려면 어떻게 해야 하는가. 말을 못하는 상태로, 즉 생을 마감하는 상태
에 이르면 간단할지 모른다.

　　차라리 죽는 것이 좋았다. 열 한 사람의 나파유 부하들이 이 섬에
　서 자기와 같이 죽는다는 일에 대해서도 오토메나크에게는 아무런
　아픔이 없었다. 그들이 나파유 사람이었기 때문에.112)

그러나, 그것은 올바른 해결이 아니었다. 『광장』의 이명준이 겪은 분
단의 문제에 국한된 것이 아니었다. 그것은 인류의 문제였던 것이다.
침묵하지 않고 죽음에 이르지도 않아야 한다면 어떻게 해야 옳은
가. 쉬운 해결로 그 동안 식민자가 가르쳐주었던 언어와 모든 이론을
떨쳐버리는 수밖에 없을 것이다. 그리고 민족의 언어만을 이용하여
식민자와 대결해 싸워야 할 것이다. 그런데 그것만이 정답은 아니다.

---

110) 위의 책, 279면.
111) 위의 책, 280면.
112) 위의 책, 462면.

그것은 편협한 민족주의로 남겨지거나 발전하여 또 다른 제국주의로 변질될 수 있기 때문이다. 역사의 **퇴보**를 가져오기 십상이다.

> 당신은 아이세노딘 사람이 될 생각은 없습니까. 그러나 나는 애로크 사람입니다. 당신은 얼마 전까지 자기를 나파유 사람이라고 믿고 있지 않았습니까. 지금 당신은 자기를 애로크 사람이라고 말합니다. 당신은 아이세노딘 사람도 될 수 있습니다. 아니 니브리타 사람도 될 수 있을 것입니다. 인연이 다한 이름을 버리면 됩니다. 사람은 육체로서는 한 번 나는 것이지만, 사람으로서는, 사회적 주체로서는 몇 번이고 거듭날 수 있습니다.[113]

죽은 줄 알았던 카르노스를 만나고 그 동안의 침묵을 깨뜨리면서 오토메나크는 죽음을 토로하지만, 카르노스의 조언에 따른다. 그리고 카르노스를 도와 아이세노딘의 독립을 쟁취하고 나아가 자신의 조국 애로크의 통일에도 지대한 기여를 한다. 카르노스의 말처럼 육체로서는 한 번 나지만, 사회적 주체로서 몇 번이고 거듭날 수 있었던 것이다. 즉, 생물적 자기동일성으로서는 한 번 나지만, 문명적 자기동일성으로서는 거듭날 수 있고, 나아가 환상적 자기동일성으로서는 무한으로 날 수도 있는 것이다. 우리는 앞서 「원시인이 되기 위한 문명한 의식」에서 인용한 '부활'의 길, 즉, '천당의 영생이 보이지 않게 된 이 잔인한 우리 시대에 우리 힘으로 가능한 자력구원의 길'은 '자기비판에 의해서 몇백 번이든 개인은 천사처럼 청정하게 거듭날 수 있다'는 문장을 읽었다. 카르노스가 이러한 논리에서 오토메나크를 '부활'시키고 있는 것이다.

카르노스는 『태풍』에서 부인물로 등장하고 있지만, 갈등과 방황이 없는, 이상적인 인물로 그려지고 있다. 작가가 다른 작품과 비평문에

---

113) 위의 책, 493~494면.

서 이상적인 인간으로 언급하고 있는 제갈공명 혹은 레오나르도다빈치와 같은 인상을 풍기는 인물이다.

> "카르노스 선생의 철학은 얼핏 보기에 종교와 같은 너그러움이 감동적입니다만, 그것을 받치고 있는 깊은 리얼리즘을 보지 못하면 카르노스의 적들의 선전에 말려드는 게 아니겠습니까?"
> (…)
> "옳은 말씀입니다. 카르노스 선생은 착하기만 한 분은 아니었지요."
> "그 점이 위대했던 게 아니겠습니까. 아이세노딘의 힘을 가장 사람들 마음에 맞게 안배를 한 것, 그는 예술가였습니다."
> "과학자였지요."
> "참, 유쾌합니다. 바루 과학자였습지요. 과학이란, 실은 모든 조건을 다 고려한 전천후(全天候) 정신이여야 하는데, 잘못된 관습으로 과(科)의 학(學), 즉 부분적인 정밀 지식으로만 너무 강조된 것이지요. 그러다 보니, 사물의 가장 포괄적인 인식을 나타내는 데 알맞지 않은 기미가 생겨서, 그럴 때는 <예술>이라는 말로 대신들 하지만, 물론 과학이지요. 카르노스 선생께서는 종교와 과학과 민족주의를 완성한 분이었지요."[114]

기술의 발달로 민족과 국가의 경계가 희미해지면서도 더욱 그에 대한 강화를 통해 체제를 공고히 하는, 그래서 개인의 삶이 불행하게 되는 '비과학적인 이데올로기'를 우리는 경계해야 할 것이다. 그래서 우리는 견실한 '문명적 자기동일성'을 갖추어야 할 것이다. 그와 함께 인류 공동체가 무한대의 법열에 이를 수 있는, 환상적 자기동일성도 꾸리도록 해야 할 것이다. 그리고 그것은 '세상에서부터 가져'온 자기의 '마음에 책임을 지는'[115] 자세여야, '소아(小我)가 아닌 대아(大我)'

---

114) 위의 책, 485~486면.
115) 위의 책, 492면.

로서 충실히 역할을 할 것이다.

최인훈은 오토메나크를 로빈슨 크루소로 만들지 않았다. 그리고 이명준처럼 만들지도 않았다. 이명준을 '부활'시켜 현실로 돌아오게 한 것이다. 이명준과 오토메나크가 같은 DNA∞를 향하고 있긴 해도, 최인훈의 '의식의 흐름'에 비유하면 이명준의 결말부의 행동은 '상상으로 남는 상상의식'을 가지고 환상을 향해 돌진한 것이고, 오토메나크는 '현실에 귀속되는 상상의식'으로 카르노스라는 인물을 통해 착란 상태에서 벗어나 현실로 돌아온 인물이다.

이명준과 오토메나크의 이 같은 행동의 차이는 작가의 역사 인식과 작품이 쓰여졌던 시기가 투영되어 있다. 우리에게도 자발적 근대화의 기회로 주어졌던 4.19, 그러나 그 황금의 시간은 순간뿐이었고, 오랜 군사정권의 시기가 있어왔다. 정권의 유지를 위해 유신체제에 돌입한 상태에서 작가의 자유의지란 실현 불가능했기에, 가상역사체로서나마 미래를 제시하겠다는 의도가 있었던 것이다. 그래서 『광장』의 이명준의 마지막 모습에는 4.19 이전의, 역사적 지평의 닫힘이 반영되어 있고, 『태풍』의 오토메나크의 생애에는 군사 폭압의 한 가운데서조차 역사의 미래의 가능성을 예감시켜 주는, 4.19를 겪은 작가의 믿음이 반영되어 있다.

기술발전에 의해서든, 경제지배에 의해서든 지구촌이라 불리는 오늘날, 변방의, 그것도 분단된 상태로 불안스럽게 유지하고 있는 우리에게 『태풍』이 시사하는 바는 크고 많다. 우리의 민족문학이 선진성을 띠기 위해서는 오토메나크와 같은 고민을 통해서만이 가능하리라 필자는 생각한다.

충일한 현실의식 속에서 또다른 현실을 형상해낸 『태풍』은 환상적 자기동일성을 통해 우리 민족의 현실과 미래의 문제를 예리하게 파헤친 선진적인 민족문학이라 평가할 수 있을 것이다.

제3장 ‖ 회상과 기억에 의한 창작 기법

1. 필연을 향한 우연의 운동 -『화두』

최인훈의 대작『화두』는, 작가가 1959년「그레이구락부 전말기」를 발표하면서 왕성하게 소설을 창작해온 이래, 1976년 이후 희곡 창작에 전념하다가, 1983년 단편소설「달과 소년병」발표 이후, 1994년에 세상에 내놓은 장편소설이다. 최인훈에게는 여러 장편소설이 있지만, 필자는 이만한 분량과 이만한 정신적 무게를 지닌 작품은 없다고 생각한다. 이성적 문장으로 감성적 울림을 전해주는 작품은 한국문학 100년사를 통틀어 찾기 힘들 것이다.『화두』는 철학자나 인문·사회학자로서의 세계관 표출 방식에 가까우면서 동시에 문학예술종사자로서의 미적 충격도 겸하는 진술로 표현되어 있다. 문학은 철학이나 정치학이 아닌 이상, 아름다움을 전달해 주어 독자에게 환상주체인 DNA∞를 체험케 해 주어야 하는데,『화두』는 우리에게 충분히, 그리고 오래도록 환상주체임을 확인케 해준다. 물론 독자는 환상주체가 되려는 자세를 보여야 하고, 그러한 열린 마음이 있어야 DNA∞에 다가설 수 있을 것이다. 우리에게 아무리 좋은 예술작품이 곁에 있더라도 눈과 귀와 마음을 닫아놓는다면 환상을 경험할 수 없음은 당연하다.

예술에 정해진 캐논이 없겠지만, 그래도 전통적인 관습과 규준이 있어 장르가 존재한다면,『화두』는 '예술가소설'이다.『화두』가 발표되었을 당시 많은 평자들이『화두』에 대해 언급했고, 대담하여 성과를 진단했고, 지금도『화두』를 연구하는 논문이 발표되고 있다.116)

---

116) 길게는 석사 논문이 있고 짧게는 월평이 있었으며, 거의 모든 매체에서 대담과 논평으로『화두』의 탄생을 언급해놓고 있다. 대표적인 논평과 대담, 그리고 논문은 아래와 같다.
김병익,「'남북조 시대 작가'의 의식의 자서전」,『문학과 사회』, 1994, 여름.
이태동,「역사의식과 작가적인 삶의 편력」,『문예중앙』, 1994, 여름.

그 논평의 성격은 대체로 네 가지로 분류된다. 하나는 오랜 침묵에 값하는 지적, 인간적, 문화적 깊이를 가진 기품의 걸작이라는 평과, 다른 하나는 총체적 삶의 구성에 탄력이 미미하다는 평, 그리고 해체론에 기대어 작품을 해부한 논문, 그리고 논리적 긴장이 없다거나 소설이 아닌 수필로 읽어야 한다는 학위논문도 있다. 이렇게 여러 방식과 여러 차원에서 『화두』를 바라보고 있음은 『화두』가 그만큼 해석의 가치가 다양하다는 의미이고, 관심의 대상이라는 뜻으로도 보인다. 그것이 '화두'라는 용어의 의미라고도 할 수 있겠다. 혹은 아직 우리가 『화두』에 대해 의미를 부여할 어떤 논리적 체계에 대한 확신이 없음을 반증하는 것이기도 하다.

필자가 『화두』를 '예술가 소설'로 읽어야 한다고 했는데, 이는 노드롭 프라이가 산문픽션을 크게 네 가지로 구분하는 가운데서 빌려온 표현이다. 프라이는 산문픽션을 '소설'과 '로만스', '아나토미',와 '고백'으로 분류하고 '고백'에 소설 양식이 합해지면 '예술가소설'로 규정할 수 있다고 말한다. '고백'에는 종교,정치,예술 등에 대한 어떤 지적, 이론적인 관심이 거의 늘 주도적인 역할을 하고 있으며, 고백하는 이가 자신의 삶을 기록하는데 값어치가 있다고 느끼는 것은 그가 이런 주제들에 대해서 통합적인 견해에 도달할 수가 있기 때문이라고 한

우찬제, 「현실의 유형인, 인식의 세계인, 그 가역반응」, 『세계의 문학』, 1994, 여름.
유보선, 「책읽기를 통한 현실 읽기의 풍요로움」, 『문학사상』, 1994, 6월.
오생근, 「『화두』와 기억의 소설적 형식」, 『현대비평고 이론』, 1994, 6월.
진형훈, 「기억을 찾아서 가는 소설의 길」, 『상상』, 1994, 여름.
한 기, 「인간은 생각하는 짐승」, 『문예중앙』, 1999, 가을.
이창기, 「화두는 내 정신과 삶이 빚어낸 자발적 구조입니다」, 『동서문학』, 1994, 가을.
김인호, 「최인훈 화두에 대한 해체론적 읽기」, 동국대 석사논문, 1995.
김기우, 「최인훈 화두의 구조와 예술론의 관계에 대한 연구」, 동국대 석사논문, 1998.
서은선, 「최인훈 소설 『화두』에 대한 서사론적 분석」, 『부산대 국어국문학』, 1995. 등이다.

다.117) 그런데 우리는 단순히 자신의 체험을 고백하는 자서전 형식의 글쓰기로만은 지양(止揚)의 완성에 도달할 수 없음을 유의해야 한다. 고백함과 동시에 과거의 여러 일과 그에 관련된 여러 체험 중에 선택된 것들만을 내세워 자신의 모습을 보다 확연한 지적 주체로 드러내야 할 것이다. 다시 말해서 고백이 소설의 양식과 합쳐지려면 의도적인 허구로 내세워진 미적 주체를 설정하는 전술이 필요한 것이다. 자신의 지난 잘잘못을 드러내는데도, 그러니까 고백에도 유희, 기술이 필요한 것이고, 그렇게 고백되어지는 인물도 소설 속에서는 엄밀하게 따지면 고백하는 사람이 아니다. 그래서 작가는 독자와의 사이에 화자를 내세워 인물의 고백과 사건을 보고하게 하는 것이다. 따라서 최인훈의 『화두』의 '나'는 예술가소설에서 미적 거리의 확보의 필요에 의해 작가가 내세운 화자라고 볼 수 있다. 미술 장르에서, 자화상을 그릴 때의 '나'를 비유해보자. 거울을 보며, 거울 속의 '나'를 화폭에 담을 때, 미술가인 '나'와 거울 속의 '나', 그리고 캔버스 안의 '나'는 각기 다른 '나'이다. 창작가와 감상자는 예술 작품 안의 '나'를 보며 쾌감을 느낄 뿐이다. 그 쾌감을 주는 '나'만이 예술에서의 진짜 '나'인 것이다. 소설도 마찬가지이다. 소설에서 '나'는 언어로 인식되어진 '나'만이 '나'라고 할 수 있고 이는 일반화된 미학론이다.

소설과 수필을 구분하는 준거로 '상상'과 '체험'이 있을 것이다. 그러나 인간에게 있어 어떤 경험이 '상상'이고, 어떤 겪음이 '체험'인지 인간의 의식은 구분하지 못한다는 것이 최근의 의학적 판단이다.118)

---

117) 노드롭 프라이, 임철규역, 『비평의 해부』, 한길사, 1996, 436면.

118) 인간의 뇌는 어떤 사람이 상상했는지, 꿈인지, 현실에서의 경험인지 구분치 않고 인상적인 것은 모두 저장한다는 것이 최근의 의학계의 보고이다. 팔이 잘린 사람이 예전처럼 잘린 팔로 물건을 집어들려 한다거나, 상상한 것이 그대로 현실에 드러난다거나, 효능이 전무한 약을 먹고 몸이 나았다거나, 뇌의 작용만으로 현실의 모든 기계를 움직이게 한다는 예를 들면서 뇌의 작용, 즉 의식의 작용이 현실에 끼치는 지대한 영향에 대한 숱한 보고가 있다. 그리고 앞서 살펴보았던 최인훈의 「인간의 Metabolism의 3형식」의 (4)항과 (5)항에서 환상 객

최인훈의 의식의 흐름이 더 간단한 설명이 되겠는데, 현실의식 속에 상상의식이 있고, 상상의식 속에 현실의식이 있고 그 속에 또 상상의식이 있을 뿐이다. 그리고 앞서 살폈듯이, 언어는 그 자체가 시뮬레이션 기능을 하는 기호이기에 우리는 글을 쓰면서 우리의 체험(상상이든 실체험이든)을 다시 재창조하는 것이고, 그것을 정리한다는 것은 체험을 재구성하는 경험이라는 의미이다.

그러니까, 어떤 작품이 수필인가, 소설인가의 장르상의 구별이 필요하고, 그의 기준을 설정해야 할 요구가 있다면, '화자'의 존재여부와 '화자'의 운용에 의해야 한다. 즉, 어떤 산문에서 '화자'의 존재가 뚜렷한가, 희미한가가 소설과 수필을 가름하는 기준이 되어야 하는 것이다. 수필이라는 장르를 받아들이는 독자는 먼저 작가와 인물, 그리고 화자가 모두 같다는 인식을 갖는다. 작가도 화자의 운용에 그다지 중점을 두지 않는다. 그런데, 소설은 '화자'의 존재가 뚜렷하고, 그 화자가 미적 차원을 발생시킨다. 즉, 소도구나 시간, 공간, 인물, 어조, 문장유형 등 여러 소설적 요소를 '화자'가 의도적으로 독자에게 조화로운 구성으로 받아들여지기를 염두에 두면서 조율해 나간다.

소설과 수필의 변별성으로 '제작화'에 특성을 두느냐 '의미화'에 특성을 두느냐가 있는데, 그것이 바로 '화자'의 운용의 묘이다. 작가가 초점화자를 내세워 인물이 겪는 사건의 양과 질을 인물의 내,외적 초점화에 맞추어가면서 섬세하게 운용하느냐, 작가가 화자가 되어 '나'의 경험을 독자에게 의미부여만으로 밀어붙이듯 전해 주느냐에 다른 점이 있는 것이다. 따라서 국외의 고전이라 일컫는 명작이 모두 수필이 아닌 소설119)로 읽혀지고 있듯, 우리의『화두』또한 소설로, 특히 예술가 소설로 읽어야 한다.

체와 주체와의 관계도 이와 마찬가지로 설명된다.

119) 릴케의『말테의 수기』, 싸르트르의『구토』, 프루스트의『잃어버린 시간을 찾아서』 등 모두 소설로 읽고 있고, 어느 누구도 그것을 수필로 명명하지 않고 있다.

소설에서의 '제작화'에는 당연히 소설적 요소로 '시간'의 활용이 개입한다. 『화두』는 시간이 매우 중층적으로 엮여 있다. 『화두』의 화자는 1992년 가을이라는 시간으로부터 출발하여(1부1장), 1987년 봄(1부2장)으로 되돌아간다. 1973년 미국 아이오와 창작프로그램을 참가한다. 1979년 미국 브록포트 대학의 초청으로 다시 미국에서 자신의 연극 공연을 지켜보다가, 1973년 겨울(1부3장)로 거슬러올라간다. 그러다가 1976년 봄으로 다시 시간을 진행시키다가(1부4장), 1989년 초여름(2부1장) 서울에서 예술대학교수생활을 시작한다. 그해 가을, 겨울을 보내고 1990년 5월을 거쳐 1991년 겨울에 소련이 붕괴하는 모습을 지켜본다. 그리고 1992년 초가을, 구소련을 여행하는 시간을 가져 조명회의 행적을 찾아낸다. 2부 1장부터 10장까지는 순차적으로 시간이 진행된다. 마지막에 1992년 가을로, 처음 출발했던 시점으로 되돌아온다. 하나의 장(章)을 이루는 시간 속에 또 과거의 시간이 존재하고, 그 과거는 대과거로 역진행하다가 현재로 돌아온다.

이처럼 『화두』는 소설 표층상의 시간의 흐름이 선형적으로 이뤄지지 않고 있다. 그래서 『화두』를 두고 탄력적 구성이 결여되었다는 평을 하기도 하는데, 이는 『화두』의 구성원리에 대한 이해의 결여에서 오는 오진이라 보여진다. 혹은 『화두』의 주인물 '나'의 행적에 의한 줄거리 파악보다는 '나'의 사유에 관한 독해에 몰입하여 평가를 내리고자 하는 논자의 태도에 기인한 것이 아닌가 하는 생각이다. 먼저 『화두』의 줄거리를 살펴보자.

현재(1992년 가을) 예술대학의 문예창작과 교수로 재직하고 있는 화자인 '나'는 소설을 쓰기 위해 지난 날을 회상한다.

'나'의 고향은 함경북도 H읍이고 나는 8.15 해방 직후 중학교에 진학하기까지 그곳에서 생활했다. H읍은 패망하기 시작한 일본의 마지막 저항으로 전쟁터와 흡사했지만, 나는 소련과 중국, 일본의 문물을 함께 체험하는 유년기를 보낸다. 나의 아버지는 H읍에서 벌목장을 운영하는 소자본가였지만 해방되면서 W시의 국영목재회사의 평직원으로 전직한다. 가족은 아버지를 따라 W시로 이사가고, 나도 중학교와 고등학교 2학년까지 W시에서 책을 읽으며 유랑의 외로움을 견뎌나간다.

나는 중학교에서 벽보의 주필로 활동했는데, 벽보에다가 교정에 있는 바윗덩어리가 흉하다는 문구를 썼다가 '자아비판'을 받게 된다. 어린 마음에도 벽보에 쓴 잘못된 문구보다는 소자본가의 아들이라는 이유가 지도원 선생으로부터 받게 되는 '자아비판'의 명목이라는 생각이 들었고, 그 '자아비판회' 사건은 그후 평생을 두고 나를 괴롭게 한다. 후일 나의 문학과 사상에 그 사건이 지대한 영향을 미치게 되고 나는 그 사건에 대한 나름의 해석을 얻기 위해, 평생을 바쳐 책을 읽고 사색하고, 생각의 정합성을 얻기 위해 여러 나라를 돌아보게 된다.

나는 중학교 졸업 후, 고등학교에 진학하면서 국어선생으로부터 조명희의 「낙동강」 독후감을 잘 썼다는 칭찬을 받는다. 작가가 되리라는 칭찬을 받으면서 나는 더욱 고민하게 된다. 어찌보면 나로서는 똑같은 생각으로 똑같은 글을 썼을 뿐인데, 어떻게 이렇게 선생님들로부터 상반된 평가를 받게 되는지, 어린 마음이 아프지 않을 수 없다.

그래서 나는 가족의 유랑에 따라 6.25전쟁 때 월남하고, 남한에서 유랑민으로 떠돌면서 중학시절 읽었던 「낙동강」의 주인공인 박성운이 국어선생인지, 지도원선생인지 구분하려 평생 책을 읽고 사색하게 된다. 그러니까 자아비판과 독후감 칭찬을 받던 '교실'을 평생의 공간으로 삼고, 그 공간을 향해 나의 전 생애를 바치게 된 것이다.

시간은 1987년 봄으로 훌쩍 건너가, 나는 미국 버지니아의 동생네로 향하는 비행기장 로비에 앉아 있다. 버지니아에 있는 동생 가족과 아버님을 만나고, 내 희곡을 공연하겠다는 브록포트 대학으로 향하는 중이다. 공항 로비에서 W시의 교무주임을 본다. 그는 1950년 남한의 피난지 M시에서도 마주친 적이 있지만 모른 체하던 사람이다. 여러 사회적 체험으로 여러 자기가 있을 수 있는, 생물적 존재이면서 사회적 존재이기도 한 인간이라는 생명을 깊은 의미로 받아들이게 한 사건이다.

나는 비행기 안에서 피난 시절을 회상한다. 어머니가 피난지에서 행상과 국밥집을 운영하고, 아버지는 북한에서처럼 자수성가를 이루지 못한다. 나는 M시에서 고교를 마치고 대학 법학과에 진학하지만 법학에는 왠지 관심이 가지 않는다. 내게는 과거의 자아비판회 사건과 「낙동강」을 쓴 조명희에 대한 생각에 가득하다. 그래서 나는 조명희처럼 소설쓰기에 전념한다.

나는 버지니아의 동생 집에 가서 아버지를 뵌다. 이번 미국행은 브록포트 대학 연극과에서 나의 희곡을 공연하겠다며 초청장을 보냈기 때문에 이루어진 것이다. 지난 1973년 가을에도 미국에 왔었다. 그때는 아이오와 대학의 창작 프로그램 참석 차였다. 나는 아이오와 창작 프로그램에 참여하고, 미국에 4년을 더 머물면서 휴식을 취하며 소설 『밀실』을 개작하고 희곡을 창작해냈다.

나는 『밀실』을 개작함과 동시에 희곡을 창작하면서 미국이라는 나라에 대해 깊이 생각하는 시간을 가진다. 미국은 오래된 나라이며 로마처럼 망할 것 같지 않다는 생각이 들기도 한다. 아이오와에 머물 때 나의 어머니가 돌아가신다. 어머니의 죽음으로 가족은 모두 오랫동안 비통해 했고, 나 또한 어머니에 대한 회상이 깊어진다. 나는 어릴 적 H읍에서 어머니를 잠깐 잃어버리면서 체험했던 '영원'을 떠올리고 잠을 자다가 나의 이름이 쓰인 비석을 읽는 기이한 꿈을 꾼다. 아이오와 초청 창작 프로그램이 끝났어도 나는 미국에 머물며, 워싱턴 DC의 서적창고에서 서적 정리 일을 하며 『자본론』을 읽는다. 나는 미국에서 『자본론』을 제대로 읽으며 세계정세를 객관적으로 파악할 수 있는 기회를 가진다. 그와 동시에 김대중 납치사건, 장개석, 주은래, 프랑코

사망, 솔제니친 망명, 워터게이트 사건 등등 세계사의 주요 인물의 주요 사건을 접하면서 정치에 관한 생각을 깊게 해 나간다.

나는 아버지의 만류로, 귀국에 대해 심각하게 고문한다. 가족의 유랑에 동참해야 하는지, 한국으로 돌아가 한국어로 글을 계속 써야 하는지, 밤잠을 설치는 나날을 보내다가, 우연히 한국의 '장수설화' 한 꼭지를 발견하고, 꿈 꿀 힘이 남아 있을 때 글을 써야겠다는 결심으로 한국으로 돌아온다.

한국에 돌아오면서 나는 예술대학 문예창작과 교수직을 맡는다. 1989년 초여름, 나는 후학을 위해 예술에 대한 이론화 작업에 몰두함과 동시에 희곡 창작에 열의를 바친다. 그러면서 이용악, 이태준, 박태원 등 월북 선배작가의 작품을 모으고 그들의 세계를 정리한다. 특히 이태준의 생가를 방문하는 일은 내게는 크나큰 기쁨이다. 나는 월북한 작가의 궤적을 파헤치면서 그들의 행적을 궁금해 한다. 그들이 북한의 사회주의체제 하에서 어떻게 살아갔는지 궁금해 하면서 나의 북한에서의 유년기를 회상하고, 80년 광주민주화운동을 겪어내면서 남한의 정치 상황을 비판한다.

나는 예술대학에 부임한 이후 당장의 생계 유지 걱정은 사라졌지만, 부유하는 듯한, 유랑민 의식은 심해져 과거가 더욱 오롯이 떠오르고, 가족과 자신을 유랑하게 한 연원에 대해 깊이 생각하게 된다. 자아비판을 하게 한 지도원 선생을 만나는 상상을 자주 하고, 분단을 체제화시킨 열강들에 대해 분노를 느끼며, 우연적 역사 상황을 개탄한다. 볼세비키 혁명, 소련 건국, 동유럽의 개혁 등이 내게 있어 그 모든 원인인데, 그러한 역사의 소용돌이는 결국 나를 있게 했음에 나는 나 스스로 어쩌지 못하는 사회의 구조와 그를 끌어가는 이데올로기가 원망스럽다.

어느날 나는 문학잡지의 신인공모 작품 심사를 위해 의정부 북쪽으로 여행을 한다. 그곳에서 나는 오랜 시간 군복무를 했고, 군복무 시절

문단에 나와 작품을 썼다. 대학을 중퇴하고 군에 입대한 것은 아버지의 기대를 저버리는 일이었지만 나는 정신없이 책을 읽고 소설 창작에 성의를 바쳤다.

1989년 11월, 부시 대통령이 취임했고 베를린 자유 왕래가 시작된다. 나는 고르바초프의 평화공세가 자연스러워보이지 않아 못마땅하다. 혁명 이후 사회주의를 실천하겠다던 소련의 정치가 그릇된 방향으로 흘러가는 것이 아닌가 하는 생각에 잘못된 이성의 사용에 대한 안타까움이 더해진다.

1990년 5월, 나는 조명희가 총살되었다는 보도를 듣는다. 어린 시절부터 존경해왔던 「낙동강」의 작가 조명희가 숙청당했다는 소식과 그의 딸이 아버지의 원고를 찾는다는 다큐멘타리를 접한다.

소련이 붕괴되고 이라크에 폭격이 가해지는 사건이 발생하고, 나는 1992년 초가을에 구소련을 여행하는 시간을 갖는다. 구소련의 모습은 미국과는 또다르다. 나는 문장의 대가들인 톨스토이, 푸쉬킨, 토스토옙스키, 체홉 등의 묘소에 참배하면서 착잡한 심경에 빠진다.

구소련의 여행중에 나는 조명희의 압수 문건에 섞여 있던 연설문을 보게 된다. 나는 그 연설문을 수차례 읽으며 감동한다. 「낙동강」의 주인물 박성운과 지도원 선생, 조명희와 자신을 생각하며 나는 서울로 돌아온다. 나는 서울로 돌아오는 비행기 안에서 레닌의 기사를 읽는다. 죽기전, 치매 상태에 빠진 레닌을 묘사한 대목을 읽으며 나는 결심한다. 대사상가도 치매에 걸리면 허무하기 짝이 없듯, 기억이 있을 때, 기록해두어야겠다고, 기억 자체인 '나'를 기록하는 것이 '나'를 영원히 기억하는 일이라고, 생각하면서 나는 소설을 쓰기 시작한다.

필자는 독자가 좀더 명료한 시각을 가질 수 있으리라는 생각으로 줄거리를 요약해 보았다. 즉, 시간의 흐름보다 사건의 진행 파악에 요긴하리라는 생각으로 줄거리를 요약해 보았는데, 살펴본 바처럼

『화두』는 전체가 회상으로 이루어진 소설이다. 시간은 대부분 과거이지만, 시간의 흐름이 과거이건 현재이건, 대과거이건 작가는 시간의 자연적인 흐름을 작품 작동의 주요소로 삼고 있지 않아 보인다. 작가에게는 회상의 시간, 인물인 '나'의 기억이 발생되는 지점을 화자인 '나'의 회상의 언술의 시점(時點)으로 삼을 뿐이다. 그래서 인물인 '나'의 기억 발생에 맞추어 화자인 '나'의 발화의 시간은 흐르다 멈추다가 다시 진행되기를 반복한다.

우선 『화두』의 표층적인 측면에서의 인물의 기억 발생, 즉 인물의 기억을 화자가 어떻게 초점화 하면서 발화하는지, 소설창작에서의 '회상'의 여러 방법을 살펴보자.

첫째는 화자가 초점화자를 내세워 곧장 과거를 회상시키는 방법이고, 둘째는 기억을 연계해주는 매개체를 통한 회상 방법, 그리고 셋째는 우발적으로 발생하는 기억에 얹혀 과거를 예고 없이 회상하는 방법이다. 첫째의 회상 방법은 액자소설에서 흔히 쓰이는 창작방법인데, 『화두』에서도 화자가 미국과 서울, 러시아 등의 기행이 예술대학 교수생활을 하면서 과거를 회상하는 문단에 많이 분포되어 있다.

> 중학 시절의 마지막 무렵 이야기를 쓰고 있자니 우리 반에서 내가 목격한 역사의 화려한 한 토막이 떠오른다. 우리 반에는 두 사람의 영웅이 있었다. 각각 A, B라고 부르기로 하자.[120]

> 과잉. 나는 피난 시절의 미군 부대 언저리의 풍경을 떠올린다. 거기도 전쟁에 시달리는 현지인인 우리를 어지럽게 한 <과잉>이 있었다. Hard Wares라고 쓴 가게에 들어간다.[121]

---

120) 최인훈, 『화두』, 1부, 문이재, 2002, 61면.
121) 위의 책, 178면.

나의 기억에는 이 날의 광경은 또 하나의 피난길로 분류되어 있
다. 이번에는 가족 단위가 아닌 나 혼자 힘으로 겪어야 한다는 차이
가 있었다.[122]

이처럼 화자가 "지난날이 떠오른다….", "그때의 모습은 이렇다…."
와 같은 어구를 넣고 초점화자를 내세워 과거를 서술하는 방법이 『화
두』의 기억 발생의 기본적 방법이다. 여기서 화자는 현재의 예술대학
교수인 '나'이고, 기억되어져 과거 서사를 끌어가는 초점화자는 어린시
절의 '나'이거나 대학시절, 혹은 군복무시절의 '나'이다. 이와 같이 "옛날
의 내가 떠오른다…."와 같은 문장을 삽입시킴으로써 과거의 기억을 끌
어들이는 일반적인 방법을 취하기도 하지만, 특정 사물, 장소, 또는 신문
기사 등의 매개물을 활용해 자연스럽게 회상으로 전환하기도 한다.

아버님과 나는 물에서 나와 우산 밑에 와서 앉았다. 우리는 헤엄
을 칠 줄 모르는 한 쌍이었다.(…) 우리는 동생들이 돌아와서 아내와
아이들과 어울려 깊지 않은 곳에서 튜브에 매달리면서 놀고 있는 것
을 바라보았다.
대서양이었다.
두만강 상류 수원지 부근의 백두산 원시림에서 호랑이가 눈 위에
발자국을 남기면서 찾아오는 산판에서 살림을 일으켜 H읍에서 조촐
한 성공을 이루어낸 것도 잠시, 피난 살림으로 남한 각지를 이리저리
옮겨다닌 끝에 마침내 바다를 건너 이 지구상의 또 하나의 바닷가에
와 있는 것이었다.(…) 폭격을 피해 W시민들이 시외로 빠져나갈 때
우리는 W시와 38선 중간쯤에 있는 K로 피난했다.[123]

이 지역에서 가장 많이 보는 ≪워싱턴 포스트≫다. (…)먼저 장개

---

122) 위의 책, 195면.
123) 위의 책, 385~386면.

석이다. 그의 사망소식은 참, 장개석이 방금까지 살아 있었구나, 그
렇게 언뜻 반응하게 만들었고, (…) <장개석>이라는 이름을 처음 들
은 것은 해방 전 1940년쯤, 내가 소학교에 들어가기 전후였을 것이
다. 그때 이미 장개석이라는 인물은 신문에서 최대의 악역 노릇을 하
고 있었다.124)

여기를 지나서 버스는 청계천으로 들어온다. 여기는 서울에서 제
일 변하지 않은 곳이 아닌가 싶다. 나는 청계천이 아직 덮이지 않은
것을 본 세대다. 역시 50년대다. 덮이지 않은 청계천 가에는 물 위에
버팀막대가 박힌 판잣집이 연달아 동대문까지 이어져 있었다. 어머
니하고 장보러 나왔다가 이 근처 그런 판잣집 어디쯤에서 순대국을
사 먹던 일이 생각난다. 어머니가 좋아하시는 음식은 국수와 순대였
다. 자랄 때 친정 입맛 그대로였던 모양이다. 북쪽 지방의 순대요리
는 장관이다. (…) 순대맛을 제대로 알자면 한평생이 걸린다.125)

가족이 수영하는 모습을 보면서 기억이 발생, 바다를 건너 고향의
바다와 피난시절의 나를 떠올리면서 당시의 고달픔을 묘사하거나, 신
문에 기사화된 장개석의 죽음을 읽고 장개석을 풍자하던 어린시절을
회상하며 자연스럽게 당시의 국제정세를 보여주면서 지금의 정황과
비교해 본다거나, 버스를 타고 청계천을 지나다 순대맛을 생각해내면
서 어머니를 그리워하는 회상이다. 그러니까, 감각이나 읽을거리, 장
소 등의 매개물을 이용하여 과거를 끌어올리는 방법이다. 『화두』에는
이러한 기억 발생 방식이 작품 곳곳에 폭넓게 사용되고 있다. 매개체
또한 감각, 장소 뿐 아니라 책이나 TV 등 다양한 것을 쓰고 있다.
첫 번째 방법처럼 매개체를 사용한다는 점에서 이 방법도 과거로 진
입하겠다는 예시가 있는 셈이다. 그러나 전혀 그러한 예고나 전제 없

---

124) 위의 책, 391~392면.
125) 위의 책, 2부, 124면.

이 회상하기도 한다. 회상하는 것이 아니라 회상되어지는 기억이라는
표현이 더욱 적절하겠는데, 표면상으로는 회상 속에 회상이 있는 모
습이다. 마치 상자 속에 상자가 있고 또 그 상자 안에 작은 상자가
들어 있는 마술상자처럼, 회상이 중층구조를 이루어 하염없이 과거를
끌어올리는 형국이다.

> 그해 여름 어느 날 오후 용산역에서는 이 울타리를 지키기 위해
> 징집된 서울 지역의 젊은이들을 태운 객차와 화물차의 혼성 열차가
> 출발하였다. 역구내는 징집자 가족들과 헌병들로 대혼잡을 빚고 있
> 었다. (…) 지루한 그런 시간이 지난 다음 차가 움직이기 시작하였다.
> 열차는 용산역 구내를 빠져나갔다.
> 이 열차에 나도 타고 있었다.
> 나의 기억에는 이 날의 광경은 또 하나의 피난길로 분류되어 있
> 다.(…) 실은 이런 출전을 끌어댈 필요없이 W에서의 피난상황이 바
> 로 그것일 터이기도 하지만 그것은 좀 지난 다음의 반성이었고 나는
> 오랫동안 나 자신이 그 안에 있는 광경을 이스라엘 사람들의 이집트
> 탈출이라든가, 바빌론 강가에서 노역에 종사하는 이스라엘 사람들의
> 무리와 겹쳐서 떠올리기 일쑤였다. (…) 내가 겪은 군대생활도 그런
> 것이었다. 내가 속한 세대는 일본 식민지하에서 군대숭배 문화를 교
> 육받은 유년시대를 가지고 있다. 게다가 그 실제 경험은 없는 채로
> 해방을 맞이했다. 일본군대가 우리의 억압자요, 적군이었다는 것과,
> 일본 통치자들이 식민지 민중에게 주입한 군대숭배 사상은 별개의
> 문제다.126)

화자가 의정부를 기행하다가 옛 군부대를 돌아보며 회상하는 장면
인데, 20대 때의 군복무시절을 회상하다가 곧장 피난상황을 떠올리
고, 군대문화와 관련하여 어린시절 일제식민지 하의 군숭배문화를 생

---

126) 위의 책, 196~197면.

각한다. 한 시절의 과거를 회상하면서 그와 관계한 과거 경험을 끄집어내고, 또 다른 경험을 환기시키며 기억을 생성해내는 방법이다. 마치 기억 공장에서 기억 기계에 의해 만들어지는 기억생산물이라는 표현이 어떨까 생각될 정도로 『화두』는 기억발생을 통해 하염없이 과거를 퍼 올리는 서술 기법으로 쓰여지고 있다고 할 수 있겠다.

『화두』의 화자는 서울에서 버지니아로, 아이오와에서 다시 서울로, 이태준 생가 방문에서 의정부로, 러시아로 옮겨다니면서 끊임없이 과거의 역사적 사건을 반추하거나 개인적 사건을 회상하는데, 하나의 장(章)에 하나의 과거 사건만을 잡아 회상하지 않는다. 하나의 장에 적어도 두 가지 이상의 역사적 사건이 담겨 있으며, 개인적 사건도 세 가지 이상이 들어 있다. 어떤 장에는 한 문단 안에 여러 과거 사건이 중첩되어 나타나기도 한다. 언뜻 기억의 혼돈 속에서 헤매는 듯 보이지만, 자세히 관찰해 보면 그 모든 기억들이 두 가지의 핵심기억에 의해 조율되어 변주하고 있음을 알아차리게 된다.

> 돌이켜보면 H시를 떠나 W시로 나오게 된 일은 나의 정신의 깊은 곳에 자국을 남기고 이후의 생애를 통하여 그 의미가 밝혀짐에 따라, 이 의미는 유년시절에 겪은 가족적 이동의 자국을 더 깊이 저며들어 간 듯하다. 평범한 생활을 보내고 있던 데 지나지 않는 한 가족이, 어느 날, 그 생활에서 자각하지도 못했던 의미를 부여당하고 땀 흘려 확보했다고만 생각해 온 생활의 일체를 뒤에 두고 쫓겨나야 했다는 사실(…) W시의 중학교에서 겪은 그 밤의 비판회 사건은 우리 가족이 겪은 사건의 축소판이었다. 그 사건에 대해서도 나는 지도원 선생을 전적으로 부당하다고는 생각하고 싶지 않다. 그의 처리가 미숙하고, 북한 사회에서의 토론문화의 수준이 그러했기 때문에 바늘만한 일을 쇠몽둥이로 다스리는 식의 절제 없는 규탄의 수사학이 어린 정신에게 공포를 경험한 것은 사실이지만, 요컨대 그는 모든 사람에게 무한 봉사를 요구한 것이었다.127)

교사 ― 소설입니다
　　　　나는 여러분에게
　　　　「낙동강」을 읽고 느낀 것을
　　　　써 오라고 했습니다
　　　　동무들은 그대로 했습니다
　　　　잘 써 왔습니다
　　　　그런데 …동무는
　　　　과수원 하는 친구집에 놀러가서
　　　　거기서 어떤 여학생 동무를 만나고
　　　　이렇게 셋이서
　　　　「낙동강」을 배우면서 느낀
　　　　이야기를 하는
　　　　이야기를 꾸몄습니다
　　　　이 점이 다릅니다
　　　　「낙동강」에 대한 감상이
　　　　또 하나 이야기가 된 것입니다
　　　　…

　이것이 나의 기억의 공간에서 사라지지 않을 뿐만 아니라, 시간이 지날수록 선명해지고 극적인 깊이를 더해가는 다른 한 장면이다. (…) 그 박성운에게 작문의 필자는 자기를 일체화시킨다. 박성운은 필자의 이상적 자아다. 그런 입장에서 그는 작문을 써낸다. 그 작문이 선생님에 의해 극찬된다. …동무는 훌륭한 작가가 될 거요. 치명적인 예언을 듣는다.[128]

　두 명의 선생님에 의해 가장 원초적 상처로 각인된 두 가지 사건, 곧 교내 벽보 주필로 활동하다가 지도원 선생에 의한 '자아비판회사

---

127) 위의 책, 267~268면.
128) 위의 책, 83~84면.

건'과, 「낙동강」 독후감을 잘 써서 훌륭한 작가가 될 것이라는 작문선
생의 '칭찬 사건', 그 두 사건은 『화두』 안에서 이리저리 돌아다니며
다른 사건들을 부추겨 서사를 이루어 나가기도 하고 감싸 안아 숨기
면서 은유시키기도 한다. 기억의 발생으로 서사를 끌어가는 『화두』에
서의 핵심기억은 바로 지도원 선생에 의한 '자아비판'과 작문 선생한
·테서 받은 '독후감 칭찬'이다. 그 두 가지 핵심기억이 가장 심층에 깔
려 있고, 그 기억을 중심으로 다른 여러 기억들이 거미줄처럼 걸쳐져
있는 모습이다.

> 기억은 이처럼 원기억과 그것의 회상이라는 과정에서 생기는 2차
> 기억의 복합물인 모양이다. 원기억을 A라 하고 2차기억을 a라 하면
> <기억=A · a1,2,3...n> 이렇게 된다.[129]

그 원기억인 '자아비판'과 '독후감칭찬'이 핵이 되어 변형되어 묘사되
고, 변조(變調)하여 연주된다. 사회주의 체제하에서 소자본가의 아들로
태어났다는 이유로 자아비판을 받지만, 「낙동강」의 주인물 박성운과
동일시하는 독후감으로 칭찬을 받는, 하나의 이상(理想)을 두고 칭찬과
동시에 비판을 받아야 하는, 그렇게 해서 분열을 겪게 만드는, 두 핵심
기억은 평생을 두고 화자를 괴롭힌다. 화자는 그 두 가지 기억을 어떻
게 하면 가장 자연스럽게 조율시켜 아름답게 연주할 수 있을까를 '화두'
로 삼고 화두를 풀어나가려 안간힘 쓴다. 그 두 사건은 개인적 기억
차원을 넘어 20세기라는 역사 변동의 주요한 원인을 상징하기도 한다.
그런데, 그 두 가지 핵심 기억에 의해서 파생되는 기억들은 충동적
으로 나타나면서 예측 없이 스러지다가, 다른 기억들을 불쑥 끌어들
이기도 하다가 핵심기억으로 되돌아가기도 한다. 핵심기억에 의해 발
생하는 부수 기억은 질서 없어 보인다. 프루스트의 『잃어버린 시간을

---

129) 위의 책, 92면.

찾아서』에 많이 보이는 회상의 장면과 매우 흡사하다. 조르주 뿔레는 '프루스트에게 있어서 깊은 추억은 우리의 정신적인 행위의 출발점이거나 출발점일 수밖에 없는 내면에 있는 도달 지점에서만 무의지적으로 받아들여진 어떤 것일 뿐이다.'[130]라고 하며『잃어버린 시간을 찾아서』를 바로 읽는 방법을 제시해 주고 있다. 읽는 사람에게 있어 '정신적 출발점'이자 '도달 지점'인 기억은『화두』에겐 두 핵심기억이다.『화두』의 화자는 진주조개처럼 핵심기억 두 가지를 진주인 양 깊이 품고 우리를 바닷속 심연으로 끌어들이고 있다. 우리가 찾지 않으면 물론 조개는 보이지 않을 것이고, 조개를 열지 않으면 진주는 찾아지지 않는다. 그러나『화두』는 우리에게 해도(海圖)를 제시하고 조개의 위치를 알려 주며, 조개를 여는 열쇠를 마련해놓고 있다. 그 해도와 열쇠가 또 하나의 기억으로 그것은 뿔레의 말처럼 '무의지적'[131]으로 발생하여 또다른 기억을 끌어올리기 때문에 우리도 그 발생구조를 무의지적으로 택하여 알아낼 수 있다. 그러나 무의지적으로 발생한 기억의 해도를 우연에 맡겨 하나의 길을 택하더라도 그 기억의 근원으로 도달된다. 혼란스럽고 무질서해 보이는 기억의 회로 끝에 '자아비판'과 '독후감칭찬'이라는 두 개의 진주 기억이 있는 것이다.

또한 그 무의지적으로 발생한 부수기억들은 순차적인 시간진행에 의해 퍼뜨려지지 않는다. 기억이 발생한 시간이 곧 현실의 시간이 되므로 시간의 순서를 따지는 일은 무의미하다. 시간은 기억과 함께 현재로 주어지므로 직선으로 흐르지 않는다. 기억은 우연에 의해 발생하고 또다른 기억은 그에 의해 선택되기에 시간은 마치 DNA의 구조처럼 나선형으로 흐른다.

---

130) 조르주 뿔레, 김기봉 역,『인간의 시간』, 서강대출판부, 1998, 536면.
131) '무의지적 기억의 발생'이라는 개념은 조르주 뿔레 외에도 앙리 베르그송의 인식론, 그리고 질르 들뢰즈의 시간관념, 자크 모노의 우연적 생명발생 등의 개념과 같은 맥락으로 이해해도 되겠다. 그리고 대승불교에서의 훈습(薰習)도 같은 개념이다.

여기서 최인훈의 예술론과 문학론의 핵심을 재정리해야 할 필요가 있다. 최인훈의 문학론의 핵심이라 했던 '개체발생은 계통발생을 되풀이한다.'는 언명과 우연의 선택, 나선형의 기억 발생의 연관을 정리해야 회상되는 시간을 통한 『화두』의 완결 구조를 파악할 수 있겠기 때문이다.

앞서 세 가지 인간 현상의 분류를 통해 충분히 살펴보았듯 인간은 생물적 주체이면서 문명에 동참해야 하는 문명주체로서의 개체발생을 매순간마다 되풀이해야 한다. 되풀이 하지 않으면 생물적 주체에 머물 수밖에 없다. 그래서 인간은 문명을 가지게 된 이후부터 지금까지 도달한 상태를 순간순간 기억해내며 살아야 한다.

창작활동 또한 인류의 시작부터 현재까지 기억해내는 일에서부터 비롯된다. 그러나 생물의 발생에서 현재의 진화 상태 모두를 기억해내어 전량을 표현할 수는 없다. 그 작품에 합당한, 농축된 기억을 필요에 의해 선택하는 지혜를 발휘해야 한다.

그래서 삶을 '환기'하기, '개체발생'의 되풀이, 즉 물질대사를 보다 원활히 하고 '현실로서의 기호행동'인 예술행동을 보다 능률적으로, 과학적[132]으로 풀어가기 위해 어떤 원리의 정립이 요구될 것이다. 『화두』의 화자는 '발생학에서 적용시키려는 의식의 태도'를 발전시켜 창작원리화 한다. 여기서 '생물의 발생과 진화는 우연의 법칙에 의해 결정된다.'[133]는 생명철학자 모노의 말을 연관시켜 생각할 필요가 있다. 모노의 생명철학과 최인훈의 예술론 대입이 같은 맥락으로 파악되어도 무리가 없다는 생각이다. 모노는, '생물의 존재를 가능케 하는 기본 물질인 DNA는 네 개의 함질소 염기의 상호조합에 의해 유전암호가 결정되는데, 이들은 입체적 상보성에 의한 배열이기에 필연성보다 우연성이 개재한다.' 고 한다. 이는 인과론적 사고구조를 뒤엎는

---

132) 과학적이라는 표현이 자체로 '현실을 위한 기호행동'으로서의 기호로 쓰이고 있지만, 여기서는 '현실로서의 기호행동'을 원리화하는 비유의 수단으로 쓴다.

133) 자크 모노, 김용준 역, 『우연과 필연』, 삼성출판사, 1990, 350면.

물리학자 하이젠베르그의 불확정성 원리를 생물학 영역에 도입한 이론이다. 그는 또, '생물의 발생과정과 진화에는 이러한 우연성이 개재된다'[134]고 말하고 있다.

　　— 표현이라는 것은 어차피 정보의 전량을 방출하는 것은 아니기 때문에…….
　　— 선택입니까?
　　— 선택, 선택, 좋습니다, 선택입니다. 표현이란, 표현 내용의 선택적 객관화라고 하면 되겠습니다. 선택입니다. 그러니까 좋은 표현이란 것은 이 선택의 순서가 상투적이어서는 안 되는 것입니다. 그 작품에서 처음 만나는 선택이어야 합니다.
　　— 개성적이라는?
　　— 그런 비개성적 표현은 피하고 싶습니다.(모두 웃음)
　　— 그 선택에 비로소 그 작품을 그 작품이게 하는, 그런 <흐름의 선택>입니다.
　　— 어렵습니다. (…)
　　— 모두 다르되, 정당하게 달라야 한다, 이것이 기준입니다.
　　— 다르되, 정당하게……?
　　— 필연은, 낱낱의 우연에 의해 표현된다, 이렇게 이해해도 됩니다.[135]

　위 글은 화자가 예술대학 수업시간에서 학생들의 창작물을 놓고 토의하는 모습을 대화로 서술한 부분이다. 수업 과정에서 서술자의 창작론을 드러내면서 『화두』의 구조원리로 작용시키고 있음을 암시하고 있기도 하다. '우연'이라는 개념에 대한 최인훈의 생각은 다른 소설작품에서도 자주 인용된다.

---

134) 위의 책, 355면.
135) 최인훈, 앞의 책, 32~33면.

우연함이란 존재의 자각이다. 우연함이란 까닭 없음 · 부조리 · 유머 · 장난 · 외경감 따위의 있음, 존재(存在)에의 놀라움을 뜻하는 말들의 동의어이다. 그러므로 미학(美學)에서 우연함이 가지는 뜻은 깊다. 우연함은 이미지를 떠올리고 부피를 준다. 그것은 뜻 없는 '사실'이다. 뛰어난 우연함을 지닌 시에 접하여 이상한 안타까움과 숙연한 멋쩍음을 느끼는 것은 존재의 우연함을 나타내려는 시인의 음모가 성공했기 때문이다.136)

문학예술 종사자에게 있어 우연은 그러므로 의도된 우연이라 할 수 있겠다. '존재의 우연함을 나타내려는 시인의 음모가 성공'하려면 표현 내용의 선택적 객관화가 필요한 것이다. 다시 말해서 작가가 의도한 우연의 선택으로서의 필연이 되어야 한다. 그것이야말로 존재를 자각하는 데 가장 적합한 일이 아닐 수 없다. 생물의 발생에 우연이 개입되듯 예술작품의 창작에도 마찬가지일 것이다. 거인이 던지는 주사위로 역사의 법칙을 비유하는 『회색인』의 황선생도 우연을 언급한다.

여기에 한 개의 주사위가 있다고 생각하게. 이 주사위는 좀 이상해서 그 여섯 개의 면(面)이 각각 살아 있어서 쉴 새 없이 자유 운동을 한다고 가정하게. (…) 여기에 어떤 거인(巨人)의 손이 있어서 이 움직이는 주사위를 집어서는 던지고 집어서는 던지면서, 어떤 놀음을 하고 있다고 상상하게. 이 면(面)들이 역사상의 민족이라 하고 거인의 손을 역사의 법칙이라 한다면 어느 면이 나오는가는 이 주사위 스스로 움직이는 미시적 자유운동과 거인의 손에 의한 거시적 자유운동의 합이 만들어 내는 우연이 아니겠는가.137)

---

136) 최인훈, 『서유기』, 문학과지성사, 1996, 218면.
137) 최인훈, 『회색인』, 문학과지성사, 1996, 197면.

그러니까 역사의 운동은 그 자체로 우연이라는 것이다. 즉, 역사의 법칙과 민족의 운동이 합쳐져 만들어지는 역사는 우연에 의해 결정된다는 것이다. 그 우연은 불교에서의 '공(空)'과 '운명'과 '신'과 같은 개념이라고 황선생은 말한다.

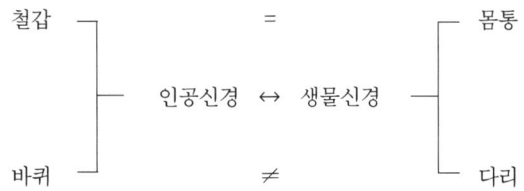

『화두』 2부, 320면에 그림으로 제시된 '바다거북이' 비유 또한 최인훈의 예술철학이 잘 표현된 것이라 할 수 있다. 생물로서 인류 진화에 불가피하게 따르는 낭비를 줄이기 위해 21세기인 오늘날과 미래의 효율적인 역사운동 방식의 대안으로 상징화시킨 화자의 압축된 사상이며 예술론이기도 한데, 우리가 왼쪽 항과 오른쪽 항의 상보관계를 유지하기 위한 노력을 할 수밖에 없는 것이, '그림에서 = 에만 초점을 맞추면, 왼쪽 눈에 보다 힘을 주면 무릇 존재는 모두 물질이어서 유물론적 풍경화가 그려지고, 오른쪽 항에만 기대면 일체 유심론, 유심론 만다라가 된다. 만일 ≠ 에만 초점을 맞추면 이원론이나 절충론으로 김빠진 술이 된다. 언제든지 집구석이 풍비박산 날 수 있는 뜨내기 살림이'138)기 때문이다.

우연으로 선택되어져 불가피하게 낭비일 수밖에 없는 바다거북이를 비롯한 여러 생물적 존재들, 생물이면서 문명적 존재인 인간도 그 낭비에서 벗어날 수 없다. 이데올로기나 그로 인해 짜여지는 사회체제 또한 마찬가지이다. 그래서 '바퀴'를 만들어 '철갑'의 모양새로 과장하거나 혹은 합리화해서 자기를 보호해야 하고, 그것을 개개인이

---

138) 최인훈, 『화두』 2부, 321면.

늘 '다리'와 '몸'으로 체득해서 자기화 하기를 되풀이해야 한다. 그러니까 언제나 계통발생을 되풀이하는 개체를 발생시켜야 한다.

마침 인간에게는 언어라는 기호가 있어 압축된 상태로 개체발생을 거듭할 수 있다. 그러니까 우리는 늘 '인공신경'과 '생물신경'을 흐르는 정보들을 이해하기 위해 노력해야 하며, 그렇게 해서 기습득된 기호들을 또 개체발생시켜야 한다. 『화두』에서 표현된 위의 그림에 『회색인』에서 황선생이 설명하는, 거인이 만들어내는 '거시적 운동'을 바다거북이의 좌항에 대입시켜도 무방하겠고, 주사위 스스로 움직이는 '미시적 운동'을 바다거북이 우항에 맞춰 생각해도 되는데, 우연의 필연, 즉, 선택한 우연들이 서로 필요에 의한 총체물로서의 문학작품을 바란다면 창작자는 그 둘의 상보관계를 늘 유념해야 한다. 다시 말해서 창작자 혹은 문학종사자들은 바다거북이의 인공신경인 '현실을 위한 기호'로서의 언어와 생물신경의 원시성을 지닌 채로 인공신경으로 작용하기를 바라는 '현실로서의 기호'로서의 언어를 잘 조화시켜 거듭 우연의 필연을 만들어내는 노력을 게을리 하면 안 된다고 『화두』의 화자는 말하고 있다.

'문학이라는 제도' 또한 사회생활의 한 가운데 있고, 그의 생활의 결과물인 작품은 '열락'의 기능을 맡고 있기에 문학종사자는 현실에 대해 언제나 민감한 안테나를 끌어올려 작동시켜야 한다. 그래야 '공동체적 이성'을 늘 감지해내면서 동시에 '공동체적 감성'을 실어 현실의 시민들에게 '열락'을 줄 수 있을 것이다. 필연을 향한 의도된 우연의 진행 방법이어야 '열린 안정'인 'DNA∞'의 환상주체로 진입하게 할 수 있을 것이다. 의도된 우연을 진행시키는 것은 거울의 역할을 하는 화자가 맡고 있음은 물론이다.

시간에 대한 저항으로서의 회상, 즉 무의지적 기억의 발생에서의 시간에서는 현실에서는 반복 불가능한 일회적 인생이 반복적으로 재현가능하며, 이 재현이라는 조건 하에서 그 일회적 사건을 재검토하는 자아가 성립하게 되는데, 이 자아는 회상되는 자아에 대하여 우월적 지위에 있게 된다. 즉, 화자다. 이 화자가 DNA∞의 주체(=보통 의식의 한 형식인 이 회상에서의 회상주체의 극대화)이고, 미적 주체와 보통 생활 주체의 통합이며 동일성 속에 있는 차별성을 구현하게 된다.

앞서의 '나선형'적 진행이란 표현은 『화두』의 회상의 완성으로서의 창작방법−두 핵심기억에 대한 반복되는 회상, 음악에서의 주제의 반복, 인생에서의 무의지적 기억이 작품 속에서는 의지적으로 연출 −을 의미한다. 개체발생은 계통발생을 되풀이한다는 헤켈의 명제가 바로 '회상'을 말하는 것이다. 최인훈의 인식론의 핵심이라 할 수 있는 '회상이 곧 생명이다.'라는 명제도 이에 부합한다.

선험적 고향을 상실한 문제적 개인이 헤매는 형식이 서사시 이후의 소설이라 말한 루카치는 '선험적 고향과의 유대가 끊어지고부터 시간이 소설의 구성요소로 작용한다.'[139]라고 강조한다. 그 시간이 '무차별하게' 어디에나 존재하게 되는 것은 '이념과 현실의 간극' 때문이라고 말한다. 신이 사라진 시대, 별이 안내해 주던 지도가 있던 시대에는 시간은 선형적으로만 존재했지만, 인간 중심의 이 시대에는 지도는 없고 무의지적 기억을 발생시키는 핵심 기억만이 개인의 시간에 따라 출몰한다. 그러니까, 문학에서의 선험적 고향을 화자의 회상으로 찾아주는 것이라 할 수 있다. 그것이 바로 기억의 음미에 의한 자기 구원의 방식이고, 이성 작용으로서의 회상, 즉 이성의 힘으로 역사의 파도를 넘어가려는 기본 자세를 의미한다.

『화두』의 화자는 일제식민지하 북에서 태어나 해방 후 북의 사회주의 태동기에 고등학교 초반까지 보낸다. '순금의 시간'인 청소년기에 사회주의 이념을 나름대로 체득하게 되고, 6·25 남북전쟁으로 피난하여 이념이 다른 남쪽에서 젊은 시절을 보낸다. 그러다가 장년기에

139) 게오르그 루카치, 반성완 역, 『소설의 이론』, 심설당, 1995, 161면.

이론상 이상사회라 여겼던 사회주의체제가 붕괴하는 모습을 보게 된
다. 그리하여 유토피아 건설의 동참을 위해 망명했던 「낙동강」의 작
가 조명희의 행적을 찾아 헤매다 돌아와, 여러 겹의 회상방법을 통해
이성과 현실의 '간극'을 메꿔나가려 하는 것이다.

　화자의 운용에 의한 회상의 시간은 늘 현재에 머무는데, 이는 독자
로 하여금 환상주체를 체험케 하기 위한 방법으로 사용된다.

> 　우리의 모든 경험은 비록 그것이 사소하고 그래서 곧바로 잊혀지
> 고 잃어버린 것처럼 보이는 것이라 하더라도, 기억의 심층(深層)에
> 계속 남아 있게 된다. 그리하여, 이것은 창조적 회상, 즉 기억의 심층
> 에까지 내려가 잃어버린 것처럼 보이는 경험의 흔적들을 포착하여
> 밝혀내는 행위에 의해 언제든지 재구성될 수가 있다. 창조적 회상은
> 인간으로 하여금 현재에서 과거로 돌아가, 과거의 경험들을 부활시
> 킬 수 있게 하는 것이다. 따라서, 이 심층에 의해 우리의 모든 경험
> 들은 「영원한 현재(the Now)」라는 시간 위치를 차지하게 되고, 우리
> 는 개체로서의 동일성(同一性)을 이룰 수가 있다. 기억은 무질서하게
> 흩어져 있는 경험의 파편들을 유의미(有意味)하게 결합함으로써 통
> 일되고 수미일관된 구조로서의 자아(自我)를 구성하는 것이다.[140]

　위의 글은 이상의 날개에서의 시간을 분석한 논문인데, 자아를 찾
으려는 시간은 현실의 시간개념으로는 잘 설명되지 않고, 계기성과
연속성이 없는 '멈춰진 시간'은 기억에 의해 존재할 뿐이라는 그의 해
석은 『화두』에서 회상의 방법으로서의 화자의 시간 활용과 밀접한
연관을 갖는다. 즉, 화자가 과거의 어떤 사건들을 현재에 멈춰 있게
묘사하여 발화하는 방법이다.

　『화두』는 장편소설의 구성답게 공간의 이동이 활발하다. 이는 시간

---

140) 정덕준, 『한국현대소설의 시간구조에 관한 연구』, 고려대 박사논문, 1984, 90면.

과 마찬가지로 기억에 의해서 더불어 움직이는 형상으로 나타난다. 『화두』에서 화자의 회상은 공간에 대한 해설로 가득하다. 미국과 구소련, H읍, W시, 교실, 서울 도심, 의정부, 이태준 생가 등, 기억의 대부분이 장소에 대한 회고 내지 그리움으로 가득 차 있다. 기억의 대상은 장소, 공간이다. 시간은 늦게야 진행되거나, 진행되더라도 공간 속으로 녹아들어 사라진다. 앞서 살펴보았듯이 '시간의 공간화'이다. 그리고 공간과 함께 이동한다. 그 이동은 나선형적 운동이다. 공간도 여러 곳이 등장하지만 원초의 공간, 핵심 공간은 '교실'이다. 자아비판과 독후감 칭찬을 받던 중·고등학교 교실이다. 그런데, 『화두』의 화자는 W시의 그 밤의 '교실'이란 공간을 벗어나 보기 위해 '양간도'나 '북간도'를 방황하기도 하고, 소환당한다면 떳떳이 '교실'이란 공간을 주도해 나가기 위해 열심히 공부하고 사색도 해 보지만, 평생 '교실'을 벗어나지 못하고, 소환당해서도 '교실'을 압도하지 못한다. 화자에게 있어 업보와 같은 책읽기와 사색, 그리고 글쓰기는 '교실'의 언저리를 기웃거리기 위한 것이었다. 그래서 교실은 곧 그의 삶 전체의 공간과 마찬가지이다. 그의 삶 전체의 시간은 교실이란 공간을 떠돌고 있는 것이다.

근대 이후의 소설에서는 '공간'을 작품의 플롯화에 결정적 요소로 작용하도록 배치하고 있다. 소설의 요소에 공간이 차지하는 비중은 과거의 소설에 비해 커졌으며, 공간이 그 소설의 상징적 의미를 넘어 주제까지 결정하게 하는 경우가 많게 되었다.

더욱이 인물은 공간에 따라 심리가 바뀌고, 같은 공간이더라도 인물의 심리적 상황에 따라 다르게 묘사되는데, 이는 영상서사에서는 표현하기 힘든 언어서사물만의 고유한 표현 영역이라 할 수 있다.

이-푸 투안은 인간의 신체적, 사유적 경험의 차원에서 공간·장소의 역할에 관심을 기울인 인문지리학자인데, 최근에는 그의 이론을 빌어 문학 현상에서의 공간 문제를 이해하려는 시도가 많아졌다. 투안은 공간과 장소는 다른 차원의 개념으로 이해해야 한다고 말하며 '공간을 움직임이 일어나는 곳이라 생각한다면, 장소는 정지(멈춤)이며 움직임 속에서 정지할 때마다 입지는 장소로 변할 수 있다.'[141]고 한다. 공간은 추상적이고 낯선, 미지의 영역이며, 장소는 구체적이고 낯익은 영역으로 보아야 한다는 것이다.

그의 '장소'라는 개념은 처지(處地)로도 번역할 수 있는데, 소설에서는 한 인물이 어떤 이유로 그렇게 될 수밖에 없는 상황인가를 의미한다. 우리가 어떤 사건에 처했을 때, 그 사건에 처할 수밖에 없는 물적, 심적 이유를 장소와 연관해 의미를 파악하려는 시도이다. 그래서 그는 '장소애(Topophilia)'라는 개념을 내세워 공간의 개념을 심리학적으로 확장시킨다. 어떤 공간이 한 사람에게 어떤 심각한 영향을 끼칠 때, 즉, 그 사람에게 어떤 감각적, 정신적 영향을 줄 때, 그 사람이 그 공간에 대해 응당한 반응을 한다면 그 반응은 공간과 그 사람 사이에 조응이 일어난 것이라 할 수 있고, 그 사람은 그 공간에 특별한 감응을 갖게 된다 하여 '장소애'라고 표현할 수 있다는 것이다. 우리가 어떤 장소를 그리워한다거나 그 장소에 가면 의식이 새삼 일깨워지는 경험을 하는데 그것이 '토포필리'이다.

앞서 『서유기』의 분석에서도 살펴보았듯이 '시간의 공간화'와 '관념의 감각화', 그리고 최인훈의 창작방법론으로는 '사유의 의인화'와 같은 맥락으로 이해해도 된다. 체험을 회상하면서 체험이 밀착돼 있는 장소를 그리워하는 것은 당연하고, 그 장소를 향해 언어 표현이 집중됨은 물론이다.

그래서 작가들 대부분이 자신의 주인물을 자주 특별한 장소에서 활동하게 하는 경우가 많은데, 장소에 대한 원초적 반응 때문이기도 하다. 대부분 그 인물의 운명에 결정적인 영향을 주었던 장소일 경우가 많아서 여러 작품에서 반복적으로 그 장소를 배경으로 삼는다. 최

---

141) 이-푸 투안, 구동회·심승희 역, 『공간과 장소』, 대윤, 1999, 20면.

인훈의 경우에 특히 정신적 장소애는 '바다'인 경우가 많고, 물질적 장소애는 'W 시', 혹은 '교실'이 되고 있다. 그의 작품 중에서 'W 시'와 '교실'은 반복적으로 나타난다. 『화두』의 '나'도 여러 공간에서 활동하고 있지만 종국에는 '교실'을 그리워하고 그 장소를 잊지 못하고 있다. 화두의 여러 회상 중에서 최고의 회상은 교실을 향한 회상이다. 『화두』의 시간은 W시의 '교실'을 중심으로 '기억인 나'를 결정하기 위해 나선형처럼 둘둘 말려 있는 형국이고, 여기서 나선형이란 회상의 반복을 통해 증폭되면서 미적 차원이 하나씩 높아져가는 회상이다. 『화두』에는 '~하는 데는 한 평생이 걸리고'라는 구절이 자주 언급되는데, 그것은 바로 '기억인 나'를 올바로 찾기 위한 회상의 노력이다.

회상하는 일은 자신이 겪었던 어떤 사건을 다시 체험하려는 시도라 할 수 있다. 그 시도 자체는 그러나 처음 겪었던 그 사건이 곧이곧대로 체험되지 않도록, 그 동안의 겪음에서 얻어진 자료와 정보를 버무려 새로운 변형을 일으키게 하는 또 다른 체험이다. 그것을 두고 '체험을 경험한다.'[142]라고 벤야민은 말한 바 있거니와, 기억하기는 그리하여 새로운 경험을 통해 '나'를 더욱 잘 알려는 노력이라고도 할 수 있다. 체험을 경험하는 것 또한 회상의 작용이라고 할 수 있겠으며, 『화두』라는 장편소설은 '경험'으로 이루어진 소설이다. '철저한 회상'을 통해 자신의 동일성을 경험하려는 의지의 소설인 것이다.

작가인 '나'는 하지만, 어린 시절 「낙동강」을 읽는 '나'가 아니고, 남한의 소설가로서의 '나'이며, 예술대학선생으로서의 '나'이며, 가장으로서의 '나'이며 장남으로서의 '나'……, 무수한 '나'이다. 그 여러 '나'의 동일성을 합한 진정한 '나'는 누구라고 할 수 있을 것인가.

생물로서의 인간은 태어나면서부터 사회 역사적인 관계 속에서 살

---

142) 발터 벤야민, 반성완 역, 『발터 벤야민의 문예이론』, 「보들레르의 몇 가지 모티브에 대하여」, 민음사, 1994, 149면~164면 참조.

아간다. 시간의 흐름과 공간의 변동에 따라 각자의 신분과 직업이 생기고 또 달라지게 된다. 평생 하나의 신분으로 살아가지 못한다. 작가도 마찬가지이다. 작가라는 신분뿐 아니라 그가 창작해내는 작품에도 그것은 반영될 수밖에 없다. 이즈음처럼 역사적인 전망에 대한 확고한 믿음이 사라진 시대에서의 작가들은 더욱 분열의 모습을 보일 수밖에 없을 것이다. 어쩌면 삶과 예술이 하나가 되었던 과거의 예술가들이 더욱 행복했을지 모른다. 삶과 예술을 동일시하지 못하는 예술가들에게 자기동일성의 구현을 요구하는 것도 무리가 아닐 수 없다.

문학종사자인 '나'는 기호이면서 이미지, 방법이면서 풍속, 추상이면서 구상인 언어라는 예술의 기호를 다루는 사람이기에 더욱 그러하다. 즉, 작가인 '나'는 언어처럼 안과 밖이 따로 있을 수밖에 없다. '나'의 안과 밖 속에 또 다른 안과 밖을 지닌 '나'가 있다. 그러니까 나 속의 나가 있고, 그 속에 또 나가 있고, 속에 나, 나, 나……가 있는 것이다. 경험과 정보가 쌓여갈수록 '나'는 겹을 두껍게 이룬다. 그리고 겹이 두꺼워질수록 진실한 '나'는 잘 안 보일 수밖에 없다.

게다가 사회를 구성하는 보편적 공동체 이성의 변화에 따라 '나'도 변화된다. '나'의 모습은 따라서 여러 겹의 '나'로 둘러싸이게 된다. 그래서 본연의 '나'를 바로 보기 위해, 다시 말해서 마지막 '나'를 찾기 위해서 '나'는 그 동안 변화해 왔던 여러 '나'를 동원해서 나를 연기(演技)해 보아야 한다. 즉, 나를 연기하면서 나를 찾는 것이다.

길은 하나밖에 없다. 밖을 잠시 잊어버리고 안의 그림자의 세계에 사는 일이다. (…) 무대에서 빈 그릇에 숟갈질을 하면서 밥을 먹는다고 할 때, 그는 마음밥을 먹고 있다. 무대에서 실지로 밥을 먹을 때도 그는 마음의 밥을 먹고 있는 것이며 말하자면 마음속의 장면의 흉내를 내고 있다는 말이다. 이렇게 해서, <밖> <물질>은 지워지고 (마치 밑그림을 지우듯), <마음>이 선명하게 보이게 된다. 그렇게 해서 무엇 하자는 것인가? <자기의 본질>을 그렇게 해서 분명히 알

자는 것.143)

인간과 짐승을 갈라지게 하는 기준에 언어의 발생이 있고, 언어를 다듬는 일이 문학종사자의 일이라면, 문학종사자로서 『화두』의 화자가 언어를 다듬는 운동의 형식으로 완성시키고자 하는 것은 '마지막 나'라고 할 수 있다. H읍에서부터 시작된 유랑민으로서, 미국으로 이민해 있는 가족의 장남으로서, '남북조시대의 예술가'로서, 예술대학의 교수로서, 화자가 지니고 있는 무수한 '나'를 거쳐 그 마지막 의식상태를 잘 다듬어진 언어로 실현시키려는 노력이 『화두』의 예술운동방식이랄 수 있는 것이다. 그 예술운동의 방식은 '나'를 '나'답게 하는 기억의 발생형식을 통해 이루어지는데, 언어를 이용해 나를 기억해내는, 즉 글을 쓰는 '나'와 기억 속의 나와, 기억되어지는 '나'와의 동일성을 찾기가 쉽지 않은 것도 사실이다. 이미 살폈듯이, 언어와 그를 다루는 '나'는 또한 무수한 안과 밖이 늘 함께 하기 때문이다.

> <글쓰는 나>와 <그저 나>는 자동적으로 일치하지는 않는다. <그저 나>는 어디까지고 <글쓰는 나>는 어디까지인가. 그 두 가지 <나>는 어떻게 서로 옮아가는가를, 그리고 <글쓰는 나>를 강화하기 위해서 나는 어떻게 하는가(…) <쓰인 나>와 <쓰는 나>는 도장과, 종이에 찍힌 도장 자리처럼 되어 있는 것이 아니라, 오히려 아무리 찍어도 원도장 같지 않은 도장 자리에 비유하는 것이 옳겠다. 도장처럼 정해진 <나>를 가진 것 같지 않을 때는 자꾸 찍어보는 수밖에는 없다. 그때마다 다른 나를 만드는 일이 된다.144)

화자의 말처럼 문학종사자는 '나'를 자꾸 되풀이하면서 달라진 '나'를 자꾸 찍어내는 되풀이를 숙제처럼 계속할 수밖에 없다. 『화두』의

---

143) 최인훈, 『화두』 1부, 200~201면.
144) 최인훈, 『화두』 2부, 19면.

'나'는 H읍과 W시에서 어린시절을 보냈던 소년 '나'이기도 하고, 예술
대학의 교수인 '나'이기도 하며, 군부독재의 암울한 시대를 살아가는
작가로서의 '나'이기도 하다. '나'는 바깥 세계를 대상으로 사색하다가,
책을 읽어 내려가다가, 과거를 기억하다가, 문예창작을 가르치다가,
여행을 하다가, 돌아와 직접 글을 쓰기도 한다. '나'는 연극을 보면서
예술에 대해 사색하는 글을 쓰다가, 친구를 만나 이야기하면서 떠오르
는 어린시절을 쓰다가, 장수설화 한 토막을 발견하여 희곡을 창작해내
다가, 정원에서 잔디를 깎다가 국제정세에 대한 논평을 쓰기도 한다.

　그러한 여러 '나'는 결국 '열락'의 언어로 빙의(憑依)될 때에야 진정
한 '나'가 된다. 다시 말해서, 물질과 정신의 상호교감을 향한 푸념의
기쁨을 언어화시켰을 때에만 '나'라고 할 수 있다. 언어화된 '나'만이
진정한 '나'이다. 그 언어덩어리들이 지켜주는 의식 상태가 마지막
'나'인 것이다.

> 　언어예술도 자신 속에 순수 촉각과, 시각과 운동감각과 율동감각
> 을 지니고 있으나 그런 감각들이 모두 언어라는 수준에 수렴되어,
> <언어>라는 형식으로만 존재하는 세계에서 <언어 속에서> <그 자
> 신이 언어이기도 한 표현 주체>가 <언어를 진동시킨다>고 표현할
> 수 있겠다.145)

　그러니까 언어로 예술을 하는 주체는 언어 자체인 것이라 하겠다.
그리고 인간 세계의 상징인 언어로 자기의 기억을 기호화 하려면 결
국 회상을 통해 기억을 갈고 닦아 가장 정합성이 풍부한 언어를 활용
해야 할 것이다. 이는『소설가 구보씨의 일일』의 2장「창경원에서」의
결말부와 마찬가지의 상황처럼 되어야 할 것이다. 즉, 구보∞의 출현
처럼 여러 구보가 나타나고 만물이 일체가 되는 상황이다.

---

145) 최인훈,「길에 관한 명상」,「인간의 Metabolism의 3형식」, 솔과학, 2005년, 참조.

『화두』의 화자는 '나'라는 여러 개의 돌덩이를 어깨에 지고 올라가는 '나'라는 시지푸스이며, 그가 언어로 쌓아올려 형상화시킨 '나'라는 거대한 돌산과 그 속에서 진동을 일으키다가, 퇴적하여 용암처럼 부글부글 끓는 새로운 시지푸스의 모습이 『화두』이고, 그것은 '나'이다.

> 내가 트로이 성이다. 트로이 성은 나다. 내가 진리요 길이다. 진리와 길이 어느 성벽 안이나, 신전 안이나, 광장 위에 있다고만 사람이 믿게 되는 시대에 언제나 깨어 있는 사람들이 있어서 진리나 길은 그런 곳에 있지 않고 너희들 <안>에 너희들 <기억> 속에 있으며 성벽과 신전과 광장은 오직 그 <기억>의 표현이며 기억의 보강물이며, 망각에 저항하기 위한 보조물은 될망정 <기억>자체는 아니며, 만일 너희들이 그토록 어리석고 염치없어서, 지나간 사람들의 피와 땀과 눈물의 기념비에 지나지 않는 그래서 그대들 자신의 피와 땀과 눈물이 없이는 그 기념비가 말하는 인간의 상태는 유지될 수 없음을 잊어버리고 성벽과 광장과 신전—그저 돌멩이에 지나지 않는 그것들에게 정화수를 떠놓고 돼지를 바치고 춤추기만 하면 복락이 있으리라고 생각하기 시작한다면, 너희는 다시 짐승이 되리라.146)

유물론과 유심론의 상보관계를 항존하게 하기 위해 '나'는 예술가로서 예술을 창조하고, 또한 그 예술창조의 원리를 부단히 검열하는 '나'를 마련해놓지 않으면 안심 안 되는 『화두』의 서술자인 '나'는 그 검열과 창작이 이성의 운동 안에서 이루어지지 않으면 '언제든지 회수가능하게 불안정한" 나'이기에 예술론을 스스로 구축하고 그의 구현물로 『화두』를 만들어놓았다. '나 자신이 주인일 수 있을 때, 아니 주인이 되기 위해' 『화두』를 쓴 것이고, 그러므로 필자는 『화두』라는 장편소설이 그 자체로 마지막 자기의 동일성, 즉 최종적인 '나'의 구현물이라고 판단한다. 『화두』는 결과적으로 생물주체인 '나'와 문명주

---

146) 최인훈, 앞의 책, 534면.

체인 '나' 그리고 환상주체인 '나'를 화자의 철저한 회상의 창작방법을 통해 결합시켜 완결된 '나'를 구현한 작품이다.

2. 전(全) 의식의 자기화 -「바다의 편지」

「바다의 편지」[147]는 최인훈의 최근작이다. 최인훈은 소설을 일러 '사람이 살아가는 이야기'[148]라고 말했는데, '백골'이라는 화자를 통해 사건을 전해받고 있어 독자는 그 형식에서부터 충격을 받을 것이다. 김명인은 「바다의 편지」에 대한 해설의 제목으로 '문학적 유서'[149]라는 표현을 쓰고 있는데, 「바다의 편지」야말로 노작가의 필생의 문학적 신앙고백에 값하는 작품이 아닐 수 없다.

최인훈은 「바다의 편지」를 발표하기까지 45년 동안 글을 써왔다. 주지하다시피 그는 언어로 표현해낼 수 있는 양식 대부분의 것에 자신만의 언어를 담아왔다. 그가 써왔던 소설, 희곡, 평론, 에세이 등은 이미 1979년에 12권의 전집으로 완간되었고, 그는 20년의 침묵 끝에 대작『화두』를 내놓았다. 그 후 9년 만에, 단편소설로는 1983년 「달과 소년병」에 이어 20년 만에 발표한 셈이다. 50년 가까이 언어 표현 활동을 해온 노작가가 오랜만에 단편소설을 발표했을 때, 작가 생애의 전부라고 할 수 있는 거작『화두』가 개정판까지 나온 터에 다시 어떤 소설이 나왔겠는가 하기가 쉬울 수 있겠지만, 「바다의 편지」는 그렇게 간단한 소설이 아니다. 필자는 이 「바다의 편지」가 널리, 심도 있게 읽혀야 한다고 말하고 싶다. 왜냐 하면 이 길지 않은 소설 안에는 최인훈의 대작『화두』가 압축돼 있으며,『화두』가 압축돼 있다는 것은 작가가 평생 언어화한 모든 주제가 녹아 있다는 의미이기 때문이다. 그것도 작가가 평생에 걸쳐

---

147) 최인훈, 「바다의 편지」,『황해문화』, 2003년 겨울호.
148) 최인훈, 「소설을 찾아서」,『문학과 이데올로기』, 1996, 191면.
149) 김명인, 「영원한 경계인의 '문학적 유서'」,『황해문화』, 2003년, 겨울호, 34면.

고군분투해온 '화두'들이 한 편의 서정시처럼 고압의 감성으로 농축되어 있고, 삶과 인생을 다루고 있는 '문학'과 '예술'에 대한 '뼈아픈 성찰'을 '백골'을 통해 일깨우고 있기 때문이다.

오십년 동안 최인훈이 언어로 표현해온 중심 선율[150]을 여기에 모두 제시할 수는 없겠지만, 주제 선율 중 대표적인 것을 말해보라면, '이데올로기를 마주한 개인의 왜소함'이라 할 수 있을 것이다. '언어'라는, '소설'이라는 이데올로기 도구와, 이데올로기 구조로 이데올로기와 전면에 맞서 죽음을 각오하고 싸워왔고, 그 동안 싸워 익힌 기술과 축적된 정보를 구조화의 원리로 구축, 재충전한 힘을 쏟아, 작중화자가 마침내 이데올로기에 휘둘리는 존재에서 그것을 휘어잡은 주체로 올라서는 과정을 그린 작품이『화두』임은 익히 알고 있는 사실일 것이다. 필자는「바다의 편지」를 구조화시키는 원리 또한『화두』의 그것과 마찬가지라 생각한다. 앞서『화두』의 분석에서도 살펴보았듯이, '철저한 회상의 방법'이『화두』의 구조화의 원리인데, 특이한 것은「바다의 편지」에서는『화두』에서의 문장 유형이 '설명'이나 '논증'과는 달리 극도로 절제된 '묘사' 위주로 회상을 '발생'시켜 표현하고 있다는 점이다. 즉, 주제를 감각적으로 인식할 수 있는 특정 정황으로 환치시키는 기교를 적극적으로 사용하고 있다고도 볼 수 있다.「바다의 편지」전반을 걸쳐 '기억'이라는 개념이 바다 속의 '백골'의 '의식'이라는 풍경으로 환치되는 과정은 장관이다.『화두』에서 '나'의 '화두'는 무엇인가, 라는 물음은「바다의 편지」에서 '백골'의 '기억'이 가능한가, 라는 의문과 같은 성격의 것이라 볼 수도 있다.

최인훈은『화두』에서 '화두'를 일러 '마음이 벗어놓은 허물들, 마음이 머물다간 거푸집인, 이미 틀지어진 기성의 개념들을 벗어나서 마음의 생성과 변화를 거슬러 가보려는 결의가 내비치는 말'[151]이라 했

---

150) 필자가 이 논구에 사용하는 음악 관련 용어는 모두「바다의 편지」를 위시한 '문학'을 '서정시'라는 측면에서 바라보겠다는 비유의 의미로 이해하면 좋겠다.

다. 그것은 감각을 화자 나름으로 개념화하는 과정과 마찬가지이다. 즉, 최인훈은 문학현상을 '화두'라고 보고 있는 것이다. 그는 일찍이 자신의 에세이에서 '문학은 역시 통과의례 전범, 성상, 기도, 공안, 화두와 같은 성격의 것'[152]이라 밝혀놓았다. 그리고, 이를 다시 『화두』에서 '이것은 생물학에서의 발생의 개념을 의식에 적용하려는 태도다. 이 발생이라는 개념으로 의식현상을 이해하는 것이 지금의 나에게는 제일 생산적으로 느껴진다. 의식의 발생과정이 가장 분명한 궤적이 언어라는 생각이다. 언어 이전에도 의식은 있었지만, 언어의 발생을 분수령으로 해서 의식은 동물의 감각과 달라진다. 그러나 동물의 감각과 끊어지는 것이 아니다. 아마도 변모했다거나 지양되었다고 보인다.'[153] 라고 풀어놓고 있다. 그러니까 동물과 마찬가지로 인간은 감각을 지니고 있지만, 그 감각을 언어화시키는 능력을 가진 동물인 것이고, 인간임을 적극 실천하는 '노예'가 아닌 '주인'이 되는 것이라 했다. 『화두』의 화자는 인간이며 주인이 되기 위해 '화두'를 잡아 용맹정진한 것이고, 진정한 '나'를 이루었다고 할 수 있다.

　다시 정리하자면, 『화두』의 화자는 평생 겪었던 감각적 경험을 지각하고 표상화된 이미지로 변환시켜 다시 그것을 개념화하는 일을 문학예술이라 본 것이다. 그것이 '화두'이며 곧 '기억'이다. 그리고 그를 거꾸로 소통시키고, 다시 돌아오게 하는 것이 작가와 독자의 법열, 즉 DNA∞, 환상주체의 획득의 상황이다. 감각과 개념, 개념과 감각의 무한의 상호 순환이 예술인 것이다. 감각에서 개념의 성립에 이르는 의식의 계통발생의 과정을 작가와 감상자가 텍스트를 사이에 두고 의도적으로 되풀이하는 일이 바로 예술이다.

　앞서 최인훈의 예술론에서 살펴보았듯이, 인류가 삶을 살아가면서 직

151) 최인훈, 『화두』 2부, 문이재, 2002년, 22면.
152) 최인훈, 「원시인이 되기 위한 문명한 의식」, 『문예중앙』, 1979, 겨울호 참조.
153) 최인훈, 앞의 책, 22면.

간접으로 취득했던 감각을 음표나 그림으로, 혹은 언어나 몸짓으로 표현하는 활동을 커뮤니케이션 활동이라 부른다면 언어라는 기억표현도구는 이미 일상의 커뮤니케이션 기호이기에 감각을 직접 전달하기에 예술 기호로써는 걸림돌이 많다. 『화두』는 그 걸림돌을 끈질기게 관찰하고, 더 근원적인 감각으로 환원시키는 과정을 보여 주면서 독자에게 갖은 체험을 전해주고 있지만, 「바다의 편지」에서는 개념이라는 걸림돌의 쇄진 과정을 생략하고 이미 녹여 버린 상태에서 직접 감각을 체험케 하는 데 차이가 있다. 바닷물에 용해된 개념들의 모습이 바로 「바다의 편지」의 풍경이다. 그러니까 『화두』를 오목거울을 통해 비추면 「바다의 편지」라는 작품으로 보이겠는데, 그 오목거울은 X-RAY처럼 백골만 보이게 하는 특수한 거울이라고 가정하면 되겠다.

아직 심장이 박동하고 있는 인간에게는 체험이 피에 용해되어 심장의 펌프질에 따라 육체 곳곳에 간직되어 있을 것이다. 육체는 그래서 한 번 체험한 감각을 기억하고 있다가 환경의 변화에 반응한다. 감각을 기억해낸다는 것은 체험을 다시 경험하는 일이며 그 경험은 결국 마음이 하는 일이다. 마음을 의식이라 부를 수도 있을 텐데 「바다의 편지」의 화자, 심장이 멎고 전달할 피 한 방울 없는 백골의 의식은 그래서 혼미하고, 육체의 다른 부위의 체험과 다른 경험으로 인식되기도 한다.

> 두개골 가슴뼈와 팔과 다리뼈가 그들이 살과 핏줄과 심줄로 연대되어 있었던 동안에 가졌던 기억이 지금 이 시간 현재 이미 조금씩 달라지고 있다. 우리가 기지를 떠날 때 잠수 직전의 기지의 모습에 대한 기억을 내 두개골 뼈는 기지의 육지쪽 저 멀리 보이는 산봉우리의 모습으로 알고 있는데 비해서 내 다리뼈는 자기가 밟고 섰던 갑판 높이에서 연장한 저쪽의 선창 부근으로 새겨 가지고 있다.[154]

---

154) 최인훈, 「바다의 편지」, 『황해문화』, 2003년 겨울호, 14면.

의식을 부여잡을 수 없도록 에너지가 고갈된 '백골'이라는 육체는 경험도 어긋나기 시작하는 해체의 과정을 겪으면서 차츰 죽음의 순간을 맞아가고 있다. 비록 감각을 체험하는 의식이 육체 부위마다 다르기는 하지만 죽음을 인식하는 과정은 아직 죽음이라 할 수 없다. 또한 그것을 체현해내는 '말'이 혼미하고 때로 혼선을 일으킨다고 해서 생명이 사라진 것이라 할 수 없다.

한편, '나'의 육체에 붙어 있는 의식이 '나'의 생명의 결과이긴 해도 반드시 '나'만의 것은 아니라고 화자는 말한다.

그렇다면 '나'라고 할 수 있는 의식은 어디에서 시작되고 어디에 머물러 있다가 나타나 '나'임을 일깨우는가.

> 나라고 하는 의식이 붙어 있을 만한 구조가 가슴뼈와 팔다리뼈의 어디에 있겠는가. 그래도 두개골 안팎, 가슴뼈 안팎, 팔다리뼈들의 둘레를 휩싸고 도는 전류처럼, 어쩌면 그 뼈들 자신까지도 포함한 어떤 기운처럼 나의 추억이 모여 있고 그 추억이 나라는 것을 나는 알고 있었다.155)

'추억이 나'이고 '나'의 추억은 내가 보고 느낀 것을 경험한 의식이어서, '나'의 의식의 소멸은 현대 의학에서의 죽음을 일컫는 말이다. 그런데, 나의 직간접적인 체험은 전부 나의 것이라 단정할 수 있는가, 또, 내 육체가 경험한 추억을 인식하는 의식은 육체가 없으면 불가능한가, 육체가 의식을 인식하는가, 의식이 육체를 인식하는가, 더욱이, 체험을 인식하려는 의지는 꼭 내 의식에서만 이뤄지는가.

> 물고기들이 여기저기의 나를 건드리고 지나가는 어떤 순간 나는 백골 쪽이 아니고 물고기들 쪽으로 옮아가서 내 백골을 건드리면서

---

155) 위의 책, 14면.

헤엄쳐 가는 느낌이 내 것이 되어 있음을 깨닫고 놀란다. 내가 조금
씩 물고기 쪽으로 옮아가고 있는가. 어떤 때는 있을락말락한 바다의
움직임이 내 몸짓이라는 환각에 문득 사로잡힌다. 그러면 나는 바다
가 되어가기도 한단 말인가. 또 어떤 때는 이 깊은 바다 밑바닥까지
겨우 와 닿은 햇빛, 어쩌면 그것은 순전히 나의 착각일 수도 있지만
저 위에서 바다 바깥에서 온 어떤 기운이 되어 있는 나를 느낀다. 나
는 빛이 된 것인가. 빛이 되려고 이 백골이라는 알 속에서 나는 깨어
나고 있는 것인가.156)

　그렇다. 기억된 체험은 '나' 아닌 다른 것으로 옮겨가기도 한다. '나'는
나를 의식하면서 다른 것들에 의해 의식되기도 하기에 나의 경험은 나
아닌 다른 것에 의존되기도 할 것이다. 그 과정들 속에서 백골이 체험하
고 있는데, 이는 전통적으로 종교적 감수성과 마찬가지라 할 수 있다.
　한 번뿐인 삶이 종국에 다다르면, 다시 다른 곳에서 다른 것으로나
마 살아지겠지, 하는 희망이 종교의 본질이다. 유한의 불안을 해소시
키기 위해 다른 생물들에게는 없는 종교라는 의식의 수준을 갖게 되
면서 인간은 더욱 인간다울 수 있게 되었고, 자연과 우주를 이해하게
되었으며, 종교적 활동이 자신을 주인으로 끌어주리라는 신념으로 이
만한 문명을 이뤄냈다고 할 수 있을 것이다.

　'바다태생일망정 거기를 한번 벗어난 바에는 이제는, 무슨 플랑크
톤의 무리가 따라야 하는 그런 눈먼 법칙의 노예의 상태로 돌아가지
는 않겠다는 결심을 한 사람들'이 죽음을 목전에 두고 있다면, '우리
모두의 나는 유한하지만 이 우주는 무한하다. 그러니 언젠가 무한한
우주의 운동은 지금의 이 바로 나를, 똑같은 모습으로 우주 속에 재현
할 뿐만 아니라 무한한 시간 저쪽의 자기의 전생의 기억을 떠올릴

---

156) 위의 책, 15면.

수 있는 능력을 가진 상태로 우리를 또 한번 등장시키리라.'157)라는
한줌의 의식을 토로하지 않을까.

우주 저쪽에서 지금 자신의 말을 되풀이하고 있을 다른 나가 언젠
가 지구상에 다시 나타나지 않을까, 하는 희망이 기독교에서의 '부활'
이고, 불교에서의 '윤회'가 아니던가. 그러므로 백골의 소멸되는 의식
은 이미 생명의 시작이고, 죽음은 탄생의 다른 표현이다.

최인훈은 개정판『화두』의 서문에서 '부활'과 '윤회'를 '기억'으로 언
명하고 있다. 앞서 말했듯, 기억은 감각의 체험을 그 체험에 가장 가깝게
경험하는 일이므로 기억하기는 부활이며 윤회이다. 아래의 개정판『화
두』의 서문을 읽어보면 「바다의 편지」의 주제를 파악할 수 있을 것이다.

- 개인의 생애 전체가 나날의 부활, 날마다 겪는 윤회다.
- 전생(前生)의 나는 전일(前日)의 나의 비유에 지나지 않는다.
- 우리는 매일 <윤회>하고, 매일 <부활>할 뿐만 아니라, 하루 중에도 매초 매순간 <윤회>하고 <부활>한다. – 이 파악은 비유가 아니라 사실이다.
- 선행한 자기를 자기라고 붙들 수 있는 의식의 힘 – 즉, <기억> 이다.
- <기억>은 생명이고 부활이고 윤회다.

이제, 백골은 진정 기억을 상실해나가고 있다. 다른 의식이 끼여들
어옴을 알게 된다. 「바다의 편지」의 화자인 '백골'은『화두』의 내포작
가이며 저자인 최인훈의 언명에 따라 자신의 기억을 붙들려 애를 쓰
지만 자신의 기억 속으로 다른 기억이 섞이는 경험을 체험한다. 이
다른 의식은 '혼선된 전화선 속의 말소리처럼' 백골의 죽음 속으로 뛰

---

157) 위의 책, 17면.

어들어 한바탕 아우성의 축연을 펼친다. 물고기들이 백골인 자신을 건드리며 헤엄치는 느낌이 자신의 것이 되거나, 바다의 움직임이 자신의 몸짓처럼 여겨지거나, 빛처럼 바다 다른 곳에서 온 '어떤 기운'이 되는 자신을 느끼기 시작하면서, 다른 육체들의 경험임에 분명한 새로운 의식이 끼어듦에 놀란다. 그러나 놀랄 일도 아니다. 그 의식 또한 다른 생명이며 부활의 시작임이 알아졌기에, '외계를 막아서는 힘을 잃어버린 세포막처럼' 마모될 대로 마모되어 안팎을 구분할 수 없는 '나'이기에, 그 또한 자신의 기억이기에.

백골이 아직 간직하고 있는 의식의 내용을 추리해보면 「바다의 편지」가 들려주는 노래의 선율을 따라갈 수 있다. '인민의 나라'에서 훈련을 받은 한 젊은 수병이 칠흑 같은 그믐밤, 일인승 잠수정으로 휴전선을 넘어 해안으로 침투하려다 적의 공격을 받는다. 간첩활동을 위한 훈련을 받아온 젊은 수병에겐 홀어머니가 계시다. 수병은 태어나기도 전에 아버지를 여읜 상태였고 아버지와 나라 사이에 어떤 불화가 있었지만 그 비밀을 알지 못하고 죽음을 맞이하게 된 것이다. 의식이 돌아올 때까지 얼마의 시간이 흘렀는지 모르지만 그는 자기 몸의 '세 배 쯤'한 간격으로 벌어져 차가운 바다 속에 누워 있는 백골이 된 자기를 보고 슬퍼한다. 더 슬픈 것은 임무를 수행하고 돌아가 어머니를 뵐 수 없게 되었다는 사실과, 태어나기도 전의 '아버지와 나라 사이에 있던 무서운 불화'에 대해 끝내 알아낼 수 없게 된 사실이다. 그는 더 이상 공부할 수도, 음악을 감상할 수도, 취직해서 세상을 알 수도, 연애를 해 볼 수도 없게 되어 버린 자신을 한탄하지만 언젠가는 임무 때문에 잠수정을 타야 하는 바다가 아닌 아름다운 돛배들의 놀이마당이 된 바다에서 어머니와 다시 만나게 되는 희망을 노래한다.

그 노래에 다른 조성의 노래가 덧씌워진다. 부조리하고 부패한 지구 위에서의 삶을 희화화 한 노래이다. 이 노래는 '양복 입은 무당'과

'헛소리 전술을 가르치는 학교', '검은 관청'과 '야바위 감독', '약장수 전도사', '픔프' 들에게 들려주는 시인의 절규와 같은 높은 음정으로, 리듬도 숨 가쁘게, 빠른 박자로 불려진다. 거짓말과 사기, 속임수로 지구 위를 치장한 그들의 악다구니도 무슨 효과음처럼 삽입되어 전체 악구를 구성해나간다.

인간이기에, 말로 기억을 간직하여 기억을 전달하는 능력을 가진 인간이기에 지구를 지배하고 있지만, 한 마디 참다운 말을 하는 인간은 없다. 감투가 탐날 뿐, '한 줄의 시를, 참다운 한 줄의 시를' 쓰려는 시인은 없고, '글 위에서 죽으려는' 인간 하나 없는 지구를 바라보는 시인의 노래는 슬프다. 지구가 아프기에 시인은 슬프다. 자율신경계가 망가진 육체와 같은 지구를 우주 저쪽에서 지켜보는 시인도 아프다. 시인의 육체에 담긴 경험이 그토록 아프기에 지구가 아프고 그 노래는 슬프다.

> 눈이 있다면 달에서 지구를 본 육체의 눈 만한 정신의 눈이 있다면, 지구는 한 줄의 시가 되리라. 지구는 말이 되리라. 지구의 말을 알아들을 수 있으리라.[158]

시인은 아무 말도 알아듣지 못하게 거짓말로 분칠된 지구 전체를 지켜보는 커다란 눈을 희망한다. 그 눈은 한 줄의 시가 될 것이고, 지구도 그렇게 될 것이라는 종결부를 노래한다. 백골은, 지금은 죽지만 미래에 '어머니'를 만나게 되리라는, 이러한 지구의 '무섭고 슬픈 이야기'도 '진화한 인류'로 돌아와 남의 이야기처럼 감상하는 시간을 가지리라는 희망으로 시인의 종결부에 화답한다.

이처럼 다성악적 구조로 축조된 시인의 노래는, 꺼져가는 백골의 의식을 구성하고 있는 악구와 분명 다른 조성과 박자임에도 백골의 그것과 같은 울림을 주고 있는 까닭은 무엇일까.

---

158) 위의 책, 25면.

백골의 의식에 끼어든 시인의 노래는 1962년 『자유문학』 4월호에 발표한 최인훈의 중편 「구운몽」에 삽입돼 있는 시 「해전」의 전문이고, 1970년, 『주간한국』에 발표한 「하늘의 다리」의 13장 대부분이다. 「해전」은 '민'이 쫓기다가 들어간 찻집에서 민을 따르던 청년이 낭송한 시이고, 「하늘의 다리」에서는, '준구'가 낙상하여 다리를 뺀 채, 소설가 친구 한명기와 술을 마시고 잠을 자다가 깬 상태에서 들었던 환청을 기술한 것이다.

최인훈은 어째서 이미 발표하여 완간된 자신의 작품을, 40년이 지난 이 시점에서 그것도 모티브나 문체, 혹은 인물을 모방하는 패러디가 아닌, 자신의 작품 그대로를 복사하는 패스티쉬로 발표했는가? 이러한 상황은 이제껏 우리 문학사에서는 볼 수 없는 국면이다.

간혹 현대의 시에서는 작품의 내적 구조와 외적 규모 때문에 자신의 작품 부분이나 혹은 전체를 새로운 시에 삽입시키는 경우가 있지만, 소설에서는 이러한 경우가 아직 시도되지 않았다고 필자는 알고 있다. 보르헤스가 여러 기법을 동원하여 새로운 서사구조를 창출[159]하기도 했고, 발자크도 「소설기법」에서 등장인물의 재출현의 방법[160]으로 다른 작품에서도 같은 인물을 등장시키기도 했지만, 「바다의 편지」는 한 걸음 더 나아가 전혀 새로운 텍스트를 구축하고 있는 경우라 할 수 있다.

위와 같은 창조물 작법은 소설 아닌 다른 예술 양식에서, 특히 음악에서는 매우 흔하게 이뤄지고 있는 기법인데, 혹시 최인훈은 소설을 음악의 차원으로 끌어올리려는 새로운 실험을 하고 있는 것이 아닌가 생각해보고, 곧 그 시도는 전혀 잘못일 수 없고, 잘못의 이유를 찾아볼

---

159) 보르헤스는 특히, 「삐에르 메나르, 『돈키호테』의 저자」에서 세르반테스가 『돈키호테』 중 1부의 주요한 여러 장을 글자 하나 틀리지 않게 베껴 썼음에도 『돈키호테』를 능가하는 위대한 작품을 만들게 되는 과정을 소설화하고 있는데, 「바다의 편지」에서도 그와 흡사하게 텍스트의 확장을 꾀하고 있는 듯해 보인다.

160) 발자크는 '등장인물의 재출현'이라는 방법을 활용하여 여러 단독의 작품에서 이전 작품의 등장인물을 다른 작품에 등장시키거나 서로 교환하는 방법을 쓰기도 했다.

수 없는 작법이라 판단된다. 소설도 예술인 바에는, 예술에 무슨 정해진 캐논이 없는 바에는, 다른 예술 장르에서는 가능하고 소설에서는 허락되지 말아야 한다는 것은 논리의 모순일 뿐이다. 감상자에게 단독 작품들로서의 각각의 감동이 새롭게 느껴진다면 이러한 소설 기법도 가능하고, 오히려 그러한 아이디어를 활용해 문학 텍스트의 표현력의 확대에 기여하려는 용기에 박수를 보내야 하지 않을까.

더욱이 이 시도 자체는 「바다의 편지」의 주제, 즉 생명과 존재에의 물음과 응답이라는 주제와 밀접하게 결부돼 있기에 문학 텍스트의 확장 이상의 중요한 의미를 가진다.

앞서 「바다의 편지」가 최인훈의 예술에 대한 이론적 원리를 적극 대입한 작품이라했는데, 최인훈이 발언한 예술에 대한 개념의 정의에 대해, 특히 「바다의 편지」를 향해 주목할 것이 있다. 그는 예술을 일러 '불러내는 것, 먼 데 것을 불러내는 것, 가라앉은 것을 인양하는 것, 침몰한 배를 끌어올리는 것, 기억의 바다에 가라앉은 추억의 배를 끌어내는 것.'161)이라 했으며, '예술은 약속에 의해서 기억의 엄청난 증폭과 초월이 허락되는 <기억>놀이다. 예술 속에서는 개인은 생애를 몇 번씩이나 <부활>할 수 있고 <윤회>할 수 있다.'162)라 했다.

「구운몽」의 「해전」에서, 잠수함이 가라앉으며 새로 태어난 '붕어'가 「바다의 편지」에서 '부활'하여 백골이 된 젊은 수병을 건드리며 '윤회'하고, 『하늘의 다리』의 '준구'가 한밤중 문득 깨어나 듣는 아우성은 백골의 의식 속에 녹아들어 다른 악장의 노래로 태어난다. 비록 백골은 해체되어 곧 소멸되겠지만 그의 기억은 남아 바닷물에 용해되어 다시 생명 발생의 원초적 과정을 겪고 형성된 새 우주에서 새로운 텍스트로 태어나는 것이다. 그 새로운 텍스트에는 『화두』의 '나'의 의식이 녹아 있고, 『화두』의 '나'가 있다는 것은, 최인훈이 그 동안 탄생

161) 최인훈, 『하늘의 다리』, 문학과지성사, 1979, 65면.
162) 최인훈, 『화두』 1부, 문이재, 2002, 9면.

시킨 모든 텍스트가 녹아 있다는 것이다.

우리가 소설이라고 읽는 텍스트는 작가가 창조해낸 서사물이지만, 우리는 소설을 읽으면서 텍스트가 전하는 의미를 형성해 내고, 구조에 변형을 가하거나, 인물에 동화되어 스스로의 정체감을 획득한다. 더욱이 좋은 소설이라 이르는 텍스트를 꼼꼼히 읽어나가면 자신에 대해 깊이 생각하는 시간을 갖게 되는 경우가 많다. 즉, 좋은 소설을 읽는다는 것은 적극적으로 동참하여 새롭게 소설을 쓰는 행위이며 그것은 새로운 삶을 사는 것이고, 자신의 존재를 확인하는 행위와 마찬가지라 할 것이다. 그러한 텍스트는 열려 있다고 볼 수 있고, 그 '열린 텍스트'가 진정한 의미에서 예술이라 이름 지어질 수 있는 텍스트라고 보아도 될 것이다.

최인훈의 예술 원론을 살펴보았듯이, 인간은 생물주체로서의 '닫힌 안정', 문명주체로서의 '열린 불안정', 그리고 환상주체로서 '열린 안정', 이 세 가지의 자기동일성을 지닌 동물이다. 환상주체가 예술과 종교적 의식의 상황에 있는 인간의 모습이다. 이 세 갈래에 따르면 「바다의 편지」를 읽는 독자는 인간의 세 의식 모든 상태에 처해 있겠지만, 특히 '열린 안정' 상황에 밀접한 의식을 갖게 되리라 생각한다. 화자인 '백골'의 의식 상태가 최인훈의 어떤 작품보다 '열린 안정'의 상태를 강렬하게 제시하고 있다는 독후감의 이유는, 「바다의 편지」라는 텍스트는 종교와 예술의 층위에 있는 인간에게 '존재'의 의미를 명료하게 제시하고 있기 때문이다.

「바다의 편지」는 데카르트의 '나는 생각한다. 고로 존재한다.'라는 경험론적 존재론을 '백골'이라는 화자의 의식 상황을 통해 좀더 확장해 시사해 주고 있다. 이는 인간만이 갖게 된 DNA∞의 상태, 즉 '의식의 원초적 근원으로서의 환상'이라는 최인훈의 명제에 의한 의식 상태를 의미한다. 의식보다 형태를 우선시 하는 경험론을 포함하는 범신론적 의미에서의 의식의 상황이다. 앞서 살펴보았던, 세계와 자아의 관계에서 자아의 머리 속에 존재하는 세계, 즉, X'의 상황을 뜻한다. 그것은 종교하고는 다른, '텍스트'의 상황, 곧 예술적 상황이다.

백골에게 끼어든 다른 의식이 서서히 사라져가며 백골은 한정된 육체의 경험을 뛰어넘기 시작하여 '순수의식'의 상태로 들어간다. 즉, 의식과 사회와 타인들과, 자아를 동일한 것으로 파악하는 것이다. '백골'에게 시간 관념이 사라지고 다른 의식이 자신의 것과 같아지며, 바다와 빛이 '나', 결국 '우리'가 되는 상태……, '열린 안정'의 상황163)이 되는 것이다.

이와 같은 예술적 상황에서는 '나'는 결국 없게 된다. 즉, '무아(無我)'가 되는 것이다. '백골'이나 '나'의 의식도 '죽기 오 분 전에 노래를 부르며 피우는 담배 한 대'164)의 연기처럼 '어머니'라 한 마디 부르며 나 외의 공간으로 사라져 버리면서 더 깊고 더 높은 '나'가 되는 것이다. 그 상황은 'DNA∞'의 상태이며, 독자 또한 '상상의식'과 '현실의식'이 합일되어 주·객의 구분이 완전히 없어진 전(全)의식의 자기화의 상태, 즉, 진여의 단계에 이르는 것이다.

인간 하나 하나가 별이고 누구나 우주를 품고 있다는 말을 하기는 얼마나 쉬운가. 그러나 그것을 경험하기란 쉽지 않다. 그리고 그 경험을 '언어'로 전하기는 불가능할 수도 있다. 하지만 「바다의 편지」는 우리에게 '열린 안정'의 의식을 갖게 해 주어 '나'가 '우주'가 되는 감각을 체험케 하는, '열린 텍스트'로, 혹은 작가의 또다른 표현에 의하면 '악보'165)로 우리를 끌어주고 있다.

---

163) 「소설가 구보씨의 일일」, 2장에서의 구보씨의 탑돌이 장면이 여기서 다시 출현하고 있는 것이다.

164) 「드라마센타」, 서울예술대학 정년퇴임 강연, 2001. 5. 20.

165) '악보'라는 표현은, 『화두』의 개정판 서문의 마지막 경구인 "직업상의 관례를 활용하여 전생에서 미흡했던 데를 눈에 띄는 대로 더 정확하게 다듬어서 21세기 독자들의 책상머리에 보내드린다. 독자 여러분의 기억의 부활을 위한 악보(樂譜)로 활용되기를 바라면서."라는 작가의 예술적 상황에 대한 비유를 염두에 두면서 이 논의의 중심어로 사용되기 바란다.

결 론

　최인훈은 방대한 양의 창작물 못지 않게 예술 이론과 문학 이론을 발표하여 세 권의 저작물로 세상에 내놓았다. 최인훈이 40여 년 동안 다듬어온 예술론과 문학론은 100년 동안의 한국 신문학사에서 찾아보기 힘든 한국의 지적 재산이라고 할만한 소중한 것이다. 그런데, 아직까지 이에 대한 본격적인 연구가 없었다는 것이 필자의 연구에 큰 동기부여가 되었다. 괄목할 만한 우리의 자생적인 이론이 없는 탓으로 늘 의기소침한 상태로 서구 이론을 받아들이는 상황이기에 최인훈의 이론은 더욱 값지다 아니할 수 없다.

　많은 논자들이 그의 소설을 해부하고 의미를 부여하는 데에 다양한 서구 이론을 방법론으로 활용하는데, 필자는 평소 그러한 연구 방향에 얼마간 회의를 가지고 있었다. 서양 이론보다 동양의 이론, 혹은 우리의 이론이 우리의 '살아가는 이야기'인 우리의 소설을 파악하는 데 쉽게 다가설 수 있을 터라는 생각이 많았기 때문이었다. 특히 모든 예술가는 작품을 구상하기 시작하면서 수정하여 발표하기 전까지 자신만의 창작의 논리가 작동하기에, 최인훈 스스로가 예술론과 문학론을 숱하게 발표하고 발언하고 있는데, 따로 외부의 이론을 적용하는 것이 필자에게는 무리하게 보였다.

　최인훈은 자신만의 예술론과 창작 방법론을 통해 오랜 동안 예술대학에서 예술 창작 교육에 지대한 영향을 주어 높은 성과를 보여 주었다

고 평가받고 있다. 이는 그만큼 그의 이론이 실질적이며 효용적이라는
것이고, 그러한 점이 이 논문을 쓰게 된 필자의 또 다른 동기였다.

최인훈의 예술론과 문학론에 대한 체계적인 파악을 논문의 전반부
에 담았고, 그의 예술론과 문학론, 그리고 창작 방법론이 그의 소설에
어떻게 적용되어 가는가를 면밀히 검토하는 과정이 논문의 후반부를
차지하게 되었다.

최인훈의 예술론과 문학론을 기본 방법론으로 삼았어도, 최인훈 작
품의 성격에 따라 특정 작품에는 형식·구조주의 시각과 대승불교의
개념을 함께 동원해 작품을 분석해 보았다. 최인훈의 문학론과 서구
이론의 연관성, 최인훈의 의식의 흐름 구조와 대승불교의 의식의 단
계와의 연관성과 차별성에 대한 고찰도 본 연구의 지평을 넓히는 데
도움이 되었다.

필자는 우선 최인훈의 예술론과 문학론을 두 가지로 분류해 체계를
세워보았다. 먼저 예술과 문학의 이론에 해당하는 부분을 정리, 취합
해서 논리적으로 검토했다. 그리고 예술가가 세계를 받아들이고 작품
화하는 과정을 설명해 나갔다. 최인훈의 예술에 대한 인식과 예술창조
의 방법이라는 두 차원에서 그의 예술 및 창작 이론을 살펴본 것이다.

최인훈은, 인간의 세 가지 자기동일성의 특성을 내세우며 예술에
대해 정의를 내리고 있었다. 그리고 창작 방법론에서는 언어 사용에서
의 모호함을 줄이려 압축된 도형이나 수학식 기호, 혹은 모식도로 제
시하고 있었다. 최인훈의 여러 예술론 중에서 총론 격에 해당하는 것
은 「예술이란 무엇인가-진화의 완성으로서의 예술」이다. 이 논문은
우주에서 지구가 탄생하고 생명체가 발생한 후, 여러 생물 중에서 인
간만이 갖게 된 의식인 종교를 예술과 같은 차원의 것이라고 본 에세
이이다. 최인훈은 인류에게 있어 문명이 발달하면서 점차 약화되기 시
작한 성현(聖現)을 예술행동을 통해 경험해 낼 수 있다고 말한다.

그는 인간을 세 가지의 자기동일성을 가진 동물이라고 말하고 있다. 생물적 자기동일성, 문명적 자기동일성, 환상적 자기동일성이 그것이다. 그 중에서 문명적 자기동일성은 인간만이 갖게 된 동일성이다. 인간은 문명을 발달시키면서도 유한에 대한 불안을 줄이지는 못하는 동물이다. 그래서 유한을 극복하려는 의식을 갖게 되는데, 그것이 환상적 의식이고, 종교와 예술의 차원에서의 자기동일성이다. 종교는 그를 현실로 주장하고 있지만 예술은 약속된 환상에서만 취하게 되는 자기동일성이다. 그래서 인간이 진화할 수 있는 최종의 목적지는 합일된 자기동일성의 능력을 갖추는 것인데, 최인훈은 그것이 종교와 예술로 가능하다고 말한다.

한편, '개체발생은 계통발생을 되풀이한다'는 명제가 최인훈의 예술론과 문학론의 핵심어구라 할 수 있겠다. 생물학에서의 유전정보전달구조인 DNA를 원용하여 DNA'(문명정보전달구조), DNA∞(환상정보전달구조)로 발전시킨 그의 문학론은 앞서의 예술론을 문학론으로 자연스럽게 대입한 것이다. 생물이 종으로서 완성되기까지 무수한 시행착오를 거쳐 지금의 DNA 형태로 결정되었듯이, DNA'인 문명정보전달구조도 무수한 시행착오의 계통발생 단계를 거쳐왔다. 문제는 지금 우리의 DNA'의 계가 우리의 자발적인 힘에 의한 개체발생의 방식이 아니라는 데 있다. 최인훈은 우리의 잘못된 근대 이식 문학을 반성하고 있다. 그래서 최인훈은 '풍속+방법'이라고 요약된 말로 자신의 문학론을 펼친다. 문학은 당대의 아이콘인 당대의 언어로 당대의 풍속을 담지한 당대의 감성의 방법으로 행해져야 한다는 것이다.

특히 문학예술은 감각예술과 다른, 일상의 커뮤니케이션 기호를 사용하기 때문에 환상의 자기동일성을 전하거나 취하기에 더욱 어려울 수밖에 없다. 그래서 최인훈은 문학종사자의 올바른 태도를 제시하는데, 그의 연작 소설 『소설가 구보씨의 일일』 1장에 나오는 '추상·구상…'부분이 그것이다. 요약하면 다음과 같다.

근대 이전의 통일된 원리에 의해 창작되었던 예술은 근대 이후에는 다양한 주장과 이론이 있기에 하나만 선택하려는 생각을 버리고, 그 것들을 아우를 수 있는 높은 위치에 서 있어야 할 것이다. 그래서 현 실을 조망하여 현실을 부정하기까지 하는 모습을 취해야 할 것이다. 문학예술은 특히 그 기호의 다룸에 있어 더욱 현실에 타협하려는 태 도가 되기 십상인데, 그러한 이기심을 버려야 한다. 제갈량과 예수의 마음처럼, 나아가 이론적으로는 환상일망정 하나님의 마음이 되어 작 품화에 임해야 할 것이다.

최인훈이 창작자의 의식의 흐름을 모식화해놓은 도형은, 창작에 관 련한 미학이론, 예술철학, 창작기법, 글쓰기지침 등을 포괄하여 압축 해놓은 것이다. 최인훈은 인간의 의식을 크게 두 가지로 나눈다. '현실 의식'과 '상상의식'이 그것이다. 현실의식은 우리가 현실생활을 무리 없이 영위하기 위한 의식이고, 상상의식은 우리의 느낌이나 생각을 표현하려는 의식이다.

세계와 자아와의 관계에서 현실의식은 외연의 모습이고, 상상의식 은 내포의 모습이라 할 수 있다. 현실의식 안에 상상의식이 잠재해 있고, 그 안에 또 현실의식이나 상상의식이 들어 있기도 하다. 상상으 로 세계를 파악하려는 예술적 상황에서는 현실의식이 자기의식 안에 자리잡게 되는데, 이 둘의 관계는 무수한 안팎이 존재하게 된다. 문명 의 발전 단계가 무수하고 각 나라, 각 민족, 각 가족 등에서의 문화적 차이가 무수할 것이며, 그 현실을 받아들여 상상하는 개인의 의식의 세계란 무수히 많기 때문이다.

최인훈은 이러한 의식의 상태를 문학의 창작과 감상의 흐름으로 회로화하고 있다. 문학창작과 감상의 의식은, 현실에서 받은 자극을 오감각에 의해 체험한 것을 지각하고, 그 체험이 표상으로 저장한 기 억을 다시 경험하는 과정이다. 그런데, 그 단계는 한 층위 깊은 의식이 존재하여 수렴되고 있다. 그 깊은 의식은 객체에 대응하는 주체가 객체를 인식하는 과정을 포함하고 있는데, 이 과정은 모두 언어라는 관념으로 응축된다.

최인훈의 글쓰기와 글읽기 과정의 섬세한 흐름은 대승불교의 수행단계와 매우 밀접해 있다고 필자는 생각하고 있다. 결국, 좋은 문학 작품은 모두 대승불교에서 말하는 깨침에 도달하여 많은 사람에게 그를 전하는 작품이고, 최인훈의 표현대로 DNA∞를 취득케 하는 작품이라 볼 수 있다.

이상과 같은 최인훈의 예술론과 문학론에 대한 인식을 통해 필자는 논문에서 요구되는 작품 분석의 방법론을 획득할 수 있었다. DNA와 DNA′, 그리고 DNA∞라는 최인훈 특유의 인간의 세 가지 자기동일성의 상황에 주인물의 행동과 사유의 진행과 변이가 자연스럽게 대입되며, '현실의식'과 '상상의식'의 섬세한 이동과 변조가 텍스트의 심미적 효과를 창출하는 기법으로 활용됨을 이해할 수 있었다. 구조주의 서사이론에서의 큰 축이라 할 수 있는 플롯과 화자의 문제를 최인훈은 더욱 섬세하고 정합적인 방법틀로 만들어놓은 것이다.

필자는 최인훈의 창작 방법 이론을, 그의 대표 소설로 꼽히는 『광장』, 『소설가 구보씨의 일일』, 『서유기』, 『총독의 소리』, 『태풍』, 『화두』, 「바다의 편지」에 대입하여 분석해 보았다.

먼저 『광장』과 『소설가 구보씨의 일일』은 그의 의식의 흐름에서 보이듯, 비교적 현실의식에 기반을 둔 작품으로 분류해놓았다. 『광장』은 환상주체를 희구하는 인간의 의식을 만족시키는 조화로운 구조를 갖고 있기에 남북 이데올로기 문제를 다룬 수십 편의 다른 소설에 비해 독자의 사랑을 많이 받고 있다. 『광장』의 이명준의 행동을 따라가다보면 독자는 환상적 자기동일성에 접하는 희열을 느끼게 될 것이다.

이명준이 찾아나서는 DNA∞의 획득의 동인은 사랑이라 할 수 있는데, 이명준은 두 차례나 거듭된 환상주체에의 등극의 실패로 그가 환멸을 느낀 남북의 이데올로기인 DNA′에 머물다가 세상과 결별을 고하게 된다는 내용이 『광장』의 대략의 줄거리이다. 이명준은 작품의 결말에 이르러 처음 부분, 잠깐 보았던 허깨비가 자기를 비추는 커다란 거울이었음을 깨달으며 환하게 웃고 환상주체에 올라서게 된다. 최인훈의 예술론에서 DNA′와 DNA∞의 상호관계를 주인공이 깨닫는 순간이라 할 수 있겠다. 독자도 그 상황을 전해 받으며 환상적 자기동일성을 얻게 된다.

　『광장』 읽기의 또 하나의 즐거움은 화자의 효과적인 운용에 따른 섬세한 의식의 이동에 있었다. 『광장』이라는 텍스트는 화자의 절묘한 활용에 의해 환상의 체험이 배가되도록 구성된 소설이다. 화자가 인물의 외부와 내부를 초점화하며 서사와 묘사의 문장을 효과적으로 융합하는 기술이야말로 언어예술의 백미라 불러도 과장이 아닐 것이다.

　『소설가 구보씨의 일일』은 한국 모더니즘의 선행자인 박태원의 원작 소설을 패러디한 작품인데, 최인훈의 『소설가 구보씨의 일일』은 박태원의 소설에서 미진했던 부분이라 할 수 있는 현실에 대한 인식을 더욱 첨예하게 드러내고 있었다. 가정을 꾸리지 못하고 있는 소설가가 소설과 예술, 문화 현상에 대해 생각하면서, 혹은 문화와 예술에 관련된 인물들과 만나고 대화하면서 하루하루를 보낸다는 내용이 편편의 주된 줄거리이다. 최인훈은 구보씨를 통해 그 특유의 사유를 펼치고 있는데, 중심 내용이 우리가 여전히 풀지 못하고 있는 쟁점들이어서 값지다 할 수 있다. 근대 이후의 리얼리즘, 정치와 예술의 분화, 문화와 역사적 상상력, 중심과 주변의 이항대립을 초월한 미래의 제시, 성스러움과 속스러움의 변화와 본질, 용병과 정치적 프로이트주의, 우리의 낭만주의와 신문학의 기조 등등 여전히 유효한 주제들이 그만의 예술론과 융합된 형태로 펼쳐지고 있다. 그의 예술론이 완성된 시점에서 발표된 소설이어서 소설 속에 이론이 육화되어 있는 형식이다. 도형이나 수식으로 된 예술론의 씨앗이 작품이라는 열매로 결실을 맺고 있다고 볼 수 있다.

여러 쟁점들이 『소설가 구보씨의 일일』에서는 내적독백이라는 기술법으로 구현되고 있었다. 화자를 통해 내면의 모습을 보여주는 내적독백의 방식은 『소설가 구보씨의 일일』에서 다양하게 활용된다. 그 다양함은 최인훈의 DNA, DNA´, DNA∞의 단계와 더불어 '의식의 흐름'에서의 현실의식과 상상의식의 융합과 일탈의 방법으로 변주하면서 조화를 찾아간다.

인물인 구보와 화자인 구보´는 모두 구보이지만 화자로서의 구보´는 위치를 바꿔가며 인물에 동화되었다가, 인물 밖으로 나가 인물에게 말을 시키기도 한다. 이야기꾼의 역할과 함께 사건을 구축했다가 허무는 창조자로서 기능하기도 하는데, 결과적으로 독자로 하여금 환상적 자기동일성을 제공하는 구보∞까지 이르게 된다. 이 과정이, 최인훈의 예술론의 핵심 기호인 DNA, DNA´, DNA∞를 그의 창작 방법 이론인 의식의 흐름에 융합시킨 경우이다.

그러한 내용과 기법을 통해 최인훈이 의도한 것은 우리의 근대화의 문제점에 대한 반성이다. 군부독재를 살아가는 왜소한 소설가의 정직한 글쓰기가 바로 『소설가 구보씨의 일일』의 형식과 내용이 되고 있다.

다음으로, 『서유기』는 중국의 고전 『西遊記』의 구도 과정을 적용시킨 장편소설인데, 필자가 주목해서 본 것은 소설에서의 '시간의 공간화' 부분이었다. 최인훈의 의식의 흐름에서 현실의식이 상상상의식으로 전이되면서 창출되는 공간화, 상상의식 안에서 다시 상상의식으로 진입하는 공간 풍경은 그로테스크하게 표출되고 있다. 독고준이 구렁이로 변신하여 고뇌하는 광경이 더욱 그러한데, 그것은 환상주체가 일상 세계에 대해 설하는 항변으로 보였다. 우리 역사의 비극적인 진행에서 비롯된 변신임을 은유함과 동시에, 인류 공통의 문제인 DNA, DNA´, DNA∞의 관련을 비유하는 대목이어서 한층 넓고 깊은 상징을 띠고 있다.

『서유기』에는 역사적인 인물들이 많이 등장하는데, 이는 독고준의 다른 얼굴이었다. 독고준이 그렇게 어이없이 살아야 하는 연원에는 역사적 인물들의 당시 사회에 대한 인식에 있었다. 그들의 역사 인식을 독고준이 하나씩 확인하는 과정이 중국 소설 『西遊記』의 구도 여행에서의 과정과 다르지 않음을 확인할 수 있었다.

『총독의 소리』는 최인훈의 창작여정을 의식의 흐름으로 보았을 때 현실의식과 상상의식의 견인 역할을 하는 소설이고, 『태풍』은 현실의식의 입장에서 가상현실을 창출한 소설이라 가정하고 분석했다. 『총독의 소리』는 그의 문학종사자의 태도에서 대표적인 성찰로 이해되는, '현실을 부정하는 방법'으로서의 소설이다. 한국의 현실 정치를 풍자하고 있지만, 한국의 현실 안에서 메시지가 전달되는 것이 아니라 한국의 지하에서 일본 총독의 입으로 발설되는 것이기에 더욱 객관적인 현실 부정의 입장이 뚜렷한 작품이었다. 라디오를 통해 들려오는 담화체라는 서술방식 자체가 곧 주제라고 할 수 있는데, 이는 '매체가 메시지'라는 맥루한의 유명한 정언을 새삼 환기시키는 방법이었다. 일본은 우리에게 있어 근대사를 왜곡시킨 장본인이라 할 국가이다. 조선총독부는 특히 우리의 식민화를 공고히 하는 제도였기에 총독의 담화는 우리의 분노를 일깨우는 무척 듣기 싫은 소리이다. 최인훈은 그렇게 총독의 입을 빌어 현대 한국 정치 상황에 대해 신랄한 비판을 가한다. 식민주의자의 담론을 통해 탈식민주의적 시각을 확보하겠다는 작가의 의도인데, 최인훈이 가진 리얼리즘에 대한 견해에 의거하지만 색다른 차원의 발화 방법이다. 이는 바흐친이 말했던 '복합언술'에 부합되는 서술방법이라고도 할 수 있다.

『태풍』을 읽다보면 인명과 국명이 낯설다는 생각을 갖게 될 것이다. 그러나 그 낯섦의 방식은 풍자에서의 또 하나의 방법인 'pun'이다. 최인훈은 『태풍』에서 이 같은 방법으로 읽는 재미를 더해 주고 있다. 또 다른 『태풍』의 낯섦은 현실이 아닌 가상의 세계를 구축한데 있다. 가상역사소설은 지금은 흔한 소설 형식이지만, 당시의 본격문학에서는 찾아보기 힘든 형식이었다. 때는 제국주의의 기치를 내걸고 일본이 일으킨 태평양 전쟁, 그리고 식민지 분할을 놓고 벌이던 2차 세계대전의 파국적 상황이다. 우리를 비롯한 동아시아 국가는 그 문제에서 여전히 벗어나지 못한 상황이고, 신식민주의적 세계 현실에 가장 첨예한 문제가 되고 있는 상황이어서 『태풍』이 전하는 메시지는 중요하다고 할 수 있겠다.

주인물 오토메나크는 이중적인 식민지의 지식인인데, 그의 방황이 바로 우리의 방황이고, 그 방황의 끝에서의 선택이 우리가 해결해야 할 문제의 답이라고 볼 수도 있다. 『태풍』은 평등주의를, 환상이라는 텍스트에서 실천해 보이겠다는 인류애적인 작품이다.

『태풍』의 오토메나크는 『광장』의 이명준과 흡사한 면이 많아 보인다. 이데올로기의 대립의 틈바구니에서 혼란을 겪다가 제3국을 택하면서도 행방불명되는 이명준이나 오토메나크의 행동이 그렇게 보이는데, 이명준과는 달리 오토메나크는 실천적으로 타국, 타자를 끌어안으면서 평화를 얻게 된다는 것이다. 같은 DNA∞를 향하고 있긴 해도, 이명준의 경우는 '상상으로 남는 상상의식'으로 치달은 행동이라 할 수 있을 것이고, 오토메나크는 '현실에 귀속되는 상상의식'을 향한 경우라고 해도 될 것이다. 두 작품 모두 '현실의식'에 기대어 쓰여진 리얼리즘적인 작품이어도 이명준은 마지막에서 행방불명이라는 착란을 상상의식 속에서 실현한 인물이고, 오토메나크는 카르노스라는 인물을 통해 착란 상태에서 벗어나 현실의식으로 다시 돌아온 인물이다.

이명준과 오토메나크의 이 같은 행동의 차이는 작가의 역사 인식의 변화에서 온 것이라고도 볼 수 있다.『광장』과『태풍』이 쓰여졌던 시기를 돌이켜보면 더 선명한 변별성을 인식하게 된다. 우리에게도 자발적 근대화의 기회로 주어졌던 4.19, 그러나 그 황금의 시간은 순간뿐이었고, 오랜 군사정권의 시기가 있어왔다. 정권의 유지를 위해 유신체제에 돌입한 상태에서 작가의 자유의지란 실현 불가능했기에, 가상역사체로서나마 미래를 제시하겠다는 의도가 있었던 것이다. 따라서 최인훈 자신의 표현으로 부조리한 '현실 비판', 혹은 '현실을 부정하는' 방법으로써의 문학론에 의하면 역설적으로 읽어야 하는 작품들이라고도 할 수 있다. 결국, 이명준의 행동은 역사의 지평이 열려 있을 때의 착란이라 할 수 있고, 오토메나크의 변신은 역사의 지평이 닫혀 있을 때의 바람직한 태도라고 할 수 있다.

최인훈은 20년 동안의 긴 침묵 끝에 장편소설『화두』를 세상에 내놓는다.『화두』는 이성적 문장으로 쓰여졌지만 감각적 울림도 충분히 전해주는 소설이다. 필자는『화두』를 '예술가 소설'로 읽었고, 예술가의 이성적 사유가 감성적으로 깊게 파고드는 소설로 최고의 작품이 아닌가 생각한다.

시간의 변조는 소설의 구조화에 지대한 영향을 끼친다. 언뜻『화두』에는 시간의 진행이 분명치 않아 보인다. 이는 작가의 창작방법론이라 할 수 있는 DNA의 여러 변증의 상황을 적극 수용한, 의도된 장치이다. 생명철학자인 자크 모노의 '생명의 우연적 발생과 진화'는 최인훈에 이르러 필연을 향한 의도된 우연의 진행으로서의 플롯화로 발전한다. 엥겔스의 '필연을 인식하는 것이 인간의 자유'라는 말처럼,『화두』의 구조도 그와 같게 진행한다.

『화두』의 화자는 회상을 통해 시간을 진행시키는데, 화자가 회상하여 시간을 작동시키거나 멈추는 방법을, 전통적인 액자 방식과 매개를 통하는 방식, 그리고 무의지적인 방법으로 나누어 분석해 보았다. 그 결과 무의지적인 회상의 방식이 『화두』의 핵심적인 시간진행의 방법임을 알게 되었다. 원초적 기억이라 할 수 있는 '자아비판'과 '독후감칭찬'은 화자인 '나'의 환상적 자기동일성의 등극을 방해하면서도 동시에 거기에 기여하고 있는데, 결국 언어를 통해 나를 완전하게 회상하는 그 자체가 환상적 자기동일성의 구현임을 깨닫게 하고 있다.

「바다의 편지」가 바로 그 상태를 표현한 단편이다. '백골'로 설정된 화자가 어떻게 자신의 상황을 회상하여 발화할 수 있는지, 이는 소설에서의 화자라는 문제를 깊이 파고들어 인간과 자연, 생명과 죽음에 대한 문학적 해답이다. 범신론적 측면에서 자연을 인식하던 인간의 원초적 의식 상황이 DNA∞의 상태인 것이다. 그 상황에서 발화하는 화자는 곧 생명이며 길이다. 필자는 「바다의 편지」를 오목거울로 비쳐진 『화두』라고 표현했는데, 『화두』에서의 '화두'와 회상의 방법이 「바다의 편지」에서 백골이 자신을 바라보는 광경과 의식의 혼선 상황의 표출과 같다는 생각 때문이었다. 특히 「바다의 편지」는 최인훈 식의 표현으로 '열린 안정'의 텍스트이다. 「바다의 편지」는 내용과 형식 모두 현실의식과 상상의식의 합일된 상태를 표현하고 있어 독자는 쉽게 환상적 자기동일성을 경험하게 될 것이다.

최인훈이 본격적으로 예술관과 문학관을 피력하기 시작한 것은 소설 창작에서 희곡 창작으로 변신하던 무렵이다. 언어예술에서의 표현의 확장을 꾀하겠다는 의도와 함께 인류의 근원적인 문제를 상징적으로 처리해 보겠다는 열망이 희곡 창작에 몰입하게 하였으리라 유추된다. 우리의 구체적인 설화를 바탕으로 인류의 공통적인 문제에 접근한 그의 희곡들은 그가 말하는 문학의 예술성을 극대화한 상태, 즉 DNA∞를 충실히 체험케 하는 작품들이다.

최인훈은 희곡에서, 문화인류학적인 상상력을 바탕으로 잘못 사용된 이데올로기에 의해 핍박받는 민중의 고통을 그리고 있다. 교조주의로 전락한 사회주의, 가부장중심으로 편향된 유교관, 공동체의 이익을 무시한 자유주의, 자본만을 지향하는 물신주의 등이 어떻게 개인을 억압하고 소외시키는가에 대한 상징화가 바로 그의 희곡의 내용이고 형식이라 할 수 있을 것이다. 이는 20세기를 온몸으로 겪어온 작가의 사유의 결과의 구현이고, 그의 대작 『화두』에서의 화두들이야 말로 그러한 문제에 대한 이성과 감성의 합체된 응답이며, 더불어 그의 예술론과 문학론의 핵과 맥을 같이 한다.

최인훈이 내세운 DNA∞ 속의 상태가 예술적 자기동일성의 취득이어도 많은 예술작품 중에서 어떤 작품이 DNA∞의 더 높고 넓은 위치를 차지할 수 있는가가 문제로 제기된다면, 『화두』의 화자가 내세운 '유심론과 유물론에의 어느 한쪽으로의 치우침이 없도록' 형상화한 작품이라 할 수 있을 것이다. 『화두』에서의 두 가지 핵심 기억이었던 '자아비판회' 사건과 '독후감 칭찬' 사건이 이를 은유하고 있다고도 볼 수 있다. 『화두』의 초반부, 어린 화자에게 과도한 책임을 물으려 한 지도원 선생의 태도에 대한 화자의 상태, 그리고 작문선생으로부터 받은 독후감의 극찬대로 작가가 된 화자의 상태, 그 두 가지의 화자의 상태가 작품의 두 축으로 작동하면서 독자로하여금 조화를 이루어 나가도록 구조화되고 있다. 정신의 조화로운 구조화는, 내용적 측면과 형식적 측면의 융화이다. 즉 '유물론과 유심론의 상보관계'를 염두에 둔 화자의 심리적 상황을 내용에서 제시하는데, 작품 초반의, 어린 화자에게 가해졌던 자아비판에서의 문제점이었던, 행위와 책임 추궁 사이의 형평성의 부재가, 후반에 화자의 소련 방문시 구소련 장교로부터 가해지는 고문상황으로 변조하여 다시 강조된다. 구소련 소년에게 우정의 표시로 1달러를 준 화자에게 1000달러를 주었다고 강변하는 구소련 관리가 추궁하는 상황이 그 하나이고, 작문선생으로부터 받은 극찬대로 작가가 되었지만 현실적으로는 가족들에게 아무런 물질적 보탬도 주지 못하는 화자의 회한이 다른 하나의 상황이다. 화자의 심적 상황과 물적 상황의 변증은 상상의식 속에 또다른 상상의 공간을 만들거나 시간 변조를 통해 앞의 내용들을 재현해 나가면서 형식미를 구축해나간다. 이는 『소설가 구보씨의 일일』에서 구보씨를 통한 바람직한 예술작품의 구현 태도와도 같은 맥락으로 파악해도 된다. '추상'이 높으냐 '구상'이 높으냐의 주장을 문제시할 것이 아니라 각각의 영역의 작품 안에서 얼마만큼 감상(感傷)을 극복했는가, 그리고 시심(詩心)이 얼마나 높으냐로 DNA∞의 등위를 가늠해야 할 것이다.

최인훈의 예술론과 문학론은 여러 갈래의 미학 이론이나 문화비평 이론을 더 높은 차원에서 종합하여, '인류정신'이라는 개체를 발생시키는 원형적인 이론이라 볼 수 있다. 현대를 정보문화의 시대라 일컫는데, 최인훈이 생명정보전달구조인 DNA를 원용하여, DNA´, DNA∞로 정합성을 갖추어 체계화시킨 그의 이론은 정보가 테크놀로지화 되어 있는 이 시대의 문화풍토에 친화적인 예술론이라 할 수 있다.

그리고 자연과 인공의 순환을, 예술의 생산과 수용과정으로 파악한 「인간의 Metabolism의 3형식」, '의식의 흐름의 모식도', '개체발생은 계통발생을 반복한다.' 등의 도형과 언명은 한때 동서의 고전문명에 존재했던 '중도적 사유'가 희미해진 근현대 문명에 대한 반성이 깊이 투영되어 있는 창작 이론이다.

과거에 대한 포괄적인 조망을 바탕으로, 미래를 향한 진정한 평화와 평등의 정합적인 제시는 그의 소설과 희곡의 중심 내용을 환기시킨다. 작품에 용해되어 있는 철학, 문학, 역사학, 인류학, 미학 등 그의 풍부한 학문적 관심이, 그의 예술론과 창작 이론에 와서는 현재의 인지과학과도 같은 형태로 결정되기에 이르렀다.

필자는 이와 같은 그의 이론적 업적이 그의 소설과 희곡 못지 않게 소중한 문화적 유산으로 평가되길 바란다. 이러한 기대는 아직도 무수히 열려 있는 최인훈의 작품 연구와 함께 그의 이론적 사유에 대한 더욱 밀도 높은 연구 작업도 함께 진행되어야 한다는 희망 때문이다.

┃ 참고문헌 ┃

1. 기본자료

최인훈, 『광장·구운몽』, 최인훈 전집 1, 문학과지성사, 1992.

─────, 『광장·구운몽』, 최인훈 전집 1, 문학과지성사, 2008.

─────, 『광장』 발간 40주년 기념 한정본, 문학과지성사, 2001.

─────, 『회색인』, 최인훈 전집 2, 문학과지성사, 1992.

─────, 『서유기』, 최인훈 전집 3, 문학과지성사, 1992.

─────, 『소설가 구보씨의 일일』, 최인훈 전집 4, 문학과지성사, 1992.

─────, 『태풍』, 최인훈 전집 5, 문학과지성사, 1992.

─────, 『크리스마스 캐럴·가면고』, 최인훈 전집 6, 문학과지성사, 1992.

─────, 『하늘의 다리·두만강』, 최인훈 전집 7, 문학과지성사, 1992.

─────, 『우상의 집』, 최인훈 전집 8, 문학과지성사, 1992.

─────, 『총독의 소리』, 최인훈 전집 9, 문학과지성사, 1992.

─────, 『옛날 옛적에 훠어이 훠이』, 최인훈 전집 10, 문학과지성사, 1992.

─────, 『유토피아의 꿈』, 최인훈 전집 11, 문학과지성사, 1992.

─────, 『문학과 이데올로기』, 최인훈 전집 12, 문학과지성사, 1992.

─────, 『꿈의거울』, 최인훈문학예술론집, 우신사, 1990.

─────, 『길에 관한 명상』, 솔과학, 2005.

─────, 『화두』, 1,2부, 민음사, 1994.

─────, 『화두』, 1,2부, 문이재, 2002.

─────, 『화두』, 1,2부, 문학과지성사, 2008.

─────, 『한스와 그레텔』, 문학예술사, 1982.

─────, 『작가세계』, 「최인훈 특집」, 세계사, 1990.

─────, 『작가연구』, 「최인훈 특집」, 깊은샘, 2002.

─────, 『황해문화』, 「바다의 편지」, 2003.

─────, 『역사와 상상력』, 민음사, 1976.

2. 논문·평문

고인환, 「최인훈 초기 소설 연구」, 경희대 석사논문, 1996.

곽경헌, 「서정인 소설연구」, 한림대 박사논문, 2005.

김경윤, 「최인훈 소설연구 : 작가 의식과 내면화 의식을 중심으로」, 경북
　　　대 석사 논문, 1984.

김기우, 「최인훈 『화두』의 구조와 예술론의 관계에 대한 연구」, 동국대

　　　　　석사논문, 1998.
김기주, 「최인훈 소설 연구」, 한림대 박사논문, 2006.
김미영, 「최인훈 소설의 환상성 연구」, 한양대 박사논문, 1998.
김민수, 「1960년의 미적 근대성 연구」, 중앙대 박사논문, 1999.
김상욱, 「소설 담론의 이데올로기 분석 방법 연구」, 서울대 박사논문, 1995.
김신운, 「박태원 최인훈의 소설가 구보씨의 일일 비교 고찰」, 조선대 교
　　　　　육대 석사 논문, 1991.
김영찬, 「1960년대 한국 모더니즘 소설 연구」, 성균관대 박사논문, 2001.
김윤창, 「한국 현대소설의 소외의식 연구」, 한양대 석사논문, 1984.
김은아, 「박태원, 최인훈, 주인석의『소설가 구보씨의 일일』비교 연구」,
　　　　　홍익대 석사논문, 2003.
김인호, 「최인훈 <화두>에 대한 해체론적 읽기」, 동국대 석사논문, 1995.
──── , 「최인훈 소설에 나타난 주체성 연구」, 동국대 박사논문, 1999.
김주언, 「한국 비극소설 연구-1960년대 최인훈・서정인・김승옥을 중심
　　　　　으로」, 단국대 박사논문, 2000.
김충기, 「최인훈 문학에 나타난 소외의 문제의식」, 경희대 석사논문, 1977.
박　　진, 「최인훈의『소설가 구보씨의 일일』연구」, 고려대 석사논문, 1994.
방희조, 「최인훈 소설의 서사 형식 연구」, 연세대 석사논문, 2001.
배경윤, 「최인훈 소설의 소외의식 연구」, 효성여대 석사논문, 1989.
배미선, 「최인훈의『광장』연구」, 연세대 석사논문, 1994.
서은선, 「최인훈 소설의 서사 구조 연구」, 부산대 박사논문, 2003.
서은주, 『최인훈 소설연구』, 연세대 박사논문, 2000.
성지연, 「최인훈 문학에서의 '개인'에 관한 연구」, 연세대 박사논문, 2003.
손유경, 「최인훈・이청준 소설에 나타난 텍스트의 자기 반영성 연구」, 서
　　　　　울대 석사논문, 2001.
송명진, 「최인훈 소설의 사실 효과와 환상 효과 연구」 서강대 석사논문,
　　　　　2001.
양　　인, 「최인훈 소설의 서사 형식과 사회적 담론 연구」, 서강대 석사논
　　　　　문, 1996.
오승은, 「최인훈 소설의 상호텍스트성 연구」, 서강대 석사논문, 1998.
오현일, 「소설 속의 에세이적인 것에 관한 연구」, 고려대 박사논문, 1979.
이기인, 「한국근대소설의 심미성 연구」, 고려대 박사논문, 1987.
이인숙, 「최인훈 소설의 담론 특성 연구」, 고려대 박사논문, 1998.
이혜정, 「『광장』에서의 갈매기 상징」, 동국대 대학원, 1997.
임경순, 「1960년대 지식인 소설 연구」, 성균관대 박사논문, 2000.
정덕준, 『한국근대소설의 시간구조에 관한 연구』, 고려대 박사논문, 1984.

정봉권, 「최인훈의 패러디 소설 연구」, 부산대 석사논문, 1997.

정은주, 「최인훈의 <구운몽>, <서유기>연구」, 고려대 석사논문, 1990.

정주일, 「소설가 구보씨의 일일 비교 연구」, 공주대 석사논문, 2002.

정혜영, 「최인훈 소설의 환상성 연구」, 숭실대 석사논문, 1992.

조보라미, 「최인훈 소설의 환상성 연구」, 서울대 석사논문, 1999.

조희권. 「현대 소설에 나타난 <춘향전> 패러디 연구」, 한양대 석사논문, 2000.

차봉준. 「최인훈 패러디 소설 연구」, 숭실대 석사논문, 2001.

최인자, 「소설가 구보씨의 일일 비교 연구」, 전북대 교육대 석사 논문 1992.

최창수, 「최인훈 소설 연구」, 중앙대 박사논문, 2002.

허영주, 「최인훈 소설의 정신분석학적 연구」, 계명대 박사논문, 1995.

황 경, 「최인훈 소설에 나타난 예술론 연구」, 고려대 박사논문, 2003.

황순재, 「최인훈 소설의 환상 기법 연구」, 부산대 석사논문, 1989.

권영민, 「정치적인 문학과 문학의 정치성」, 작가세계, 1990, 가을호.

김광일, 「조선일보」, 서울예술대학 정년퇴임 강연, 2001. 5. 21.

김기우, 「최인훈의 예술론과『화두』의 구조적 특성」, 한국언어문학회, 56집, 2006년.

─────, 「바다의 노래」, 『내러티브』, 9호, 2004년.

김명인, 「영원한 경계인의 '문학적 유서'」, 『황해문화』, 2003년, 겨울호.

김병익, 「'남북조 시대 작가'의 의식의 자서전」, 『문학과 사회』, 1994, 여름.

김상태, 「최인훈의『광장』-익사한 잠수부의 증언」, 『문학사상』, 1984, 8월.

김우창, 「남북조시대의 예술가의 초상」, 『소설가 구보씨의 일일』, 2001.

김인환, 「문학과 문학사상」, 『소설가 구보씨의 일일』, 열화당. 1978.

김태환, 「문학은 어떤 일을 하는가」, 『시학과언어학』, 2001.

김치수, 「지식인의 망명」, 『한국 현대문학의 이론』민음사, 1972.

김 현, 「최인훈, 혹은 소외의 문학」, 『한국문학사』, 민음사, 1989.

─────, 「헤겔주의자의 고백」, 『이헌구 선생 송수기념 논총』, 1970.

김현실, 「우리시대의 소설가 소설의 지형도」, 『소설가 소설연구』, 국학자료원, 1999.

김홍식, 「최인훈의『광장』연구」, 조선대 대학원, 1994.

백 철, 「하나의 돌이 던져지다」, 『서울신문』, 1960.

서은선, 『최인훈 소설『화두』에 대한 서사론적 분석, 『부산대 국어국문학』, 1995.

송상일, 「소설의 현상-최인훈의 『광장』연구」, 현대문학, 7월.

신동욱, 「식민지 시대의 개인과 운명」, 『태풍』, 문학과지성사, 1992.
오생근, 「『화두』와 기억의 소설적 형식」, 『현대비평과 이론』, 1994, 6월.
──── , 「삶을 위한 비평」, 『우리시대의 작가 총서-최인훈』, 도서출판 은
　　　애, 1979.
우찬제, 「현실의 유형인, 인식의 세계인, 그 가역반응」, 『세계의 문학』,
　　　1994, 여름.
유보선, 「책읽기를 통한 현실 읽기의 풍요로움」, 『문학사상』, 1994, 6월.
유종호, 「소설의 정치적 함축」, 『세계의 문학』, 1979, 가을.
이광호, 「몽유의 형식과 의식의 고고학」, 『환멸의 시학』 민음사, 1995.
이상갑, 「식민국과 식민지의 이분법을 넘어서」, 『작가연구』, 2002,
이창기, 「화두는 내 정신과 삶의 자발적구조입니다.」, 『동서문학』, 1994,
　　　가을.
이태동, 「역사의식과 작가적인 삶의 편력」, 『문예중앙』, 1994, 여름.
──── , 「문학의 인식 작용과 야누스의 얼굴」, 한국현대문학전집 60』, 삼
　　　성출판사, 1992.
임헌영, 「증언과 예언」, 『문학과지성』, 1979, 봄.
정과리, 「자아와 세계의 대립적 인식」, 『문학과 지성』, 1980, 여름.
──── , 「모르기, 모르려 하기, 모른체 하기」, 『시학과 언어학』, 2001.
진형훈, 「기억을 찾아서 가는 소설의 길」, 『상상』, 1994, 여름.
한　기, 「인간은 생각하는 짐승」, 『문예중앙』, 1999년 가을.
한형구, 「분단시대의 소설적 모험」, 『문학과 사상』, 4월.
홍사중, 「탈출과 좌절」, 『현대한국문학전집』, 신구문화사, 1974.

3. 국내·외 논저

김　현·김주연, 『문학이란 무엇인가』, 문학과지성사, 1981.
김미영, 『최인훈 소설 연구』, 깊은샘, 2004.
김병익·김현 편 『우리시대의 작가 총서, 최인훈』, 도서출판 은애, 1979.
김용정, 『과학과 철학』, 범양사, 1996.
김욱동, 『광장을 읽는 일곱 가지 방법』, 문학과지성사, 1996.
──── , 『대화적 상상력-바흐친의 문학이론』, 문학과지성사, 1988.
김인호, 『해체와 저항의 서사』, 문학과지성사, 2004.
김천혜, 『소설구조의 이론』, 문학과지성사, 1993.
박이문, 『이성은 죽지 않았다』, 당대, 1996.
서은선, 『최인훈 소설의 서사형식 연구』, 국학자료원, 2000.
송　면, 『소설미학』, 문학과지성사, 1985.

양건열, 『비판적 대중문화론』, 현대미학사, 1997.
오규원, 『현대시작법』, 문학과지성사, 1998.
원 효, 『대승기신론, 소, 별기』, 삼성출판사, 1977.
이병훈, 『유전자들의 전쟁』, 민음사, 1994.
이상섭, 『문학이론의 역사적 전개』, 연세대학교 출판부, 1983.
이승훈, 『문학과 시간』, 이우출판사, 1983.
이태동, 『최인훈』, 서강대출판부, 1999.
장성수, 『문학과 삶의 지평』, 소명, 2000.
정덕준, 『조명희』, 새미, 1999.
──────, 『우리소설 바르게 읽기』1,2,3, 태학사, 2000.
조동일, 『한국소설의 이론』, 지식산업사, 1977.
조요한, 『예술철학』, 경문사, 1985.
천이두, 「밀실과 광장」, 『문학과 지성』, 1976,
한용환, 『소설의 이론』, 문학아카데미, 1996.
──────, 『소설학 사전』, 문예출판사, 1999.
홍기삼·한용환 편, 『임꺽정에서 화두까지』, 문학아카데미, 1995.

A.A. 맨딜로우, 최상규역 『시간과 소설』, 예림기획, 1989.
A.N 화이트헤드, 오영환 역, 『과정과 실재』, 민음사, 1997.
D. 그랜트, 김종운 역, 『리얼리즘』, 서울대 출판부, 1987.
D.C. Muecke, 문상득 역, 『아이러니』, 서울대학교출판부, 1980.
F.W 폰 헤르만, 이기상·강태성 역, 『하이데거의 예술철학』, 문예출판사, 1997.
G.W.F 헤겔, 최동호 역, 『헤겔詩學』, 열음사, 1985.
H.W & D.J 잰슨, 『그림은 어떻게 생겨났는가』, 1997.
J.D 왓슨, 하두봉 역, 『이중나선』, 전파과학사, 1974.
M. 맥루한, 박정규 역, 『미디어의 이해』, 삼성출판사, 1977.
M.H 아브람스, 최상규 역, 『문학용어사전』, 대방출판사, 1985.
S.채트먼, 한용환 역, 『이야기와 담론』, 고려원, 1995.
게오르그 루카치, 반성완 역, 『소설의 이론』, 심설당, 1995.
게오르크 루카치, 여균동 역, 『미와 변증법』, 이론과 실천, 1987.
노드롭 프라이, 임철규 역, 『비평의 해부』, 한길사, 1996.
르네 지라르, 김윤식 역, 『소설의 이론』, 삼영사, 1983.
마샬 맥루한, 박정규 역, 『미디어의 이해』, 삼성출판사, 1977.
멀치아 엘리아데, 이동하 역, 『聖과 俗』, 학민사, 1996.
미하일 바흐친, 전승희 외 역, 『장편소설과 민중언어』, 창작과 비평사, 1988.
발터 벤야민, 반성완 역, 『발터벤야민의 문예이론』, 민음사, 1989.

수잔 K. 랭거, 이승훈 역, 『예술이란 무엇인가』, 고려원, 1982.

시모어 채트먼, 강덕화 한용환 역, 『영화와 소설의 수사학』, 동국대출판부, 1999.

아니카 르메르, 이민선 역, 『자크 라캉』, 문예출판사, 1996.

앙리 베르그송, 정석해 역, 『시간과 자유의지』, 삼성출판사, 1977.

에드워드 사이드, 김성곤, 정정호 역, 『문화와 제국주의』, 창, 1995.

에드워드 윌슨, 이병훈, 박시룡 역, 『사회생물학』, 민음사, 1992.

우도 쿨터만, 김문환 역, 『예술이론의 역사』, 문예출판사, 1997.

위르겐 하버마스, 심연수 역, 『커뮤니케이션과 사회진화』, 청하, 1987.

이-푸 투안, 구동회·심승희 역, 『공간과 장소』, 대윤, 1995.

자크 모노, 김용준 역, 『우연과 필연』, 삼성출판사, 1990.

제라르 주네트, 권택영 역, 『서사담론』, 교보문고, 1995.

조르주 뿔레, 김기봉 외 역, 『인간의 시간』, 서강대 출판부, 1998.

토도로프, 곽광수 역, 『구조시학』, 문학과지성사, 1977.

퍼트리샤 워, 김상구 역, 『메타픽션』, 열음사, 1989.

폴 리쾨르, 김한식 이경래역, 『시간과 이야기』 1,2,3, 문학과지성사, 2004.

폴 헤르나디, 김준오 역, 『장르론』, 문장사, 1983.

프랭크 H.헤프너, 윤소영 역, 『생각하는 생물』, 도솔, 1993.

필립 르죈, 윤진 역, 『자서전의 규약』, 문학과지성사, 1998.

한스 마이어호프, 김준오 역, 『문학과 시간현상학』, 삼영사, 1987.

한스게오르그 가다머, 김문환 역, 『예술의 종언-예술의 미래』, 느티나무, 1993.

∥ 최인훈 연보 ∣

1936년	4월 13일 함북 회령에서 목재상인의 아들로 태어남.
1943년	회령북국민학교에 입학함. 여기서 5학년 1학기까지 국민학교를 다님.
1945년	해방을 맞음. 소련군의 공산정권에 의해 그의 부친은 부르주아지로 분류됨. 가족은 이주를 결심함.
1947년	함남 원산으로 이주함. 부친은 사업경영을 그만두고 원산제재 공장에 취직함.
1950년	6.25 발발함. 국군 철수를 따라 12월에 원산항에서 LST편으로 전 가족이 월남함. 한 달 정도 부산 피난민 수용소를 거쳐 외가쪽 친척이 있는 목포로 이주함.
1951년	목포고등학교에 전학하여 1년 동안 수학함.
1952년	부산으로 돌아와 서울대 법대에 입학함. 부친의 일터가 강원도 영월이어서 가족 모두 강원도에 있었지만 작가 홀로 부산에서 학교를 다님. 「두만강」을 집필함.
1955년	『새벽』지에 잡지 책임추천의 형식으로 시 「수정」이 추천됨.
1956년	서울대학교 법대를 한 학기 남기고 중퇴함.
1957년	군에 입대함. 1963년까지 7년 동안 통역장교로 근무하면서 문단활동을 활발히 함.
1959년	『자유문학』 10월호에 「그레이구락부 전말기」를 발표하면서 등단함. 「라울전」(『자유문학』, 12월호) 발표함.
1960년	「9월의 다알리아」(『새벽』, 1월), 「우상의 집」(『자유문학』, 2월), 「가면고」(『자유문학』, 7월) 발표함. 『광장』(『새벽』, 10월) 발표하면서 문단에 주목을 받게 됨.
1961년	『광장』(정향사)을 단행본으로 출간함. 「수囚」(『사상계』, 7월)발표함.
1962년	「구운몽」(『자유문학』, 4월), 「열하일기」(『자유문학』, 7, 8월), 「7월의 아이들」(『사상계』, 7월) 발표함.
1963년	4월 육군중위로 예편함. 「크리스마스 캐럴1」(『자유문학』, 6월), 「금오신화」(『사상계』, 문예중간호), 「회색인」(『세대』, 6월 1964년 6월까지 연재) 발표함.
1964년	「크리스마스 캐럴2」(『현대문학』, 12월), 「전사연구」(『여성』)발표함. 「전사연구」는 후에 「전사에서」로 개제하여 발표함.
1965년	평론 「문학은 현실 비판이다」(『사상계』, 10월) 발표함.
1966년	「놀부뎐」(『한국문학』, 봄호), 「웃음소리」(『신동아』, 1월), 「크리

스마스 캐럴 3」(『세대』, 2월), 「크리스마스캐럴 5」(『한국문학』, 여름호), 「정오」(『현대문학』, 10월) 발표함, 「서유기」(『문학』, 6 월)연재 시작함.

「웃음소리」로 제 11회 동인문학상 수상함.

1967년 「총독의 소리 1」(『신동아』, 2월), 「총독의 소리 2」(『월간중앙』, 8월) 발표함. 단편집 『총독의 소리 3』(홍익출판사) 간행함.

1968년 「총독의 소리 3」(『창작과 비평』, 겨울호), 「주석의 소리」(『월간 중앙』, 4월), 산문 「공명」(『월간중앙』, 4월) 발표함.

1969년 「옹고집뎐」(『월간문학』, 6월), 「온달」(『현대문학』, 7월), 「열반의 배」(『현대문학』, 9월), 「소설가 구보씨의 일일 1」(『월간중앙』, 12 월) 발표함.

1970년 「소설가 구보씨의 일일 2」(『창작과 비평』, 봄호), 「하늘의 다리」 (『주간한국』 연재) 발표. 평론집 『문학을 찾아서』(현암사) 간 행함. 희곡 「어디서 무엇이 되어 만나랴」(『현대문학』)발표함. 11월 17일 신문회관 3층에서 이헌구 선생의 주례로 원춘삼씨 의 장녀 원영희씨와 결혼함.

1971년 「소설가 구보씨의 일일」을 「갈대의 사계」라는 제목으로 고쳐 『월간중앙』에 연재함. 『서유기』(을유문화사) 간행함.

1972년 『소설가 구보씨의 일일』(삼성출판사) 간행함.

1973년 장편소설 『태풍』(『중앙일보』) 연재. 미국 아이오와 대학의 <세계 작가 프로그램>의 초청으로 9월 미국으로 가서 4년간 체류함. 김소운의 번역으로『광장』(일문판)을 일본의 동수사에 서 출간함.

1976년 미국에서 5월 귀국. 「옛날 옛적에 훠어이 훠이」(『세계의 문학』, 창간호), 「총독의 소리 4」(『한국문학』, 8월) 발표. 『최인훈 전 집』(문학과지성사)간행 시작. 극단 <산하>에서 「옛날 옛적에 훠어이 훠이」를 최초로 공연함.

1977년 「봄이 오면 산에 들에」(『세계의 문학』,봄호) 발표함. 「옛날 옛 적에 훠어이 훠이」로 한국 연극영화예술상 희곡상 수상함. 서 울예술전문대학 교수 취임함.

1978년 「둥둥 낙랑둥」(『세계의 문학』, 여름호), 「달아 달아 밝은 달아」 (『세계의 문학』, 가을호) 발표함. 「옛날 옛적에 훠어이 훠이」로 제 4회 중앙문화대상 예술부문 장려상 수상함.

1979년 3월 미국 뉴욕주의 브록포드대학의 연극부 조오곤 교수 번역 으로 「옛날 옛적에 훠어이 훠이」 공연함. 원작자 자격으로 초 청되어 2월 미국에 감. 7월 『최인훈 전집』이 문학과지성사에서 완간됨. 산문 「원시인이 되기 위한 문명한 의식」(『문예중앙』, 겨울호) 발표함. <서울시 문화상>(문학 부문) 수상함. 「달아 달아 밝은 달아」로 서울극평가그룹상 수상함.

1980년 『왕자의 탈』(문장사) 간행함. 『하늘의 다리』(고려원) 간행함. 산문 「상황의 원점」(『문학과 지성』, 봄호) 발표함.

1981년 『느릅나무가 있는 풍경』(민음사) 간행함. 김현과의 대담 「변동 하는 시대의 예술가의 탐구」(『신동아』, 9월) 발표함.

1982년 희곡 『한스와 그레텔』(문학예술사) 출간함. 산문 「광장의 이명 준」(『정경문화』, 6월) 발표함.

1984년 「달과 소년병」(『한국문학』, 6월) 발표함.

1987년 4월 미국 뉴욕의 <범 아시아 레퍼토리> 극단에서 공연하는 「옛 날 옛적에 훠어이 훠이」의 참관차 미국에 감. 브록포드대학의 공연과 달리 전문 극단에 의한 본격 공연임.

1988년 「길에 관한 명상」(한진그룹 사보 『길』), 「광장의 주인공 이명준 에 대한 생각」(『월간중앙』, 6월), 「도버의 흰 절벽」(『씨네마』, 10 월) 등의 산문을 발표함.

1989년 창작선집 『달과 소년병』(세계사) 간행함. 산문집 『길에 관한 명상』(청하출판사) 간행함. 창작선집 『웃음소리』(책세상) 간행 함. 『회색인』(영어판)을 시사영어사에서 간행함.

1990년 「최인훈 특집」(『작가세계』 봄호) 발표됨. 문학예술론집 『꿈의 거울』(우신사) 간행함.

1992년 단편선집 『남들의 지붕 밑에서』(청아출판사) 간행함. 『봄이 오 면 산에 들에』(프랑스어판) 출간함.

1993년 러시아 여행함.

1994년 장편소설 『화두』(1,2권)를 민음사에서 간행함. 『광장』 프랑스어 판 (Acres Sud) 출간함. 러시아를 두 번째 여행하고 「봄이 오면 산에 들에」 모스크바 공연을 참관함. 『화두』로 제 6회 이산문학 상 수상함.

1996년 최인훈 연극제가 열림. 『광장』 100쇄 간행 기념회가 프레스센 터에서 열림.

2001년 4월 13일 『광장』 발간 40주년 기념 '최인훈 문학 심포지엄'이 세 종문화회관에서 개최됨. 『광장』 40주년 기념 고급 장정본 2,000 부 한정판으로 출간함. 서울예술대학 문예창작과 교수를 정년퇴 임하고 명예교수로 취임함. 5월 19일 서울예술대학 동랑예술극 장에서 정년퇴임 고별강연을 함.

2002년 『화두』를 수정 보완하여 문이재에서 출간함.

	「최인훈 특집」(『작가연구』하반기) 발표됨.
2003년	「바다의 편지」(『황해문화』겨울호) 발표함.
2004년	<자랑스러운 서울 법대인상> 수상함.
2005년	『길에 관한 명상』(솔과학) 증보판 간행함.
2006년	6월 「곤니치와, 호동왕자」(「둥둥 낙랑둥」) 한남대에서 일본어 대사로 공연함.
	9월 「옛날 옛적에 휘어이 휘이」루마니아 국제연극제 참가 공연함.
2007년	1월 「한국연극의 어제와 오늘」 ― 프랑스에서 한국연극 소개 책 출간됨.
	12월 「달아달아 밝은 달아」서울시극단 창립 10주년 기념 공연함.
2008년	4월 「봄이 오면 산에 들에」, 제 22 회 광주 연극제에서 공연함.
	6월 「感動韓國人的短篇小說」'한국인이 즐겨보는 단편소설'이 중국의 민족출판사에서 번역, 출간됨.
	11월 21일 『최인훈 전집』발간 기념 심포지엄이 문지문화원에서 개최됨.

∣ 용어해설 ∣

▶ DNA, DNA′, DNA∞

DNA(Deoxyribonucleic acid)는 생명의 유전자이다. 세포의 핵 속에 이 중나선의 모양으로 둘둘 말려 있는 물질이다. 4 개의 염기소의 배열에 의해 지구상의 모든 생명의 종이 결정된다. 즉, 생물주체로서의 자기동일성이 결정되는 것이다. 최인훈은 이를 원용하여 인간의 세 가지 자기동일성을 분류하고 있다. DNA는 인간의 생물적 자기동일성, DNA′는 인간의 문명적 자기동일성, 그리고 DNA∞는 환상적 자기동일성을 가리키는 기호이다.

▶ 가상역사소설

과거에 있었던 어떤 중요한 사건을 모티브로 현재와 미래의 상황을 가상해 보는 소설양식이다. 대체역사소설이라고도 하는데, 가상의 역사를 임의로 설정한 만큼, 허구라는 소설의 특성에 부합된, 상상력을 극대화하는 공상과학 소설가들로부터 그 기법을 환영 받고 있다. 최인훈의 『태풍』, 복거일의 『비명을 찾아서』, 조지 오웰의 『1984』, 필립 딕의 『높은 성 속의 사람』 등이 국내외에 잘 알려진 가상역사소설이다. 이 같은 기법의 소설은 작가가 역사를 상상해낸 가상의 현실이라지만, 어느 정도 과거의 역사적 사건에 기반을 두고, 현재를 반성하거나, 미래를 조망해 보는데 의의를 둔다.

▶ 개체발생은 계통발생을 되풀이한다

개체발생은 생물의 한 개체가 발생하여 하나의 생체로 발육되어가는 과정을 말한다. 계통발생은 생물이 원시상태로부터 현재까지 복잡하고 고등한 상태로 진화·발전하여 온 역사적 전 과정이다. '개체발생은 계통발생을 되풀이한다.'라는 명제는, 생명의 모든 종이 자신의 개체가 발생하여 성체로 발육될 때마다 생명의 발생 후, 40억 년이 지난 지금까지의 모든 진화과정을 압축하여 겪는다는 뜻이다.

이는 DNA라는 유전자에 의해 정해지는데, DNA의 네 개의 염기소 배열에 의해 40억 년에서 지금까지의 모든 발생정보가 압축된 상태로 기록·유전되고 있다. 그로써 생물적 자기동일성이 갖춰지는데, DNA′로 비유된 문명적 자기동일성도 그와 마찬가지로 기호를 통한 문명의 기록을 교육에 의해 전수시키고 있다.

▶ 고백체(告白體)

작가가 삶의 은밀한 경험을 개성적인 사유로 솔직담백하게 털어놓는 방식의 문체. 근대문학이 개인성을 중시하는 문학이라는 점에서 전근대문학과 구별된다면, 고백체는 바로 이러한 근대성의 특징을 담지하고 있는 기술법이다. 고백체는 고대 이래로 자신에 대한 성찰이라는 의미에서 주목받아왔다. 작가는 글쓰기를 통해 자신을 성찰함으로써 자신의 사유의 폭을 깊고 넓게 해왔다.

고백(confession)이라는 형식은 근대 이전부터 이후까지 꾸준히 발표돼왔다. 성 아우구스티누스의 『고백록』에서부터 루소의 『고백』, 미국에서 유행했던 『고백시』에 이르기까지 장대한 역사적 전통을 형성하고 있다. 우리의 경우 『화두』가 대표적인데, '고백'을 통해 자아형성의 궁극에 도달하려는 작품이다.

▶ 구경각(究竟覺)

마음의 근원을 깨달은 상태. 『대승기신론』에서는 이 깨달음의 과정을 네 단계로 나누고 있는데, 첫째는 범부각으로, 아직 깨닫지 못한 과정이지만 고뇌에서 비껴나 편안한 상태의 단계이다. 평범한 깨달음이라고도 할 수 있다. 자기 테두리 안에서 편안함을 느끼는 상황이다. 둘째는 상사각으로 범부각에서 진일보한 상태이다. 마음이 편안하여 자기의 언어와 습관을 버리게 되는 단계이다. 셋째는 수분각인데, 만물의 변화를 분별할 수 있는 상태이다. 생각이 한 쪽으로 치우치거나 머물지 않고 마음에서 자기를 분별해낼 줄 아는 단계이다. 마지막으로 구경각은 심체가 망념을 떠난 상태이다. 모든 것이 내 마음에 존재함을 알고, 모든 것이 자기 마음으로 바뀐 상황이다. 대승에서는 이 경지에 이르면 모든 존재에 참회심과 연민심이 발현된다고 한다.

▶ 기억상실(記憶喪失)

생물적 자기동일성을 유지하기 위해서 DNA의 사다리가 빈틈없이 갖춰져야 함은 물론이다. DNA'인 문명적 자기동일성에도 마찬가지로 적용된다는 최인훈의 역사관을 대표하는 용어이다. 인간 사회에서는 역사의 계통발생 사다리 계를 모두 갖추고 있어야 문명적 주체로 올바르게 설 것이다. 자발적 문명의 발전이 아닌, 이식된 계일 경우, 불완전한 계통발생이 이뤄질 수 있는데, 이 때 기억상실로 인한 자기동일성의 혼돈이 일어나게 된다.

최인훈은 기억상실을 문화사에 연결하는데, 근대 전후의 문화의 변화에 비유한다.

온전한 기억의 발생이라면 근대 이전에는 대종교의 관념이 잃어버린 낙원에의 기억을 압축해서 가장 견인력 있는 DNA'의 사슬로 묶어놓은 것을 말한다. 근대 이후에는 과학과 기술의 발달이 DNA'의 사다리에 결합하면서 획기적인 변화를 맞는다.

▶ 기표(Signified) · 기의(Signifier)

언어는 음성과 의미의 결합체라 파악한 소쉬르의 개념. 이를 시니피앙과 시니피에로 부르는데, 우리는 기표와 기의로 해석하고 있다. 시니피앙(기표)을 보고 들으면 마음속에 가지고 있던 각자의 시니피에(기의)를 떠올리게 된다는 것이다.

기표는 사회적인 약속의 표출이기에 각기의 문화나 관습 등에 따라 다양한 말로 표현된다. 그러나 기의는 각자가 떠올리는 실제 모습이 다르다 해도, 그것이 지칭하는 개념과 의미가 크게 차이가 나지는 않는다.

▶ 나선형적 운동

유전자인 DNA의 모양은 나선형이다. 최인훈의 장편소설 『화두』의 서술방식을 비유하기 위해 그 모양을 원용한 개념이다. 『화두』는 텍스트 전체가 회상으로 이루어진 작품인데, DNA의 네 개의 염기소 배열이 우연적으로 선택되어 진화의 완성에 이르렀다는 생물철학자 자크 모노의 말처럼, 『화두』에서도 여러 회상의 기법이 쓰이고 있다. 그 중에서도 무의지적 기억의 발생이 중요한 구조화의 원리로 작용하고 있다.

DNA의 나선형 모습처럼 『화두』의 회상의 완성으로서의 창작방법, 두 핵심 기억(자아비판과 독후감 칭찬)에 대한 반복되는 회상이 증폭된다.

이는 음악에서의 주제의 반복과 같은 기법이라 할 수 있다. 허구이긴 하더라도 있음직하게 구조화해야 하는 장르가 소설이기에 삶에 있어서의 무의지적 기억이 작품 속에서는 의지적으로 연출됨을 의미한다.

▶ 내적독백(Interior monologue)

소설 속의 인물이 작가의 개입 없이, 아무런 예고나 주석 없이, 마음 안에서 일어나는 여러 상황을 문법적 문장이나 논리적, 서술적 질서로 정돈하지 않은 채 서술하는 기법이다. 의식의 흐름이 자연연상기법처럼 타인이나 자신을 포함한 어떤 대상에게 말을 건네는 것이 아니라 감각기관을 통해 지각된 인상을 언어화한 것이라면, 내적독백은 인물이 자신에게 말을 건네며 자신의 마음의 변화와 인상, 관념을 표출하는 기법을 말한다.

▶ 내포작가(Implied author)

소설에서 작가와 화자는 다른 층위에 존재한다는 것은 상식이다. 그리고 실제작가와 화자 중간에 내포작가가 있다는 것도 알려진 사실이다. 소설을 읽는 독자 또한 실제독자와 수화자 사이에 내포된 독자가 있다. 이와 같은 언어서사물의 소통경로를 도식화 하면 아래와 같다.

실제작가 → 내포작가 → 화자 → 수화자 → 내포독자 → 실제독자

실제작가와 실제독자는 텍스트 바깥에 있고, 내포작가는 텍스트 안에서만 존재하는 작가이다. (내포독자도 마찬가지다.) 화자와 수화자도 텍스트 안에서 내포작가의 의지에 따라 서사를 진행시킨다. 사건의 진행, 인물에 대한 판단, 화자의 운용 등등은 내포작가의 몫이고, 실제작가의 견해와 반드시 일치하지는 않는다.

▶ 누보로망(Nouveau roman)

1950년대에 프랑스에서 나타난 새로운 형태의 소설. 기존의 형식을 부수고 새로운 것을 추구하는 소설 현상이다. 이에 자주 거론되는 작가는 나탈리 사로트, 끌로드 시몽, 미셸 뷔토르, 로브 그리예 등이다. 그들이 내세우는 새로움의 경향을 요약하면, 먼저 인간 본성에 대한 관념을 들 수 있다. 전통적인 소설에서는 인간 본성을 일정 불변한 것으로 인식해 왔으나, 누보로망에서는 작중 인물의 그런 평면적인 자세에 대해 비판적인 자세를 보이고 있다. 그리고 전통적 소설에서는 정연한 시간 순서에 의해 사건이 극적으로 전개되는 플롯을 중시하지만, 누보로망에서는 이야기의 허망함을 폭로하고 현실을 있는 그대로 꼼꼼히 재현하려는 데 목적을 둔다. 그들의 작의는 대부분 인간관계의 원형질, 인간 내면의 미세한 움직임, 도시 속 소외된 인간과 그 공간의 모습 등을 세밀하게 묘사하는 것에 있다.

▶ 다의성

한 단어가 두 가지 이상의 어휘적 의미를 가지는 현상이나 특성을 말한다. 단어뿐 아니라, 문장 혹은 하나의 문학 작품에도 해당된다. 문학 작품에 '다의성'이 있다는 것은 어떤 문학 작품이 여러 가지로 해석할 수 있는 복잡한 뜻을 가지고 있다는 것이다.

일상생활에서 언어의 사용은 되도록 명확한, 일의성의 표현이 좋겠지만, 예술작품으로 구현될 때는 다의적인 의미를 띠도록 사용해야 보편성을 확보할 수 있다.

▶ 닫힌 안정, 열린 불안정, 열린 안정

인간의 자기동일성을 심리적 상황으로 표현한 최인훈 예술론에서의 핵심어. DNA는 인간의 생물적 자기동일성을 지칭하는데, 여기에 '닫힌 안정'이 대입된다. 생물의 진화가 완성되었다는 견해를 받아들여 더 이상의 진화는 없는, 닫혀 있는 상황이고, 그것으로 이제는 '안정'되었다는 의미이다.

DNA′로 표현되는 인간의 문명적 자기동일성에 '열린 불안정'이 연결되는데, 인류는 문명을 계속 발전시키면서 편리함을 추구하는 열린 생명이지만, 유한에 대한 불안은 완전하게 해소치 못하기에 여전히 '불안정'한 상황이다.

DNA∞에 인간의 환상적 자기동일성이 대입된다. 인류는 닫힌 안정과 열린 불안정을 극복하기 위한 의식의 수준을 갖게 되었는데, 현실로 '안정'을 주는 종교와 환상이라 약속한 상태에서 '안정'을 주는 예술이 DNA∞에 놓이게 되고, '열린 안정'이라 칭한다.

▶ 대승불교(大乘佛敎)

불교에서 종교적 입장의 차이에서 소승과 대승으로 나누고 있는데, 문자 그대로 대승(大乘)은 큰 수레이고, 소승(小乘)은 작은 수레라고 알려져 있다. 대승은 모든 사람들을 깨달음으로 이끌어 다함께 성불코자 하는 데 목표를 두고, 소승은 개개인이 수행에 전념하여 해탈하는 데 목적을 둔다. 둘의 차이의 연원은 좀 더 복잡하다.

부처 입멸 후 약 100년 후부터 부파가 분열하기 시작하고 경쟁적으로 교리에만 치중하여 불교가 일반 대중과는 멀어지게 되자 이에 대한 반성으로 대승불교가 발생하게 된 것이다. 형이상학적인 이론에만 치우친 기존 교단의 폐단으로부터 벗어나 부처님의 참뜻으로 돌아가자는 주장이었지만, 정통과 비정통이라는 문제가 발생하게 된다.

대승과 소승 모두 정통성을 주장하고, 오늘에까지 이르고 있다. 어떤 경전으로 수행에 임하느냐도 소승과 대승을 변별하는 기준이 된다.

▶ 랑그(langue) · 파롤(parole)

언어학자인 소쉬르는 언어를 이원적으로 인식하였는데, 랑그와 파롤이 그것이다. 랑그는 의식 속에 각인되어 있는 추상적인 언어의 모습으로, 사람이 속해 있는 사회에서 공인된 상태로의 언어를 의미한다. 반면 파롤은 현실에 통용되는 언어의 모습으로 개인의 구체적인 언어를 의미한다.

언어학자들은 그 둘의 관계를 간혹 음악에 비유하기도 하는데, 랑그를 악보에, 파롤을 실제의 연주에 비유한다. 그러니까 랑그는 어떤 상황에도 불구하고 변화되지 않고 기본을 이루는 언어의 본질적인 모습이며, 파롤은 연주자나 지휘자마다 다르게 표현되는 연주처럼 발화할 때마다 다르게 나타나는 언어의 모습을 뜻한다.

▶ 리얼리즘(Realism)

최인훈은 기존의 리얼리즘과는 다른 차원으로 리얼리즘을 해석하고 있다. 그는 '리얼리티=구상'이 아니라, '리얼리티=구상, 혹은 추상'이어야 한다고 주장한다. 변화된 시대에 어울리게, 리얼리즘에 대한 인식의 폭을 넓혀야 한다는 것이다.

신화가 사라진 근대 이후의 상황에서의 리얼리즘이란 현실이라는 혼돈된 상황을 적극 반영하는 데 의의가 있는데, 현실은 반드시 질서 정연한 모습은 아니라는 것이 최인훈의 중심 견해이다.

▶ 말나식(末那識)

의식의 8식 중 제 7식에 해당하는 의식. 말나식은 6식을 거느리고, 아뢰야식을 의지하여 생성된다. 아견(我見), 아만(我慢)과 아애(我愛)의 번뇌와 함께 일어난다. 자기 집착이 강해서 이기적이기 쉬우나, 생산적인 에너지로 변할 수 있다. 자기를 사랑해본 일이 없는 사람, 자기애에 대한 반성이 없었던 사람이 남의 아픔에 대해, 그리고 다른 사람의 미망과 방황에 대해 동정이나 이해가 있을 수는 없을 것이다.

▶ 말하기와 보여주기

언어서사물에서 독자의 상상을 매개로 화자가 이야기를 전달하는 기술법의 두 가지. '말하기'는 화자가 어떤 사건을 자신이 직접 체험한 듯이 독자에게 전하는 서술방법이고, '보여주기'는 화자가 자신의 견해나 감정을 전혀 개입하지 않고 사건을 객관적으로 전하는 방법이다.

말하기는 인물의 성격이나 심리 상태를 직접 제시하고 서술을 단순화시키고 서술 시간을 절약하는 효과를 준다. 반면, 보여주기는 인물의 특성이나 심리를 간접적으로 제시하여 독자에게 상상력을 동원시키는 데 효과적이다. 보여주기와 말하기의 두 가지 서술방법에 우열을 두기보다, 소설의 내용과 주제의 발현에 따라 적절히 운용하는 것이 효과적일 것이다.

▶ 매체는 메시지다

커뮤니케이션 학자인 마샬 맥루한의 정언. 맥루한은 우리 주변에 있는 거의 모든 인공물을 매체라고 지칭한다. 인간에게 있어 매체는 경험의 확장의 의미를 갖는 중요한 개념이다. 옷을 피부의 확장이라 할 수 있듯, 매체는 '인간의 신체와 감각을 확장시키는 테크놀로지'라고 할 수 있다. 그러니까 현대인에게 있어 매체는 생활의 필수품이 되어 버렸다.

맥루한은 매체가 가지고 있는 본질적인 기능은 메시지라고 본다. 커뮤니케이션의 경로에서 매체는 전달자와 피전달자 사이에 위치하는데, 매체가 누구에게 어떤 정보를 전달할 것인지 결정한다. 모든 매체가 내용의 가치를 부여하듯, 문학에도 형식이 내용에 불가불 깊은 연관을 맺게 된다.

▶ 메타픽션(Metafiction)

현대의 소설적 경향의 하나이다. 소설 속에서 소설 쓰기 행위와 소설의 내용이 상호 중첩되게 하거나, 현실과 소설, 픽션과 논픽션을 서로 연결시키는 실험 소설을 말한다. 소설을 쓰는 자기의식을 반영하면서 소설을 쓰는 과정을 보여주기도 하는데, 이는 교양소설에서 주로 쓰이고 있다. 현실에 대한 풍자와 비판적 견해를 소설이라는 허구에 담으려는 의도가 창작의 내용이 되고 있는 소설을 말한다.

뮤리엘 스파크, 존 파울스, 토마스 린천, 블라디미르 나브코브, 호르헤 루이스 보르헤스 등의 외국 작가들이 이 분야의 작품을 많이 쓰고 있다. 우리나라에는 최인훈의 『소설가 구보 씨의 일일』, 『화두』 등의 작품이 대표적이다.

▶ 무의지적 기억(Memoire involontaire)

회상하는 과정이 의도적이지 않고, 우연적인 경우를 말한다. 조르주 뿔레, 앙리 베르그송, 질르 들뢰즈 등의 철학자들이 언급한 시간에 관련한 생각에, 기억의 현상을 더한 개념이다.

문예이론가 발터 벤야민도 무의지적 기억에 대해 말한 적이 있는데, 문학의 표현 측면에서 중요한 발언을 하고 있다. 그는 프루스트의 『잃어버린 시간을 찾아서』를 인용하면서 '회상할 때 기억의 이미지들에 대한 끝없는 분출 과정에서 의식적으로 기억을 숨기려 했거나, 의식의 저편에 감춰져 있다가 체험을 경험하는 순간순간에 나타나는 기억, 그것이 무의지적 기억이다'라고 말하고 있다.

논리성이나 순차성이 없지만 그것들의 매개가 되어 주는 기억이라 할 수 있다. 최인훈의 『화두』에서는 이와 같은 기억의 방식을 자주 활용하고 있다. 언뜻 무질서해 보이기도 하고 인과로서의 구조화가 안 돼 보이기도 하지만 이는 『화두』의 구조적 특성이며, 주제 발현의 방법이다.

▶ 문화형

한 나라의 국민의 생각하는 방식을 말한다. 최인훈은 『서유기』에서 사학자의 말을 빌어 우리의 전통적인 습성을 '민족성'보다는 '문화형'이라 해야 적절하다고 제시한다. 최인훈은 '어떤 국민이 실패를 했다면 그것은 그들에게 뛰어난, 생각하는 방식이 없었기 때문'이라 한다. 우리의 경우 '국학'에 그 생각의 방식이 있어야 하지만 그렇지 못했기에 외세에 금세 꺾이고 말았다는 것이다. 민족주의는 겨레에 대한 '사랑'이 있어야 하고, 지도층에서 절제, 극기, 봉사하는 자세여야 가능하다는 것, 등등의 생각의 방식, 그것이 문화형이다.

▶ 물신화

사람 스스로가 만들어낸 상품이나 화폐가 오히려 사람을 지배하고, 사람이 그것들을 신처럼 숭배한다는 현상을 말한다. 마르크스가 처음 사용하여 많은 분야에서 쓰고 있는 용어이다. 마르크스는 물신화가 자본주의 사회에서만 나타나는 독특한 현상이라고 지적했다. 허위, 가상, 등의 현상으로 현실과는 밀접하지 않은 의식인 물신성은 단순히 잘못된 의식으로 끝나지 않고, 실제 현실을 규제하고 다스리는 힘을 가진다. 마르크스는 물신화를 크게 세 가지로 분류했다. 상품의 물신화, 화폐의 물신화, 자본의 물신화가 그것이다.

▶ 미메시스(Mimesis)

플라톤이 처음 사용한 후 많은 철학자들이 다루어 온 용어이다. 플라톤은 『국가』에서 미메시스를 부정적인 의미로 사용하고 있다. 플라톤에게 이 세계의 만물은 단지 일시적으로 존재하며 이데아의 모방이기 때문에 이 세계의 사물을 복사하는 것은 사본을 복사하는 것이다. 창작이라는 이름 하에 모든 예술이 하는 행위는 이런 복사 행위이고, 그것에 접하는 사람들에게 진실한 표상이라는 혼란을 줄 뿐이라고 한다.

반면에 아리스토텔레스는 『시학』에서, 미메시스는 인간의 본능이라 하고, 그것은 현실의 모조가 아니라 보편자의 표상이라 주장한다. 보편자는 플라톤적 이데아가 아니라 그날그날의 경험 속에 현존하는 '자연의 질서'이다. 사물의 배후에 숨어 있는 원리인 것이다. 예술 작품, 특히 극은 자연의 유기적 전체를 형성하는 사건들의 구조에 묶여 있고, 그 원리의 모방이라는 것이다. 따라서 아리스토텔레스에게 있어 작품은, 단지 이전부터 존재하고 있는 현실의 반영이 아니라, 그 자체가 자연의 숨은 질서인 것이고, 창작행위는 질서의 모방행위인 것이다.

▶ 범신론(汎神論)

일체 만유가 모두 신이라는 다신교적 종교관. 우주에 단 하나의 신이 독립적으로 존재하여 만물을 지배한다는 유일신적 종교관과는 다른 입장이다. 모든 생물이거나 무생물이거나 하다못해 돌멩이 하나라도 신이 깃들어 있다는 종교관이다.

넓은 의미로 범신론은 개개의 만물 속에 신이 독립적으로 존재하고, 좁은 의미로 만물과 신이 따로 독립되어 있는 것이 아니라 만물 자체가 신이라는 것이다.

예술의 창작자는 바로 이러한 범신론적 입장에 서야 보편적인 작품을 창작할 수 있을 것이다.

▶ 불확정성의 원리(Uncertainty Principle)

물체의 운동량과 위치를 한 번에 정확하게 측정할 수는 없다는 원리. 가령 전자를 측정할 때, 전자의 위치와 속도를 동시에 정확히 알 수 없다는 것이다. 전자의 위치를 정확히 측정하려면 파장이 매우 짧은 빛을 써야 하는데, 그럴 경우, 빛의 에너지가 매우 크기 때문에 전자에 부딪히는 순간 전자의 속도를 높게 된다. 그래서 위치가 정확하다면 운동량에 대한 정보는 부족해지게 된다. 운동량이 정확할 때도 마찬가지다. 파장이 큰 빛을 사용하면 위치 측정이 불확실해진다. 불확정성의 원리는 양자 역학의 근간을 이루는 이론으로서, 여기에서 '확률'의 개념이 도입된다.

▶ 사상의 의인화

특정 관념을 객관화시키고 유형화하기 위해 문학적인 공간을 만들어내는 방법을 '관념의 감각화'라고 하는데, 이는 '사상의 의인화' 혹은 '사유의 의인화'라고 칭하기도 한다. 문학의 기호는 언어여서 다른 감각예술보다 사유적일 수밖에 없는데, 예술적인 감응을 전달하기 위해서는 구체적인 느낌을 주는 언어의 사용뿐 아니라, 감각을 지각할 수 있도록 공간 등을 마련해야 할 것이다. 삶의 현장에서 치열하게 살아가는 모습을 그려내야 하고, 특별한 사상의 표출, 세계관의 인식의 모습도 실제 삶의 모습과 밀접하게 연관해서 표현하는 데서 언어예술 본연의 힘이 발현된다.

▶ 상상으로 남는 상상의식 (想像으로 남는 想像意識)

최인훈의 '의식의흐름'에서의 주요용어. 상상의 주체가 상상의 객체와 합일된 의식상황이다. 현실보다 상상을 우선하여 상상이 곧 현실이라 간주한 상태에서의 의식을 말한다. 미적 층위의 의식을 현실에 귀속시키지 않고, 온전히 남겨두어 그 자체로 충만한 의식이다.

꿈속의 상황이라 비유할 수 있고, 무목적 미의식을 지닌 예술창조활동이라고도 할 수 있다.

▶ 상상의 기호일 뿐인 기호행동 (想像의 記號일 뿐인 記號行動)

최인훈의 '의식의흐름'에서의 주요용어. 현실에서의 활용을 위함보다는 상상의 즐거움을 위해 활용되는 기호행동. 현실생활에서의 커뮤니케이션보다는 예술적 상황을 위해 사용된 기호와 그 행동.

또는 종교와 의례절차에 쓰이는 기호와 행동 자체를 말한다. 그리고 그 행동을 위해 발생되는 기호행동이다. 최인훈이 『문학과이데올로기』에서 도형화한 <인간 현상의 분류>에서는 '현실로서의 기호행동'에 대입시킬 수 있다.

▶ 생멸문(生滅門)

일심이문 가운데 진여문 외의 다른 하나를 말한다. 마음이 움직여 타락되어 가는 과정을 생멸문이라 한다. 이 과정의 단계로 '삼세육추'라는 것이 있는데, 생멸의 모습인 삼세육추는 사람의 생각이 나쁘게 변해가는 유전의 과정을 인과관계로 설명한 것인데, 이것은 세 가지 미세한 죄와 여섯 가지 거친 죄를 말한다.

▶ 생물주체(生物主體), 문명주체(文明主體), 환상주체(幻想主體)

인간의 세 가지 자기동일성을 가리키는 최인훈의 용어. 생물주체는 40억 년 전에 탄생하여 거듭된 진화 끝에 생물로서 완결된 상태의 자기동일성이다. 생물주체로서의 자기동일성은 DNA라는 유전자에 의해서 유지된다. 문명주체는 다른 생물에서는 찾아보기 힘든, 도구의 사용으로 문명을 일궈나가는 인간에게 덧붙여진 자기동일성을 말한다. 환상주체는, 문명주체인 인류가 끊임없이 문명을 일궈나가지만 유한에 대한 불안, 죽음에 대한 공포를 해결하지 못하기에, 이를 극복하기 위해 마련해놓은 자기동일성이다. 종교와 예술의 의식 수준을 말한다. 종교는 절대자라고 상정한 존재와의 연결을 통해서, 예술은 작품이라는 약속된 매체를 통해서 환상으로 주어지는 자기동일성이다.

▶ 시간의 공간화

현대소설에서, 시간에 의한 체험이 공간적 구조로 재편되는 국면을 가리킨다. 소설에서의 사건은 시간의 순차성에 의해 공간 속에 재배열된다. 특히 현대 소설에서는 그 공간이 내면화되기도 한다.

시간은 근대 이후 인간에게 주어졌지만, 인간은 오히려 불안하게 되었다. 주어진 시간은 고통과 불안의 근원으로, 혹은 절망의 원인으로 인간에게 생각되었다. 그래서인지, 불안하고 소외된 현대인의 전형을 주인물로 삼는 소설에서의 공간은 환상적이고, 기괴하게 그려지고 있다.

▶ 아방가르드(Avantgarde)

문화예술, 정치권에서 새로운 경향이나 운동을 선보인 작품이나 사람을 일컫는 말로 많이 쓰인다. 아방가르드는 프랑스어로 군대 중에서도 맨 앞에 서서 가는 선발대를 지칭했다. 우리나라에서는 일반적으로 전위로 번역하여 전위예술, 전위음악, 전위미술과 같은 말로 쓰고 있다. 또는 예술 양식의 경계를 허무는 표현으로도 쓰인다.

▶ 아이러니(Irony)

그리스 희극의 전형적 인물인 아이런 eiron의 말과 행동에서 나온 용어이다. 아이런은 힘과 지식을 숨기고 천진함을 가장하는 인물이다. 겉으로 드러난 것과 실제 사이의 괴리, 다른 의미를 말한다는 용어이다. 소크라테스가 무지함을 가장하고 현자를 자부하는 상대에게 질문하는 형식으로 상대 입장의 내적 모순을 폭로하고 그 무지를 자각케 하는 문답법으로 사용한 것이 아이런의 대표적 사례이다. 진심과는 다른 표현, 혹은 칭찬과 동의를 가장하면서 오히려 비난이나 부정의 뜻을 신랄하게 나타내려는 의도가 아이러니의 의미이다.

▶ 알레고리(Allegory)

그리스의 allegoria라는 말에서 변화해온 용어이다. 이중적인 의미를 가진 이야기를 일컫는데 쓰인다. 드러난 의미와 숨겨진 의미, 두 가지의 유형을 지닌 작품 혹은 그런 표현 행위를 가리킨다. 서사물에서는 역사정치적 내용과 철학적 내용을 주로 담는데, 역사적 내용을 알레고리한 작품으로는 최인훈의 『태풍』이 대표적이다. 『태풍』은 일본의 제국주의 아래에서의 동아시아의 정치적 상황을 알레고리한 작품이다. 아이세노딘, 애로크, 나파유, 니브리타 등의 명칭도 인도네시아, 한국, 일본, 영국의 영문자를 거꾸로 해서 만들었는데, 반일, 친일을 알레고리화한 것이라 볼 수 있다.

▶ 앙가주망(Engagement)

원래 계약·구속의 뜻인데, 정치나 사회문제에 자진해서 적극적으로 참여하는 것으로 쓰이고 있다. 사르트르가 『존재와 무』에서 전개한, '눈길을 돌리는 주관으로서의 나'의 구체적인 존재 방식이다. 사회에 대한 '자기 구속'으로 표현하기도 한다.

'저항하는 세계에서는 구속으로 밖에는 자유로운 대자(對自)는 존재하지 않고, 이 구속을 별도로 하고서는 자유의 관념은 그 의미를 잃는다'는 역설이야말로 앙가주망이라 할 수 있다.

실존주의에서는 인간이 사회적 현실에 구속되어 있으면서 동시에 그 현실을 변화시켜나가는 존재라고 본다. 이러한 인간과 현실과의 관계를 나타내는 말로 앙가주망이 쓰이고, 문학에서는 통상 예술지상주의 문학에 비해 사회적, 정치적 입장을 명확히 내세우는 작품 경향을 말한다.

▶ 아뢰야식(阿賴耶識)

마음의 제8식. 마음의 다른 일곱 가지 식을 일으키게 하는 근원 의식이다. 아뢰야는 저장하는 곳이라는 의미와 집착의 대상이라는 의미 두 가지가 있다. 아뢰야식 속에 모든 과거 행위의 영향이 종자의 형태로 저장되어 있다.

그리고 제 7식인 말나식이 아뢰야식을 자아라고 집착하기 때문에 집착의 대상이라는 의미도 있다. 한편, 아뢰야식 속에 모든 종자가 들어 있기 때문에 아뢰야식을 '모든 종자를 가진 것' 즉, '일체종자식'이라고도 부른다.

▶ 여래장(如來藏)

공(空) 여래장이라고도 한다. 여래의 태, 씨앗을 가리킨다. 인간은 본래 여래가 될 요인, 즉 불성을 가지고 있다는 가능성을 말한다. 이런 여래장 사상의 배경에는 원시불교 이래의 자성청정심(마음은 본래 청정하다) 및 진리와 사물을 동시에 의미하는 법의 개념이 바탕이 된다.

진여의 바탕이라고도 할 수 있다.

▶ 역사의 공시화

미하일 바흐친의 '공시화'라는 단어를 원용한 용어로, 과거 역사를 오늘의 관점에서 다시 살펴보려는 작업을 말한다. 최인훈의 『서유기』를 분석한 서은선의 논문에서 쓰인 용어이다. 최인훈은 『서유기』에서 기존의 역사소설의 틀을 거부하고, 역사적 인물들을 화자로 내세워 현실의 제 문제를 진단하는 담화체로 서술하고 있다. 과거의 역사를 현재에 연결시켜 역사적 시각을 보다 깊고 넓게 하려는 시도이다.

▶ 예술가 소설(Kunstlerroman)

산문의 양식 중 교양적 측면을 강조한 소설 유형이다. 소설가나 그 밖의 예술가가 예술과 세계에 대한 생각의 성숙 단계를 거치는 동안에 자신의 예술가로서의 숙명을 인식하고, 예술적 기술과 세계관을 표출하는 소설이다.

우리의 경우 『화두』가 가장 대표적인 예술가 소설이다. 노드롭 프라이는 산문픽션을 크게 네 가지로 구분하는데, '소설', '로만스', '아나토미', '고백'이 그것이다. '소설'에 '고백'이 흘러 들어가면 예술가 소설이 된다고 하고, 고백에는 종교, 정치, 예술 등에 대한 지적이고 이론적인 관심이 상당 부분 있다고 한다. 원숙한 예술가가 자신의 삶을 기록하는데 가치가 있다는 것은, 그가 여러 주제에 통합적인 견해에 도달할 수 있는 경륜이 있기 때문이다.

▶ 육의식(六意識)

육근이 육경을 인식하는 작용. 즉 여섯 가지의 인식의 근원인 색, 소리, 냄새, 맛, 촉감, 의미를 알기까지 의식을 말한다. 다섯 가지 감각과 이를 종합적으로 판단하는 의식이 포함된다. 의식은 오식과 함께 작용하여 감각을 명료하게 하고, 지각을 일으킨다.

▶ 의식의 흐름 모식도

최인훈이 오랜 창작의 경험을 바탕으로 창작자의 마음을 도식화한 그림. 창작하는 마음과 일상의 마음의 구조, 그리고 그 전이의 과정을 간명하게 정리한, 창작의식의 흐름도이다. 최인훈 식의 '화두'의 개념인 '마음의 생성과 변화를 거슬러 가 보려는 결의'가 그림으로 압축되어 있는데, 이는 불교에서 화두 참구의 단계를 구분한, 마음의 구조와 흡사하다. 그러나 그보다 세밀하게 분류하고 있고, 또한 창작과 감상의 마음의 과정을 표현하고 있어 과학적이고 실제적이다.

▶ 의식의 흐름(Stream of consciousness)

소설에서 작중 인물의 마음의 상태를, 어떤 대상을 염두에 두지 않고 무계획적, 비논리적으로 서술하는 기법이다. 제임스 조이스의『율리시즈』, 버지니아 울프의『댈러웨이 부인』, 마르셀 프루스트의『잃어버린 시간을 찾아서』등의 작품에서 많이 사용하고 있다. 소설 속의 한 인물의 의식에 어떤 사건이나 사물이 스칠 때 그의 의식의 전 과정이 마찰을 일으키며 논리적 인과성 없이 의식 풍경이 전개된다.

표현은, 비문법적인 언어의 흐름을 급박한 호흡으로 분절하는 작법이 대표적이다. 대상이 없는 서술이라는 점에서 '내적독백'과 유사하지만, 인식의 과정을 거치지 않는 비논리적 담화나 부분적 기법이 아닌, 작품 전체를 관류하고 지배하는 기법이라는 점에서는 내적독백과 차이가 난다.

▶ 인지과학(Cognition Science)

사람의 마음을 연구하는 학문. 심리학, 언어학, 신경과학, 뇌과학, 인간공학, 컴퓨터 공학 등이 종합된 과학 분야이다. 사람의 머릿속에서 어떻게 정보가 처리되고 이성적 사고가 구현되는가를 탐구하는 학문이다. 과거에는 주로 실험이나 관찰, 설문과 같은 간접적인 방법을 통해 인간의 인지과정을 모형화하고자 했지만, 최근에는 CT, MRI, 각종 신체 신호, 센서 같은 첨단 장비를 활용해서 뇌활동의 변화를 직접 관찰하기에 이르렀다. 컴퓨터, 광고, 로봇 등의 산업에 응용되고 있다.

▶ **자기동일성**(Self-identity)

자기동일성은 미국의 심리학자인 에릭슨에게서 처음 나온 말로 '자기정체성'이라고도 불린다.

최인훈의 예술론에서 가장 중요한 용어이다. 최인훈은 인간의 자기동일성을 세 가지로 분류하여, 생물적 자기동일성을 'I'로, 문명적자기동일성을 'i'로, 환상적자기동일성을 'i'로 명령하고 있다.

사람은 태어나서 죽을 때까지 주변 환경에 영향을 받아 새로운 경험을 거듭하게 되기에 진정한 자기의 모습은 변할 수밖에 없다. 그럼에도 현재의 자기는 언제나 과거의 자기와 같은 자기이며, 미래의 자기와 한결같으리라 생각하며 통합성을 굳히게 된다. 이러한 경험 또는 사실을 자기동일성이라 한다.

나는 과연 누구인가, 나를 나답게 하는 것은 무엇인가 하는 문제와 우리는 자주 맞닥뜨리게 된다. 이런 문제는 환경에 대한 지식을 우선 알아야 하고, 그것과 자기와의 관계를 알아야 해답을 얻게 된다. 칸트는 『순수이성비판』에서 인간의 인식은 경험과 더불어 시작하지만, 모든 인식이 경험으로부터만 나오는 것은 아니라고 주장한다. 즉, 인식은 경험과 더불어 인간의 추론 능력, 즉 사유와 함께 성립한다는 것이다. 그래서 모든 인식은 경험을 통해 얻은 정보들을 인간의 인식의 능력들이 정돈해서 만들어지고, 이때 자아를 중심으로 경험이 자기화되는 과정을 거친다. 이렇게 모든 인식을 가능케 하는 중심이 진정한 자기동일성이다.

▶ **장소애**(Topophilia)

문학연구에서 활용하는 '공간'에 대한 인문지리학적 개념. 이-푸 투안은 공간과 장소를 구별하는데, 공간은 낯설고 추상적이며 미지와 두려움의 영역인 반면, 장소는 친근하고 구체적이며, 익히 알고 있는 영역이다. 투안은 공간이 단순히 물리적 차원이 아닌, 인간의 체험과 밀접한 관련을 맺는 경험의 구성 요소라고 본다.

인간은 공간과 장소를 통해 복잡한 경험을 갖게 되는데, 그것은 자신의 신체로부터 시작하여 방, 집, 마을, 도시, 국가, 대륙으로 확대되어 나가면서 공통의 속성을 띠게 된다. 소설에서 인물의 속성을 해명해 나가고 사건의 정황을 파악해 나갈 때, 공간을 살펴보는 일은 그래서 중요하다. 투안이 내세운 '장소애'라는 개념이 그때 적합하게 사용될 수 있다. 공간이 어떤 한 사람에게 감각적, 정신적으로 심각한 영향을 줄 때, 그 사람이 그 공간에 대해 응당한 반응을 한다면 그 반응은 '장소애'라 할 수 있다. 우리가 어떤 장소를 자주 그리워한다거나, 그 장소에 가면 특별한 의식이 일깨워지는 경험도 하는데, 그런 감정과 의식이 일어날 때, 장소애가 개입된다고 볼 수 있다.

▶ 제행무상(諸行無常)

제행무상이란 불교의 연기설(인연설)과 관련 있는 말이다. 이 세상의 모든 사건과 존재들은 무수한 인과 연들에 의해 현재의 모습을 가진다는 것이 연기설의 핵심이다. 그런데 중요한 것은 현재의 모습 또한 무수한 인과 연들에 의해 항상 유동적이라는 것이다.

재행무상은, 사물과 마음, 모든 현상이 시시각각으로 생멸하여 항상 변화함을 의미한다. 인과 연에 의해 찰나마다 현재의 모습이 잠정적으로 나타나지만, 그 또한 고정적일 수 없고, 영원할 수는 없다는 것이다.

항상 생기고 변하고 멸하는 것이 삼라만상이다. 제법무아는 제행무상이 나에게 적용되었을 때 깨닫게 되는 경지이다. 모든 것이 고정된 실체가 없듯이, '나'라는 존재 또한 무수한 인과 연들에 의한 작용일 뿐, 그 이상도 이하도 아니라는 뜻이다.

▶ 진여문(眞如門)

대승기신론에서 일심이문 가운데 하나이다. 진여문은 여래장의 심체를 말한다. 마음에 대한 최고의 명칭으로 사유의 주체이면서 동시에 우주 본체로 절대 평등, 무차별의 자리 혹은 그 원리를 말한다.

▶ 초점화(Focalization)

소설에서 이야기를 전하는 주체가 일정한 대상을 향해 지각을 보내고 그것을 인식하는 행위를 지칭한다. 사건의 서술에서, '시점'이라는 용어가 전통적으로 쓰여 왔는데, 이는 사건에 대한 인식의 지점을 알려줄 뿐, 그 결과를 진술하는 것까지는 명확히 설명되지 않아 구조주의에 입각한 이론가들은 '초점화'라는 용어를 사용한다. 텍스트 안에서 '서술의 주체'와 '인식의 주체'를 분리시켜야 한다는 견해인데, 지각, 인식, 감정 등이 대상을 지향하는 초점화의 주체가 초점화자이고, 그 지각대상이 초점화의 대상이다.

G.쥬네트는 이야기를 바라보는 인격적 주체를 초점화자라고 부른다. 초점화자는 이야기의 내부에 있을 수도 있고, 이야기의 외부에 있을 수도 있는데, 내부 초점화 상태에서의 화자는 대부분 작중인물이 되고, 외부초점화 상황에서는 화자가 초점화자가 된다.

▶ 탈식민주의(Postcolonialism)

제2차 세계대전 이후 세계의 사상적 주류. 식민주의 이후 현대의 지구촌에서 제국주의, 제3세계, 지역, 성, 인종, 근대 등의 문제들이 복잡하게 얽혀 있어 '탈식민'이라는 상황에 대한 명료한 판단을 하기 어렵게 됐다. '포스트'를 '탈'로 볼 것인가, '후기'로 볼 것인가에 대한 입장이 곧 탈식민주의에 대한 이론적 견해가 될 것이다. 포스트라는 접두어를 식민지 시대와의 단절이라는 확정적인 의미로 사용하기보다는, 식민주의 담론에 대항할 때는 '반대(anti)'의 의미로, 민족주의에 대한 비판적 견해를 따를 때는 '후기'의 의미로 보아야 할 것이다.

'탈식민주의는 제3세계가 주체가 될 때 피해자의 저항이고, 서구가 중심이 될 때는 가해자의 반성이 된다'는 탈식민주의 이론가 바트 무어-길버트의 말처럼 어느 한쪽으로 치우친 개념보다는 폭넓고 유연한 자세로 접근해야 할 것이다.

▶ 텍스트 유형(Text type)

소설의 텍스트는 문장이다. 문장유형은 크게 네 가지로 나눌 수 있다. '서사'와 '묘사', '설명'과 '논증'이다. 작가의 텍스트 유형의 선호에 따라 그의 문체(스타일)가 발현되고, 이는 그가 즐겨 다루는 내용과 세계관도 함의한다고 판단할 수 있다.

'서사'는 서사물에서 사건을 직접 진행하는 문장, 즉 행동하는 문장을 말한다. 적극성을 띤 동사형이 많이 쓰이는 문장 유형이다. 시간성을 갖고 이야기의 진행에 속도를 준다.

'묘사'는 인물의 외양, 배경-공간을 그리듯 표현하는 텍스트 유형이다. 화가처럼 인물과 풍경을 그리듯 표현하는 문장이다. 언어로 어떤 풍경을 묘사한다는 것은 독자가 그 풍경을 상상하도록 도움을 준다는 의미이다. 특히 인물의 심리적 상황에 적합한 묘사여야 언어 서사물로써의 고유성을 견지하게 된다.

'설명'은 어떤 상황이나 사실, 사물에 대한 인식을, 과학적인 태도에 의해 객관적으로 기술하는 텍스트 유형을 말한다. 상황이나 사실을 이해시키기 위해 대조, 유추, 분석 등의 방법을 활용한다.

'논증'은 어떤 사실에 대해 판단을 내리는 문장유형이다. 주장하는 문장을 말하는데, 소설에 쓰일 때에는 의도적으로 장면을 전환하거나, 장소와 시간을 바꿔야 할 때, 앞으로 펼쳐질 내용에 대한 압축으로도 사용된다.

► 파블라(Fabula), 스토리(Story), 텍스트(Text)

서사 구성의 두 가지 주 요소를 러시아 형식주의자들은 '파블라'와 '수제'
라 표현해왔다. 이야기의 재료, 즉 소재를 파블라라 하고, 재료를 어떤 의도
에 따라 배열한 것을 수제라 한다. 서사구조론에서 이야기의 인과에 중심
을 둔 개념인 '스토리(story)·플롯(plot)'의 개념과 **흡**사하다.

미케 발은 이와 같은 이원론적 서사의 주 인자를 삼원론적으로 분류한
다. 파블라와 스토리, 텍스트가 그것인데, 파블라가 텍스트를 구성하는 내
용 또는 재료들이라 한다면, 스토리는 그 요소들의 배열의 순차를 말한다.
그리고 텍스트는 언어라는 기호로 구성된 작품 전체를 의미한다.

► 패러디(Parody)·패스티쉬(Pastiche)

패러디는 특정한 작품의 내용이나 양식, 인물, 또는 특정한 작가의 문체
를 모방하여, 그것을 대체로 우스꽝스럽게 개작하거나 변형시키는 기법을
말한다. 원작에 대한 풍자에서부터 단순한 흉내 내기까지 모두를 포함한다.
여러 작가들이 패러디 기법을 사용하여 시대상을 풍자하거나 잘못된 제도,
허위의식 등을 폭로하고 있다.

패스티쉬는 음악에서 유래된 용어로 원래는 '혼성곡'의 의미로 사용되었
으며, 현재는 혼성모방으로 알려져 있다. 풍자나 폭로의 의도는 없고 기존
의 텍스트를 우연성에 기대어 무작위적으로 모방, 원용한다. 포스트모던 문
화현상에서의 대표적 기법이다.

► 플롯(Plot)

이야기의 큰 구성요소는 인물과 사건, 그리고 시·공간적 배경이다. 이
세 요소의 적절한 조화가 플롯이라 할 수 있다. 인물을 시·공간에 붙잡아
놓고 화자에 의해 행동을 벌이게 하는 구조물이 소설인데, 독자에게 서사
의 내용을 감동적으로 전하기 위해 여러 장치를 효과적으로 얽어 짜는 것
이 넓은 의미의 플롯이다.

인물이 어떤 행동을 벌여나가는 것이 서사물이라 할 때, 플롯은 서사의
개연성을 확보해야 독자에게 감응을 줄 수 있다. 즉, 인물의 행위의 이유를
독자가 납득할 수 있도록 텍스트 안에서 어떤 식으로든 설명하여야 한다.
행위의 이유가 협의의 의미로 플롯이라 할 수 있으며, 그 플롯의 결과는 작
품의 주제로 발현된다.

즉, 필연의 형태를 향한 낱낱의 우연적 요인들의 의도된 진행이 플롯이
라 할 수 있겠다.

▶ 풍속과 방법 (風俗과 方法)

최인훈은 근대 이후의 문학현상을 풍속과 방법으로 정의한다. 근대 이전의 이념과 집단 표상이 대종교의 원리에 속해 있었다면, 근대 이후에는 개인의 시간과 연결되어 각자의 공간 속에 다양한 모습으로 현존하고 있다. 비록 소외된 형태로나마, 혹은 분업의 모습을 띠고 있어도 고전과 신화의 질서에서 벗어나 문학의 본질을 찾겠다는 의지도 보인다.

최인훈은 현대문학의 역할로 과거의 공동체를 그리워하는 현대인들에게 기억을 불러일으키고, 동시에 소외의 극복을 문학 속에서 가능하도록 방법화시켜야 한다고 강조한다. 시대의 아이콘인 언어를 매재로 하는 문학예술이기에 풍속을 적극 반영하고, 때로는 현실의 모습을 적극 부정하는 방법이어야 예술의 차원이 형성되고 미적 충격이 발생할 수 있다.

▶ 핍진성(Verisimilitude)

문학의 생산과 수용에서 '자연스러움'을 최대한 갖게 하는 성질. 구조주의에서는 자연화와 핍진성을 같은 의미로 사용하고 있다. 서사물의 소통이 자연스러움 혹은 그럴듯함으로 이뤄지는 것은 그 서사물을 생산하고 소통하는 사회의 관습적 성격과 밀접하게 연관을 맺고 있기 때문이다. 즉, 문화의 공통적 특성이 핍진성을 규정하는 것이고, 이는 시대의 상황에 따라 변화하기 마련이다.

핍진성을 만족시키기 위한 조건으로는 개연성의 확보와 실감 있는 세부 묘사이다.

▶ 현실에 귀속되는 기호행동 (現實에 歸屬되는 記號行動)

최인훈은 의식의 과정을 정리하면서 『문학과이데올로기』에서, <인간 현상의 분류>로 인간의 행동을 도식화 해놓았는데, '현실행동'과 '기호행동'이 그것이다.

'현실행동'은 외부의 물리적 변화에 효율적으로 대응하기 위한 행동. '기호행동'은 외부의 물리적 대응 뿐 아니라. 기호행동 스스로를 환기하기 위한 행동이다.

'현실에 귀속되는 기호행동'은 현실의 생활을 무리 없이 영위하기 위한, 즉 커뮤니케이션을 위한 기호행동으로 볼 수 있겠다. 혹은 현실에 적극 참여하려는 기호행동이라고도 할 수 있다.

▶ 현실에 귀속되는 상상의식 (現實에 歸屬되는 想像意識)

최인훈의 '의식의흐름'에서의 주로용어. 현실을 보강하는 의도된 상상의 식, 즉, 무한을 경험케 하기 위해 상상의식을 발동시키지만 자기가 그 상상 임을 알면서 현실의식의 보완으로 작용하는 의식이다. 예술적 상황에 대입 하여 비유하면, '현실에 귀속되는 상상의식'은 현실적이고 실질적인 측면에 서 미적 층위의 의식을 현실 생활에 응용하거나, 실용적으로 활용된 미의 식이거나, 특정 목적에 부합하게 되는 미의식을 의미한다.

▶ 현실의식(現實意識)ㆍ상상의식(想像意識)

최인훈의 의식의 흐름 과정에서 의식의 개괄적 상황을 개념화한 용어. 세계와 자아와의 분리를 의식하게 된 근대 이후의 인간 의식을 크게 두 가 지로 나눈다. '현실의식'과 '상상의식'인데, 의식의 외연과 내포의 상태라 보 아도 된다. 현실의식은 과학에서 세계와 자기의 의식 관계를 말하고, 상상 의식은 예술에서의 세계와 자기의 의식 관계를 말한다.

현실의식에서는 세계 속에 자기가 들어가 있고, 상상의식에서는 자기 속 에 세계가 들어 있는 모습이다. 작품을 창작하고 감상하는 과정에서는 현 실의식이 상상의식에 감싸여 또 다른 현실을 구축하게 된다. 그래서 현실 의식 안에 상상의식이, 그 안에 또 다른 현실이, 또 그 안에 상상이 겹겹이 싸여 있게 된다.

최인훈은 현실의식을, '의식이 자연에 귀속됨을 전제하는 태도의 의식'으 로 상상의식을, '인식의 선행 조건과 분리해서 관찰되는 의식'이라 정의하 고 있다.

▶ 현현(顯現, Epipany)

그리스어로 에피파니(epipany)이다. 단순하고 평범한 사건이나 경험을 통해 이전에 숨겨진 어떤 것의 본질이 드러남을 의미한다. 본질적인 것이 드러나면서 파악되기도 하는데, 소설에서의 현현은 주인공이 자신의 삶의 모순이나 욕구를 깨닫는 일상의 어떤 사소한 사건을 통해 나타나게 되는 국면을 가리킨다.

사건이 아니어도 어떤 말, 몸짓, 소도구 등 마음속에 기억할 만한, 갑작 스런 계시가 될 모든 것이 현현의 매개가 된다. 더 큰 의미로 성현 (hierophany)이 있는데, 이는 일상적인 경험에서 마주치게 되는 초자연적 현상, 성스러움의 나타남이다. 작가는 현현을 작품에 활용하고, 독자는 그 작품에서 현현을 얻는다. 현현을 통해 성현을 체험하게 되는 작품이 비교적 좋은 작품이라 할 수 있을 것이다.

▶ 화자(Narrator)

소설에서 인물이 벌이는 행동이나 인물의 생각을 독자에게 전하는 주체를 화자라 부른다. 작가가 작품을 쓸 때, 사건의 전달을 어떻게 해 나가야 할지 고민하게 되는데, 이는 화자의 선택에 대한 고민이다. 인물의 입장에서 사건을 체험하도록 할 것인지, 인물이 벌이는 사건을 관찰하기만 할 것인지, 그리고 그를 어떠한 어조와 어떠한 자세로 말해야 할지 고민하게 되는데, 이는 화자의 운용에 대한 고민이다.

결국 소설의 모든 요소를 통어하고 관장하는 것은 화자의 역할이므로 매우 신중하게 운용해야 하는 존재이다.

▶ 환상(Illusion)

현실과 대립되는 요소로써의 환상이 아니라, 작품에서 의도적으로 활용된 장치로 바라보는 입장에서의 환상을 말한다. 리얼리즘의 시각으로, 현실의 반영과는 다른, 더 넓은 차원에서의 해석이다. 최인훈은, 문학은 현실을 부정하면서, 그러나 또한 구체적으로 현실적이어야 환상의 모습을 띤다고 말한다. 텍스트, 혹은 작품 자체를 환상으로 볼 수 있다.

▶ 회상의 양상

현대 서사물은 시간의 변조를 통해 보다 정합적이고 입체적인 플롯을 구현하고 있는데, 시간 변조의 대표적 기법이 플래시백, 즉, 회상 기법이다. 최인훈의 『화두』는 전편이 회상의 형식으로 된 장편소설이다. 회상의 기법도 다채롭다. 대부분의 서사물에서는 액자식의 구성으로 과거를 기억해내는 방법을 쓰고 있는데, 『화두』에서는 액자식의 회상은 물론, 매개물을 통한 회상, 감각을 이용한 과거 진입, 이미지를 활용하거나 소도구를 과거와 현재 사이에 두어 회상에 진입하는 징검다리로 삼는 경우 등, 여러 방식이 활용되고 있다. 그런데 『화두』는 그보다 무의지적 기억의 발생이 돋보이게 사용되고 있다.

┃ 찾아보기 ┣━━━━━━━━━━━━━━━━━━━━━━━■

(ㄱ)

(ㄴ)

(ㄷ)

저자소개 ···

　저자 **김기우**는 서울예술대학 문예창작과를 졸업하고, 동국대학교에서 석사학위를, 한림대학교에서 국문학 박사학위를 받았다. 현재 서울예술대학과 한림대학교에 출강하고 있다. 저서로 장편소설『바다를 노래하고 싶을 때』와 창작집『봄으로 가는 吹奏』,『봉황에 숨겨진 발해의 비밀』등이 있다. 논문으로는「최인훈『화두』의 구조와 예술론 연구」,「세 범주로 새 서사구조론 탐구」,「바다의 노래」등이 있다.

I(-i-i)이론의 구조

-최인훈 예술론 연구

초판인쇄	2009년 1월 20일	**초판발행**	2009년 1월 30일

저　　자　김기우
발　　행　제이앤씨
등　　록　제7-220호
주　　소　서울시 도봉구 창동 624-1 현대홈시티 102-1206
전　　화　(02)992-3253(代) 팩스 (02)991-1285
전자우편　jncbook@hanmail.net
홈페이지　http://www.jncbook.co.kr
책임편집　김진화

ⓒ 김기우 2009 All rights reserved. Printed in KOREA
　　ISBN 978-89-5668-676-9　93810　　　　　정가 17,000원